田英民 —— 著

# 茶道缉凶

海峡出版发行集团 | 海峡文艺出版社

## 图书在版编目（CIP）数据

枭道缉凶 / 田英民著. -- 福州：海峡文艺出版社，2023.1
 ISBN 978-7-5550-3122-2

Ⅰ．①枭… Ⅱ．①田… Ⅲ．①推理小说－中国－当代 Ⅳ．① I247.5

中国版本图书馆 CIP 数据核字（2022）第 153232 号

---

**枭道缉凶**

田英民　著
出 版 人　林滨
责任编辑　莫茜
出版发行　海峡文艺出版社
经　　销　福建新华发行（集团）有限责任公司
社　　址　福州市东水路 76 号 14 层
发 行 部　0591-87536797
印　　刷　廊坊市海涛印刷有限公司
厂　　址　廊坊市安次区码头镇金官屯村
开　　本　720 毫米 ×1010 毫米　1/16
字　　数　300 千字
印　　张　20.5
版　　次　2023 年 1 月第 1 版
印　　次　2023 年 1 月第 1 次印刷
书　　号　ISBN 978-7-5550-3122-2
定　　价　88.00 元

如发现印装质量问题，请寄承印厂调换

# 目 录

| 楔　子 | 1 |
|---|---|
| 第一章　抓捕失败 | 3 |
| 第二章　离奇命案 | 10 |
| 第三章　案发动机 | 18 |
| 第四章　蛛丝马迹 | 24 |
| 第五章　在劫难逃 | 38 |
| 第六章　灵感时刻 | 45 |
| 第七章　诱捕恶魔 | 58 |
| 第八章　文物被盗 | 70 |
| 第九章　一丝进展 | 79 |
| 第十章　再发命案 | 89 |
| 第十一章　一线曙光 | 101 |
| 第十二章　重大突破 | 112 |
| 第十三章　女盗迷踪 | 121 |
| 第十四章　暗中交易 | 131 |
| 第十五章　如此烦恼 | 140 |

| 第十六章 | 有案来袭 | 152 |
|---|---|---|
| 第十七章 | 案发 502 | 164 |
| 第十八章 | 另有密道 | 176 |
| 第十九章 | 丝丝待捋 | 192 |
| 第二十章 | 冰山露角 | 205 |
| 第二十一章 | 脉络渐清 | 219 |
| 第二十二章 | 江上往来 | 229 |
| 第二十三章 | 口福艳福 | 238 |
| 第二十四章 | 民间贸易 | 251 |
| 第二十五章 | 试探行动 | 270 |
| 第二十六章 | 爱中反思 | 283 |
| 第二十七章 | 难过情关 | 291 |
| 第二十八章 | 收网行动 | 301 |
| 第二十九章 | 风停雪止 | 315 |

迟来的宁静（代后记） ⋯⋯ 320

# 楔　子

　　他疲倦地靠在沙发上，也许办完这件事就该结束了。

　　三年了，凭着一身本事和几次浴血拼杀，他为集团立下大功，现在理所当然成为集团的重要人物。然而，那条最核心的通道，老大还是没向他透露分毫。看来这个秘密只能通过卖家了解，而最可能掌握通道秘钥的只有三家……

　　夜已很深，太阳炙烤一整天蓄起的高温，到午夜已所剩无几，开了窗，屋里几乎可以用凉爽来形容。在东北，大多数年份空调制冷都用不上几天。

　　一个中年男人穿着短袖睡衣静立窗前，他悠然地吸着烟，欣赏着高悬夜空的明月，小巧的摩托罗拉手机在手中一下下翻转着。他在等一个电话，一个从遥远地方打来的电话。0时一到，手机铃声准时响起，他缓缓接通，沉声道："还是这么守时，说吧！"电话里一个低沉的声音传来："听说老兄有好东西要出手，你不会忘了我们吧？"

　　男人笑道："怎么会呢！一周内我一定到江城，你准备好就是了。"

　　女人轻轻推开压在胸前的手臂慢慢起身，拿着手机走出卧室，她轻掩上门，如雷的鼾声立刻隐没在门里。清亮的月光透过薄薄的纱帘弥漫在客厅里，仿佛给屋子布了一层灰白的雾气。女人抬手看看腕上小巧的夜光表，时间是凌晨2点55分，那个电话马上就要来了。她缓步走到沙发前，再一次徒劳地拉一拉蚕丝睡衣，想遮住高耸的双峰，但放开手一切又全都暴露出来。睡衣腰带早不知扔哪儿去了,他从不让系,他就喜欢她一丝不挂臣服在他身下的样子。她索性不理裸露,就那样耸着胸,坐在沙发上等待。

3点,手机屏幕闪烁起来,她快速拿起接听,里面低沉的声音响起:"都准备好了?"她轻轻地"嗯"了一声,对方似乎明白她的处境,并不要她多说话,"通道的钥匙就在你裙下,用好了,别浪费时间!"

女人艳丽的脸上露出笑容,轻声道:"我就在江城。"

天还没亮,江城南郊一座豪华别墅里,男主人已经起床,他第一时间拿起手机翻看短信,一条不像手机号的号码发来的信息显示了一句莫名其妙的话:"旱路出,水上进,如何?"男人脸上露出一丝冷笑,自语道:"是旱是水我说了算!"

江城,北国边陲小城,这个夏日很精彩……

# 第一章　抓捕失败

西边的天际阴阴的，黑云只在天地相连的一条线上留下一丝淡漠的霞光。然而，毕竟只是七月的下午，毕竟大半的天空只有一层薄云，所以，天还是很亮的。

江城市公安局刑警支队运动室里只有唐尧一个人，他赤着上身正挥汗如雨地击打着沙袋，每一次挥拳带动头部的摆动都会有汗珠甩出。他已经很累了，但仍没有停下的意思，依旧近乎疯狂地击打着。几分钟后，他累得倒下了。倒下的唐尧不停地喘息着，除了紧盯天棚锐利的目光，他每一个细胞都是疲惫的。

唐尧的脑海中翻来覆去都是上午彭雪松局长训斥他的情形，一想到这场面，他真想找条地缝钻进去！但局长训斥得没错，昨天下午的抓捕行动确实是因自己的过失才流产的。他只是不能原谅自己，只是不愿让人批评，宁可身上受累，不让脸上受热，这是他的一贯风格，但今天他着实挨了批，而且是在支队全体会议上。

躺了几分钟，唐尧从毡垫上缓缓爬起，他走到墙边的衣架前拿起毛巾擦了头上、身上的汗水，然后重重地坐在椅子上，又开始回想昨日的行动……

昨天上午 8 时，刑警支队忽然通知召开全队紧急会议，唐尧预感一定是有案子了。果然，会议很重要，局长彭雪松、主管刑侦的副局长龙东山都参加了会议，支队长霍兵主持会议并介绍案情。原来，S 国最大的华人犯罪团伙的主要成员下午将在江城露面，这人 1997 年在本省做下大案后潜逃到S国哈巴市，之后参加了当地最大的华人黑社会团伙，他们垄断哈巴黑市，进行走私、贩毒等犯罪活动。此人入境很可能与走私文物或贩毒有关。会议就是布置抓捕他的行动。会上简单介绍了案情，传看嫌疑人照片，安排如何进行抓捕。

唐尧极为专注地听着，当照片传到他手中时，他仔仔细细地看了看照片上的人，把他深深地印在脑中。会议很快进入尾声，但最核心的抓捕人员却没定，最后彭局长强调了行动的重要性和纪律要求，会议就结束了。唐尧很是纳闷，但转念一想也就明白了，最核心的内容，不宜让更多人知道，自己一个只参加工作两年多的小警察做好外围工作就行了。

然而，接下来的事绝对让唐尧没料到。刚回到自己办公室，三中队队长王明，也就是唐尧的直接领导让他到龙副局长办公室。唐尧莫名地兴奋起来，他预感，也许这次的核心行动会有自己的身影。唐尧猜对了，他果然要参与核心行动，而且是最最核心的一员，由他和支队长霍兵实施最后的抓捕。

看着彭雪松冷峻的目光，唐尧心里不免有一丝紧张。"你们支队长说，你是全队功夫最好的。"彭局长开口了，"是这样吗？"唐尧扭头看了看霍兵，支队长正似笑非笑地看着他。唐尧很干脆地说："如果原来霍队是最好的，那现在我就是最好的。"

霍兵哈哈笑起来："原来我是最好的！当年就是彭局也不是我的对手。"

彭雪松也笑着说："的确，我不是他的对手。现在他不是你的对手了？"唐尧笑着默认了。"那好！"彭雪松说，"我们研究决定，由支队身手最好的两人实施最后抓捕，你们支队长推荐你，你愿意接受这个任务吗？"唐尧简直不敢相信自己的耳朵，他一呆之后立刻兴奋地回答："愿意！我服从领导安排。"

"好吧，"彭雪松说，"就这么定了，具体任务你们支队长会交代给你的。"说完他起身离开。

唐尧听完龙副局长和霍支队长交代的任务后兴奋地回到三中队的大办公室，对谁也没提这个事。

下午2点，各小组准时出发到指定地点布控。2点30分，唐尧和霍兵一身便装来到他们的位置。那是江城最大的百货大楼的一层,唐尧坐在休息便凳上,手里拿着一本书看着,装束看上去就像一个逛商场走累的学生。霍兵扮作百货大楼的维修人员,在唐尧对面三十米远的地方"修理"楼角的一个变电箱。

3点整,耳机里响起龙副局长的声音:"二、三组注意,目标出现,正向百货大楼接近,目标只有一人。"唐尧轻声回答"明白"后就把目光转向大楼的入口。耳机里不断传来各组确定嫌疑人位置的声音:"已进入第一层布控区""过十字路口,进入第二布控区""朝百货大楼正门走去""没有发现接头对象"……唐尧紧张地听着,眼睛紧紧盯着百货大楼的正门,手里的书不自觉地放下了,扮装用的书包也丢在椅凳上。这时,一个高大的身影进入视线,"就是他!"唐尧毫不费力就认出来,小平头、国字脸、浓眉毛、尖鼻子,目光晶亮,脸色阴沉。"萧一扬,你跑不了了!"唐尧倒立剑眉盯住他,五十步、四十步、三十步……看着萧一扬一步步走近,唐尧不自觉地迅速起身,向前迈出两步。"等等!沉住气!"唐尧耳边忽然响起霍兵严厉的话语,他下意识地停下来,转头朝霍兵方向看去,霍兵仍在那里"修理"着电器,侧向他的脸看不出什么表情。唐尧立刻冷静下来,暗自埋怨自己的冲动。

然而,情况还是发生了变化。萧一扬好像无意中向唐尧看了一眼,之后他并没有走向自动扶梯,而是漫步朝远离电梯的化妆品专区走去,他并没走入霍兵和唐尧的抓捕范围。唐尧心里一急又不自觉地向前迈了两步。"别动!"耳机中霍兵的声音掩不住愤怒,话音刚落,霍兵已站在唐尧身边,他轻声说:"他已经察觉了,慢慢跟上去。"然后怒目看了眼唐尧,说道:"你想用眼光杀死他吗?你就不能放松一些?!"唐尧脸一红,他冷静了一下,然后慢慢向目标靠近。他一直紧盯着萧一扬,霍兵则悠然朝前走去,在路过一个灯箱外露的柜台前,他还停下来和里面的服务员说了些什么。

萧一扬始终没离开唐尧视线,这时他已接近一层的后门。唐尧心情反倒放松了,他走向霍兵,用轻松的语调说道:"支队长,他已经进了死角,跑不掉了。"霍兵冷眼看了看唐尧,问:"为什么?"

"除了从后门出去,其他路线我们都封住了,"唐尧自信地说,"而这个后门只通向一条死胡同。"

霍兵没回答他，因为他看见萧一扬已走向后门，并迅速消失在门里。唐尧撒腿向后门跑去，霍兵一边跟上来，一边通过对讲机汇报这里的情况。他们都把注意力放在了萧一扬身上，没人注意到二楼字画摊位前一个背着长包的男人。

唐尧冲出后门，看见萧一扬正向死胡同跑去，唐尧暗自高兴，这家伙不了解地形，他跑不了了。唐尧小跑着跟上去，他并没有全力追赶。然而，他很快就为自负付出了代价。

这条胡同原本是一条通往街区的路，由于市政建设，两边都盖起了高楼，因此在路尽头的两楼之间修起一堵四米多高的墙，把原来的路封成了一条死胡同。当然，这是对普通人而言的死胡同，但萧一扬显然不是普通人。在这个近于绝地的场所，前有高墙，后有追兵，他仍是全速向墙冲去，好像要撞破高墙冲出绝地。

让唐尧目瞪口呆的一幕就这么发生了。萧一扬冲到墙边，先是右脚登墙上蹿，接着左脚再次登墙，与此同时用手抠住墙缝向上两次倒手就扒住了墙头，然后一个侧身翻墙而出。唐尧也冲到墙边，也试着这样爬墙，然而两次都没办到。这难道就是传说中的飞檐走壁吗？唐尧傻眼了。

萧一扬就这么跑了，凭借他超强的敏锐和不可思议的身手逃脱警方的围捕。之后，他未做任何停留，立刻化妆潜出国境，对入境的目的和可能到手的利益，没有一丝顾及。

抓捕行动因唐尧的失误而失败，这才有了上午全队大会局长的训斥。但唐尧不明白怎么就惊动了萧一扬，如果说没有料到他有如此身手是自己的大意，那么萧一扬是怎么察觉出来的呢？

唐尧感觉饿了，他穿好衣服，颓然走出运动室。外面，天更阴了，黑云覆盖了整个天空，空气潮湿闷热，唐尧抬眼向西边望去，一个个闪电划破苍穹，一场大雨就要来了。

走进公安局食堂，里面已没几个人，唐尧看看表，时间已是晚上7点。到打饭窗口前，里面的胖子王师傅问道："吃啥菜？今天有你爱吃的油豆角！"

还没等唐尧答话，一个戏谑的声音响起："还是来个茄子吧！"接着就是咯咯的笑声。唐尧抽抽鼻子斜眼向声音传来的方向看去，一个警装严谨、面容靓丽的女警已站在他身旁，那表情、那上翘的嘴角明摆着含有深意。女警接着说道："王师傅，给我来个木须肉和豆角吧！有人嘛，我看像霜打的茄子，就给他来个酱焖茄子，您说咋样？"王师傅呵呵笑起来，看来早就习惯了两人之间的斗嘴。那女警抢先打好饭菜端着餐盘向里面走去，看也不看唐尧，走过他身边时还故意撞了唐尧一下，呵斥道："让开！"唐尧愤愤地看着她迈着婀娜的步子走到一张桌前坐下，那里技术组的法医秦明华和另一个女警也在吃饭。

王师傅快速打好两个唐尧平时爱吃的菜递给他，又问："主食来米饭还是馒头？"唐尧低沉着声音说："来一个馒头吧。"

"那哪儿够啊！"王师傅带着几分埋怨的口气说道，"每次你至少吃三个，正是饭量好的年纪，多吃点儿！"唐尧没再说什么，他接过饭菜，低头端着托盘走到没人的一张桌前背对着门坐下，他木然地拿起馒头咬了两口就停下来，思绪又回到案子上……

"怎么不吃呀，想什么呢？"一个声音在唐尧耳边响起，他回过神儿来，看见局长爱人——技术组的干警毛睿不知何时来到桌前，正微笑着坐在他对面。"噢，是毛姐。"唐尧苦笑着应了一句。

毛睿笑着说："听晓丹说你情绪不大好，是不是还为昨天的事儿想不开呀？老彭批评你接受不了了吧？"

"不是不是，别听迟晓丹瞎说。"唐尧连忙解释，"局长批评得对。我只是想不明白自己的失误在哪儿。"说完不自觉回头向迟晓丹和秦法医那边看了一眼，他猜测一定是听迟晓丹说了什么，毛睿才来他这边的。

"好样的！"毛睿赞道，"出了错能及时总结就好，你会是个好刑警的！"

正说着，彭雪松局长也端着饭走过来，唐尧连忙起身叫了声"局长"就低下头。彭雪松一边放下托盘一边示意唐尧坐下，他坐到毛睿身边，看唐尧仍旧站着，说道："坐坐，别站着。事儿太多，今天就在这儿对付一口。"之后转向毛睿说："你又可以偷懒少做一次饭了。"

毛睿笑着说:"我们也是有物证要检验,技术组也都没回去。"唐尧见两人有说有笑,也放松不少。三人一边说着闲话一边吃饭,彭雪松吃饭很慢,毛睿吃完后对他说:"小唐想不明白昨天的失误在哪里,你该告诉他才对。"

彭雪松一听,笑了,对唐尧说:"怪不得情绪不高,是这个没想明白呀,你们支队长光生气去了,没给你讲吧?"唐尧不好意思地点点头,霍支队长不消气哪会给他说这些。

彭雪松一边吃饭一边讲述:"这次行动我们设了三个抓捕区,外围区、百货大楼正门前广场区和楼内核心区。我们判断萧一扬会在二楼大厅与什么人会面,所以二楼和上电梯的一楼口是重点,除了你和霍兵之外,二楼还有四个我们的人,本来是安排你们二人尾随他上楼后伺机抓捕的。"说到这里彭雪松停了停,表情也严肃不少:"霍兵和我说了整个情况,之所以惊动萧一扬,是因为你的暴露。你暴露有三处:第一,当你看见萧一扬进入大楼并确认是他后,你的表情立刻紧张了,从椅子上站起来向他走了两步。我想那时你一定是紧紧盯着他,而且还目露杀气吧?"彭雪松笑了两声,唐尧却愣住了,那时他一定是这样。"第二,"彭雪松接着说,"你的装扮是个学生,当你看见他时,在人来人往的商场居然扔下了书包和书,如果你真是学生会这么做吗?在霍兵制止你,提醒你冷静,也就是萧一扬有所怀疑向远离你们的化妆品区走去的时候,你又犯了第三个错误——你又急急地向他走了几步。如果萧一扬刚开始还是猜测,你的这个举动就证实了他的怀疑。"彭雪松吃完饭,把托盘推到一边,他安慰唐尧说:"我们都低估了萧一扬,他非常警觉,身手也超出我们预想,而且他对现场也是了如指掌,这个是你也是霍兵的大意,你们都没想到,我们可以提前勘查现场,抓捕对象也可能会勘察接头地点周围情况,从萧一扬出后门直接跑向高墙就说明,他知道那里是唯一能逃出我们包围的死角。"彭雪松点上烟吸了一口,又说道:"萧一扬在国内杀了人,逃出国后一直在黑帮团伙生存,他的敏锐和警觉性肯定非常高,你的暴露虽说都不是什么大动作,但还是被他发现了。这是经验不足、年轻的代价。"

一席话说得唐尧心悦诚服,他朗声说道:"局长,我明白了,以后我会好好磨炼的。"彭雪松点点头，看唐尧饭还没吃完，说道："你快吃饭吧，不能遇到挫折就不吃饭啊！"说完他站起身和毛睿一起走出食堂。出了门，毛睿笑道："你好像很喜欢他。"

彭雪松会心地笑了，说道："快走，雨来了！"

看着彭雪松和毛睿远去的背影，唐尧由衷地佩服，他完全释怀了，人不怕犯错，怕的是不知道错在哪里，不知道改正。他拿起餐盘里的馒头狠狠咬了一口，大嚼起来。

这时，耳边不知传来谁的笑声，还夹杂着一句"瞧那点儿出息"！

# 第二章　离奇命案

听到走廊里纷乱的脚步声和霍兵支队长严厉的喝令，唐尧知道一定又有什么案子发生了，他推开三楼最深处这间办公室的门向走廊那边看去，最后一个身影正隐入楼口。刑警们急促下楼的脚步声隐隐传来，唐尧不觉叹了口气，他关上门走回办公桌前，无奈地将手中的卷宗扔在桌上。霍支队长真是言出如山，让你整理卷宗不许参与行动，你就得整理卷宗，休想干别的。真是无聊透顶！他已在这间档案室里关了五天，每天的工作就是翻阅整理以往的案件卷宗。唐尧知道这是对他上次抓捕失误的惩罚，要不霍支队长出不了这口气。

面对枯燥的活儿，唐尧试着从中找到乐趣，但除了一两件彭雪松局长亲自侦破的案子，其他案件都毫无技巧可言。而且这么大的江城市，三年的刑事案件并不多，他曾听龙副局长说过，近三年江城刑事案件发案率下降了40%，而破案率却上升了30%，现在看来龙副局长的话确实不假。今天唐尧开始整理挂案的卷宗，只有34份，他的工作要结束了。

正如唐尧所料，霍兵他们确实是出现场，江城郊区发生了命案。上午9时10分，霍兵带人赶到现场，他立刻分派任务，三中队和技术组分头行动。一小时后，满头雾水的霍兵打电话给龙东山，向他汇报案子的情况，并请龙东山亲自来现场。

接完电话，龙东山觉得案子不简单，看来需要向局长汇报一下。他拿起电话正要打给彭雪松，办公室门一开，彭雪松推门而入。龙东山站起身说道："局长，我正要给你打电话呢。"

彭雪松并没坐下,他长吁了口气说:"是郊区的案子吧?我知道了,市委领导刚打了电话,咱们去看看吧。死者是个离休老干部。"龙东山拿起帽子,一边跟着彭雪松往外走,一边说:"霍兵打电话来,看样子案子不简单。"彭雪松没回应他的话,只是在前面快步而行。到了三楼楼梯口,彭雪松忽然看见在走廊尽头唐尧止背对着他们在那里伸展着胳膊,他停下来轻声问龙东山:"我让你们安排他整理卷宗,进展怎么样?"

"还不错,速度挺快,就是情绪不高。"看着唐尧的背影,龙东山笑着说,"我看他是闷得慌了,出来活动活动。"

"走私案和那个案子都放进去了?"彭雪松问,见龙东山点头,他略一思索又道,"要不带上他?让他也参与一下这个案子,历练历练。"

龙东山笑着说:"我看行。这小子很像当年你刚进警队时的样子,是个好苗子。"龙东山的话虽有些老气横秋,但并不为过,他比彭雪松进刑警队早,年龄也比彭雪松大一岁。龙东山说完就转向唐尧,唐尧好像正在苦苦思索着什么,他并没听见两位领导下楼,而且还观察了他一阵子。龙东山喊道:"唐尧!"唐尧一抖,下意识地大声回答着:"到!"然后转过身向两位局长跑来。受过警队纪律训练的人,这种反应早成了条件反射。他快步跑近向两人敬礼。龙东山沉着脸问:"你干吗呢?卷宗整理完了?"

"还没有,一直在整理,坐了半上午有点累,出来活动一下。"唐尧讪笑着回答。

彭雪松插话道:"进展如何,有收获吗?"

"大部分整理完了,很有启发。现在开始整理挂起来的案子。暂时没什么发现。"

"知道我们要干什么去吗?"彭雪松笑问。

唐尧眨眨眼说道:"我想您是要出现场吧?一定出大案了。"

彭雪松向龙东山看了一眼,又转向唐尧问:"你怎么知道?"

"分析的,"唐尧说,"一个小时前,霍支队长带人匆忙出去了,应该是三中队全队和技术组全体,这种情况不是有案子,就是局里有统一活动,既然没通知我,说明不是局里的统一活动,那就只能是出案子了。"

说到最后,唐尧失落的语气已经很明显了。

彭雪松也听出唐尧的不快,他问:"想参与一下这个案子吗?"唐尧本来低着头,听了这话,他猛地抬起头,满脸喜色地说:"想!"彭雪松没再说什么就朝楼下走去。看唐尧还呆站着,龙东山推了他一把说:"还愣着干吗!走吧,傻小子!"唐尧痛快地应了一声,小跑着跟下楼。

楼下,彭雪松的车已停在那里,三人上车,彭雪松只对司机说了声去市郊,就转头问后面的唐尧:"那些挂案你怎么处理的?有没有值得注意的案子?"

"都做了归类。有34份卷宗是挂案,共38个案子,其中盗窃案12卷,并案3件,就是14个案子;杀人案2卷,4个案子,3件是并案处理的;抢劫案8件、走私案4件、纵火案1件,另外7件是殴斗伤害案。"唐尧说,"那件连环杀人烧尸案很值得研究,另外就是那4件走私案看起来挺普通,但我感觉案子的背后不会那么简单。"

彭雪松笑了,他什么也没说,但龙东山知道,他非常满意。

10点,彭雪松一行到了案发地点,市郊某干休所的平房区,在案发那栋房的路口下车,他们穿过围观人群朝案发地走去。霍兵迎出来介绍情况,他们8点35分接到报案,9点10分赶到现场,报案人是死者邻居。"死者是位离休老干部,叫刘万川。现场保护得很好。"霍兵引着彭雪松走进屋子。看技术组已经完成现场勘查,彭雪松示意其他人都出去,自己一人留在屋里。

屋子不大,40平方米左右,老人俯卧在客厅中央,彭雪松走过去,翻动了一下。死者的整个咽喉几乎全被割开,鲜血喷溅了很远,两米外的墙壁上溅满了血,死亡原因不言而喻。客厅和卧室、厨房一切物品摆放整齐,没有被翻动过,也不像发生过搏斗。看完这些,他走出房门,指定龙东山和唐尧再进一步勘察。当唐尧经过时,他轻声说道:"你要全面仔细地检查,别放过任何细节。"唐尧应了一声,按捺住激动的心情快步走进屋子。

彭雪松向其他人员询问了相关情况后,就站在门口看着手下忙碌。他惊讶于唐尧这个参加工作两年多的小刑警,面对如此血腥的场面,居然看不出有任何的不适反应。

两小时后，他们回到刑警支队。

第二天下午，第一次案情分析会在刑警支队三楼会议室召开，彭雪松、龙东山和负责案件的三中队、技术组全体人员参加了会议。

龙东山指定三中队队长王明先发言。王明还是一贯皮笑肉不笑的风格，先是打个哈哈才开始说话："啊！这个，死者嘛，叫刘万川，男，78岁，是1958年的转业军官，沙（口头禅），老干部。嗯，这个，参加过抗日战争和抗美援朝战争，1990年以处级待遇离休；他嘛是个鳏夫，妻子去世30多年了，沙，一直没再找。嗯，他只有一个儿子，现在上海。据邻居反映，刘万川性格随和，人缘很好，是吧，平日喜欢养鸟养鱼，也喜欢钓鱼；沙，爱喝茶喝个小酒儿，偶尔嘛抽点儿烟，没有其他不良嗜好，也没啥仇人。这个啊，他生活节俭，经济来源只靠工资，也没啥积蓄。身体很好，沙，这个，生活很有规律，早上遛鸟，中午午睡，晚饭一般都喝点酒，但不多，啊，平时的活动嘛，这个，夏天主要是钓鱼。

"死者是俯卧，咽喉和颈部右侧动脉都被割断了，从伤口上看，像是被杀猪刀之类的利器所伤。伤口从右到左几乎布满整个颈前部，啊，而且只有一刀。以此我分析呀，凶手可能身高力大，沙！也许还是个练家子，啊！

"但现场呢，没有搏斗和翻动的痕迹。死者衣兜里的200块钱和橱柜中的2100元现金都在，这个，抢劫杀人的可能性就不大了，是吧！现场的院门、屋门都没有撬损的痕迹；现场除了死者的指纹，也没有其他人完整的指纹，也没有脚印和其他任何与凶手有关的物件。我可以肯定地说，这个凶手啊，杀人后精心清理了现场。沙！"说到这儿，王明那张多变的脸显出为难的苦相，"这个案子吧，凶手的杀人动机难以确定。据邻居们反映，老人性格随和，从不与人争吵，仇杀的可能性很小；他不是有钱人，也没人见过他有啥值钱的东西，谋财害命的可能性也不大，沙！他很少参与社会活动，也不是好事爱问的人，如果说是为了啥事杀人灭口，也不大可能，是吧；老人被害前那段时间，生活和情绪都很正常。所以，很难，啊，很难确定这个案发动机。"王明说完摊摊手，一脸无奈。

王明嗯嗯啊啊汇报时，彭雪松一直拄头闭着眼睛听着，听王明说到这儿，他问道："有凶手的线索吗？"

王明勉强答道："嗯，这个，很少。嗯，凶手嘛，应该身高力大，狡猾，反侦察能力强，作案后冷静清理现场，从容离开，说明是个老手。"

"案发时间呢？"彭雪松还是那样慵懒地问。

"大约在前一天夜里9点到11点之间，这是技术组确定的。啊，我们调查了，这段时间没人发现死者家有什么异常。"

"还有什么？"彭雪松问，他的语气明显变了，对这样浮皮潦草的勘察和分析，他当然不满意。每每这时彭雪松总有一种人才难觅之感，自己不能总是冲在一线吧？倒不是自己没这个精力了，主要是必须得培养几个像样的人才。

"我们这里就这些了，是吧？"王明说完挤着笑脸看了三中队人员包括唐尧一眼，他会前并没问唐尧有什么发现，尽管他知道唐尧也勘查了现场，但在他眼里，唐尧还是个啥也不懂的毛孩子。

彭雪松没再问他，他让技术组汇报尸检情况，技术组法医秦明华把老人身高、血型等基本情况，以及胃里食物残留、死亡原因、伤口印记深度、流血喷溅量等情况逐一进行了说明。

彭雪松更严肃了，他眯起细眼直盯着王明，问道："你打算从哪里入手办案？"

王明眨巴着眼睛想了一会儿才说道："嗯，这个嘛，我们打算从排查老人最后接触的人入手，希望能发现新线索。"王明的答复等于没说，彭雪松忽然想到唐尧，他冲着唐尧说道："唐尧，你不是也勘察了现场吗？还有你们。"他指着其他几个干警说道："都说说。"其他干警都说他们只做了外围调查，没有直接勘察凶杀现场，外围调查的情况都向中队长汇报了，没有其他意见。

唐尧坐在那里很着急，他很想说说自己的发现，但王明刚刚的眼神让他胆怯。而且，如果他说出自己的发现和意见会使王明很难堪，他犹豫了。彭雪松说话时一直盯着唐尧，其他干警答话时，他的目光也一刻没离开唐尧那张阴晴不定的脸，他知道唐尧肯定有所发现，只是碍于王明的面子不好说。"小小年纪就这么世故，这么瞻前顾后怎么行，必须触动他一下。"想到这里，彭雪松大声问道："唐尧！你在那儿想什么呢？你也勘察了现场，不能一点发现没有吧？"彭雪松话语虽然严厉，但唐尧明白这是局长在鼓励他发表意见，他必须说出自己的观点。

"有些发现，局长。"唐尧干脆地答道，这才是他的性格，"我认为凶手是一个用烟嘴吸烟的左撇子！"

话音一落，会场立刻发出一阵私语声，王明不觉伸了伸脖子惊讶地看向唐尧，好像没听明白他的话。

迟晓丹作为技术组成员也参加了会议，她除了痕迹检验，还有手绝活儿，就是速记能力超强，刑侦方面的会议记录都是她做的，据说为此局党委曾经想调她到局办做秘书工作，她本人不同意。听了唐尧的话，她停笔看看唐尧，然后像示威似的又看了眼王明，那意思像在说：有啥可惊讶的！

听了唐尧的话，彭雪松脸上慢慢浮现出笑容，他说："说说你的理由。"

唐尧镇定一下自己，说道："案发现场的茶几上有茶具和两个杯子、一个烟灰缸，尽管都被擦拭过，但我在烟灰缸的边缘还是发现了很细小的黄色油渍，因此我又检查了茶几面，又发现了两处，技术组帮我做了分析，确定是烟油渍，这种烟油渍一般都是在反复使用的烟嘴儿里才有的残留。而我询问死者的邻居，他们都肯定老人从不用烟嘴儿，在死者的身上和家中也没发现烟嘴儿，所以我判断这些烟油渍是凶手和老人聊天抽烟后留下的，他可能有抽完烟下意识地用力吹吹烟嘴儿的习惯，吹烟嘴儿溅出的油渍落在了茶几和烟灰缸上。这说明凶手与老人曾经坐在茶几前吸烟聊天，证明凶手与老人相识。"大家都静静地听着。唐尧接着说："为什么是左手呢？这点我是从死者喉部的刀伤和墙上溅血点的位置分析的。死者颈部左侧动脉被割断，总的看，刀伤是右浅左深，右细左宽，这是由右向左、向后勒才会形成的刀伤，所以我判断凶手是趁老人起身去拿什么东西时，从背后用刀勒杀了老人。"

听到这里，王明很不屑地摇摇手，反驳道："在正面，是吧，用右手持刀从右向左划过，不是也会造成这样的伤口吗？"

唐尧说："是有可能，但这个现场的情形不会是正面持刀。第一，死者是俯卧在地中间，如果是正面中刀他会仰面倒地或者侧卧在地；第二，从墙上血喷溅的情形可以看出，血在喷溅过程中没受到任何阻挡，面积很大，如果凶手是正面出刀，那他一定是在墙壁与老人之间站立，就会有一部分血溅到他的身上，墙壁上血喷溅的部位就会出现一个空白的部分；第三，死者的身高只有一米七，刀伤的位置在他身高一米四八的高度，而墙上溅血点最低的位置也有一米七五，最高处达到两米多，这只有一种可能，就是凶手在割断死者喉咙之后曾短暂地抓着死者的头发，或者捂住死者的嘴向后搬着，使伤口产生了一个斜向上的喷血仰角。因此，我断定凶手是在后面左手持刀勒杀了老人。"彭雪松向唐尧投去赞许的目光。法医秦明华也插话道："是这么个情形，小唐的分析与我们尸检初步结果一致。这样的判断把排查范围缩小不少。"

"有道理。"彭雪松对唐尧说，"你对案发动机有什么看法？"

唐尧红着脸说："没有。就像我们队长说的那样，这个案子很奇怪，看不出作案动机是什么。"

彭雪松道："没有动机的案件是不存在的，即使是激情杀人案件，也会有个诱因，而这个案子明显不是偶发案件，而是谋杀。我们还要仔细研究，再进一步勘查现场，了解死者生活细节；要深入调查死者的历史背景和生活状况，看看能否有新的发现。另外，通知死者儿子，让他尽快赶回来。"

会议结束了，唐尧的发言展示了他的侦破天赋，但他并不开心，因为他想到了"行高于人，众必非之"这句古话。

出了会场，唐尧低头向自己的办公室走去，没两步就听到有人喊："唐尧，小唐！"一听声音唐尧就皱眉，但他还是回过身堆起笑脸应道："哎！在呢，秦姨。"

会议室门口，秦明华站在那儿一脸嗔怪的样子，她快步朝唐尧走来，到了跟前她低声说道："臭小子，我前天跟你说的事儿，你是不是都忘脑后去了？给个痛快话，人你见不见？"

唐尧苦着脸说："秦姨，这事儿咱能不能再推一推，我现在真不想谈对象。"

秦法医伸手做出要揪耳朵的动作,唐尧赶紧求饶说:"好好好,这个周六……周六看看,要是可以就周六见见。"他嘴上这么说,心里想的却是能不见就不见,见也白见。

## 第三章 案发动机

这天上午，唐尧忽然接到彭雪松的电话，让他陪同再次勘察刘万川被杀现场。唐尧欣然领命，当他兴冲冲走下楼时并没注意到投向他的几缕异样的目光。

大门口，彭雪松的车等在那里，车上只有龙东山坐在后排，唐尧有一种受宠若惊的感觉，很明显这是领导看重他。

一路无话，十五分钟后，他们到了现场，有两个民警已等在门外，他们向彭雪松敬礼问候，然后引着三人进里屋。

屋子已做过清理，但墙上的血迹犹在，地面上用白色粉笔画出老人被杀后俯卧的图形。彭雪松环视一下房间，对龙东山说："东山，你检查这间客厅，我和唐尧检查卧室，各自检查完后咱们再对换一下，算是勘察两次。"说完，他带着唐尧向后面卧室走去。

推开卧室的门，可以看见靠东墙安放着一张木床，床的南面是窗户，窗与床之间有一米多宽的空间，那里摆着一张小学生用的那种单人书桌，桌上除了一盏污渍斑斑的台灯外别无他物。西墙边安放着一个很大的长方形鱼缸，各色的金鱼游弋其间，怡然自得，它们还不知已失去了主人。鱼缸的北侧，北墙和西墙形成的角落里放置了几把鱼竿，还有钓鱼用的小凳和遮阳伞。彭雪松戴好手套，走过去简单地翻看一下就停下来，他知道这里不会有什么发现。

当他回过身见唐尧仍站在床前一动不动时，说道："还站着干什么？检查呀！"唐尧应了一声，但没动，他的眼睛仍紧紧盯着东墙。彭雪松走过来顺着唐尧的目光看去，东墙上挂着一幅宋代张择端的《清明上河图》水墨画，画也立刻引起彭雪松注意。这幅画大约有3米长，但只有30厘米左右宽，呈窄窄的一条，几乎横贯了整面东墙。画卷呈土黄色，像牛皮纸一样，画面纹路清晰，远近景物，栩栩如生。看上去画已很有历史，但仔细一看便知不是什么珍品。

唐尧专注地看着画，嘴里喃喃自语道："感觉不大对劲儿，哪儿不对呢？"

彭雪松端详了良久，说道："位置，挂画的位置不对！"唐尧立刻醒悟："嗯嗯！是位置不对，挂得过低了。还有，这画的挂法也不对，好像画不是想长期固定在这里，而是准备随时拿下来似的。"画的两头有画轴，由于画身过长，在画正中间上下各有两个点用红色绒线与墙体固定。

彭雪松走到床两头，分别看了画轴上固定的线绳，很显然，北侧的绳头很久未曾解开过，而南面的肯定常常解开。彭雪松吩咐唐尧把床拉开一些，他站在床头解开南侧画卷绳头儿。

唐尧干脆将床搬开，床底下的一个纸箱子吸引了唐尧注意。他打开箱子，见里面还有一个不大的上了锁的木盒。唐尧不觉一愣，心想里面装的什么呀？这么一层层的。他拿出上次勘查现场找到的老人的一串钥匙，试了三把才打开盒子。里面有一条丝巾，一条棉质毛巾，一把不大的钥匙，还有两个小玻璃瓶。唐尧拧开闻了闻，一瓶是机油，另一瓶应该是植物油。唐尧正疑惑这些东西是做什么用的，他听见彭雪松叫他。彭雪松已把画卷到中间，他把卷起来的画固定在中间两个固定画的钉子上。

彭雪松说："我看了绳结，不说是经常解开，也不是那种很久都没解开过的绳结。而那边的肯定很久没动过。"唐尧想了想说："这说明画的南头经常解开放下来，而不是整幅画经常取下来。"唐尧忽然明白了："是画底下有什么东西需要经常看！"彭雪松微笑着点点头。两人再把床搬开一些，半弯着腰仔细检查画面底下的墙面。

很快他们发现，墙面上有一个约1.5米长、15厘米宽淡淡的长方形印记，像是有人特意在墙上画了这样一个框形。在框形的最北头有个指甲盖大小的凸起引起了彭雪松注意，他用手一抠，一小块水泥应声而落。

秘密显露了。唐尧喊道："钥匙孔！"两人兴奋地对看了一眼，彭雪松说："看来这是个暗格，里面一定装着什么重要的东西，但钥匙在哪儿呢？"

"我知道。"唐尧说着走到刚刚打开的木箱旁，伸手拿起里面的钥匙说，"肯定是这把。"彭雪松拿过钥匙，插入钥匙孔向右一拧顺势一拽，只听"咔嚓"一声，墙面上一个暗门打开了。唐尧一阵兴奋，里面是个1.5米左右长、十几厘米宽、不足10厘米厚的方形红木盒子。

外间，龙东山听见里面唐尧的欢叫就知道有新发现了，他走进来，看见彭雪松正从墙里取出一个红色的木盒，他问道："什么东西？"

"还不知道。很轻，里面不像有东西的样子。"彭雪松一边回答，一边打开木盒。果然，盒子里空空如也。唐尧泄气地一屁股坐在床上，说道："白忙活了！"

"不白忙！"彭雪松微笑着说，"起码知道案发动机了。这里面的东西一定很珍贵，凶手杀死老人很有可能是因为它。"

龙东山点头表示同意，但会是什么东西呢？这件物品应该是长条形的，不会很重，不然这样的盒子承载不了；应该很珍贵，因此才这么精心收藏。

唐尧低头思索时，彭雪松开始检查这只木盒。盒子里明显有三个支撑点，从支撑点的大小看，上面的物件最宽也不过四五厘米。彭雪松把盒子递给龙东山和唐尧看，他凝眉说道："这么窄长的东西会是什么呢？"

龙东山看了看说："会不会是刀剑、长笛之类的东西？"

唐尧想到床下发现的箱子，他拿过来指给彭雪松看，他说："我觉得是刀剑之类的东西，您看这丝巾、毛巾，还有油，能做什么用呢？毛巾和丝巾应该是擦刀剑用的，油是为了防锈的。"彭雪松一拍唐尧，说道："分析得对，一定是刀剑之类的东西！需要时常擦拭、防锈。"

龙东山说道："看来，案子可能是一起因文物引起的杀人案。"

两天后，死者刘万川的儿子刘四平从上海赶回江城，处理完老人后事，他来到公安局，彭雪松、龙东山、王明、唐尧接待了他。刘四平是个50多岁的中年知识分子，他在上海的一所大学任教。简单介绍了案情后，刘四平开始讲述老人的经历。

"我父亲是个老八路，抗战胜利后随部队出关，参加了解放战争，一直在四野（即东北野战军），后来还参加了抗美援朝，但因身体原因1952年就回国了。1958年他以营级身份转业到北大荒参加边疆开发建设。我父亲是个老实人，平时不爱说话，但遇到说话投机的人，也会滔滔不绝。当兵时，按他的表现和战功早就该提拔了，但他不愿当官，所以后来很多资历不如他的人都比他职位高。他说过，抗战时他的一个通讯员在解放战争的时候都是团参谋长了，而他转业时还是营职，他也不在乎。"说到这里，刘四平激动起来，他流着泪说道："'文革'期间，我母亲去世了，但我父亲一直不找，他说有后妈就有后爹，不能让我受后妈的气，所以一直是他一个人带着我生活。后来，我被保送上了大学，毕业后分配到上海，就一直在上海定居。我几次要把他接过去和我们一起生活，他就是不同意，他说不适应那里的气候；说实在的，也是我不敢强迫他，我对父亲一直心存敬畏。"刘四平泪流满面，他说不下去了，这是一个伟大的父亲和一个孝顺的儿子。

彭雪松把面巾纸递给他，轻声安慰了几句，他说："刘教授，你别难过，我们一定全力破案，还你一个公道。"刘四平不住地说着谢谢。彭雪松问："你父亲是不是有一把刀剑之类的古物？能说说这方面的情况吗？"

刘四平明显一惊，问道："你们怎么知道？"彭雪松从办公桌下拿出那个盒子，说："我们在你父亲的卧室找到了这个。我们分析这应该是装刀剑之类的东西用的。"

刘四平点点头说道："我来也正是想跟你们说这个事。是刀，日本武士刀。"他开始讲起武士刀的来历："抗战时，我父亲在胶东军分区所部，大约是1943年的时候，我父亲在一个独立团当连长。在一次战斗中，他们连负责阻击任务。阻击了一天，200多人的大连队能打仗的就剩下15个人。任务完成后，他们在撤退途中遭遇了11个逃跑的日本兵。本来他们可以不管的，但我父亲下令打，结果虽然消灭了这11个日本兵，自己这边也只剩下5个人。就是在这次遭遇战中，我父亲缴获了一把日本武士刀，那是一个中佐的佩刀。战后军分区为了表彰我父亲，就把刀奖励给他。我父亲一直非常珍爱这把刀，倒不是因为刀的价值，而是因为那次战斗。他很少拿出来给别人看，因此，江城除了他的几个已故的战友，没人知道有这把刀。"

"'文革'时，有人让我父亲交出刀，为这红卫兵还抄了我家，但他们没找到。那时我也不知刀藏在何处。1992年，我回家探亲，在我要走的晚上，父亲取出刀，那是我20年间第一次看到。那天晚上，他教我如何保养刀，并嘱咐我一定保存好，他要把刀传给我，让我带走。我同意了，主要是我觉得刀肯定价值不菲，我想把刀带到上海找人鉴定一下，鉴定后再把刀送回来。"

"我回到上海找专家鉴定，结果出乎意料！这把刀居然有400多年历史！按我们的朝代计算，应该是明朝嘉靖年间就有了。在刀鞘上有'斩倭'两个汉字，还有'织田总介'几个日本汉字。联想到当年被我父亲他们击毙的那个织田中佐，专家分析说这可能是明代日本倭寇的武士刀，是日本织田家族的佩刀，曾被抗倭将领缴获，但后来又回到了织田家族手中，一直流传至今。专家根据刀的保存情况和历史年代分析说，这把刀可谓无价之宝，并且很可能是雌雄两把。当时是1992年，如果那时候把刀出售，他们预计可以卖到100万。"屋里几个人都惊得瞪大了眼睛。刘四平接着说："知道了刀的价值后，我犹豫了好长时间，是不是再把刀送回来。想到我父亲那样珍爱这把刀，而且保藏得那么好，我最终决定还是把刀送回来。但交给父亲时，我并没告诉他刀的价值，因为我知道，就算他不知道刀的价值，也会极为小心地保藏，绝不会轻易示人，因为这把刀能让他回忆起自己的历史和那些死去的战友。可是……可是怎么就……"刘四平又落泪了。

彭雪松问道："你觉得你父亲肯定不会把刀的事情告诉别人吗？有没有谁还知道他有这把刀？"

刘四平擦干眼泪，思考了好一会儿才说道："现在肯定没人知道。当初知道我父亲有这把刀的人都是他的战友，在江城就三个人，'文革'时被批斗死了一个，另外两人当年红卫兵揪斗他们时，他们都没说出刀的事，何况现在两人都去世了。如果说我父亲主动把刀的事情告诉别人我想也不可能。你想，20年时间，他连我都没告诉，怎么会告诉别人呢？而且那次鉴定之后我虽没说刀的价值，但我却一再叮嘱他不要让别人知道有刀。所以，我想他不会告诉任何人的。"

彭雪松开始沉思起来，龙东山、王明和唐尧分别问了刘四平一些问题，但得到的回答都没什么价值。

武士刀案件扑朔迷离，之后几天，刑侦部门都是全力以赴办案，唐尧也是任务在身忙得脚不着地。这倒有个好处，秦明华没再联系他相对象，或者她自己也是忙得脱不开身，顾不上了。

# 第四章　蛛丝马迹

武士刀失窃案案发一周后，彭雪松仍没得到案情取得进展的汇报，但他知道刑警队肯定是全力以赴，他该去看看了。走进刑警队大楼，刚到二层，彭雪松就听见一阵争吵声，他放慢脚步，到了三楼楼口索性停下来站在那里侧耳倾听。

"咯咯，呵呵，自以为是了吧？小子，你才吃几天干饭呀？数数，你自个儿数数，啊！你懂得几个问题呀！"是王明带着嬉笑的数落声。"没吃三天素，就想上西天啦！"里面不知夹杂着谁阴阳怪气的奚落声。听到这些彭雪松不觉皱眉，心想，这个王明，工作能力一般，嘴倒是够刻薄的，当初他怎么当上这个正科级中队长的，他这样能带好一个中队吗？

"队长！到底懂几个问题我自己会数的。但这个线索值得查一下，请你考虑考虑，咱们再加个人，跟我一起查查没坏处！"是唐尧压抑着愤怒的争辩建议声。

"嚯！那意思还得给你派个人，接受你领导呗？"王明冷笑斥责着，"你当你是啥呀？啊！你给我整明白了，你现在就是个小刑警儿，沙，你想查哪儿就查哪儿呀，你还没那个资格！是吧？别领导夸你两句儿就找不着北了。实话讲了，你那点儿玩意还嫩着呢！沙，我知道你唐警官将来会是将军、是司令，可你眼下还只是我手下的兵疙瘩，你现在只需要给我学会服从！"彭雪松听明白了，最后这几句话明摆着有所指。

里面，唐尧可能还想争取一下，但彭雪松已看见王明摔门出来了。彭雪松朝他走去，王明也正好转向他。看见彭雪松，王明略显尴尬，但一瞬间他就满面笑容地迎过来,"哎呀,是局长呀!您来啦,快请快请,去我办公室,去我办公室。呵呵,早想跟您汇报汇报工作了,是吧,您这亲自来了,你看看我这……"彭雪松笑着摇摇手,说道:"我就是来看看。训谁呢?我好像听见你在批评谁似的?"

王明干笑了两声,含含糊糊地说:"没啥没啥,办案子的事儿,小事儿,有不同意见,啊!争讲了几句。"

彭雪松没再问,他说:"二楼好像没人啊?三楼就你们几个吗,都去哪儿了?"

王明回答道:"啊,是呀是呀,这个,龙副局长带着一队,啊,霍支队带着二队都去查案子了。我们三队也是刚刚回来,沙,刚回来,正查武士刀案呢,很有收获,嗯,有收获……"

彭雪松不想听王明絮叨,也没去王明办公室,而是走进王明刚出来的那个房间。里面唐尧背对着门站在窗前,民警张海和另外两个干警坐在桌旁低声交谈着。看见彭雪松进来,几人连忙起身打招呼。彭雪松摆摆手示意他们坐下,就把目光转向了唐尧。唐尧这时已转过身向他敬礼了,彭雪松一眼就看出唐尧的不忿和委屈,但他不想直说,而是问道:"分析案子呢?情况怎么样?"说完就坐下来掏出烟,王明赶紧拿火机给他点上。彭雪松分烟给几人,到唐尧时,他犹豫一下,但还是接了,点燃抽了一口就咳嗽起来,他还不会吸烟。彭雪松想知道他们为什么争吵,但又不便直接问,于是他先从当前的案子入手开始了话题,他问:"案子有什么进展吗?"

王明抢着回答道:"有、有,有啊!我们正在排查每一条线索,因为案子定性为熟人作案嘛,所以,我们把重点,沙,放在了老人经常接触的人身上,现在在排查他的邻居,了解了很多情况。嗯,这个,另外,沙,我还特意安排两个人排查作案凶器,是吧,技术组说作案工具是杀猪刀之类的单刃尖刀,我看一定能从这里有突破!一定能!"

彭雪松平静地听着,但他知道这样做是不够的,耗时费工不说,即使有所发现也不会有实质性突破。他想起唐尧在案情分析会上说的话,但因为刚才的争吵彭雪松不好提这个话题,毕竟王明是唐尧的领导,在这种情况下他是不能明确表态支持唐尧的。他略一思考,问道:"还有其他想法吗?"

王明一阵犹豫，但还是说了："啊！这个这个，唐尧有个想法，但我感觉还不够成熟，沙，不够成熟，我想排查完这两条线之后再考虑考虑。"

"什么想法？"彭雪松还是看着王明问。

"呵呵，也没什么。"王明敷衍道，"就是小唐想去了解一下死者钓鱼的情况。"

"哦？"彭雪松显出好奇的样子，他转向唐尧问道，"怎么想到了这个？这不也是了解老人接触的熟人关系吗？没什么新意嘛！"彭雪松看似否定唐尧的话，实际上是婉转地支持唐尧，既然刚刚王明还说排查老人的邻居，也就是排查老人常接触的熟人，那为什么不能让唐尧查查经常和老人一起钓鱼的熟人呢？

唐尧显出急切的表情，听到彭雪松这么问，他立刻回答道："老人的邻居反映，他被害前一周每天都去钓鱼，经常是早出晚归。案发当天老人回来得相对早些，而且手里提着两条不小的鱼。从邻居们反映的情况看，老人钓鱼纯粹是娱乐，他很少拿鱼回来，一般都是把鱼放生，偶尔拿回来的鱼多半会分给邻居，他自己做鱼都是为了招待客人。而那天老人拿回的鱼还不小，却没有分给邻居，所以我猜测他那天有客人。这和老人家里橱柜中做好了但没吃的鱼情况吻合。"唐尧停顿一下，接着说道："从调查情况看，老人这段时间行动上也很反常，他一周时间每天都去钓鱼，这么大年纪了，就算身体很硬朗，这样钓鱼也未免过勤了。所以我想应该了解一下那些天老人钓鱼的情况。"

王明显出不耐烦的样子，他插话说道："钓鱼还能付出多大体力，嗯？钓一周鱼能说明啥？"

唐尧说道："钓鱼也是一项体育运动，也是需要付出体力的，就是我们这样的年轻人连续钓三五天鱼，都会感觉很累的，更别说这样年纪的老人了。"

"就算你说得有道理又怎么样？又怎么样？是吧？我们不是已经调查经常和他钓鱼的人了吗？沙！没发现什么嘛！是吧？"王明的语调明显高了。

"可是，我们没调查老人最近为什么换了钓鱼地点，谁和他去钓的鱼。"

唐尧反驳道。

"换地点怎么了？原来的地点人多、不上鱼，沙，不是都能让他改变地点吗？"王明不屑地摇着手说道。

看着两人越说越激动，彭雪松呵呵笑了，他说："各抒己见嘛，好！干刑警的就该有这种较真儿的精神，拔犟眼子的精神！话不说不透，掰扯明白了，线索也就出来了。"他看了看唐尧，笑道："你小子也够狂的啊！跟你们队长也敢这么争讲，刚才就是训你的吧？"唐尧低头不语，他不服气。彭雪松接着说："你要跟老刑警多交流，多听取他们的意见，他们经得多、阅历广，过的桥比你走的路都多！要多向他们学习。"唐尧勉强点点头，王明却露出得意的表情。看唐尧仍不吱声，彭雪松接着说道："看来你还挺倔啊！"他转向王明说："要不这样，他不是不服气吗？就给他个机会，让他一个人去查查这条线。"也不等王明表态，彭雪松又对唐尧说："但是咱们可有条件，就三天时间，有没有结果三天你也得撤回来，我们可没时间给你浪费！"唐尧立刻答应了。

不管彭雪松中间说了什么，怎么说的，但最终的结果是他批准了唐尧的行动。王明虽说有点儿不高兴，但领导的话明摆着向着他，他暗想，就让这愣头小子去查好了，查不出结果有他好瞧的。彭雪松很技巧地解决了两个属下之间针尖对麦芒的矛盾，既给足了王明这个当领导的面子，也让唐尧达到了自己的目的。

可是，彭雪松一走，王明就变了脸，他对唐尧说道："局长可说了，沙，就三天，这三天你可以办你的事，但我交给你排查那七个日杂店的任务也必须完成！是吧！"说完得意洋洋地走了。唐尧气不打一处来，但县官不如现管，他也只好咬牙硬撑着。

唐尧出了办公楼回到寝室，简单收拾一下到食堂要了两个馒头、一包咸菜就出发了。为了提高速度，他特意跑到治安大队借了一台铃木100摩托车。他没去王明规定的地点，而是直接去了东郊水库。刘万川老人最后几天的钓鱼地点就是这里。

东郊水库是江城最大的水库，水库周边开发了十几处鱼塘供钓鱼爱好者垂钓。第一天，唐尧一无所获，钓鱼的人不是忙于钓鱼简单应付他几句，就是一句"不知道"打发走唐尧；有的干脆就急了，说唐尧不懂钓鱼规矩，这样走来走去，大声说话把鱼都惊跑了。唐尧干着急没办法。晚上，唐尧拖着疲惫的身躯回到宿舍，一头扎到床上，瞪着眼睛看天棚，同寝的刘延超和他说话，他也不理。唐尧知道这样调查，三天时间肯定完不成任务，他该想想别的办法了。

第二天，唐尧一早就来到本市最大的花鸟鱼市，这里有十几家渔具店，别看时间只是早上6点，但渔具店都开业了。唐尧选了一家门面最大的渔具店走进去，里面没人，他清清嗓子问道："有人吗？"随后就转向壁架上浏览琳琅满目的钓具。

这样等了好一会儿，里间才响起一个慵懒而带有愠怒的声音："大清早的喊什么呀！"接着门帘一掀，一个个子高挑、身穿宽大睡袍的女孩儿走出来，她也没正眼看唐尧，就问："买啥？"唐尧这两天本就心里不舒坦，看着这个长发蓬乱的女孩儿不觉一皱眉，答道："我想买根钓竿。"

那女孩不耐烦地扫了一眼唐尧，问："什么竿？手竿还是海竿？"一句话把唐尧问住了，他并不知道钓竿还有什么手竿海竿之分。"那个……那个，要是在鱼池钓鱼用什么竿？"那女孩也没说话，打着哈欠回身到壁架上随手拿了三根竿放在柜台上。唐尧距离女孩儿至少一米半距离，但他仍能闻到一股酒气。唐尧暗想，这人昨晚喝了多少酒啊！现在还这么大酒气。

唐尧低头摆弄着钓竿，他实在分不出好坏，不知该选择哪一根。正犹豫着，忽然一股烟气扑面而来，唐尧不自觉地伸手在面前扇扇，然后转头朝斜对面的女孩看了一眼，那目光要是迟晓丹看见一定不陌生。女孩显然是刚起床，但一夜的睡眠并没掩去她的浓妆，唐尧甚至不能确定她的肤色、嘴和眼睛的大小。不等唐尧说话，那女孩开口说："初学者吧？你也别挑了，说想买什么价位的吧，我给你选！"她的声音倒是清脆，但绝不悦耳，唐尧能听出语气中的嘲讽，他压压心里的不快，还是耐着性子说道："一般的就行。咱是初学者嘛！"那语气明显生硬了不少。

女孩咯咯笑起来："哼！还挺要面子呢！"她随手又从架上拿了一根竿，

说道："就这根吧，韩国竿，中性的，不软不硬，四米五长，钓鲫鱼钓鲤鱼钓草鱼都适合。价格也合适，给200块就行。"唐尧还没来得及答话，一个声音从身后响起："错了错了！那根是320块的！"

唐尧回身一看，一个50岁左右的女人正抱着一大袋鱼饵料走进来。那女人匆匆放下手中的袋子，急急忙忙走进柜台，她嗔怪地拉了一把女孩儿，转向唐尧说："这是最好的竿了，我一看就知道小伙子识货，拿一根吧！"

看这情景，唐尧明白了大半，他已不想在这里买了。"320？"唐尧不屑地放下手中的竿，说道，"180我就拿一根，再多我就不买了！"说完转身欲走。

那妇人连忙喊住他："哎，小伙子！别一口价呀，好商量，我给你打八折，这可是最低价了。"唐尧还是摇头。

妇人刚要再劝，一直在旁边冷眼抽烟的女孩忽然说道："就200了，你要是多给一分，你就被骗了一分！"然后戏谑地笑笑。那妇人狠狠盯了她一眼，一句到嘴边的话生生咽了下去。女孩就当没看见，接着对唐尧说："光有钓竿也钓不了鱼，你还需要什么？"

看着顶牛的母女俩，唐尧暗自发笑，他也不知还需要什么，于是说："能达到钓鱼状态就行。"那女孩二话不说，开始忙碌起来，绑线、拴钩、安漂儿……手法娴熟利落，没十分钟一切就绪。

"浮漂儿和铅坠钓的时候还要调，这个不到现场我帮不了你。"女孩又问，"饵食呢？要什么牌子的？"

唐尧想了想，说道："钓鲤鱼的吧。"女孩挑了一种拿给他，又主动帮唐尧挑选了抄网和鱼护，然后倚在柜台上，又拿出烟点燃。她吐了口烟，说道："总共426，收你420，怎么样？"一直在旁边的妇人连说："什么什么？不行！至少500。"女孩儿看了她一眼，说道："你讲点儿诚信好不好，非要一锤子买卖呀！赚多少是多呀？"说完转身回里间去了。

唐尧不觉看了看她的背影，尽管她穿着宽松的睡袍，仍难掩婀娜的身材，这身影让他感觉似曾相识，刚才的不快一扫而光。他转向妇人说道："就这个价儿了，卖不卖？不卖我就走人。"

第四章 蛛丝马迹 · 29

那妇人撇撇嘴很是无奈的样子,但只用一秒,她就换了一张笑脸,说道:"没得说!我闺女说的就算。"说完一边帮唐尧装渔具,一边笑着说:"干啥也不容易,多理解吧!"然后提着渔具送出店门,帮着唐尧绑在摩托车上。唐尧说了句"谢谢",启动车直奔东郊水库。

这回唐尧学乖了,他把摩托车停在水库入口处,提着渔具向钓池走去。走了五六个鱼池,唐尧选了一个钓点,当然,他选钓点不是看那里是不是上鱼,而是想看在这里钓鱼的是什么人。这个鱼池旁钓鱼的是三个年纪稍大的人,他走到最边上的一个老人跟前很礼貌地压低声音说道:"大爷,我在这里钓可以吗?不影响你们吧?"老者笑道:"没关系,你钓吧。"唐尧笑着说声谢谢,放下手中的钓具准备起来。

今天,天空少云,光线好,风也不大,是个适合钓鱼的天气。唐尧从没钓过鱼,他和了两次饵食都稀了,费了好半天劲儿才和好,之后的安漂、扔钩都不得要领。他心想,多亏渔具店的姑娘帮忙绑了钩和线,不然就更丢人了。但即使这样,在他第三次抛钩的时候,旁边的老人还是开口问道:"小伙子,第一次钓鱼吧?"

唐尧红着脸说:"可不是嘛!从没钓过。"他用讨教的口吻说道:"大爷,您看来是老手了,教教我呗?"

老人呵呵笑了,说道:"我一看就知道你是新手。"他站起来走到唐尧旁边,拿起他的鱼食看看,又拿到鼻前闻了闻,说:"你这是钓鲤鱼的专用食儿,这个池子主要是鲫鱼,这食儿不合适,效果不会太好。"说完,老人又拿起唐尧的竿看了看,说道:"钩和线绑得不错,线和钩的搭配也像样儿,就是漂儿调得不好,铅坠太重,这样钓鲫鱼不灵敏。"

唐尧也不隐瞒,说道:"钩、线都是渔具店老板帮着绑的,漂儿和坠儿老板说让我到地方自己调,我就自己简单弄了下;食儿嘛,是我随便买的。"

老人笑道:"三分钓七分饵,饵食最关键,可随便不得。"说话工夫,老人帮唐尧调好了钓具,他又送了一些和好的饵食给唐尧,唐尧开始认真钓起来。说来唐尧真是有钓鱼的天赋,二十多分钟时间,他就钓起三条鲫鱼,还都不小。老人也夸赞了唐尧几句。看着老人不紧不慢怡然自得的样子,唐尧说道:"大爷,看来您常钓鱼啊?"

老人说道："从5月初咱东北能钓鱼开始，我是能来就来，两天不到三天早早到！这里常钓鱼的，没我不认识的！"

唐尧立刻问道："有位叫刘万川的老爷子，您认识吗？"

老人想了想，说："刘万川？多大岁数的人啊？这名字不熟。"

唐尧说道："他可是一位高龄钓鱼爱好者了，70多岁了。前段时间他常来这里钓鱼，原来他是在西郊那边钓鱼的。"

"噢！"老人恍然大悟，说道，"你说的是那个老刘头儿啊！我知道他，老爷子身体真是硬朗，一点看不出那么大岁数。原来我和他也不熟，前段时间他和一个人来这里钓了几天，我看他水平不错，就过去和他聊了聊，他不太爱说话。我遇见他三四次吧，后来就不见他来了！"

唐尧一阵高兴，追问道："和他一起来的人多大岁数，他钓技怎么样？"

老人露出不屑的表情，说道："很一般，很一般，不比你强，也不是常钓鱼的人。渔具都是老头儿的。"

唐尧笑着说："弄不好也是拜师学艺的，就像我，不是也得跟您老人家学嘛！"唐尧不敢过多表露意图，先拍拍老人家的马屁。

老人笑了，说道："我看那个人不像是学钓鱼，他对钓鱼没悟性，看着好像挺专心，其实不是那么回事儿，这个他赶不上你的天分。"唐尧暗想，看来那人另有企图，他又问："这人多大岁数？和老刘头儿很熟吗？"

这时正好一条鱼上钩，老人一边提鱼，一边回答唐尧说："有四十八九的样子，个子不矮，我听他管老刘叫什么'师伯'。"

"师伯"？唐尧在心里反复叨念着，他想不明白为什么这么叫。唐尧正想再问，这时自己也上鱼了，他赶紧提竿，一条半斤左右的大鲫鱼钓了起来。老人笑呵呵地说："你要是经常钓肯定会是个高手！"

"谁是高手，比我厉害吗？"一个清脆的声音响起。唐尧顺着声音看去，一个个子高挑，戴着凉帽、墨镜，身穿牛仔服的女孩儿站在他们身后。她亭亭玉立，面容姣好，脚边放着一个很大的钓鱼专用包。唐尧看着非常眼熟，但一时又想不起来。"呵呵，"老人笑道，"蓝子来啦！可有几天没见你了。"被称作"蓝子"的女孩儿应道："马大爷还是一天不缺呀！今天收获咋样？"这清脆的声音让唐尧一下想起来，是渔具店的女孩儿！

她怎么来了？

蓝子款款走到马老身边，放下背包，麻利地拿出钓具、小凳子，一件件安装好，就坐在马老身边钓起鱼来。

几个人都不说话，静静钓鱼。一上午时间，唐尧的收获还真不小，他钓了30多条鲫鱼。

该吃中午饭了，三位老人聚到一起准备吃饭，蓝子好像和他们都很熟，不用招呼就提着带来的食物，拿着小凳走过去。唐尧又饿又渴，但除了两根火腿肠、一瓶矿泉水，他什么都没带。马老看唐尧还在钓鱼，就叫道："小伙子，别钓了！过来一起吃点儿，我看你是没带吃的吧？"唐尧不好意思地说："那不好吧，我怎么好吃你们的东西！"

老人笑道："这算什么，出来钓鱼碰到一起就是钓友！别客气，我们带的东西不少，不差你一个。"

唐尧放下竿走过来，笑着说："我这钓技跟您称钓友都丢人！"看着唐尧实实在在的样子，另两位老人也都笑了。蓝子却接口贬道："还算有自知之明，钓技真是很一般。"也难怪她讽刺唐尧，蓝子比唐尧晚来一个多小时，钓的鱼却比他多了不止一倍。

另一位红脸酒糟鼻的老人说道："这小伙儿不错，现在像他这样的小青年多数牛哄哄得不可一世，一瓶子不满，半瓶子晃荡！他倒实在，有一句说一句！"

蓝子哼道："一滴都没有，怎么晃荡？"

"你这尖刻的丫头！"红脸老人笑呵呵地斥道。

唐尧接口说："她说得没错，我的钓具就是今早在她那里买的，也是她帮我绑的钩。"蓝子明显一惊，她盯着唐尧看了好一会儿才认出唐尧，嘴里说道："哦，是你呀。"唐尧笑笑不语。

马老一边摆东西，一边给唐尧介绍，红脸老人姓王，另一位老人姓刘，退休前是教师；蓝子名叫蓝黛，家里开渔具店。唐尧也介绍了自己，只是没说自己是警察。

开始吃饭，唐尧看看饭菜还真丰盛，有火腿肠、酱鸭爪儿、西红柿、黄瓜、干豆腐卷儿、大葱、酱、榨菜、咸鸭蛋，主食是包子和花卷。最后，那位刘老师拿出一瓶白酒和一个大约装半两酒的小杯，他满上自己先一口喝干，然后传给马、王两人，两人也倒满酒一口喝掉。那红脸的王老又倒满酒递给唐尧，唐尧略一犹豫才接过去一口喝了。酒非常烈，唐尧被呛得一阵咳嗽，嘴里不住地说着："太辣了！太辣！"三位老人哈哈大笑。蓝黛却很不以为然，她打开自带的易拉罐啤酒喝了一大口，说道："一个大男人喝口酒，至于嘛！"唐尧只是苦笑，也不反驳。经验告诉他，跟女孩子打嘴仗没好果子吃，这在迟晓丹那里验证了无数次。

三老两少坐在太阳伞底下一边吃饭一边闲聊，唐尧有意把话题引到和刘万川一起钓鱼的人身上，他问马老："马大爷，您还记得和老刘头儿钓鱼那人长什么样吗？"还没等马老回答，那红脸的王老抢先问道："小唐，你是做什么工作的？"看着他疑惑的目光，唐尧知道他已怀疑自己的身份，于是也不隐瞒，说："看来大爷猜到了，我是警察。说实话，我钓鱼只是个由头，其实我是来查案子的。"

王老很直爽，他笑道："我看你就不像一般人。行！是个懂事的小子！"他仔细回忆了一会儿，自言自语似的说道："个儿不矮，挺白净，就是戴着大墨镜，阳帽压得也低，还真看不清脸。"

"嗯！"一直不说话的刘老也说，"是看不清，没跟我们说过话。也就遇见两三次，印象不深。"

蓝黛说道："是和刘老爷子来钓鱼的那个左腮下有颗黑痣的笨鸟吗？"

刘老师点头："对，就是那人，脸上是有黑痣！"

蓝黛又道："他用烟嘴抽烟，左手提竿，应该是个左撇子。"

这一上午唐尧收获不少。中午天热，鱼儿浮头，三位老人都收竿休息。唐尧有心事不想再钓，他谢辞三位老人，又主动到蓝黛跟前说了声"谢谢"，蓝黛冷眼看了看他，一句话也没说。

唐尧回到单位简单收拾一下，也没向队里汇报就独自一人来到刘万川住处，找了他的邻居询问老人是不是有一位脸上有黑痣，左撇子，五十来岁的朋友，邻居都说没见过。之后，他又去了西郊，找到老人的几位钓友，他们也没见过这样一个人。但从他们那里，唐尧又了解到一个情况，就是老人的钓鱼水平很高，他一般都是在西郊的江岔子野钓，不喜欢在鱼池钓鱼。他突然改变习惯去鱼池钓鱼，这也是个反常现象。

有了目标的初步线索，但想找到这个人，还是大海捞针，必须有更准确的信息。

整个下午和晚上，唐尧都在回忆上午的事，有一个问题他始终想不明白，脑子里反复重复着两个字"师伯、师伯"，这到底是什么意思呢？为什么这样称呼？晚饭打菜时，王师傅问他吃什么菜，他居然脱口说道：师伯！把王师傅说得不知所措。

第三天早晨，唐尧先到了办公室，他准备一下，打算用一天时间完成王明交给他的任务。正要走，桌上电话响起，他接起一听，居然是彭雪松，他让唐尧立刻到他的办公室去。唐尧虽然迷惑，但还是放下电话赶紧过去。

到了公安局主楼，唐尧没乘电梯而是走楼梯上四楼。他低着头快速上到三楼口，刚一转身不觉猛地刹住身形，他的眼前出现一双黑色的皮鞋，随着小巧的鞋再到笔直的裤线，他的目光缓缓抬起，最后落到迟晓丹娇美的脸上。唐尧赶紧点头打招呼，迟晓丹歪着头似笑非笑地看着他，眼中似乎比平时少了一丝冷峻，多了一分好奇。这样互视了一秒，两人几乎同时说道："你怎么在这儿？"刚说完唐尧就知道错了，果然，迟晓丹一瞪眼道："说什么呢，叫师姐！"唐尧赶紧改口喊师姐，但心里一百个不服气，迟晓丹明明比自己还小一岁，就因为上警校比自己早了一届，一直受她欺负。没办法，师父说了，警校就这规矩。

迟晓丹接着问："不在刑警队，你跑主楼来干吗？"唐尧暗想，不在技术组洗照片，你来主楼干吗？但嘴上还是说："领导让我过来的，师姐来干吗？"

迟晓丹脸色一暗，说道："管好你自己的事吧。"说完就走，但只迈出两步又回头说道："你下班给我打个电话，我有事跟你说。"

"找……我？"唐尧口吃似的说，"找我说……说什么事？"迟晓丹杏眼一横，唐尧赶紧说："好好，下班要是没事我给你打电话。"说完逃也似的爬上四楼。

四楼最里面是彭雪松的办公室，到了门前，唐尧深吸口气才伸手敲门。不知为什么，唐尧每次见彭雪松都会有一种紧张的感觉，按说与彭雪松的接触不算少,彭雪松也不是那种官架子很大的人,对他也不错,但他就是紧张。

"请进!"里面彭雪松深沉的声音响起,唐尧推门进去,里面龙东山、霍兵都在。唐尧向领导敬了礼,然后坐在彭雪松指给他的位子上。彭雪松开门见山问唐尧说:"唐尧,今天是第二天,我知道你忙了两天,有什么收获吗?"

唐尧干脆地答道:"有!我可以确定杀死刘万川的就是那个左撇子、用烟嘴吸烟的人。这个人五十来岁,个子很高,白净,左腮下有颗黑痣。"彭雪松他们都认真地听着,唐尧接着说:"但老人周围的人,他的邻居、钓友都没见过这个人。从我了解的情况看,这人和老人关系应该非同一般,老人能因为他改变野钓的习惯,连续几天陪这个人到鱼池钓鱼,他还称呼老人为'师伯'。"

彭雪松满意地点头笑了,对唐尧说:"可以呀!我没白给你争取这个机会!"

唐尧腼腆地笑道:"我知道您那天的心意,真谢谢您!谢谢您能让我去调查。"

彭雪松没再接这话,他转变话题说:"今天找你来,是因为刘四平有重要情况要反映,而你的办案思路我们认为是对的,所以找你来一起听听他要说些什么。"唐尧感激地望着彭雪松,这个时候别人给他的一切嘲讽和非议,他都不在乎了。

几分钟后,在一个民警引领下,刘四平走进彭雪松的办公室,彭雪松站起来迎接他。坐下后,刘四平询问案件进展情况,彭雪松只告诉他已有些眉目,没和他说具体情形。彭雪松问刘四平:"刘教授,您要反映什么情况?"

刘四平扶扶眼镜说道:"我想起一件事,也不知对你们是不是有帮助。考虑了一天,觉得还是和你们说说为好。今天下午1点我就要离开江城,在走之前我得把这个疑虑告诉你们。"

彭雪松说:"您做得对,只要是可能帮助我们破案的,都该告诉我们。"

"那好吧!我就说说,"刘四平说道,"我这几天想,应该还有个人知道我父亲有这把刀。上次我跟你们说过,'文革'时,红卫兵让我父亲交出刀,为这个还批斗了我父亲和他的两位战友。这两个战友家和我家都是世交,一个姓蔡,另一个姓熊。这个姓蔡的家里有五个女孩,她们来我家串门不多;那位姓熊的有个比我小3岁的儿子,两个女儿。我和他儿子从小就在一起玩,关系一直不错。他叫熊毕林,1978年时,他们一家搬到省城去了。一开始我们还有书信来往,后来熊叔叔病逝,就渐渐断了联系。我这几天一直努力回想以前谁见过这把刀,昨天我想起来,有一年过年,那时候我们还小,我父亲、蔡叔叔、熊叔叔一起看刀,我和熊毕林跑着玩无意中闯了进去,被他们训斥了一顿。所以我想,这个刀的事,熊毕林应该知道。但这件事过去几十年了,熊毕林和我们也断联系很多年了。所以,这个事对你们办案有没有帮助我也说不准,只是供你们参考一下。"

听了刘四平介绍,唐尧恍然大悟,他急切地问道:"你们三家之间小一辈的孩子是不是都称呼长辈为'世伯'或者'世叔'?"他话一出口,不但刘四平惊讶地问道:"你怎么知道?"就连彭雪松和霍兵、龙东山也都是一惊。

唐尧更加惊喜了,他没作解释而是接着问道:"那个熊毕林是不是左撇子、脸上有黑痣?"刘四平张口结舌地站起来,口吃似的说:"对……呀!你这是……怎么知道的?"

彭雪松示意唐尧不要解释,他安慰了刘四平后,就派人送他离开了。

送走刘四平,龙东山对唐尧说道:"看来这两天你收获真是不小啊!说说'世伯'是怎么回事?"

唐尧兴奋得脸红红的,他说:"说来真是巧合。"他开始讲述昨天钓鱼遇见三位老人向他反映情况的事:"老人们说那个人称刘万川为'师伯',我一直想不明白为什么这么称呼,徒弟管师傅的师哥才叫'师伯',可刘万川没有这样的经历,对不上号啊!刚才刘四平介绍他们三家的历史渊源,让我一下意识到,是钓鱼的三位老者听错了,他们把'世伯'听成了'师伯'。这样就和几天的调查合拍了。这个人跟老人关系非同一般,但又不是在江城经常接触的人,应该是个多年不见忽然出现的老相识,也正是如此,老人的邻居和钓友都不知道这个人。我猜想,这个人很可能就是熊毕林,他肯定有备而来，先以故人之子的身份出现，然后投其所好，用向老人学习钓鱼技术取得老人的好感，使他疏于防范，在几次钓鱼接触中知道刀还在老人手里，于是案发当晚以到老人家做客为由登门，趁老人不备杀了他。又根据小时候的记忆找到钥匙和墙壁上的暗格，盗走武士刀。"

他停了停，看看几位领导都认真听着，唐尧又大胆分析说："这个杀人盗刀的过程，熊毕林应该是精心策划的：第一，他知道老人不善言辞，平时和别人很少攀谈聊天，即使是遇见故人之子，他也不会对人提起；另外，他出现在老人面前时，老人身边肯定总是没有熟人；几次钓鱼也是以养鱼池好钓易学为由，将老人带离熟悉的环境和熟悉的人，这样事发后就没人知道他的存在。第二，他肯定是以向老人学钓技或陪老人钓鱼为由取悦老人，刘万川独自一人生活，身边没有小辈，见到他肯定高兴，这样更容易套出他想知道的情况。第三，我们勘查现场时，老人的橱柜中有一盘没吃的鱼和两盘没吃多少的菜，以此看，他是答应到老人家中做客吃饭，但为避免撞见刘万川的熟人，他并未按时到达，避过人们活动的高峰期，在晚上9点之后才去了老人家，然后伺机杀死老人，盗走武士刀。"

彭雪松和几位领导都很赞同唐尧的分析，他们一致认为熊毕林的嫌疑最大。彭雪松立刻下令，让龙东山马上与省城联系，调取熊毕林的资料，尽快找到这人。

两天后，省城的相关信息传来，熊毕林1994年因走私文物被判刑三年，出狱后一直从事文物收藏和鉴定生意。近期发生在省城的日本交流团丢失一把武士刀案件中，此人被作为嫌疑对象接受过问询。

熊毕林的疑点逐渐放大。想到前段时间出现在江城的境外走私分子萧一扬，以及江城与S国一江之隔，文物易于出手出境的特点，彭雪松分析熊毕林应该还藏匿在江城。他立即签署命令，由公安部门牵头，联合街道办、居民委在全市范围内排查熊毕林，并在出城主要路口设关卡，检查过往车辆和行人；在公共汽车站、火车站检查可疑人员。

一张抓捕熊毕林的大网拉开了。

# 第五章　在劫难逃

熊毕林从噩梦中惊醒，他猛地坐起，感觉浑身是冷汗，好半天才清醒过来，原来是梦，真好只是个梦。但梦中的场景他还清晰记得，他下意识地手按胸部，似乎胸前真的中了枪在流血，这是现实的预示吗？不行，熊毕林暗想，必须出手了，这两把宝刀也许真的是致命的利器。

熊毕林拿起手机拨通萧一扬的电话，对方仍不在服务区内。他暗自着急，按说萧一扬早该到了，他们早就定好要面谈交易文物的事，尽管没说具体是什么物件，但他告诉过萧一扬是两件有400多年历史的文物。当然，他这么说的时候手中只有一件，但他相信自己一定能拿到另一件，实际上他也确实做到了。这样的交易，他和萧一扬的老板洪哥以前就做过，只是这次联系他的是萧一扬，而不是二当家的，好像洪哥他们早就知道自己手中有货似的，主动找上门来。但不知为什么，那天他到了约定地点，萧一扬却没露面，之后也没同他联系，难道是萧一扬回去了？想到这，熊毕林一阵紧张，他再次拿起电话，这次他拨打的是座机，国际长途。电话通了，好久才有个女人的声音响起，对方的"鸟语"让熊毕林愤怒，他用近于吼叫的声音怒道："别他妈跟我玩轮子，老子找萧一扬！"

对方很配合，立刻用娇滴滴的中文答道："先生，气大伤肝！淡定……淡定！"熊毕林气得差点摔了电话，但他仍耐着性子说道："小姐，我有很重要的事找萧先生，你转告他，有什么事可以明说，这样闷着有意思吗？"

对方停顿了几秒，接着一个深沉的声音传来："是老熊吧，我是萧一扬。"熊毕林一阵欢喜一阵忧，喜的是终于联系上了，忧的是萧一扬身在境外。为什么回国了？他急于知道答案。"萧先生，我们约好见面，你不露面也就算了，怎么就回去了？"

"哼！"对方冷笑着说，"不回来等着被抓吗？要不是老子反应快，现在早在号儿里吃牢饭了！"接着萧一扬简要说了那次几乎被抓的经过。"老熊，你觉得警察是怎么知道我要去见你的？"熊毕林立刻听出弦外音："怎么！你怀疑是我走漏了风声？"

萧一扬冷笑道："我倒不是怀疑你有意走漏风声，但自以为是的人常常不知不觉就露了马脚，这样的人没资格再跟老子合作！"

"嘿嘿！"熊毕林气乐了，"好好！你是怀疑我的能力。既然如此，那咱们的合作也就免谈了。"

对方一阵冷笑："还说什么合作，要是我猜得不错，现在公安正全城搜捕你呢！你还是好自为之吧。"接着电话就挂了。

熊毕林愣住了，萧一扬能说出这样的话肯定有原因，难道公安已锁定自己了？熊毕林知道萧一扬与国内有千丝万缕的联系，省城主要的文物贩子似乎都与他有交往，就是江城的黑道人物也与他关系密切。难道他得到了什么内部消息？

可是，交易还没个结果，如果不与萧一扬合作，那边不启动通道，货就出不去，刀就没有买主。熊毕林想到了二当家，前几次交易都是他出面，这次却是萧一扬。现在出了这样的变故还能再找二当家吗？熊毕林暗自摇头，萧一扬不肯做，阴狠狡猾的二当家更不会做。

一种不祥的预感袭遍全身。熊毕林快速下床，从沙发背后取出一个长条手提箱，他快速打开，两把武士刀静静地躺在那里。他爱惜地抚摸着武士刀，那是织田家族相传了400多年的武士刀，它们一长一短，古香古色，即使不考虑它的价值，也令人爱不释手。这么多年他费了多少心思啊！它们终于属于自己了，但现在它们仍不能给自己带来实际的财富，如果仅仅作为把玩的物件，他可不会这样费尽心机，价值带来的财富才是他的目的。然而，近在眼前的变现渠道没了，危险已慢慢袭来。熊毕林当机立断，既然洪哥这边没指望，那就马上离开江城，返回省城另选其他买家。对此他很自信，他混迹于文物场多年，手中货好，找到好买家从来都不是问题。

熊毕林看看表，时间是凌晨4点，他得赶紧清理这间屋子，离开前消灭一切可能带来麻烦的痕迹。一小时后，熊毕林收拾完一切，提着长箱走出楼口。转到街上，熊毕林压了压帽檐儿向左右看看，前面不远处有个馄饨馆，他想吃点东西再打车离开江城。馄饨馆刚开门，他进去要了一碗馄饨，忐忑不安地坐在角落里等着。十分钟后馄饨上来了，他刚想吃，忽然听见街上响起刺耳的警笛声，熊毕林一惊，看到街口一辆辆警车闪过，很明显警察在行动。熊毕林警觉起来，他顾不上吃饭，扔下五块钱起身就走。

出了馄饨馆，熊毕林朝出租车停靠点儿望去，几个出租车司机正围着两个民警指指点点地看一张照片，他立刻想到是不是在找他？他在心里暗暗安慰着自己，不会的，不会的，警察是在查别的事，不要草木皆兵。

然而，多年刀口舔血生活养成的对危机的预感，让他选择宁可过敏也不能迟钝，他必须马上离开。但怎么走呢？如果是江城公安组织的联合行动，那在车站、码头、主要交通道口都会有人拦截，甚至现在广播里、电视上都已播报了他的情况。想到这，熊毕林直冒冷汗，他快速思索着，如果不向东出国境，西北方向有一条公路也能离开江城，那现在他只能向北走，从北面出城快，出城后再转向西。想到这里，熊毕林快速朝北走去。一路上，行人不多，他低着头尽量让自己显得从容一些，这样走了四十分钟，他到了出城的路口。

不出所料，路口果然有两辆警车停在那里，两个警察、两个武警，还有一个身着便装的人正在盘查过往车辆。熊毕林难住了，这么细致的盘查一定不会放过他这样的单身行人。而这里还只是第一关，这条路最终和从江城西面出城的一条路汇合后，在两条路的汇合点上必定还有盘查，而那里会更加严格。

熊毕林把身子隐在公路边的一丛灌木后，密切注视着前方一里外的五个查车人，急切盼望着这几个人能暂时收队，或者去吃饭，或者被召回。但他失望了，这样过了半个多小时，那五人仍在认真盘查着每台过往车辆。

"看来只能想别的办法了。"熊毕林沮丧地想道。他索性躺下，漫无目的地向四周看着。今天风和日丽，蓝天白云，四周青草芬芳，天上飞鸟啾鸣，大自然还是那么美好，而他已无暇欣赏。他茫然看向远方。忽然，不远处一个钓鱼人引起他的注意，他猛然冒出一个想法，不觉窃喜起来。熊毕林立刻弯下腰朝那人走去，这样走了三十多米，他直起身恢复常态，他知道公路路基的高度完全可以挡住他，那些警察看不到了。

走到那人身后不足二十米，那人才发觉，他回身看看熊毕林，没说什么。熊毕林看着那人的鱼篓主动开口说道："春钓滩，夏钓早，秋钓黄昏，冬钓草。现在不过7点多就钓了这么多，老早就出来了吧？"刘万川老人挂在嘴边的钓鱼谚语他还记得，看来这人也是遵循了"夏钓早"这句。那人一笑，说道："老哥看来也是个行家呀！"

熊毕林客气道："谈不上，谈不上。早起散步走到这里，看你钓鱼，过来瞧瞧。"他走到那人侧面蹲下看他钓鱼，那人应酬了几句，又专注地钓起鱼来。熊毕林向四处看着，确信没其他人后，他慢慢地抄起地上大半块儿砖头，趁那人不注意猛地砸向那人头部，那人哼了一声就倒下了。熊毕林迅速脱下那人的雨披套在身上，然后戴上那人的遮阳帽，扛着鱼竿，提着鱼护，背着自己那个酷似装渔具的长箱，朝路口方向走去，那样子就像一个寻找合适钓点的渔人。

经过简单化妆的熊毕林仍不敢大意，他没上公路，而是在公路下边的壕沟沿儿上朝北走，这样公路上的人只能远远地看见他。他慢慢朝前走着，时不时故意停下来向旁边壕沟的水面看看，装出找钓点的样子。离关卡越来越近，熊毕林的心紧张地狂跳着，但他没有停，一直朝前走。越过关卡时，熊毕林用余光注意着几个人的反应，真是老天帮忙，这时正好一辆车从市区开来，五个人都把注意力转向了车，没人注意他这个早起"钓鱼"的人。

终于过了关口，当熊毕林确定那几个人绝对看不到他时，他快速脱掉雨披，扔掉渔具，背着长箱撒腿就向西跑，那里还有最后一个关口，他距离那个关口至少还有十多里泥泞的田埂路。

熊毕林走完这段路程的一半就已经汗流浃背满身泥水了，但他顾不上这些，依旧跟头把式地向前走着。这两天刚下过雨，本就高低不平的田埂更加湿滑。又一趔趄滑进池田，熊毕林挣扎着起来，索性坐在池埂上，他喘息着向前方看去，前面是一望无际的稻田。他还要走很远，走到另一个对他而言必须经过的鬼门关。他又侧头向左边看去，一里多远的地方就是公路，公路上车流滚滚。想到那里平坦洁净的水泥路面，熊毕林真是渴望羡慕，他就呆呆地望着那条路，甚至产生了放弃的想法。沮丧和怯懦了几分钟，求生的欲望又重新占据了他的心。"不！不、不！我绝不能放弃，绝不能被抓！"想到这里，熊毕林猛地站起身，抱紧箱子再次向前走去。忽然，一阵急促的警笛声令熊毕林一惊，他转头又向公路方向看去，六七辆警车呼啸着向前开去。"难道是发现我了吗？"熊毕林想道，"不会的，一定是别的事。"

这样狐疑着猜测着，熊毕林又向前走了半小时，他前面被一条水利主排干大壕阻住。排干有三十米宽，十几米深，时值丰水期，里面满是流动的河水。他不会游泳，想越过壕沟，也就是避开南面的关卡直接向西逃出去是绝不可能的。他叹了口气，无奈地摇着头，看来只能想别的办法了。他看了看表，时间是中午12点多，熊毕林感觉又渴又饿，他这才意识到自己从昨晚7点到现在一直没吃过东西。他向四周看看，北面一里多远处有个水稻户的窝棚，他暗自高兴，转身朝窝棚走去。走到窝棚跟前，里面静静的，熊毕林轻声问道："有人吗？"屋里没人应声，他推开半开的门走进去，里间一个人仰面睡在土坯炕上。熊毕林悄悄退到外间，掀开锅看看，里面只有一些水，他又揭开锅台上的盆，里面有半盆米饭，熊毕林惊喜地抓了一把塞进口中大嚼起来，他从未觉得米饭会如此香甜！

熊毕林知道不能在这里多停留，他端着饭盆，拿了一把勺子，把厨架上剩下的一碗炖豆腐倒在饭盆里转身出门。然而，这个偷惯了价值连城文物的大盗，竟然会因为偷一口饭食而慌乱，出门时他碰倒了一把倚在墙边的铁锹，铁锹倒下正好砸在一个破铁盆上，发出"当啷"一声响。熊毕林暗自懊恼，心想可别惊醒里面的人，但里面的人还是醒了。

"谁呀？谁在外面？"里面那人问道。接着熊毕林就听见起床的声音。这时，熊毕林做出了一个错误选择，这个选择让他最终落入法网。

听到里面人起身，熊毕林拔腿就跑，他本可冷静地藏在门边，等那人出门时打倒他，可他做贼心虚选择了逃跑。

里间出来的稻农看见一个人背着长箱，抱着东西向前猛跑，他以为来贼了，就抄起铁锹，一边大喊着抓贼，一边追上来。慌不择路的熊毕林跑的方向偏偏是南面，不足三里外就有八九辆警车停在那里。这样一前一后跑了有两三百米，稻农声嘶力竭的喊骂声和两人追逐的情形，被路上的公安发现，他们快速做出反应，有六个人冲下公路，蹚过路边排水沟，从正面呈扇形包抄过来。熊毕林的心立刻凉了半截，完了，绝无逃跑的可能了。他停下来喘息着，一边回身看着追来的稻农，一边伸手抓起盆里的饭一把把往嘴里塞。那稻农跑到熊毕林跟前六七米处停下来，挥舞着铁锹高声呼喝怒骂，却不敢上前。

几分钟后，警察到了跟前，其中一个身材高大魁梧的人走到熊毕林身后，厉声说道："把手抱在头上！慢慢转过身！"熊毕林仰天狂笑，他并没抱头而是端着饭盆缓缓地转过去……

熊毕林交代了全部犯罪事实。日本交流团带来的织田家族代代相传的雌刀，让他记起儿时看到的刘万川的雄刀，他立刻联络同伙合谋设法盗取了雌刀。得到雌刀后，熊毕林意外接到境外电话，洪哥的人居然知道他手中有好东西，而且正在寻找买主，于是双方约定交易。熊毕林带着雌刀只身来到江城，约好时间与萧一扬见面，告诉他自己手中已有一件好货，过段时间还会有另一件同样的物件，让他先验验手中的货。但由于公安机关的严密监控，萧一扬进入境内刚现身江城就被发现了，如果不是唐尧的失误，也许萧一扬当时就会落入法网，那样可能就不会发生刘万川惨死的悲剧了。

熊毕林未能如约见到萧一扬，但当时他并不知道到萧一扬遇到了意外，之后他仍旧按自己的计划与刘万川老人见面，对老人说出雌刀的事，并约定到刘家对照。刘万川对故人之子毫无防范，在熊毕林出示了雌刀之后，他主动拿出雄刀。这位在战火中九死一生走过来的老战士怎么也没想到自己会惨遭毒手。其实，熊毕林错了，即使他向刘万川索要这把刀，使双刀合璧，老人可能也会答应。

得到了雄刀，熊毕林第一时间联系萧一扬想完成交易，但萧一扬已经离境了。

熊毕林还交代了很多文物走私之外的事，其中境外洪哥集团与江城的犯罪团伙除了文物走私，还有毒品和枪支交易。这一线索让江城刑警们颇为震惊。S国的仿国产"五四"式手枪、五连发猎枪、十一连发小口径气步枪通过江城多有流入，地下交易十分猖獗。而对于低含量冰毒类毒品，则被他们称作"娱乐性兴奋剂"，在S国管控混乱，流入江城的情况时有发生，而且很大可能有通道经江城延伸至省城。看来，文物走私和毒品、枪支交易方面的案件，今后江城警方必须重点关注。

　　审问熊毕林时，唐尧最关心萧一扬的情况，但熊毕林对萧一扬了解并不多，他只见过萧一扬两次。他之前与洪哥集团有过四次文物交易，前三次交易的文物分别是宋代的古钱币、商周时期的青铜酒樽和一只诸侯簋，这一次是明代的武士刀。以往都是洪哥集团的二当家出面联系，他们一手交钱一手交货，至于通过何种渠道运出国境，那是对方的事，熊毕林并不清楚。这一次二当家没出面，是萧一扬联系他的，让他多少有些意外。对此，唐尧却并不觉得意外，那说明萧一扬在洪哥集团又上位一步，能独自出面做生意了。

　　武士刀案成功破获，唐尧展示了他的侦破天赋，在江城警界可谓初露锋芒。

　　这天，唐尧抱着几本卷宗向档案室走去，熊毕林案件预审后卷宗归档，要报捕了。这样跑腿的活儿免不了由唐尧这样的小警察去办，只是归档要面对迟晓丹，她兼职刑警队的案卷归档工作，这不免让唐尧头大。那天唐尧答应的事下班后并没照办，他没给迟晓丹打电话，事后也没做解释，为此迟晓丹已发出威胁信号，让他走着瞧，今天去交接档案肯定不会那么顺利，起码一顿数落在所难免。唐尧怀着忐忑不安的心情敲响了小师姐的门……

## 第六章　灵感时刻

破获了武士刀案，唐尧本可以轻松几天，但他爱钻研、好琢磨的天性，让他总有理由给自己找些事做。在明白了领导让他整理卷宗的意图后，他开始喜欢上这个活儿了，这段时间他常常泡在档案室研究挂案，感觉时间过得飞快。要不是迟晓丹不时地来"打扰"一下，日子还是很愉悦的。当然，小师姐也不都是来添堵，看看桌上的苹果，唐尧心里就一热。小师姐虽说冷傲刁蛮了些，但有些举动还是很体贴的。这么一想，唐尧心里又升起一阵烦躁，他当然知道这份表达暗含着什么，他长长叹口气，努力让自己平静，不去想这些事，还是认真研究案子吧。

今天，唐尧在研究那件连环杀人焚尸案，龙副局长特别交代他要注意这个案子，这是彭局长一直关注的一件挂案。这个案子已困扰江城刑警支队三年多了。从1998年起，江城每年都会发生一起针对女出租车司机的命案，到2000年已发生三起。按照这个规律，今年也很可能会发生。

想到这里，唐尧拿出记录本，又把三个案件的概要细细看了一遍。

第一起案子发生在1998年，具体日期是9月11日。案子发生在本市三丰县，发案地点是宝来乡伙律村的一个废弃的砖窑。被害人是一名女出租车司机，年龄31岁，尸检结果是窒息而亡，分析是被人从后面用绳子勒死。尸体被焚烧，毁坏严重，出租车也被烧毁。案情分析推断，第一现场应该就在车内，烧车地点是第二现场。凶手应该精通驾驶技术，杀死女司机后将车开到第二现场焚毁罪证。作案时间推断为10日晚上10时许。

第二起案子发生在1999年，具体日期是8月31日。案子发生在本市浓河县，案发地点是吉庆乡畜牧队的一所闲置的牛棚。被害人也是一名女出租车司机，年龄35岁。尸检结果是被人用刀刺死，伤口在右后背和咽喉。出租车和尸体也被焚烧，但这次尸体焚毁并不严重，在没有烧尽的衣兜内发现现金残页，约三百元，依此推断抢劫杀人的可能性不大。另外，尸身焚烧前有损毁，死者两个乳房被割掉，并被奸尸。焚车地点仍然是第二现场，作案时间推断是30日晚11时许。

第三起案子发生在2000年8月20日，案发地点是市东郊烤烟棚。被害人同样是一名女出租车司机，29岁。尸检结果是被人从身后割断咽喉，出租车和尸体同样被焚烧，同样被奸尸并割掉乳房。焚车地点依然是第二现场，作案时间推断是19日晚10时许。

唐尧放下记录本思考起来，从现场勘察和尸检结果来看，三起案子应该是同一凶手所为。被害人都是30岁左右的女出租车司机，且都被焚尸。除第一起案子尸身没有被割掉乳房和奸尸的记录外，后两起案子都有这个特点。唐尧认为第一起案子凶手也一定这样做了，只因尸身焚毁严重，尸检没发现。凶手变态杀人的可能性很大。那么，一定有一个诱因促使这个杀人狂不断杀人，这个诱因是什么呢？案子的共性特点和潜在因素还有什么？案子的发生时间都是在八九月间，地点差距很大，第二起案子最远，位于距离市中心100多公里的浓河县，在江城市的正东方；第一起案子距市区40公里，在江城的正北方；最近的第三起案子就在市郊。从三处地点上看不出任何关联。

物证方面线索更少，除了发现血型为A型的男性精液外，现场没发现指纹、凶器、绳索等任何有价值的线索，看起来除了凶手每年杀死一人外，作案没什么规律可循。

唐尧的目光投向满桌凌乱的材料，一丝懊恼袭上心头。现在已是8月中旬，也许再过一个月，或者就这几天又会再次出现命案，怎么就没个头绪呢？唐尧凝着浓眉想，该做点什么呀！他感到无助和无奈，这时他真想找个有经验的老干警聊聊自己的想法，跟他说说案情，得到一些指点，在黑暗中能给他点上一盏哪怕并不明亮的灯指引一下。想到这儿，他拿起手机拨打了三中队大办公室自己桌上的电话，他想找一下自己的对桌老刘，那是一位经验丰富的老刑警。也许只有他能说出点儿什么，也愿意跟自己说点儿什么。那边的电话响了半天才有人接，唐尧一听是队里的张海，看来老刘没在办公室，不然张海不会来接电话。唐尧问了下队里有没有事，得到否定的答复后就放下了电话。队里人都知道唐尧这段时间在研究挂案，电话里张海什么也没问，唐尧也就啥也没说。放下电话唐尧没再联系老刘，他一定是在忙什么事，不然这个时间他都在办公室。

其实，唐尧还可以向二中队了解情况，他记得这个案子支队是交给二中队负责的。但唐尧一直没问，那样沟通是不是就越界了？唐尧觉得还是自己独自研究为好。

唐尧孤独而倔强的探索，并不是一点儿收获没有。他的头脑中时常会朦朦胧胧地产生一丝感觉，那是一种能给他带来启迪的灵感，能为破案带来突破的特别的灵感，但他就是抓不住，它若有若无，缥缈而遥远……

下午下班后，唐尧没去食堂吃饭，他借了刘延超的摩托车想出去兜兜风，他要清醒一下头脑。

出了公安局大门，唐尧向环城道驶去，他把思绪专注在骑车上，体验着速度带来的快感。就这样围着环城路转了半小时后，他驶向主街，打算在外面找个小店吃口饭。行驶到商业区路口，唐尧停车等红灯，他忽然看见路的左侧有一个高挑的长发女孩儿正扶着路灯不停地呕吐着。唐尧想那女孩可能是晚饭喝多了，他也没在意。正在这时，有三个流里流气的小子走到那女孩身边，其中一个还伸手拍拍那女孩的背，他们嬉笑着说着什么，唐尧看见女孩猛地甩开一个小子摸向她脸的手转身就走，可三个小子堵着她不放。唐尧暗想要出事，这不能不管，他掉转车头驶向三人。那三人背对着唐尧，并没注意有人在他们身后。

"哎！干吗呢！"唐尧用戏谑的口吻问道。三人这才回头，看见唐尧威风凛凛地站在那里，其中一个年纪稍大点儿的人问道："怎么的，有事儿啊？"唐尧一努嘴说："你们缠着人家姑娘干什么？"

那小子嘿嘿笑道："少管闲事！这是我女朋友。"

女孩这时又扶着路灯呕吐起来，但听到这话，她还是骂道："滚开！

老娘不认识你们！"

唐尧虽分不清真假，但他宁愿相信女孩儿的话，于是说道："听见了吧，她说不认识你们，赶紧走吧。"

那小子向两个伙伴看了看，暗暗使个眼色，然后转头狞笑道："老子要是不走呢？"说完，他倏地出手上去就给了唐尧一拳，唐尧猝不及防，拳头正打在他锁骨下面。这下唐尧火了，看那人第二拳又打来，唐尧向左一闪，用右手抓住那人的手腕向右一拧，再用左臂用力撞向那人的肘关节，只听"咔嚓"一声，那人立刻号叫起来，他的手腕脱臼了。

见同伴吃亏，另外一个胖子大喊着把两条胳膊抡得跟风车似的冲上来，唐尧一看这动作不觉笑出声来，这可真是流氓野斗王八拳啊！眼看快冲到面前了，那家伙索性把眼一闭，胳膊抡得更快了。唐尧向后一个小跳忽起右脚，正踢在那人肚子上，还没等他叫出声来，唐尧右拳已结结实实打在他脸上，那小子应声倒地，然后捂着脸连滚带爬地跑了。另两人看这情形也是一溜烟跟着跑了。

唐尧并没追赶，这样的小痞子教训一下也就是了，没必要抓到局里去。他转向女孩，还没等开口，那女孩已笑颜如花地喝起彩来："真棒！好厉害呀！"

唐尧摇头苦笑道："赶紧回家吧，以后别喝那么多酒。"说完转身欲走。

那女孩却愤愤地应道："你以为你谁呀！用得着你管吗？！"唐尧暗想，这些女孩子一个个怎么都这般刁蛮呢？他可不想和她斗嘴，于是低声嘀咕道："喝这么多酒，打嘴仗倒不含糊。"说罢转身就走。

"哎，等等！"那女孩叫住他，快步走上前不住地打量着唐尧。唐尧被看蒙了，也不觉细看女孩。

"是你！"两人同声惊道。

那女孩是蓝黛，就是渔具店的姑娘，调查熊毕林时她曾经给唐尧提供过很重要的线索。

唐尧笑道："是蓝黛呀。跟谁喝了这么多酒啊？"

蓝黛脸一沉说："干吗跟别人喝？自己就不能喝呀！"

唐尧想劝她几句，一个女孩子不要喝这么多酒，伤身体，还可能有危险。话到嘴边，他又收住了。第一次见蓝黛，她就是醉醺醺的，还抽烟，要不是她的坦率诚实，唐尧必定会对她嗤之以鼻，后来她又帮了自己的忙，这才改变了对她的看法。想不到第二次邂逅，她又是这个样子。唐尧暗暗摇头，看来这是个优缺点同样鲜明的女孩，问题多多。唐尧不想再和蓝黛多谈，他礼貌地说道："我还有点儿事先走了，你也回家吧。"

蓝黛立刻显出怒意，喊道："怎么的？怕我喝多了黏上你呀？"唐尧赶紧说不是，蓝黛坏笑道："不是就好。"她转向唐尧的摩托车说道："小警察，本姑娘需要醒醒酒，你驮我兜兜风，顺便把我送回家！"说完也不等唐尧回答，她直奔摩托车抬腿就跨上去了，看那架势立马就要骑走。唐尧大吃一惊两步跨过去，刚才停车没拔钥匙，他真怕蓝黛骑车走了，她醉醺醺的，摔着算谁的呀！唐尧连说"我来我来"，蓝黛倒也没坚持，大大方方地坐到后面。唐尧硬着头皮骑上去启动车向城外方向驶去。他怕遇见熟人没敢进市区，心想，只能等这野丫头醒了酒，再把她送回去。

唐尧驾车不快不慢地绕着环城路行驶，蓝黛在后面紧搂着他的腰，没一会儿唐尧觉出她已趴在自己背上睡着了。

唐尧有过一段刻骨铭心的恋爱经历，最终以失败告终。这些年来，他始终走不出那个阴影，他没再谈恋爱，更没跟任何女孩子有过这样亲密的接触。蓝黛的这一举动让他有些抵触，可不知为什么，他的心里还是像揣着小兔子一样扑扑乱跳，或许是被这个青春靓丽的女孩吸引了，也或者是他内心深处仍渴望着什么。他想到了迟晓丹，那个高傲的冷美人，据说是很有背景的大家闺秀。在警校时他似乎与迟晓丹有过接触，但具体情节已记不得了，只有些模糊的印象而已。也不奇怪，那时他的眼里心中何曾有过其他人？如今迟晓丹由省公安厅到江城这么边远的城市来挂职锻炼，几乎是给唐尧从天而降了一位"小师姐"。

那是一年前的一天下午，唐尧正在训练室训练，有人告诉他外面有同学找他。唐尧同学很多，他也没多想就跑出去，到门口一看是一位警容严整、英姿飒爽的女警，那就是迟晓丹。唐尧看着眼熟，直到迟晓丹说出自己的名字，他才想起来，他记得在上一届的同学里有一位名叫"迟晓丹"的校花，可谓鼎鼎有名。从此，唐尧的生活中就增加了一道别样的元素，让唐尧始终五味杂陈。

唐尧围着市区外环骑了一大圈,差不多用了半小时,蓝黛就那样柔柔地伏在自己背上不声不响。唐尧不免好奇,这女孩实在缺少安全意识,自己与她不过两面之缘,难道她没想过会有危险?想到这里,唐尧不觉好笑,真是干什么吆喝什么,自己是警察就总把事情往危险处想。

迎着夕阳又跑了一刻钟的样子,太阳完全落山了,西边天际的红霞只剩下淡淡的一抹慵懒地涂在地平线上。唐尧的肚子早就开始"抗议",一个个咕噜声传来,就像怀揣个大蛤蟆,他估计时间应该是7点左右,真该找点儿吃的了。"得把她送回去。"唐尧暗想。

"蓝黛,蓝黛!"唐尧大声叫着,"醒醒!你该回家了。"蓝黛迷迷糊糊地应了一声就不再说话。唐尧没办法,只好自作主张把她送回上次见面的渔具店。

唐尧掉转车头向花鸟鱼市驶去。十几分钟后,他的摩托车停在了那家渔具店门前,店面已经关了,唐尧一时不知该怎么办,他用力抖了两下肩膀,同时大声叫着蓝黛。这次蓝黛醒了,她放开唐尧,很迟钝地下了车,但一只手还紧紧地抓着唐尧的衣服。当她看清是自家的渔具店后,忽然立目对唐尧喝道:"谁让你把我拉这里来的?!"

唐尧糊涂了,他疑惑地说:"这是你家渔具店呀,我又不知道你家在哪儿,不送到这来还能送哪儿去?"

蓝黛甩手说:"自作聪明!以后我再也不会来这里了!"唐尧摇头苦笑,他不想多问,手上一轰油门刚要走,耳边立刻传来蓝黛严厉的喝问:"干吗!你想把我扔这儿不管呀!"

唐尧无可奈何地说:"我说大小姐!你不饿别人还没吃饭呢。你爱去哪儿去哪儿,和我没关系。"说着又要走。蓝黛忽然笑起来,说:"还不高兴了,真没风度!得啦,既然没吃饭,我请你。"说着也不管唐尧同不同意,又坐上了车。碰上这么个难缠的主儿,打不得骂不得,说还说不过她,想摆脱她还真难。唐尧暗想,这要是让熟人遇见,人家怎么说呀?想到这儿,他不觉扭头看了眼蓝黛浓妆艳抹的脸,悻悻地启动车向不远处的一家饭店驶去。到了门口,唐尧停车,蓝黛下来,看来她对饭店没什么挑的。两人进门，蓝黛问服务员："有小单间吗？"这时刚过饭口，饭店里没什么人吃饭。

服务员引领两人进了单间，蓝黛快速点了四个菜，又把菜单递给唐尧说："你再点两个。"唐尧说："别了，四个菜够了，多了浪费，够咱俩吃就行。"

蓝黛瞪眼说："谁说就咱俩！一会儿还得来三个人呢！"说完也不管唐尧什么态度，拿起手机打电话，唐尧想阻止，她也不理。电话里她让一个叫"丫丫"的人带朋友过来。唐尧这个气呀！自己就这么稀里糊涂地成了别人朋友聚会的陪衬。反正也走不了，唐尧想，那就白吃你一顿，过了今晚就拜拜吧！

十分钟后，单间的门一开，两女一男走进来，蓝黛也不起身，直接招呼两个女生坐在她旁边。她给唐尧介绍，男生叫曲志新，她们都称他"小新"，大一点儿的女孩叫丫丫，是曲志新的女朋友，另一个女孩是曲志新的妹妹。三个人唐尧都不认识，但他还是礼貌地打了招呼。蓝黛又介绍唐尧给三人说："他是警察，我哥们儿，叫……叫……"唐尧知道蓝黛说不出自己的名字，她肯定不记得了。他带着一丝嘲弄看着蓝黛，就是不吱声。蓝黛白了唐尧一眼，改口说道："名字暂时保密。"她招呼三人坐下，然后向服务员要了一打啤酒，唐尧惊道："12瓶！几个人喝这么多呀？！"

蓝黛斥道："五个人喝，一人才两瓶多，有啥喝不了的！大惊小怪！"

一会儿菜上齐了，蓝黛开始张罗喝酒，一副东道主模样。唐尧低声劝道："你刚才喝多了，现在少喝点儿吧。"唐尧改不了烂好心的毛病。

蓝黛不高兴地反问道："我喝多了吗？你看我像喝多的样子吗？"说着故意把脸凑近唐尧让他看。唐尧不觉摇头，暗想：就您这妆容，真是喝红了脸也会被粉底遮住看不出来。见唐尧不吱声，蓝黛傲然说道："就算多了，那也是两小时前的事，再说本姑娘不是把酒都吐了吗？现在正好再喝点儿透透！"她的话倒是向曲志新三人证实了唐尧的话不假。

被称作丫丫的女孩儿看起来平时就是能疯能闹的人，她立刻赞同，嚷嚷着男友倒酒。曲志新很听话，主动拿起酒瓶先给蓝黛满酒，蓝黛挡住说："自己喝自己的，手把瓶。"曲志新顺从地把手中的酒瓶递给蓝黛，然后

第六章　灵感时刻

又给每人开了一瓶递过去，就连妹妹也给了一瓶。

蓝黛有说有笑频频举杯。唐尧虽和几人不熟，但他很容易看出丫丫他们都小心地顺着蓝黛，事事看蓝黛脸色行事，这气氛让唐尧很不舒服。很快，每人都喝了两瓶，唐尧平时极少喝酒，他也不知自己有没有量。第三瓶又起开，蓝黛对小新妹妹说："小妹就不喝了，咱们四个喝。"她根本不征求唐尧意见，那霸气劲儿简直与迟某人有一拼，这感觉让唐尧逆反，心想还怕你不成！他接了小新递过来的酒满上后主动向丫丫、小新敬酒，说："初次相识，喝杯认识酒吧！"对蓝黛却是理也不理。丫丫是蓝黛最好的朋友，她从未听蓝黛说过有唐尧这样一个朋友，见唐尧冷淡蓝黛，丫丫生气了。她不理唐尧的敬酒转头问蓝黛说："姐，这臭小子谁呀？大大咧咧地坐那儿，趾高气扬的，还把自己当事儿了！是他请你呀，还是你请他？"

唐尧本就有气，一听这话立刻接口说："当然是她请我，就这样我还不愿意来呢！"

丫丫一听，圆睁杏眼喝道："臭小子！你当你是谁呀！牛什么牛？！"蓝黛摇手笑道："他说得没错，就是我请他，他还不爱来，我硬拽他来的。"丫丫、小新目瞪口呆地看着蓝黛，唐尧也吃了一惊，这个专横的女孩这样示弱于人真是出乎意料。"得啦得啦，今天这个日子他能陪我喝酒，我就很感谢他了，何况他还帮我打跑了三个小混混。"

"今天什么日子？"小新疑惑地问，唐尧也不明就里，想知道下文。丫丫眨眨眼想了想，忽然恍然大悟道："噢，对了，今天是17号，农历六月二十七吧？这是……"

"对，"蓝黛低沉着嗓音打断丫丫，"是六月二十七，六月二十七！我成孤儿都十七年了。"丫丫讪讪地解释说："记得去年好像是阳历9月初，所以忘了。"蓝黛只是笑笑，并未说什么。唐尧虽然纳闷儿，但他猜想一定是个对蓝黛有重要意义的日子，反正吃完这顿饭他就不会再和这几个人有联系，也懒得打听。酒局气氛一时低落下来，好半天没人吱声，各自喝着闷酒。蓝黛喝光瓶中酒，推开酒杯说："不喝了，上主食吧！"

饭局很快结束了，蓝黛和丫丫、小新都没吃多少东西，倒是唐尧不管那些，吃了两碗米饭。

饭后,丫丫问蓝黛去不去唱歌。蓝黛摇摇手,她喝了三瓶啤酒微微有些醉意:"不去。我回家。"她转向唐尧柔声说道:"你送我回家好不好?"唐尧一愣,脑中正想着用什么理由拒绝,蓝黛第二句话又来了:"你要是喝多了不能骑摩托车,那就算了。"那语气让人听着怪怪的,唐尧哼了一声说:"上车吧!"蓝黛也不客气,和丫丫打个招呼,跟着唐尧走向摩托车,留下一脸惊讶的三人。

蓝黛坐在车上,在唐尧耳边说了声去南苑小区,就不再说话了。南苑小区是江城市最豪华的别墅区,唐尧也不多问骑车就走。十几分钟后,他们在小区门口停下。蓝黛下了车,只对唐尧淡淡地说了声"谢谢",就转身向小区里走去。一阵凉风吹过,她不觉微微地缩了下头,两手互抱在肩膀上。小区的路灯虽然昏暗,但唐尧还是清楚地看到了,他痴痴地望着蓝黛远去的清影,不知是不是该做点什么。那背影让唐尧感觉孤单凄楚,似曾相识,似曾经历。唐尧心中的隐痛忽然被唤起,他长长地吁了口气,不明白自己为什么又想到了这些,又想到了那个把自己的心伤得七零八落的人。

看着蓝黛远去的背影,唐尧下意识打开车灯,同时抬起头向远方望去,西边的天空不知何时变得漆黑如墨,风也早就开始摇曳树梢了。夜色半浓,唐尧又一次向夜幕中蓝黛隐没的方向看去,那消失的背影只留给他一丝淡漠的凄凉,他默默地转过车头,带着一丝留恋驶离小区。

回来的路上,唐尧心里充满了失落感,他说不清到底为什么,也许是与蓝黛的偶遇,也许是那几杯淡酒,抑或是这恼人的天气。

回到支队,刚在车棚下把摩托车停好,雨就来了。唐尧本可趁雨小跑回宿舍,但他没那么做。他站在停车棚下注视着慢慢变大的雨势,直到大雨倾盆。他要在这狂风大作、暴雨如注的天气里感受一下雨夜的别样风情。

唐尧凭栏听雨,脑海中忽然想起刚刚吃饭时,那个他并不知道真实姓名的丫丫说的话,那个对蓝黛有重要意义的日子。

"今天真是六月二十七吗?"唐尧心里叨念着。忽然间,那种朦朦胧胧、缥缥缈缈的感觉又出现了,但只一瞬间,这感觉又消失了,他努力想抓住它,但那感觉比轻烟消散得还要快,他又错过了。唐尧肯定,一定是在某个时候曾经有过这样的感觉,是工作上的,还是生活上的,他却想不起来了……

雨下了一夜，第二天清晨雨才停。

上班不久，局长彭雪松闻着雨后的清新向刑警支队走去。彭雪松刑警出身，近两年虽然当了局长不再冲锋在一线，但十几年刑警生涯使他一直无法摆脱心中的刑警情结和对刑警队的偏爱，每隔一段时间他就要到刑警队看看。

一楼的训练室里，十几个干警正在训练。他看见自己的妻子毛睿和迟晓丹两个女警也在最里面的两个沙袋前打沙袋。看见彭雪松进来，大家都停下来和他打招呼，彭雪松笑着说道："接着练！别停。"他走到毛睿那里，轻声说道："你也不在一线了，还这么打沙袋干吗？"

毛睿白了他一眼，用手臂擦擦汗，说道："还不都怨你，就因为嫁给你，人家才30岁就被发配到二线，做什么技术分析，哼，可惜我这身手和枪法了。"毛睿是彭雪松的第二任妻子，彭雪松和前妻离婚两年后，与同是刑警的毛睿结婚。为了便于照顾彭雪松生活，公安局党委调整了毛睿的工作，对此毛睿一直心有不甘，时不时和彭雪松抱怨。

对妻子的埋怨，彭雪松笑而不语。毛睿拿过一副手套递给他说："你有段时间没练了吧？打打！"彭雪松也不推辞，他戴上手套打起来，只打了二十几下就冒汗了，毛睿在一旁不住地坏笑。彭雪松停下来喘息着说道："真是老了！"毛睿催促他继续打，彭雪松直摇手，不管毛睿怎么说他也不打了。他手扶沙袋回头向干警们看去，他们还在认真训练着，二中队队长于良宇最为活跃。彭雪松发现这里没有唐尧的身影，问道："毛毛，怎么不见唐尧？"唐尧虽说只是个参加工作不久的干警，但他表现出的刑侦天赋让彭雪松着实眼前一亮，因此他时时关注着唐尧。

毛睿说："小唐在哪儿我还真不知道。"她转向迟晓丹问："丹丹，唐尧干吗去了？"

迟晓丹应道："他在办公室研究那件挂案呢，这几天都没来。"嘴上应答，手上却没停止击打。

"哪个挂案？"彭雪松问。

毛睿恍然道："哦，我知道了。应该是那件连环杀人焚尸案，不是你交给他的吗？"

"哦，是这个。"彭雪松也想起来，他前不久是要求唐尧留意一下这个案子，看来他还很爱钻研。想到这，彭雪松不觉又向于良宇那边看了看，他记得这件挂案局里是交给二中队负责的，但两年来一直没有进展。他摘下手套扔给毛睿，转身就走。毛睿说道："你再练一会儿呀！"彭雪松摇摇手，什么也没说就走出训练室，朝楼梯口走去。

上了二楼，彭雪松直接去了三中队的大办公室，但里面没人。彭雪松略想了下就猜到唐尧一定是在三楼的档案室，那里存有挂案的卷宗，他又上了三楼。

三楼档案室的门开着，彭雪松站在门旁听了听，里面静悄悄的，好像没人，于是他走了进去。

里面就唐尧一个人背着手一动不动地站在窗前，就像泥塑的一样。彭雪松没叫他，两人这样静静地站了有两分钟的样子，唐尧始终纹丝未动，彭雪松哑然失笑，他伸手敲了敲门。唐尧蓦地一颤，他转过身看见正微笑着站在那里的彭雪松，连忙说道："局长，您来了。"彭雪松点头应着，他走到桌前坐下来，随手拿起桌上的笔记本看了看，那上面写得满满的，都是唐尧分析案情的疑问和一些心得。

彭雪松道："听毛睿说，你还在研究那件连环杀人案？"唐尧点点头。"是该抓紧了！这个案子一直未取得实质性进展。按以往发案规律看，很可能今年还会发生。"彭雪松皱眉长吁了一声，叹道，"不能再发生这样的悲剧了！"这两年，为了这案子彭雪松也承受了很大压力，他没少投入精力和警力，但三个案子的线索太少，案件一直没有突破性进展，让人不得不承认凶手确有高明之处。

"是呀，"唐尧应道，"三年了，每年的案发时间都在八九月间，我们的时间真是不多了。"

"有什么发现吗？"

唐尧苦笑着摇头道："我觉得这个案子肯定有某种诱因和特定关联，总有一种若隐若现的感觉出现，可我就是抓不住它！"

彭雪松鼓励道:"这段时间你多用用心,总会有发现的。多研究一下,不要有什么顾虑。龙副局长和于良宇也在搞这个案子,有什么疑问可以跟他们交流一下。"唐尧应了一声,但实际上他很有顾虑。这段时间他总来档案室查挂案卷宗,以他毛头小子、新兵蛋子的身份研究疑难案件,很多人都在议论他,说他爱出风头。彭雪松正要和唐尧再说点什么,忽然听见毛睿在走廊叫他。不一会儿毛睿走进来,唐尧站起身说道:"毛姐来啦,你坐!"

毛睿笑道:"不坐了。"她转向彭雪松说:"今天下班我们一起接云云回家吃饭。"彭雪松没明白,他说:"中午时间紧,还是让她到爷爷家去吧。"毛睿嗔怪地看了他一眼,说道:"今天怎么行!你忘啦?今天是8月18号,农历六月二十八!"

彭雪松恍然大悟道:"哎哟!今天是二十八呀,你看我这记性,今天是云云的生日!年年过生日都得你提醒我。"他满含笑意凝望着毛睿,尽管云云是前妻的女儿,但毛睿视如己出,关怀备至,这让彭雪松心存感激。

听了彭雪松和毛睿的对话,唐尧猛地想到了什么,昨晚蓝黛带着幽怨说出那个日期的话音也立刻回响在脑海中。他不觉全身一颤,好像一下子抓住了那种感觉!他快速转过身冲到办公桌前,一把抓起卷宗查看起来,脸上露出狂喜的表情。看了一会儿,唐尧一声没吱转身就走了,留下一脸迷惑的彭雪松和毛睿,他们对看了一眼,那样子好像在说:他是不是出毛病了?

唐尧快速跑回自己的办公室,翻箱倒柜地找起来。不一会儿,他在办公室的废材料堆里找到一本旧台历,快速翻到一页,记下一个数字。然后,又开始翻自己的抽屉,在抽屉里他找到一个笔记本,在本子最后一页的日历上又查到一个数字记下来。接着又开始找。这时,彭雪松和毛睿已来到唐尧的门口,他们看着唐尧近乎狂热地找了停,停了又找,嘴里还不停地嘀咕着:"1998年……98年……98年,哪儿有98年的呢,哪儿有?"

彭雪松带着疑惑的口吻问道:"唐尧,你找什么?1998年的什么?"

唐尧一惊,这才想起彭雪松和毛睿还在,他不好意思地笑道:"局长、毛姐,你看我这一高兴把什么都忘了!"

彭雪松微笑着说道:"你找什么?有什么发现吗?"

"我要找1998年的日历,"唐尧说道,"我可能发现了连环杀人案的内在联系!就差1998年的日期了,要是1998年的也对上了,那就一定是这个联系。"毛睿忽然想起来,她说:"你等等,我办公室的墙上还挂着一个1998年的风景挂历,我给你拿过来。"几分钟后,毛睿拿着挂历回来,唐尧急切地接过来,快速翻到9月,在确定了一个日期后,他如释重负地说道:"果然如此,果然如此!太好了!"

彭雪松也忽然明白了,笑道:"好小子!真有你的!"

## 第七章  诱捕恶魔

9月2号这天，江城市中心最大的出租车停靠站，一位女司机开着一辆半新不旧的出租车停下来，她的到来立刻引起人们的注意。这位女司机看上去30多岁的样子，虽然穿着一般，也没怎么打扮，但仍难掩她的美丽。她到出租车站点没几分钟，就有司机主动上来搭讪，她自己介绍说，是帮表哥表嫂打替班的，也就干一个月。出租车市场来了这样的美女，让停靠点的司机们顿时活跃起来。

女司机的车位逐渐提前，十分钟后，她拉了第一个活儿走了。坐车的是一位50多岁的中年人，他去的地点是市第一中学。一路上，这人始终一言不发，但下车时，他忽然对女司机说道："司机同志，你一直在江城开车吗？"

女司机说不是，自己刚刚来江城。中年人说道："江城这两年都有女出租车司机被杀，你这么年轻漂亮，可要小心啊！"女司机笑着说没事，并对他表示感谢。中年人下车走了，那位女司机微笑着自言自语道："看来，还是好人多啊！"说完，开车离开。

这样转了一天，到晚上9点半，女司机才把车开回去，停在平房区的一户人家院外。就在女司机停车进屋后两三分钟，另一辆尾随的出租车就停在了门前，车里的人透过车窗看了几分钟才开走。10点整，一辆三菱越野车停在这家的后门，把那位开车的女司机接走。

刑警大队二中队的大办公室里，公安局副局长龙东山、刑警二中队队长于良宇和唐尧都在，他们正等着彭雪松和毛睿的到来。几分钟后，门一开，彭雪松首先走进来,他的身后跟着毛睿,她已完全换了装束。

龙东山三人看见局长进来都站起来,龙东山笑着问毛睿:"怎么样,毛毛,做了一天出租车司机感觉如何?"

那位装扮成出租车司机的女人就是毛睿。毛睿笑道:"还好,就是街道不熟,两次走了冤枉路。"

彭雪松坐下后说道:"抓紧时间说说情况吧。"

毛睿正色道:"从观察和了解的情况看,出租车市场还有三个女出租车司机,这与我们了解到的六位不同。我询问了一下其他司机,他们说原本是有六个,但有两人这几天停车了,另外一个可能是不干了,我猜想这跟连环杀人案的影响有关。现在还出车的三位女司机,我见到了一位,这人姓王,是个四十七八岁的女人,身材高大,我看有一米七五以上的身高,长得很是凶悍,看来对杀人烧车这件事根本不在意。另两人我还没见着,出租车市场的人说她们这两天还在出车。我想应该对这三个人采取一定的保护措施。"

彭雪松转向唐尧说道:"唐尧,你那里情况怎么样?"

唐尧立刻回答道:"有点收获。今天,我们出动三台车,分时段跟着毛姐的车。晚上6点之后,有一辆江R39031的出租车一直跟着毛姐的车。第一次没什么疑点,他正好和毛姐去的方向、位置临近,可后来就可疑了,特别是最后一次。毛姐把车停在房前,那辆车不但跟来,而且还在房前停了一会儿。另外,对坐毛姐车的客人,我们都做了了解,一个是一中的教师,两个是热电厂的工人,另外四人都是市府机关不同处室的干部,还有一伙三人是社会小混混。我们都做了调查,目前看没什么可疑的人。"

"那个39031的司机,我们调了档案,是一个叫张志强的人,原是街道办的清洁工,1999年开始跑出租,2000年离婚,现在单身。出租车公司的人反映,这人生活作风很成问题。"

彭雪松笑了笑,不自觉地看了一眼自己的爱妻,也许毛睿是遇见色狼了。听完汇报,彭雪松说道:"今天是我们采取行动的第一天,还是有收获的。是该让大家了解一下行动计划了。"他对龙东山做了一个手势。

龙东山先看了看唐尧,然后才对于良宇和毛睿说道:"这两天局长一

第七章 诱捕恶魔·59

直忙，没时间坐下来说说这个案子。良宇和毛毛对今天的行动可能只是个猜测，现在我就具体说一下。"

"唐尧用了很长时间研究连续三年发生在我市的连环杀人焚尸案，他发现案件之间存在着一个惊人的共性特征：1998年是9月11日，1999年是8月31日，2000年是8月20日，都是农历七月二十一。按此推算，今年如果还发案，那么9月8日这天的可能性最大，因为这天也是农历七月二十一。"龙东山话音一落，于良宇激动得一拍手，他捶了一下坐在旁边的唐尧，兴奋地说道："好样的，真行啊你！这下我们可有头绪了！"于良宇的高兴是真诚的，但表情上仍有几分讪讪的样子。

唐尧谦逊道："也是巧合，那天正好毛姐和局长说孩子过生日的事，一下子提醒了我。"

龙东山带着赞许的神情说："刑侦人员就应该具备这样的敏感性，很不容易啊！"

彭雪松催促道："说说计划。"

龙东山接着说道："唐尧制定了一个引蛇出洞的计划，就是由我们的一位女刑警扮成出租车司机出现在出租车市场，如果凶手还要作案，就能把他引出来。我们派人跟踪埋伏，待其实施作案时抓住他。"龙东山看了看毛睿接着说："这个计划很危险，局长选来选去决定让毛毛执行这个任务。"

于良宇惊讶地瞪大了眼睛，说道："这……这太危险了，我看换个人吧？"

唐尧也说道："我觉得也该换换人……"

彭雪松摇摇手说："就这么定了，毛睿适合这个工作。我知道你们的意思，不能因为她是我老婆就有什么特权。她首先是一名刑警，一个曾经两次击毙罪犯的老刑警。"听丈夫说到自己的光荣历史，毛睿不觉自豪地冲着唐尧挤了挤眼睛。唐尧还想争取调整计划，可彭雪松已经决定了，他断然说道："这个就不要争了，就这么定了！"

毛睿也说道："就这样吧，总要有人做这个工作，在江城刑警战线我是不二人选。再说，有你们这些护法金刚在，还保护不了我呀！"

龙东山说道："这是必须的，就是别人，我们也要做到万无一失。唐尧你说说保护措施。"

在考虑方案时，唐尧也想过其他人选，其中就包括迟晓丹。但平心而论，真如毛睿所说，她自己才是不二人选，迟晓丹太过年轻，生活阅历不足，气质形象上不论如何装扮也不像一个出租车司机，而其他人选都没有外勤经历，承担不了这样的任务。

唐尧整理一下思路开始说保护方案，具体就是：由三辆车在不同街道、不同地点轮转跟随，发现情况立刻采取措施；在毛睿的出租车上也安装了保护设备。唐尧介绍说："根据前三起案子的特点，我们发现犯罪分子杀害出租车司机的方式有两种，一是从后面用铁丝、绳索勒死被害人；一种是用刀从后面捅死被害人。根据这两个特点，我们把执行任务的出租车进行了改装，司机的后面和右侧装了防护铁栏和铁板，这样凶手想要在车内行凶就不可能了。"听了唐尧介绍，龙东山不觉一皱眉，严肃地问道："你考虑过枪没有？如果用枪射击头部呢？"

"这个……这个……以往的案例里没有这样的作案手法，凶手应该……应该没有枪吧……"龙东山生气了，他厉声说道："你这是想当然！你怎么就知道他没有枪？以前没有枪，这次就不会有吗？"彭雪松摇手制止龙东山发火，对唐尧说："东山说得有道理，要赶快补救，连夜向省城申请防弹玻璃护罩。"彭雪松停了停，又说道："明天是3日，如果我们推测正确，那么在3日至8日白天应该是罪犯踩点、选择目标的时间，我们要抓紧这个时间争取确定嫌疑人。另外，要安排布置警力做好跟随保护。"说完，他看着毛睿说道："今晚你就住进那个我们借用的房子，虽说是伪装，但也要像。"毛睿点头同意。

龙东山对唐尧说："唐尧，你带一个人在屋中保护，以防万一。"唐尧领命。

彭雪松最后总结说："今天我们算是定了方案，但对明天到8号这段时间参与办案的人员先暂时不要通告，严格保密。你们分头准备，再细化一下行动方案。"

一个小型的案件分析布置会就这么结束了，龙东山、于良宇和唐尧先后走出办公室，去准备自己的工作，毛睿坐在彭雪松对面没动。彭雪松伸

第七章 诱捕恶魔 · 61

手握住毛睿的手，深情地看着她，毛睿知道彭雪松的心情，她微笑着说道："没问题的，你放心！大风大浪都过来了，这点儿小问题不算什么。"毛睿说得很轻松，但彭雪松最清楚这当中隐藏的巨大风险，对手毕竟是一个连续杀人、近四年逃脱法网的老手，他低声说道："一切都要小心，仔细再仔细，我和云云等你回来！"听着彭雪松深情的话语，毛睿的泪水立刻涌了上来，她捧起彭雪松的手贴在脸上，轻声说道："我一定会回来的！"

一夜无事。第二天，毛睿一早就起来出车，晚上9点才回到房子。她停好车，带着在街上买的几个包子走进院子，正要开门进里屋，忽然听见大门外传来停车的声音。毛睿不觉回头看了看，一辆红色的出租车正停在她的门前。毛睿一眼就看出那是张志强的出租车，她不觉一惊，心想，这个人怎么跟了过来？他一整天缠着自己喋喋不休，现在来这里必定没好事。毛睿快速开门进去，然后回身就要锁门，但张志强更快，他已到了门前，用手推着门不让毛睿锁门。毛睿隔门怒问："你想干什么？！"

张志强嬉笑着说："没什么……没什么，口渴了，到你这儿来讨杯水喝。"说完，用力推开门闯了进来。

毛睿快步退到客厅中间警惕地看着张志强，心中快速盘算着如何对付这个人，她不能认定后面屋中唐尧和另一个民警这时在不在。

张志强色眯眯地盯着毛睿，慢慢靠过来。毛睿厉声喝道："站住！再往前走我可不客气了！"

张志强嘿嘿笑道："小妹儿，你发起火儿来更漂亮了，你可馋死哥哥了！"说着，向前一扑要抱住毛睿。毛睿横步向右一闪，接着起脚踹在张志强肚子上，张志强一个趔趄但没倒，他哈哈笑道："小妹儿，看不出你还有两下子，但对哥没用！"张志强确实很强壮，他再次扑上来，毛睿再次躲闪，但这次没闪开。毛睿已被逼到墙角，张志强的双手也搭在毛睿肩上，他伸着头要强吻毛睿。毛睿不愧是江城最出色的女刑警，她毫不慌乱，双手向外猛地一分，隔开张志强的双手，然后合起双手由下朝上猛推张志强的下巴。张志强下巴遭到重击，他噔噔地向后趔趄着退了两步，还没等他明白怎么回事，毛睿的第二击已经到了，而这一次毛睿用的是脚。她向前垫了一步，飞起右脚狠狠地踢在张志强的下巴上。张志强号叫着倒下了，鲜血从嘴角不停地流下来。他一边号叫一边挣扎着起身，骂道："臭……臭婊子！你他妈……找……找死！"

看着丧心病狂的张志强，毛睿毫不手软，她抡起靠在墙边的木方凳猛地砸向已半蹲着的张志强，这回张志强连哼都没哼一声就躺在地上昏过去了。从张志强进屋，到毛睿击昏他，前后不过两分钟。

看着一动不动的张志强，毛睿镇定地拿出手机打给唐尧。电话还没接通，屋门一开，唐尧等两人慌乱地闯进来。看着躺在地上的张志强，唐尧惊讶地看着毛睿搔着头说道："毛姐，你好厉害呀！"

毛睿走过去拍拍唐尧肩膀，说道："你大姐可是江城身手最厉害的女刑警哦！"唐尧不住称赞着，另一个干警打电话给龙东山。

龙东山到时，张志强还没苏醒，听完毛睿汇报，他立刻瞪圆了眼睛训斥起唐尧来："你是干什么吃的！你跑哪儿去了？这要是出了问题，我把你的脑袋扭下来！"

唐尧满脸通红备感愧疚，毛睿替他辩解道："龙局，这不怪小唐，是我没通知他们撤回。也怪我，怎么就没发现这家伙跟着呢？"

唐尧低声说道："他没有跟踪你，我们的注意力都放在是否有跟踪的人上了。"

"那他怎么出现的？你给我说清楚！"龙东山还是怒气未消。

毛睿说道："有可能是躲在这里等我回来的。"

弄醒张志强，龙东山一行人押着他回到刑警队，彭雪松已接到报告等在那里。听完龙东山汇报，彭雪松并没批评唐尧，他只是低沉着声音说道："这是个教训啊！看来我们的安排还不够周密，还有漏洞，必须再做更细致的工作，绝不能再出任何纰漏。"

龙东山连夜对张志强进行突审，从审讯结果看，可以认定他不是连环杀人案的凶手，他的出现只是个意外插曲。抓捕行动还要继续进行。

从4日起，毛睿开着上了防护玻璃的出租车行驶在大街小巷，耳中也增加了耳机，随时与唐尧他们保持联系。

6日晚上7点，在离出租车停靠站不远的地方，一个人招手截住毛睿的车。那人从右侧上了车,然后移动到毛睿的身后,才细声细气地说道:"去怡和小区。"之后就不吱声了。

毛睿应声开车就走,从后视镜里她清楚地看到唐尧那辆黑色的桑塔纳紧跟着。十五分钟后,车到了怡和小区门口,毛睿停下车,说了车费,那人递过钱,从左侧下了车。走出一步后,他忽然回过身走到司机位置的车门旁,打开车门对毛睿说道:"你停一停,我把包忘在后面了。"说完,他打开后面的车门,拿着包走了。毛睿并没在意,但那人走出两步之后轻咳一声,清了清嗓子。正准备开车走的毛睿清晰地听到了,她一怔,这声音好像在什么地方听到过,她不觉朝那人又看了一眼,那人身材瘦高,背影略显羸弱,他夹着包低着头慢步向小区大门走去。

9点半,毛睿通知唐尧收车,十分钟后他们回到租住的平房。刚坐下,唐尧就开始向毛睿介绍今天坐车乘客的调查情况。毛睿今天一共拉了22人,其中2人是去三丰的长途,19个是市区的客人,现在已查明11人身份,另外8人尚未查清。

毛睿问道:"晚上7点左右拉到怡和小区的是什么人?"

唐尧翻翻记录,说道:"那是第15位客人,他的情况没查着,负责小区的片警到小区了解,小区物业说没这样一个人。他们还在查。"

毛睿皱眉凝思着说:"我好像拉过他不止一次,那咳嗽声我一定听过。"她详细向唐尧介绍这人的情形,唐尧努力回想着,这几天毛睿拉的客人大部分都查明了身份,只有少数几个还在查,唐尧并没记得有这样一个人坐过毛睿的车。唐尧不敢大意,他立刻向龙东山汇报,龙东山表示一定全力调查这个人的情况。

7日一整天,毛睿继续出车,一切都很正常。晚上9点,彭雪松主持召开刑警支队全体大会,布置8日,也就是农历七月二十一日这天的行动计划。为保密起见,彭雪松要求全体干警在8日24时之前不得擅自离开,不得与外界通话联络。

8日早7时,刑警支队全体行动,分成9个组,分别对本市的三辆女出租车司机的车辆进行跟踪保护,并通知所属区县公安交警部门,要以适当理由停止本辖区女出租车司机运营。毛睿的车是保护重点,她的车有5

辆各式车辆共20人参与跟踪保护。

　　白天无事。晚上8点，在百货大楼附近，一个人伸手打车，那人穿着长风衣，从后门快速上车，坐好后，他轻声说道："到白楼区。"

　　话音一起毛睿就猛地一惊，这个声音她听到过，就是6日晚上拉的那个客人。为了准确，毛睿故意搭话说："你是说去南苑小区吗？我们走外环还是从市区穿过去？"

　　那人立刻答道："是去那里。我们走外环。"

　　毛睿听准了就是这个人，她说道："好吧！那我们就走外环，不过要远两公里，得多花4块钱。"

　　那人仍旧轻声细语地说道："没关系，就走外环。"

　　毛睿应了一声启动车走了，刚一起步，毛睿就轻声吹起了口哨，她吹的曲调是《潇洒走一回》。

　　毛睿和那人的对话通过耳机清晰地传到跟踪警员那里，《潇洒走一回》的曲调一起也是嫌疑目标出现的暗号。龙东山通过耳机布置跟踪，并指派专人立即前往环路。

　　毛睿驾着车不紧不慢地行驶在马路上，就要上环路了，后面的人忽然说道："哎哟，对不起，我忘了一件事，能掉一下头吗？我要回去拿一件东西。"

　　毛睿把车慢下来说道："去哪里取东西？"那人说是市第一高中，毛睿更加警惕起来。市第一高中在西北郊区，去那里要经过一段三里左右的空旷区。毛睿把车速放到最慢，她装出很高兴但又有些担心的样子说道："马上要收车了，反倒拉个大活儿！说准了啊！先到一中，然后去白楼区，这趟下来至少30块钱！"那人笑着说钱不是问题。毛睿应着，她一边慢慢掉头，一边连续咳嗽了三四声，嘴里抱怨着天气不好让她感冒了。她打了三把舵才把车掉过来，并不是毛睿开车技术不行，她是在拖延时间以便刑警们准备。

　　听到毛睿连续的咳嗽声，龙东山知道情况有变，对方改变了行动路线，他立刻做出调整。

　　十五分钟后，毛睿的车到了空旷区，在一个通向西北公路的路口，那

第七章　诱捕恶魔

人再次要求停车,他要求上北面的公路。

毛睿装出惊奇埋怨的语气说:"哎,你这个人!怎么又变了,再往北去就是小窝子村了,你不是到那里拿东西吧?"

那人开口说道:"你还真说对了,我妈家在那里,我就是要去小窝子村。"

毛睿把车停下来,她气哼哼地说道:"得了,我可不去了!就到这儿吧,18块钱,给钱吧!"

那人用央求的口气说道:"大姐,帮帮忙,在这里我不好打车呀!我加倍给钱还不行吗?"

毛睿快速思考着,如果现在就让他下车很可能前功尽弃,要是继续走,这条小路上跟踪保护的车会暴露。毛睿快速思考着,但嘴上却在不停地抱怨,就像一个想去却又故意拿一把儿讨价还价的人常有的那样。

那人也看出毛睿的想法,他不觉冷笑了两声,道:"不就是钱嘛!无所谓,我给100,现在就给你。"说着,他拿出一张崭新的百元钞票从毛睿后面防护玻璃缝里塞进去。毛睿捡起来,她故意打开车灯对着灯光检验钱的真假,嘴里却说:"去小窝子村,再回到白楼区,100块钱也不多呀!行啦,我去!"她这样说仍是在告诉唐尧行动在变。

毛睿倒车,车慢慢地驶上小路。路开始不平起来,毛睿一边开车,一边埋怨着。这样走了十分钟,前面到了一片空旷地。那人忽然说道:"大姐,停下车,我要方便一下。"毛睿一阵紧张,她知道这意味着什么。一上小路,毛睿就注意着后视镜,保护的车辆果然没跟上来。

那人下了车,前后左右看看,确定无人之后,他快速走到毛睿的车门旁伸手开门,但门没开,毛睿已在里面锁了车门。那人先是一愣,但他早有准备,立刻从风衣里抽出一把铁锤,用力朝车门玻璃砸去。

车内,毛睿已知危险来临,她立刻做出反应,一边迅速向副驾方向躲避,一边以最快的速度抽出手枪推弹上膛。那人已砸碎玻璃打开了车门,当他把头伸进车内时,一眼看到的是一把枪正指着他,同时听见毛睿一声断喝:"不许动!我是警察!后退!"那人举着双手站直身慢慢向后退,他并不慌乱,冷笑道:"看不出啊!你还是个警察。"话音刚落,车后备厢一响,唐尧从里面跳了出来,他也举枪指向那人,口中厉声喝道:"把锤子放下!

双手抱头！"

那人做出要放下锤子的样子，他见毛睿正在下车，冷不防呼地把锤子扔向唐尧，唐尧连忙一闪躲开锤子。那人不顾毛睿大声警告，转身不顾一切朝黑暗处跑去。唐尧一边向空中鸣枪示警，一边撒腿就追。

这时，两辆警车呼啸着赶来，在离毛睿不到十米的地方戛然停下。第一个跳下车的是龙东山，他问道："怎么样，毛毛，没事吧？"

"我没事，"毛睿指着前方的草甸子说，"小唐追上去了，快追！"

龙东山应了一声，对身后的于良宇等几人连喊了两声"快快"，就第一个冲下小路。后面的人紧跟上去，有三个人打开了强光手电筒，前面五十米远的地方一个人跌跌撞撞地向前拼命跑，唐尧紧随其后奋力猛追。

唐尧和那人之间的距离在逐渐拉近，还有二十米远的时候，唐尧大喝道："站住，不然就开枪了！"那人一顿，接着更加拼命地向前跑去。在漆黑的荒草甸子上，那人虽逃命心切，可就是跑不快。又跑了三十米的样子，那人脚步更加趔趄，跟头儿把式一会儿一跤，他与唐尧之间的距离也只剩四五米了。唐尧又对天开了一枪，那人一抖，脚下一绊摔倒在地。唐尧两步冲到那人面前，用枪指着他大喝道："不许动！"然后伸手拧住那人的一只手，用右脚踏住他的脖子。那人不住颤抖喘息着哀号："别踩……别踩了……我……我不动了还不行啊……疼……疼啊……"

唐尧心里暗骂懦夫，他喝道："疼？！你杀人的时候，怎么没想想她们疼不疼！"唐尧嘴上骂着，手更用力地一扭，那人杀猪一般号叫起来。

后面，于良宇带着三个刑警赶上来，他们一起制住那人，并给他戴上手铐。于良宇先给那人做了简单搜身，然后扯着他向车走去。一个刑警带着几分好奇笑问唐尧："你怎么他了，这么叫唤？"

唐尧笑道："我根本没使劲儿，这是个软蛋！"那人听了唐尧的话，反驳道："谁是软蛋？！你不看看自己用了多大劲儿呀！"都到这时候了，他居然还有心思斗嘴，弄得于良宇和唐尧哭笑不得。

到了停车地，另外几组人都到了。看着押回来的人，龙东山不觉露出了微笑，他指着那人说道："我惦记了你四年，今天咱们终于见面了！"

那人戴着手铐合着手揉自己被唐尧扭疼的右肩，他也冷笑着对龙东山说："那只能说明你们无能！我等这天不是也等了四年吗？我知道你们为啥抓我，不用审，那三个女人都是我杀的！"

龙东山笑道："你倒是敢做敢当啊！"说完，他挥挥手示意带走。那人被直接带到了江城刑事看守所。

审讯连夜进行，龙东山和唐尧、毛睿、于良宇一起审问那人。唐尧首先发问道："说出你的姓名、身份，在什么地方工作？"

那人不假思索地回答道："我叫黄以军，市机械厂动力车间副主任。"

"你为什么连续杀人？"于良宇问道。

那人嘴角抽搐着，他咬牙切齿地说道："解恨！我要杀光那些开出租车的臭婊子！"

"为什么要杀女出租车司机？她们有什么事惹了你？"

黄以军脸上露出极端痛苦的表情，豆大的汗珠一滴滴从脸上流下来。龙东山和唐尧对看了一眼，他们知道黄以军绝不是因为自己的被捕才吓得流汗，他是在经历内心的煎熬。

黄以军这样挣扎了好一会儿，他忽然抬起头看向毛睿，又看了看唐尧，问："你是这次行动的领导吗？你怎么知道我今天要杀人？"

"我不是领导。"唐尧回答，接着反问道，"农历七月二十一是什么日子，谁的生日吗？或者这天在你的生活中发生了什么特别的事情？"

黄以军恍然大悟道："噢，明白了，你们是这么发现的，所以才找了这个婊子引我上钩。"

唐尧一拍桌子厉声喝道："嘴巴给我放干净点儿！我看你是吃的苦头还不够！"

"婊子！婊子！臭婊子！"黄以军歇斯底里地狂喊着，"我要杀光你们，杀光你们！老天不公啊！啊……"他号啕大哭起来。

审讯没法继续了，龙东山决定查清黄以军的背景后再审。

回到刑警支队已是夜里12点，彭雪松仍等在那里，他在等待自己的勇士们，也是在等待安全归来的爱妻。

看着神采奕奕走来的干警们，彭雪松微笑着站起来迎接他们。龙东山、唐尧、于良宇、毛睿一齐向他敬礼。彭雪松走上前和他们一一握手。到毛睿时，他深情地看着自己的爱妻，轻声说道："好样的！"

通过三天调查，黄以军的情况基本查清。1996年，黄以军的妻子忽然不见了，但黄以军并没报案，他独自带着7岁的儿子生活。据黄以军单位同事反映，黄以军性格内向，平时说话细声细气，行动举止有几分女气。妻子走后，黄以军性格反而变得开朗了许多，对妻子的离去，他一直声称是去南方打工了，并不承认是失踪。他妻子原来在机械厂宣传科工作，是厂子的文艺骨干，能歌善舞，人也很漂亮，原本和厂里一个上海知青的儿子恋爱，1988年这人和父母一起返城。一个月后，她与黄以军结婚，六个月就生下了现在的孩子，他们对外称是早产，厂里人认为这个孩子不是黄以军的。婚后的头两年，两人感情很好，黄以军也很快乐，后来两人矛盾不断激化，但具体原因大家都不清楚。1994年，黄以军忽然给妻子办了停薪留职手续，1995年黄以军为妻子买了出租车，她开始跑出租，1996年9月间下落不明。

弄清了情况，龙东山带着唐尧、于良宇第二次审问黄以军。四天的牢狱生活，黄以军的情绪已完全平复，举止发生巨大变化，变得木讷机械，有问必答，对自己的犯罪经历交代得非常彻底。

原来，1996年9月3日，也就是黄以军妻子生日这天，黄以军早早回家，他做了一桌子饭菜准备给妻子庆祝生日，以缓和夫妻矛盾，但一直到晚上7点，他妻子仍未回来。黄以军到出租车市场寻找，直到晚上11点仍未找到，出租车市场的人说她并没有出车。黄以军觉得可能出问题了，但他只能回家等，如果妻子整夜不归，他打算第二天报案。这天晚上，黄以军无意中发现了一封信，打开一看才知道是妻子的留书。信中说她去上海了，与前男友重修旧好，并告诉他可以到法院单方提请离婚，除了车她开走之外，家中一切财物都归他所有。看过信后，黄以军几乎疯狂。之后的一年多他逐渐变得仇视女性，总想报复。直到1998年，在他妻子生日那天爆发，他寻找到一位30岁左右开出租车的女子，将其杀害并奸尸焚烧。以后每年的农历七月二十一这天，他都要杀害一人，且都是女司机。

连续三年的杀人焚尸案就此告破。唐尧再一次展示了他过人的刑事侦查天赋。

## 第八章　文物被盗

　　这天，唐尧一大早就走出宿舍，今天他没打算晨练，他想到办公室清理一下手头的活儿，"十一"假期可以回家看看妈妈。上了刑警队三楼，刚到楼口他听见有人轻声哼着歌儿："红岩上红梅开，千里冰霜脚下踩，三九严寒何所惧，一片丹心向阳开……"歌声虽低，但在空旷的廊间回荡，仍让人感觉清亮悦耳。不用细听，唐尧就知道是迟晓丹在唱歌，要说唐尧最欣赏迟晓丹的不是工作能力或者身材、美貌，而是她的歌声。他曾对迟晓丹说过，她要是当个歌手绝对能出类拔萃。

　　转到走廊，唐尧看见果然是迟晓丹正弯着腰一边拖地一边轻声哼着歌。唐尧没继续向前走，他停下来静静地听着歌声，欣赏着她的背影。迟晓丹今天没着正装，穿着灰色长裤，白色真丝短袖衫，脚穿半高跟的浅色凉鞋，这样的装束使她本就高挑的身材更显修长。

　　这样看了半分钟，似乎是第六感作用，迟晓丹觉出身后有人，她直起身回头一看，见是唐尧，她没出声，就那样歪着头看着他。唐尧有一丝迷离，这个靓丽的回身让他忘了打招呼。平日感受的从来都是迟晓丹冷峻的美，今天的她脸色红润，满脸笑意，上翘的嘴角带着一丝俏皮；没有警装约束，匀称健美的身材更显得凹凸有致，似乎是为了便于唐尧欣赏，她有意微微挺起胸，让那里显得更加触目。这一刻的唐尧没了往日的敬畏和拘谨，只顾痴痴地看着。

　　待唐尧意识到唐突赶紧收回目光时，迟晓丹开口说话了，让唐尧没想到的是她说了一句这样的话："你好像第一次这么看我。"唐尧尴尬地一笑，连忙走上前拿过迟晓丹手中的拖把，没话找话说："你办公室搬来之后，这走廊就没见别人拖过，都让你包了！"迟晓丹并不理会唐尧的话，她还是那样微笑地看着唐尧，看着他带着些慌乱把剩下的活儿干完。好在剩下不过五六米廊道，唐尧几下就拖好了，见迟晓丹并没生气，他也暗暗放下心来。

"这么早来办公室干吗？"迟晓丹接过唐尧手中的拖布，和他一起向办公室走去。

"我打算清理一下手头的活儿，准备这周回家看看。有段时间没回家看看我妈了。"

"应该的。你们最近太忙，没顾上休息。"迟晓丹很清楚唐尧最近的工作情况。

唐尧打开自己办公室走进去。技术组的办公室在走廊最里面，要经过唐尧的办公室才能到，但迟晓丹没回自己办公室，而是跟着唐尧一起进了三中队的大办公室。唐尧招呼迟晓丹坐下，自己忙着烧水。迟晓丹示意他也坐，说道："几次想找你聊聊，你都没时间，今天能碰见不容易啊！"唐尧知道迟晓丹指的是什么，他两次答应的事都没做到。见唐尧讪讪的样子，迟晓丹没埋怨什么，她有意把话题转到连环案侦破上，唐尧这才完全放松了心情，跟她说起案子侦办中的趣事。当说到毛睿击倒张志强时，迟晓丹拍手称赞："毛姐真是好样的！我可没她那样的身手。"

唐尧笑道："你也很不错，训练时我都看到了。"其实唐尧不但看到过，还认真指点过她。

迟晓丹摇手说："差远了！你们都是实战过的，我那两下子还得经过实战检验了才行。"唐尧说："实战也是训练出来的。"迟晓丹说："那也不见得，不是什么都能训练出来，也要看天赋。"唐尧说："我看你做痕迹检验时就很有天赋……"话题渐渐转到工作上，交流渐渐变得如同嚼蜡。

迟晓丹暗自沮丧，她不想这样，她更喜欢刚才的唐尧，喜欢他痞痞的，甚至是色眯眯地看着自己的样子。如果一个男人真的喜欢你，那他和你单独在一起时的表现，真的就该是个"色狼"的样子。刚才唐尧看她的感觉才是男人喜欢一个女人时应有的意味，那一刻她觉得自己已经融化在他的

第八章 文物被盗 · 71

目光里，她忘了矜持，忘了羞涩，她甚至有一股子冲动，想要上前抱住他，告诉他自己有多爱他，多想属于他。可现在，他又恢复了常态，那种拘谨、那种客客气气的礼貌，拒人千里之外的硬壳又筑立起来，她怎么才能打破这层坚冰呢？只怕短时间内很难办到。

迟晓丹有意看看表，说："你忙手头的活儿吧，还有一小时才到早饭时间，到时我来叫你。"说完，不等唐尧回答，她拿了拖把走出三中队的办公室。

开饭时间一到，迟晓丹果然来叫唐尧。他们一起去食堂吃饭，两人走在一起，估计谁见了都觉得太般配了。吃饭时迟晓丹悄悄告诉唐尧，局里应该会给他请功。她提醒唐尧上班也快三年了，应该考虑一下级别和职位的事了。唐尧不以为然，他还没有那个意识。

饭后，唐尧回到办公室，看看时间也才7点多。他刚坐下，办公室门一响，老刘推门而入。看见唐尧已坐在那里忙活，老刘笑着说："这么早就来啦！"唐尧答道："你也很早啊，才7点多。我在宿舍也没啥事儿，就来了。"

7点半，干警们陆续上班。三中队一共五人，除了中队长王明，唐尧和三个干警同在一间大办公室办公。其他三人都是老刑警，唐尧年龄最小，参加工作时间也最短，所以办公室的杂活儿免不了都是唐尧的，谁让你是"菜鸟"呢？

"唐尧，打壶水去。"刑警张海吩咐道。唐尧立刻放下手中的活儿，提着两个暖壶就要下楼。这时，桌上的电话忽然响起，这也是唐尧的活儿，他放下水壶要去接电话，刘开河摇摇手说："你去打水，我来接。"唐尧没坚持，刚走出两步，就听老刘急急地说道："有案子，赶紧下楼。"

市博物馆文物被盗。

唐尧顾不上打水，简单收拾下就往楼下跑。支队楼前，三中队的三菱越野车已等在那里，王明坐在驾驶位子上虎着脸看着自己的部下一个个钻进车。唐尧动作最快，但王明还是冲着他喊道："快点快点儿，磨蹭什么呢！"唐尧知道，这话不是针对谁，主要是领导在强调速度。四人一上车，王明立即启动车辆，前面带队的警车已经开动了。唐尧注意到，最前面的车是彭雪松局长的专车，难道局长要亲自勘查现场？

十五分钟后，车队在博物馆大门前停下，唐尧几人快速跳下车，队长王明跑到彭雪松面前敬礼等待局长命令。龙东山副局长站在旁边，等技术组的三人也到位后，他才开始布置任务。唐尧这才知道支队的三个中队和技术组都到了，支队长霍兵早就在现场勘查了。三中队的任务是负责外围调查，唐尧专注地听着龙副局长安排，跟着队友一起接受了任务后，他正要离开，一直未说话的彭雪松忽然开口说："唐尧，你速记好，暂时给我和龙局当次秘书，跟着我俩吧。"说完，也未征求王明意见就转身朝馆里走去。这个安排让唐尧不知所措，但还是向队长王明打了招呼，跟上两位局长向博物馆大门走去。他暗自高兴，想不到跟迟晓丹学了些速记技巧，这时候能派上用场，不过一想到王明那张拉得都畸形的脸，他的心又沉下来。

彭雪松三人低身穿过警戒线，向正门走去。博物馆齐馆长和霍兵从里面迎出来，齐馆长戴着深度近视镜，他已满头是汗方寸大乱了。看见彭雪松，他带着哭腔连连说道："彭局长，你可来了……你可来了，我这……我这怎么向领导交代呀！"

彭雪松走上前握住他的手说："老齐，别着急，我们一定尽全力破案，追回国宝！你先说说情况。"说完，他拉着齐馆长向楼内走去。走进一楼门卫室，齐馆长开始讲述，唐尧坐在一张桌子旁拿出随身的小笔记本，一边听一边认真记录着。

失窃的文物共3件，一件是西周时期的青铜酒樽，一件是汉代玉佩，另外一件是唐代的金佛，三件都是国家一级文物。失窃地点是三楼珍品收藏室。唐尧非常诧异，在江城这样的边陲小城怎么会有这么珍贵的文物呢？说来也不为怪，这么多年他还真没来过市博物馆。于是，他带着好奇问："齐馆长，我们这样边远的城市怎么会有这么贵重的文物？"

齐馆长明显有些惊讶，说道："怎么？你不知道我们几件镇馆之宝的来历吗？"彭雪松也笑着说，他也不很清楚。

齐馆长开始讲述。原来江城博物馆有10件镇馆之宝，其中两件是江城境内发现的两千多年前辽代的盔甲和兵器，论价值并不高，但它是江城久远历史的证明；另外几件的来历就颇具传奇色彩了。抗战时，江城这里还是人迹罕至的边荒地区，离江城最近的佳市，那时也不过是个几万人口的小城，但作为东北方最临近苏联的前哨，那里却驻有一个联队的日军。1943年，这个联队的主官换了一个曾长期在华北作战的大佐，名叫石川一郎，他是个中国通，对中国古代文化很有研究，很喜欢收藏中国古董，他带来从华北豪夺的十几件古宝。1945年，日本政府宣布无条件投降，但石川拒不接受这一现实，他带着100余名士兵向东来到了江城一带。当时，这个地区只有几个大屯落，人口不过两三千人，最具影响力的是一位被大家称作"秋五爷"的大地主。这伙日军的到来，对这一带无疑是一场灾难，他们烧杀抢掠无恶不作，秋五爷凭着一腔爱国热情和他的影响力，组织当地百姓对抗这伙日军。经过一年多奋战，当地百姓终于彻底消灭了日军，并缴获了石川手中的文物。这些文物一直归秋五爷和他的后人保管。20世纪80年代初，秋五爷的后人回到江城，将其中的几件文物捐献给江城市，聊以纪念先祖，回报家乡。所以，江城才有了这些国宝。

听完齐馆长讲述，唐尧不免感怀先人的勇气和爱国情怀，他暗下决心一定要破获案件，追回国宝。

齐馆长介绍完基本情况，彭雪松带着龙东山、霍兵和唐尧，在齐馆长的陪同下向三楼走去。

三楼珍品藏室是博物馆的顶楼。走到三楼楼梯口，首先看到的是一道像栅栏似的铁门，铁门非常坚固，如果没有钥匙和密码或者专用工具绝无法打开。里面十米的距离是一扇对开的铁门，门现在开着，一个干警守在门口。彭雪松快步走进去，唐尧知道这里肯定没什么线索，案犯不会从这里进来。

里面，技术组和一中队的人员都在紧张忙碌着。唐尧看见迟晓丹身穿白大褂正配合痕迹检验人员专注地拍着照片，她表情凝重，一丝不苟，那种气势使她的冷艳更加慑人。迟晓丹专注于工作时，唐尧总能从她身上感受到这种特质，每每这时，唐尧都会带着肃然的目光多看几眼。

"这时候还有心思瞧妞！真不应该！"唐尧暗骂自己不合时宜，他赶紧把思绪和目光收回来，见彭雪松和龙东山都没说话，他轻声问齐馆长："安全防护措施是怎么设计的？"

齐馆长开始一项项指给唐尧他们看："所有的门窗都装有报警装置，只要三楼无人这些报警器就会打开，这是第一道防护；另外从楼顶四角向中心区，每隔一米就有一个红外线扫描装置，晚间自动开启，这是第二道防护；在存放文物的展箱内，也安装了报警器，非正规操作开启就会报警，展箱玻璃是特制的，抗撞击能力相当于防弹玻璃，这是最后一道防护。"彭雪松一边听着，一边走到失窃文物展箱前察看，唐尧也跟过来细看。

第二天下午 2 点，博物馆文物失窃案案情分析会在公安局刑警支队三楼会议室召开，分局领导和所有参案人员都参加了会议。

第一个发言的是支队长霍兵，他说："我介绍一下基本案情和初步勘察结果。"霍兵开始讲述，案发时间是 2001 年 9 月 26 日 24 时许，地点是博物馆三楼珍品藏室，失窃国家一级文物 3 件。现场初步勘察结果是，疑犯从三楼最东侧的一扇窗进入室内，破坏了安全报警设施后，以小型风焊切割器切开文物护罩底座盗走文物。作案人不少于 3 人，有交通工具；从作案手法判断不会是新手，应该是惯犯。讲到这里，霍兵说："这是粗略概述，细节问题请三个组的中队长具体介绍。"

三中队队长王明首先介绍外围情况，他们在博物馆西墙外发现车辆停留的印记，由于西侧离居民区较远，又是深夜，没有目击证人；西墙高 3.2 米，墙顶角儿的监视器被很厚的红色绸缎布包裹，失去作用；墙上有飞抓抠住墙的印记，院内墙边的绿化带上发现一个脚印，鞋码约 42 码。

二中队队长于良宇介绍对博物馆大楼勘察和值班人员调查情况，从大楼外的消防通道留下的攀爬印记看，案犯是两人，从通道爬上三楼顶，利用楼顶凸出物固定绳索，将一人垂到三楼窗前，用玻璃刀割开玻璃，剪断报警器连线，使报警器失去作用。说到这里，于良宇特别提醒道："请注意，这里有个关键问题，博物馆的报警器和红外线扫描装置有个特点，就是在停电状态下，由于特殊技术设计，红外线装置能自动启动备用电源，但报警器会失去作用 30 秒。我市昨晚零时 5 分至 35 分停电，也就是说，案犯应该是利用了这个停电的机会，在 30 秒时间内割开玻璃剪断了报警

第八章 文物被盗 · 75

连线，使窗户的报警器失去作用。展厅内，红外线扫描装备从东到西、从南到北分别射出射线，将楼内从地面向上 3 米高的空间编织成一米见方的立体网，这就出现了第二个问题，就是楼层最上部一米半的空间，红外线扫描设备不能覆盖；案犯利用了这个空间自由活动，用红缎布将报警器的探头覆盖。可见，案犯是经过精心准备的，对停电情况和博物馆报警设备极为了解。"

"关于保卫人员值班情况，"于良宇接着说，"正常情况下，博物馆夜间值班是四人，两人在值班室看守报警设备，另两人轮流巡逻。守候报警装置的两人已得到夜里停电的通知，在停电时正常启动了备用装置。巡逻的两人应该是每一小时巡视一次，23 时 20 分，他们进入三楼珍品藏室巡视没发现异常。但这之后他们就在值班室睡觉了，没再进入珍品藏室查看，致使报案时间至少延误了 6 小时。"

于良宇汇报完，霍兵接着介绍三楼珍品藏室的现场勘察情况："失窃的三件文物，分别是 2 号、4 号和 10 号展柜的文物。案犯采用的手法是，先用小型风焊切割器将底座支柱烧开，剪断里面的报警器连线，然后割开底座取出文物。三楼现场只有一个人十分模糊的脚印，不是鞋印，就是说案犯是穿着袜子走在地板上。现场留下的红丝缎，正面是红色，背面是黑色，应该是质地极好的厚窗帘，看来案犯对红外线设备性能非常了解。除此之外现场没有留下指纹等其他线索。"

三个组汇报完情况，彭雪松让大家发表意见。大家纷纷发言，唐尧坐在角落里静静听着，他把大家的意见记录下来，归纳出五点：一是案犯不少于三人，一人入室盗窃，一人接应，另一人守在交通工具里把风；三人配合默契，现场留下的线索很少，是有经验的老手。外来人员作案的可能性大。二是案犯事前一定经过精心踩点准备，应立即查看博物馆监控录像，从中搜寻可疑人员。三是不排除博物馆有内应，或内部人员泄密的可能，应对博物馆所有人员进行排查。四是在全市主要交通要道设卡，检查可疑车辆。五是调查现场留下的物证来源，确定疑犯可能活动的区域。

会场静下来后，彭雪松问道："就这些吗？还有其他意见吗？"唐尧觉得大家还是忽略了一些细节，他很想发言，但以自己的资历怕是轮不到他。他抬头向彭雪松望去，彭雪松恰好也正看着他，并向他微微点了点头，唐尧不觉一阵冲动，他决定发言。"我想说点儿想法。"他的声音不高，但足以让会场所有人都听到。

龙东山立刻接口说："都可以谈，小唐，你说说看。"

唐尧非常感激龙东山的支持，他平静下自己，红着脸开始说他的想法："我想说下案犯为什么要盗窃这三件物品……"刚说到这里，王明就不耐烦地打断说："这还用说吗？沙！那都是西周、唐代、汉代的文物，是吧？这么有历史的古玩，还不值得偷啊？"

彭雪松怒目看了一眼王明，严厉地说道："让他说下去！"

唐尧并不在意王明的质疑，他接着说道："这三件文物的确值钱，但2号文物旁边的1号文物是西周的青铜高脚四羊香炉，它比2号更有价值，而且两个展箱临近，从安全角度考虑他只需要覆盖1、2号展位之间的红外线探头，就可以盗走两个展箱的文物，但他没这么做，却盗走距离2号位至少6米的4号位，和距离25米的10号展位的文物，这要越过好几道红外线防护，从安全角度考虑不合常理，这是第一个疑问；第二，被盗走的三件文物都是体积相对较小、不易破损的物品，4号位旁边5号位是汉代玉屏，有1.2米高，80厘米宽，约1厘米厚，很有价值，但易破碎；10号位被盗文物旁边9号位是宋代瓷瓶，也是这个特点。"

彭雪松微笑着说："你观察得很仔细，分析也很对，你有什么想法吗？"

唐尧脸更红了，领导的肯定让他激动，他清了清嗓子说："我的想法是，这起文物盗窃案不是偶然的。这段时间我研究了一下我局以往的案子，发现从我市走私文物的方式很特别，一般是夹带在出口大宗货物中，像大米、蔬菜什么的。缴获的文物都有体积小、不易破损、价值相对不是很高的特点，实际上前段时间侦破的武士刀案，也是这个特点，与博物馆被盗的文物性质很接近。所以，我觉得在我市或者通过我市有一条走私文物通道，一个走私团伙。侦破武士刀被盗案时，那个熊毕林就曾提到有人从我市走私文物的情况。因此，我建议不能孤立看待这个案子，应该综合考虑，与以往的挂案和境外走私案联系起来。"

彭雪松赞许地点点头，问道："要是你来办案，你觉得从哪里入手调查为好？"

唐尧不假思索地说："先排查人，调录像，查近期来博物馆的可疑人员，同时对博物馆内工作人员逐一甄别排查，争取发现新线索。"

## 第九章　一丝进展

排查人员和调取录像的工作交给了三中队，王明的脸抽抽得跟苦瓜似的，心里暗骂唐尧多嘴。回到三中队办公室，王明就布置任务，甄别博物馆工作人员由老刘和唐尧负责，他带着张海两人研究博物馆监控录像。唐尧办案心切，王明一交代完任务，他拉着老刘就直奔博物馆。

有齐馆长支持配合，唐尧两人的调查很顺利。一天内他们分别找了15个人谈话询问，而整个博物馆连保洁员在内也不过23人。30日下午，询问完所有人员后，唐尧和老刘回到队里，一天多时间，他们一无所获，没发现有价值的线索。

办公室里只有张海独自一人盯着电脑看录像视频，其他人都不知干吗去了。唐尧走过去关切地问："海哥，怎么个情况，有收获吗？"

张海懊丧地说："真他妈邪门了！这录像我看了五六遍也没发现丁点儿问题。头有点儿大！"录像只能记录进出博物馆的人员和展厅情况。那时候各单位技防监控设施还不完备，博物馆能有这两部分的监控资料已经很不容易了。

唐尧凑过去也想看看录像，恰好王明从里间出来，他打着哈欠对唐尧和老刘说："你们也都看看录像，沙！看看，这个……能不能发现点儿什么。"然后特别指着唐尧说："你从头到尾给我好好看两遍，沙！漏了线索我拿你是问！"一句话，这个活儿就成唐尧的了。唐尧也不介意，只要能破案累点不算什么。

之后的一天两夜，本该是国庆中秋假期休息，唐尧原打算回家看看的，但有了案子计划泡汤，他只能给妈妈打电话问候一下，告诉她有紧急案子没法回家。妈妈很理解唐尧，叮嘱他注意身体，同时告诉他应该增加衣物了。唐尧感到温暖，也感到歉疚。

　　这两天来，唐尧把自己关在屋里，就坐在屏幕前看录像。十天的监控影像资料，唐尧从头到尾细细看了两遍，对重要时段更是反复看了多遍。三十多个小时的鏖战后，唐尧完全迷糊了，半梦半醒的，他分不清自己是在梦里还是在现实中。脑海中录像画面或飞速闪过，或有节奏地跳出，或定格了似的不动，纷繁冗杂交织成毫无头绪的网……

　　空旷的展厅没有一个人，静静伫立着的一个个展箱，在一缕斜阳的照耀下发出绚烂的七色光。在镜头的远角处一扇门倏地关上，一白一蓝两样物件一闪而没……这是什么画面？唐尧一下子惊醒了，他坐直身子凝眉思索着刚才梦中的画面，努力回想在那儿看到过这个场景。"大厅无人，有展箱、有斜阳……"唐尧立刻调出博物馆三楼展厅早6时至8时的录像，很快他在案发前第八天的录像中找到了那个画面。唐尧反复看了三遍，画面是展厅内侧远端摄像头拍的，画面小且模糊，一闪而过的物件只停留了半秒的样子。唐尧费了很大劲儿才确定，画面中一白一蓝两个颜色是人的袖子和裤子，那是保洁员戴的白色套袖，穿的蓝色裤子。这个时段正是保洁员打扫卫生时间。唐尧一阵气馁，保洁人员唐尧已询问调查过，他在博物馆工作了三十年，退休后又返聘回来做保洁员。案发前后这人没有任何异常，历史背景和社会关系也很简单，已排除作案可能。

　　唐尧用力搓搓脸，他看看表，时间是2日早晨6点40分，他走出办公室，到洗手间洗把脸后直奔食堂。这两天他只吃了两盒泡面，该好好吃顿饭犒劳一下自己了。

　　走出办公室，凉爽的空气让唐尧精神一振，他做了几个扩胸运动，正要拔腿奔向食堂，忽然听见有人叫他，这声音让唐尧不自觉地缩缩脖子人也更清醒了，是迟晓丹。

　　唐尧转向迟晓丹，堆起笑容说道："小师姐早！"迟晓丹撇撇嘴不悦地说："师姐就师姐，干吗还小师姐？"唐尧也不争辩，听她继续说："你这两天忙案子呢？怎么不见你来食堂吃饭，当苦行僧啊？"唐尧解释说这两天看监控录像没时间出来吃饭。迟晓丹道："再不出现，我就去把你揪出来。走吧，吃饭去！"话虽刁蛮，但其中的关心显而易见，唐尧知道迟晓丹一定是特意来找他的，她的宿舍离这里挺远，又是假期，她这时出现在刑警队楼下能是为什么呢？想到这里唐尧不觉悄悄看了看走在身前的迟晓丹，她依旧是英姿挺拔的样子。

食堂里没几个人，早餐倒是很丰盛，唐尧要了六个包子，两个鸡蛋，一大碗粥，两样咸菜，然后狼吞虎咽地吃起来，那吃相绝对一个凶猛。迟晓丹见了不觉好笑，她抬着修长白美的手挡住嘴，不让唐尧看见她笑。她曾经嘲笑唐尧吃东西腼腆，还教训他说要"男儿口大吃四方"，看来她错了，还是没饿着，真饿了八方也能吃了！

7点，用餐的干警渐渐多起来，有迟晓丹在，他们这边的男干警就少不了，迟晓丹的面色却渐渐冷下来。唐尧边吃边和大家有一搭没一搭地聊着，然而他的脑海中那个画面依旧不停闪过，像是怕他忘了，要不时地露露脸提醒他一下。"手，修长美丽的手！"一个念头突然闪过，唐尧盯着迟晓丹的手呆住了，几秒的停顿后，他扔下碗筷冲出食堂，把正进门的一个干警撞个趔趄。迟晓丹叫了他两声，他都没听见。

唐尧跑回办公室，冲进那间小屋，屏幕上画面还在，唐尧俯身仔仔细细地看着。他尽量把画面放大，以便看得更清楚。这样盯了几分钟后，唐尧长长地舒了口气坐下来。

画面里穿蓝裤子那人下面是一只穿着黑皮鞋的脚跟，看不出什么特别。但白色套袖下面，那只四指并拢握在门边儿上的手，却并没像一般的保洁员那样戴着橡胶手套。尽管画面不是十分清晰，但足够唐尧判断出，那是一个年轻女人的手、修长美丽的手，绝不会是他们排查时询问过的那个保洁员——一个中老年男人的手。

"错不了，绝对错不了！"唐尧摇了一下桌子大声说道。

"什么错不了？你发现了什么？"一个声音在他身后响起，不用回头唐尧就知道是迟晓丹跟来了。唐尧兴奋地回身抓住迟晓丹的手拉她看视频，把自己的发现告诉她。

这个发现让唐尧认定，案发前8天博物馆至少还有一个保洁员，画面上虽只能看见半只手臂和一只脚，看不见这人的体貌特征，但唐尧可以肯定，这是一个年轻女性。那就是说，唐尧他们在排查博物馆内部人员的时候，漏掉了这个人。迟晓丹微笑着向唐尧一竖拇指，说："好样的，这个发现太关键了！你会成为一名神探的，江城的案子将来肯定不够你办的！"唐尧在迟晓丹的脸上再次看到这么温柔的微笑，他不觉又呆住了，竟忘了他还抓着迟晓丹的手，那手软软的，柔若无骨。

8点上班时间一到，唐尧迫不及待地拿起电话打给齐馆长，问他十几天前博物馆是不是还有另一个女保洁员。在得到肯定答复后，唐尧又给分管后勤工作的副馆长打了电话，约定9点见面，有新情况要详谈。

老刘到办公室后，唐尧拉着他一起去了博物馆。博物馆刘副馆长和办公室郝主任已在接待室等着。唐尧开门见山，问道："你们博物馆案发前十几天是不是还有一个保洁员？"

郝主任带着几分惊讶说道："是呀，是有一个，但半个多月前她就不干了，回农村老家了。"

"是女的吧？是个什么样的人，多大年纪？"

刘馆长道："对，是个女的，二十四五岁，哈尔滨附近农村的，叫钱桂兰。怎么了？"郝主任也说："是个很老实的人，很少说话，也没什么文化。"

唐尧没直接回答他们的疑问，继续问道："能更准确点儿吗？比如有没有照片、身份证复印件，谁介绍来的？"

郝主任带着一丝得意说："当然有，我们就是雇临时工也是要认真把关的。我们留存了身份证复印件。"说完，他到隔壁档案柜里找到钱桂兰的资料拿给唐尧。唐尧接过材料，见身份证复印件还算清楚，照片上是个短发女子，一寸照上仅能看到的灰色衣领皱皱巴巴的，表情略显呆板，但五官端正，眉目清秀，倒也不觉得土气。年龄是25岁，籍贯本省方正县。唐尧问："她是怎么来博物馆的？在这里干了多长时间？"

郝主任回忆说："是原来打扫卫生的王大姐推荐的，在这儿干了两个多月的样子。9月18日左右吧，她拿着电报来找我，让我给她看看说的是什么。我当时挺好奇的，这年月还有人发电报，就帮她看了，说是哥哥结婚让她回去。她当时很高兴，第二天就辞职走了。"

又了解了钱桂兰一些情况，唐尧和老刘带着钱桂兰的资料离开博物馆。回到公安局，唐尧立刻让技侦组做了鉴定，从复印件上看身份证是假的。唐尧意识到这可能是一条重要线索，窃贼对博物馆警报系统性能特点如此了解绝非偶然，在几天前的案情分析会上唐尧就怀疑博物馆内部人员有问题。唐尧把这一发现向王明作了汇报，这次王明没阴阳怪气，他立刻下令，让张海按照假身份证上的地址调查是不是有钱桂兰这个人，队里其他人也立刻在全市排查。接着，他分别向龙东山和霍兵汇报了这个发现。

唐尧走访的第一个目标是王大姐。通过居民委，唐尧很顺利见到了博物馆退休女工王大姐。知道唐尧两人的来意后，王大姐爽朗地笑起来："你是说那个小钱呀！她是哈尔滨附近农村的，有个傻哥哥，家里要给她哥娶媳妇，拿她换亲，这啥年月了，还有这事儿！她就自己跑出来打工。我家有间房子闲着要出租，就租给她了。我看她挺老实本分的，又没啥文化，正好我退下来馆里要找个临时工，我就把她推荐去了。"

"房子现在她还租着吗？"唐尧问。

"租啊！"王大姐回答，"租金到这个月10日才到期。她没跟我退房，肯定还住在那里。"唐尧请王大姐带他们去找钱桂兰，王大姐爽快地答应了。路上，唐尧与王大姐交谈，她并不知道钱桂兰已经离开博物馆。王大姐很健谈，唐尧了解到博物馆保洁员在打扫珍品藏室卫生时，按要求两个保安必须陪同，但对于博物馆的老人，这项安保措施并没有严格执行。还有，博物馆一般工作人员对监控设施的性能并不了解，只有负责监控的三四个人明白。

到了出租房，敲了很长时间门也没人开，王大姐有点儿着急，她给钱桂兰打电话，手机处于关机状态，这时唐尧才告诉王大姐钱桂兰可能返回老家了。王大姐拿出备用钥匙开门进去，很明显屋子很长时间无人居住打扫，临窗的沙发上落满了灰尘。唐尧让王大姐站在门口，他和老刘开始检查房间。

一小时后，唐尧返回中队，正好龙副局长在，唐尧和老刘作了汇报。唐尧认为，如果窃贼是通过博物馆内部人员了解了监控设施特点，那么通过钱桂兰外传的可能性最大；龙东山立刻作出部署，一是继续深挖钱桂兰这条线索，唐尧带技术组进一步勘察王大姐的出租房；二是由王明带队，对博物馆了解监控设施的人员逐一排查，找到可能与钱桂兰有密切联系的泄密人，寻找突破口。

唐尧和技术组的工作很有收获，他们在出租屋查到了至少三个人的指纹和毛发，另外从屋内发现的烟头判断，其中两人为男性，这一点根据邻居反映的情况也能确定。邻居反映这个出租屋至少一个月无人居住，两个男人的特征：一个年龄在 45 岁至 50 岁之间，中等身材，微胖；另一个年纪 30 岁上下，身高一米六左右，又瘦又小。另据邻居反映，他们曾两次看到一个十分艳丽的年轻女人来过出租屋。

王明一组对博物馆监控设施操作人员的排查也有进展，据反映，一个名叫王福东的监控管理员似乎与钱桂兰关系很好，有人见过两人曾在一家小饭店吃饭，而王福东本人否认。

如果说案发后第一次警察的询问，王福东没当回事儿，毕竟文物被盗当晚他没在班上，但之后馆内大会齐馆长的讲话就让他有些心慌了，明摆着齐馆长是说馆里有内鬼。到第二次警察专门找他们几个负责监控的工作人员询问时，王福东明白了，是内部人员泄密，而且肯定与那个钱桂兰有关系。想到钱桂兰他心里就发毛，因为一开始他就不明白这个在外人面前朴实木讷，实际艳美放荡的钱桂兰，怎么就看上了他这个最普通的小职员，就和他春宵一夜了。其实美美地销魂一把，酒醒后，王福东根本记不清自己做了什么，说了什么。之后的一段时间，钱桂兰还像原来一样，谦恭卑贱，任劳任怨，甚至是逆来顺受，但只要有机会，哪怕是短短一瞬，她也会对王福东笑一笑，做个鬼脸，每每这时他都无比舒坦。她的任何要求在他这里都无条件遵从，他愿意用自己微薄的收入尽其所能满足她想要的一切。然而这个尤物对自己没有任何过分的要求，她从不向他要钱要物，甚至一起吃饭时都不让他点贵的饭菜，她唯一的希望就是让他教她玩游戏，了解他最引以为傲的监控技术。不记得他们以最隐秘的方式交往了多长时间，也许只有一个月，或者四十天，她忽然冷淡下来，之后没过三天，她就离开了。这期间他数次联系她，电话只通了一次，她说在哈市，之后手机就一直处于关机状态。

王福东捏着酒壶一杯杯灌酒，一种不祥的预感使他心惊肉跳，他暗想，必须找到钱桂兰问清些事，一定要找到她！不知是什么给他的信念，他相信钱桂兰肯定还在江城。王福东决定行动，他首先跑到钱桂兰租住的房子，那也是他们第一次发生关系的地方。他跑空了，还被邻居训斥一顿："你们有完没完！昨天就来敲门，今天又来！让不让人午睡了？"王福东灰溜溜地走了。

"还有别人找她，是谁呢？"他暗想，"是警察，一定是！"王福东更着急了，他加快寻找的脚步，又去了他们一起吃过饭的小店、她常去买爆米花的地方，结果仍是一无所获。王福东开始犹豫是不是该把事情跟警察说说，但一想到可能因为自己的泄密出了这么大的案子，他就头皮发麻，他决定还是找到钱桂兰问问清楚再说。

王福东如热锅上的蚂蚁四处乱窜的时候，并没有注意到一双警惕的眼睛正盯着他。

唐尧的小组增加到三人，他们一直密切注意着王福东的一举一动，他的表现又一次证明了唐尧的判断，钱桂兰肯定有问题。在方正公安机关反馈没有与案件中年龄、身份相同的钱桂兰后，三中队取消了对博物馆其他人员的监控，把重点全部放在王福东身上。唐尧对博物馆的勘查资料又做了一次细致研究，他发现现场留下的未穿鞋的脚印，也许不是因印记模糊而显得小，那可能就是个女人的脚印。难道对手之中有个女飞贼？这可太有戏剧性了。

4日这天下午，唐尧没任务，中秋国庆节都没回家，他想到百货大楼买点儿东西，打算利用剩余假期抽一天时间回三丰县看看妈妈。走出刑警队大门，唐尧向百货大楼方向走去。到商场门前，一个背影吸引了唐尧注意，他感觉一定在什么场合见过这个背影，高大劲健，步幅稍小，两臂微弯却不贴着身体摆动，走得挺快，很敏捷的样子。唐尧一边想一边向商场大门走去。陡然间，唐尧脑子嗡的一声，一个名字跃入脑海——萧一扬，难倒是他？唐尧立刻转身跟上那个背影。

唐尧与那人一直保持十多米的距离，这样一前一后走了很远。直到接近郊区，那人仍未停下，也从未回过头。到了平房区，那人忽然转入一条小巷，唐尧加快脚步跟进去，那个身影在前面一转，又转进一个胡同。唐尧快步跑到胡同口，他小心地隐住身形，慢慢侧头向里面看，胡同里空荡荡的，一个人影也没有。唐尧急了，他走进胡同，仔细查看每家的门，看哪家可能刚刚进去了人。这样一直走到小巷尽头，什么也没发现。唐尧正在想该怎么处理，尽头处一个人影一闪又缩了回去，唐尧立刻向那里跑去。刚拐过胡同口，他猛地顿住身形，前面三四米远的地方，一个人一动不动地站在那里，那背影正是唐尧追踪的目标。

那人缓缓转过身，晶亮的眼睛直盯着唐尧，他冷冷地说道："小兄弟，你跟着我干吗？"

看到那人的脸，唐尧不觉泄气，那人一脸疙瘩，留着胡子，眉毛很重，鼻子也很高，根本不是萧一扬的相貌。唐尧抱歉地说："对不起，我认错人了。"说完转身欲走。

就在这时，唐尧忽然感觉有什么不对，他又转过身直盯着那人，用疑惑的目光打量着，虽然面貌特征改变了，但这国字形脸，晶亮的眼睛，再加上这个身形，都和萧一扬很像，不会这么巧合吧？唐尧略一思索，亮出自己的身份，说道："我是警察，我看你很像一个人，那人与一起案子有关。你跟我回公安局吧，我们要向你了解一下情况。"说完，他警惕地盯着那人。

"你是要抓我吗？"那人问道，语气中有一丝嘲弄。

"不是抓，"唐尧更加警惕了，"是请你去配合调查。"

"我要是不去呢？"那人口气强硬起来，但仍是一副悠然的样子。

唐尧冷冷地说："不去？那我可要动粗了。"说完，唐尧直扑向那人。就在要抓住他肩头的一瞬，那人只轻轻一转身，唐尧的双手落空了。同时，那人耸肩向唐尧撞去。唐尧的身手是全局最好的，但这一下居然没躲开，他被撞了一个趔趄。这一个动作，让唐尧更加肯定这人就是萧一扬，他稳稳心神使出浑身本领和那人斗在一起。几个照面过后，唐尧渐落下风，他心里一急，拳脚更加凶狠起来。那人仍旧游刃有余的样子，又缠斗了片刻，他露出个破绽，唐尧起脚就踹，眼看就要得手了，唐尧忽然感觉支撑腿一疼，他砰地摔在地上，原来挨了那人的扫堂腿。

看唐尧挣扎着起身，那人一脚踩在唐尧胸口上，戏谑地说："觉得自己本事挺大，是吧？"

唐尧喘息着恶狠狠地瞪着那人不吭声，心想今天是栽到家了。见唐尧不说话，那人脚尖儿一用力，唐尧感觉喉咙一紧，他下意识地双手用力抠住那人的脚，那人笑道："还敢反抗！"脚上再次加力。唐尧一阵窒息，他索性一闭眼认命了。那人笑道："你小子还挺倔！"说着快速收回脚，唐尧感觉喉咙一轻，他立刻起身看去，那人已退至十米开外，他赶紧爬起来追过去，那人身形在胡同口一闪又不见了。唐尧跑过去向胡同里看，半个人影也没有，他扶着墙一阵咳嗽，心里那个气呀！他可以确定这人就是萧一扬。喘息一阵子，唐尧急急地掏出手机打给王明，向他汇报情况。

十分钟后，两辆警车呼啸着进了小巷，居然是龙副局长和霍兵支队长亲自带人赶来。唐尧简单说了如何发现这个可疑人，又说了自己被打倒的过程。霍兵一阵惊讶，他粗声大气地说道："什么！连你都被他打倒啦？"

唐尧红着脸说："可不是嘛，也就几个照面。这人身手不是一般的厉害！我可以断定他就是萧一扬。"

龙东山命令干警四处搜索，然后向彭雪松汇报情况。半小时后他们撤离现场返回刑警支队，向等在那里的彭雪松汇报情况。

听了唐尧的汇报，彭雪松不觉笑了："看来你输得心服口服啊！也难怪，你和他第一次交手就没能抓住他。"彭雪松说的是在武士刀案中萧一扬翻越高墙逃脱的事。

"是呗！"唐尧自嘲道，"我这两下子还真不是他的对手，看来黑道上高手也不少啊！"

彭雪松说道："萧一扬本来就不是一般的黑道人物，他是特警出身，1994年因违反军规被开除，之后在省城抢劫被抓，越狱逃跑，混入犯罪团伙。他身上背着两条命案，1998年潜逃出国，成了S国哈巴市最大的犯罪团伙的骨干。这几年他屡屡潜回国内从事犯罪活动，我市和省城的多起走私和贩毒案件都与他有关。"彭雪松停了停，点燃一支烟，接着说："他心狠手辣，狡猾善变，哈巴的犯罪团伙头子洪哥非常仰仗他，在走私文物

第九章 一丝进展 · 87

和贩毒这两项最重要的业务上都有萧一扬的身影。如果真是他,那他入境的目的肯定与这两方面有关。"

龙东山道:"你是说他到我们江城来不是贩毒,就是为了走私文物?"

"我想一定是!"彭雪松很肯定地说。

听了彭雪松的话,唐尧兴奋了,他立刻把这次博物馆文物被盗案与萧一扬联系起来。上次武士刀被盗案,熊毕林就交代萧一扬是买家,后来惊动了他,让他提前逃回境外没能抓到,唐尧心里一直耿耿于怀。

同时,唐尧心中也产生了一个疑问,按说江城地处偏远,又是个开发建设仅几十年的新城,历史并不悠久,除了博物馆特殊原因得到的几件文物外,也没有更多有价值的文物,那么,文物走私集团为什么把目光投向这里呢?还有,江城整个区域不过100多万人口,经济社会发展虽好于周边,但跟发达地区比还是相去甚远,在涉毒案件上,如果没有大量的受众群体、没有整体的高收入水平支撑,涉毒活动就不会有巨额收入,没有巨大利益吸引,毒贩团伙为什么也选择了江城呢?

唐尧觉得只有一个原因,那就是江城临近 S 国,地理位置特殊,是边境城市,与国外交流便利。也许,犯罪集团是要把江城当作桥头堡,建立起犯罪通道。

# 第十章　再发命案

晚饭后，唐尧走出刑警支队大门，他想独自散散步，这几天博物馆被盗案让他头都大了，他想放松一下。

出门一转，唐尧听见有人喊："小警察，唐尧！"唐尧寻声望去，只见路对面一个一身白衣的女孩静静地站在那里。她洁白靓丽，长发披肩，没有一丝修饰描抹，显得清新淡雅，让人感觉似雪人一般。唐尧以为自己听错了，他似乎不认识这个女孩呀，但那女孩正笑盈盈地向他招手，唐尧只好走过去。走到近前，唐尧注目看去，那女孩笑道："怎么？不认识啦？"唐尧吃了一惊，是蓝黛。

自从结识蓝黛，他们有过两次接触，唐尧对这个女孩的感觉很矛盾，她真诚善良，靓丽而气质高雅，但同时也是毛病多多，比如酗酒、抽烟、浓妆艳抹，脾气古怪，这些对唐尧来说根本无法接受，特别是上次他帮蓝黛打跑三个小混混并送她回家，知道蓝黛住在江城最豪华的南苑别墅区后，唐尧的抵触情绪就更明显了。

唐尧笑了笑，客气地对蓝黛说："是你呀，怎么在这里？今天装扮很不同嘛！"

蓝黛撇撇嘴："不习惯？我是不是化个浓妆你才觉得好？"接着就笑起来："我正好路过这里，看见你出来就喊你了。"这样的小谎言根本骗不过唐尧，上次见面蓝黛还说不出自己的名字，这次却能叫出来，显然她暗地里打听了自己的情况。

知道唐尧打算出去散步，蓝黛笑道："相约不如偶遇，反正我也没事，陪你走走？"唐尧连连摇手，这要是被熟人遇见还以为他谈恋爱了呢，他变着法躲避秦明华秦姨的相亲安排，理由就是不想现在谈对象，要是被她误以为自己在谈恋爱，那成什么事了。

见唐尧反对，蓝黛嘟着嘴说："不就走走嘛！有什么了不起。要不这样，我请你喝咖啡，咱们去餐厅坐坐吧？"说完，也不管唐尧是否同意，拉着他就走。唐尧不想在支队门前和一个女孩子拉扯，只好跟着她走了。唐尧不想被人看到，却偏偏被一个最不该碰到的人看见了。

到了餐厅，唐尧两人在大厅的一角选了座位，蓝黛点了四样小食品、一支冰激凌、两杯咖啡后，开始和唐尧天聊天。都是年轻人，有很多共同话题，渐渐地唐尧被蓝黛的快乐情绪感染，也有说有笑起来。

很快两人喝完了咖啡，蓝黛正叫服务生再上咖啡，这时一个艳丽的女人从门外走进来。蓝黛对着门坐，见那女人进来，她带着疑问的口吻喊道："吴姐？"那女人蓦地转头看向蓝黛。看到这个反应，蓝黛确信自己没认错人，她起身叫道："是吴姐呀，好久不见了！"那女人很勉强地笑了笑，说了声"你们慢慢聊"，之后就转身上了二楼。蓝黛不免有一丝尴尬。

在蓝黛第一声叫"吴姐"时，唐尧也回头看去，这人让唐尧感觉有几分面熟。见蓝黛有些气恼，他问道："熟人？"

蓝黛说："丫丫的朋友，前段时间和丫丫一起吃了次饭，感觉人不错就记住了。怎么今天这么冷淡，爱理不理的！"

"是本市人吗？有些面熟，一时又想不起在哪儿见过。"唐尧凝眉说道。

"不是本市的，听丫丫说好像是省城的，做生意的……好了好了，不说她……"蓝黛收住话题。

晚上9点，唐尧和蓝黛离开餐厅，相互留下手机号码后，各自打车回去。到了宿舍，唐尧依然心情愉快，他发现蓝黛是个很真诚很温和的女孩儿，她今天不再浓妆艳抹，一晚上也没要求喝酒，也没吸烟。唐尧暗想，看来她的毛病是可以改掉的。想到前几次见面时蓝黛的穿着打扮，唐尧不觉暗暗发笑，两人过往的点滴经历慢慢浮现在眼前，他心里不自觉地泛起别样的涟漪。

这样回味着，不知什么由头引起的，唐尧又想起了自己的初恋，他不觉心中一疼，情绪不受控制地低落下来。那段经历太过刻骨铭心，曾经的两情相悦，缠绵爱恋，如胶似漆，如今都成了过眼云烟，成了永远挥之不去的痛苦记忆。唐尧闭目躺在床上，他抚摸着自己的左肩，那里还留有她的齿痕；他闻着自己的手，仿佛她的余香犹在；他想着她姣美的面容，悦耳的笑声，一切还都那么清晰……"你在他乡还好吗……"唐尧的眼睛湿润了，如果不是自己的执着坚持，一定要从警，一定要回到江城，或许他们已走到一起了。这样静静地想着，朦胧中唐尧的脑海里忽然闪过迟晓丹傲然靓丽的脸，还是凛然的样子；一会儿，又闪过蓝黛带着微笑的绝美的脸，那份美丽让人感觉恬静安逸……

又一个身影闪过，是那个吴姐，那也是个浓艳的美女。美丽的女人似乎都有几分相像，唐尧不明白为什么会想到她。"在哪儿见过这个人呢？"唐尧暗想着，渐渐睡去。

萧一扬的出现给文物被盗案增添了新的波澜，在市局统一部署下，江城警方全市统一行动全面搜捕萧一扬。

忙了三天，搜捕行动毫无收获，文物案也未取得丝毫进展。唐尧感觉很郁闷，明明线索越来越多，怎么就没有进展呢？来自工作的焦躁情绪越来越浓，而另一个烦恼却是个快乐的烦恼，来自蓝黛。

自从上次建立联系后，蓝黛就常常打电话给他，虽不多，一两天一次，话也很少，但唐尧能清晰地感到那份关注，也许她已经喜欢上自己了。而这种关注的感觉唐尧似乎也有，他觉得自己也很在意蓝黛，这让他很矛盾。有了这种体会，再见迟晓丹时让他更加迷茫，迟晓丹对他是什么意思唐尧最清楚。最近几次见迟晓丹，唐尧都感觉怪怪的，她的眼神里态度上似乎多了些什么，有时让他疑惑畏惧，有时是一种清冷，而更多的时候是那种火焰一样的炽热。

唐尧现在的心境真是不想恋爱，何况这两个女孩一个是骄傲的公主，背景深厚；另一个是大富之女，问题多多的富二代。这两类女孩都不是自己这种小人物能承受的，唐尧提醒自己，还是敬而远之为好。因此，对待迟晓丹他一直回避，一个原则：躲；对蓝黛他总是以工作忙为由拒绝，也一个原则：拒。实在躲不开、拒绝不了，就短暂见面应付一下，然后找各种理由尽快离开。但这种应付了事的见面，在两个女孩这里还是有区别的，只是唐尧并没意识到，一个见面过程是轻松的，而另一个则是紧张的。

这天下午，唐尧正在办公室忙着，手机忽然响起，唐尧看来电显示，知道是蓝黛的电话，他犹豫一下挂断了。半分钟后手机再次响起，还是蓝黛，唐尧拿着手机不知该不该接，手机一直顽固地鸣叫着，唐尧不情愿地接起来。他刚想敷衍两句就挂断，那边传来蓝黛急切的声音："有个很奇怪的人让我转给你一张字条，说对你办案有用。我就在你们警队大门外。"唐尧暗自吃惊，他说了声"我马上来"，就挂了电话跑出办公室。

大门外蓝黛身着一袭紫衣优雅地站在那里，那份美丽令人目眩。唐尧有些恍惚地呆看着蓝黛，蓝黛嗔道："看什么看！没见过美女啊！"

唐尧知道自己失态了，他嘴角一翘，坏坏地应道："这样的美女还真没见过。你这样很不错……"说到这儿唐尧立刻打住，蓝黛似乎早就了解唐尧的意思，只戏谑地说了声"老土"就不再分辩。她从白色的小手包里取出一张折叠的字条递给唐尧，唐尧接过去打开，凝眉看起来。

字条上只有一行字："胜利路家园小区 3 号楼 3-401 室"。唐尧一阵迷茫，这明显是个住址，谁的住址呢？见唐尧思索的样子，蓝黛好奇地问："这地址对你有用吗？"唐尧这才想起还没问蓝黛是谁给的纸条，于是问道："谁给你的？"

蓝黛带着迷惑说："我也不知道是谁。刚才我从小区出来，正从包里拿手机，一个骑自行车的男人从我面前经过，突然伸手拉了我的包一下，我以为他要抢包，就使劲儿往回拽。那人也没争，松了手骑着车就跑了。我隐约听到他说：'交给唐尧，对他有用。'我这才看到包口露出一截折着的纸条。"

唐尧问道："看清那人了吗？"蓝黛摇头，她只能确定那是个个子挺高的男人，没看清脸。

送走蓝黛，唐尧直奔王明办公室，一进门正好龙副局长也在，唐尧立刻把自己的发现向两位领导作了汇报。但他只说有人暗中传给他一张纸条，并没提蓝黛，他不想领导知道他们的关系，也没法说清他们的关系。可是，那个神秘人却似乎很了解唐尧，居然知道蓝黛，他到底是谁呢？

听完唐尧汇报，龙东山立刻命令马上调查这个住址。

调查结果很快就出来了，家园小区居民委反映是一男一女以夫妻名义租的房子，身份证是外地的。这次，龙东山把任务交给王明，让他立刻带着三中队赶往家园小区。

到了小区门口，片警和社区工作人员已等在那里，他们直奔3号楼。一进门洞就能听见很响的敲门声，唐尧问居民委的大妈："谁在敲门？"大妈说："我把401的房东找来了。"唐尧一急，暗想要坏事，可别打草惊蛇，他立刻加快脚步冲上四楼。

401室门前一个40多岁的男子正焦躁地一边叫一边敲门，唐尧立刻制止他说："别敲了！我是警察。你这么大呼小叫的干什么！"这时，王明几人也到了门口，问房主才知道，他已经到了几分钟，他家就在6号楼，距离很近。

唐尧看看表是下午6点多，这个时间人们一般都在吃饭，说不定租房的两人正在外面吃饭，他提议让房东打电话联系两人。房东按租房时留的号码，拨打女人的手机，关机；拨打男人的电话，通了却没人接听。房东焦躁地一遍遍拨。唐尧隐约听到401室内有电话铃音响起，他示意大家安静，之后贴着门侧耳倾听，里面果然有手机的鸣叫声。一丝不祥的预感升上心头，唐尧转身对王明说："里面有手机铃声，好像不大对呀？"

王明斥道："电话在里面响咋啦？是吧！别在那儿大惊小……"说到这儿他忽然明白了，转身问房东："你没有备用钥匙开门吗？"房东说有。王明想了想对唐尧说："你说咱们是不是应该进去看看？……要不收队？"

唐尧一阵烦躁，说："队长，我看顾不上那么多了，应该进去看看。"王明没说同意也没说收队，而是摸出烟慢悠悠地点燃，向对面的402室门前挪去。唐尧明白王明的用意，心里不免反感，但还是命令房东开门。门打开后，唐尧第一个冲进去。

室内陈设简单，结构简约，正对着门就是客厅，客厅中间靠墙是一排沙发，地中央有一张餐桌，一个男人趴在餐桌上像是喝多了的样子。唐尧冲那人叫了一声,就想往前走,身后的张海一把抓住他,说:"不对!"唐尧一愣随即明白了,他看到男人伸出的手僵直而有些痉挛。

王明走过来示意房东和居民委的人退出去,他取出手机向龙东山汇报情况。唐尧却不声不响地独自走向餐桌,这一次王明并未阻止。

第二天上午9点,刑警支队三楼会议室里,各刑警中队和技术组全体在龙东山和霍兵的主持下正在召开案情分析会。王明坚持让唐尧作现场勘查介绍,唐尧没做过多推辞,按照自己的勘查情况汇报起来。

"初步调查,经房东确认,死者就是租房的男子,他提供的是哈市身份证,名字叫孔玉强,年龄46岁,自称是来江城做生意的。房子是在两个月前租给孔玉强和一个年轻女人的,他们自称是夫妻。通过走访得知,孔玉强肯定在这个房子居住,但总是早出晚归,邻居极少见到他。至于那个女人,邻居中没人见过。"

"案发当天,楼下邻居反映,他们早晨5点听到楼上有响动,几分钟后楼上有关门的声音,有人下楼,但是一人下楼还是两人下楼不能确定。中午11点多听到有人回来,并有做饭炒菜的声音,这与对面邻居听见401室回来人的证言相符。中午12点之后再未听到401室有响动,也未见有人离开。"

"有关与孔玉强一起租房的女性,房东的证言是,他只见过一次,就是在租房的当天,以后再没见过。他们自称是夫妻,房东认为从年龄上看不大像,他也没进行核实。房东看过她的身份证,但记不住叫什么名字了,只记得是哈市附近县市的身份证,年龄上看着在二十七八岁。"唐尧停了停放松一下自己,见大家都认真记录倾听,他继续介绍,"死者死因是氰化物中毒。这在勘查现场时就有了初步认定。死者面部、口唇樱红,嘴角有白沫儿,瞳孔扩大,四肢痉挛性抽搐,这些都是氰化物中毒的特征。饭桌上只有半罐啤酒,技术组在酒中发现了氰化钾成分;桌上没有酒杯,碗筷也是一个人的,看来死者是一人独饮,但酒中却含有剧毒,看来是凶手精心设计安排的;现场只发现了孔玉强的指纹和脚印,都集中在餐桌周围,房间其他部位没发现指纹或者足迹。可以肯定案犯精心清理了现场。这明显是一起谋杀案。"

说到这里，龙东山扬了扬手中的材料，问道："外调孔玉强的情况了吗？"

"调了。"张海抢着答道，"身份证信息与死者相符。个人经历是：从事过电工、车工工作；1990年因盗窃罪和伤害罪，入狱5年，有技工师资格证书。刑释解教后，回到自己原先社区，据当地居民委反映，这人虽说没有固定职业，但应该有他的收入来源，生活条件还是很不错的；还有，他交际广泛，朋友很多……"

"这只是，啊，简单的调查资料，传真过来的，啊！"王明插话说，"这个……这个，进一步的调查情况估计下午还能有。沙，这个，我和哈市那边联系了，让他们帮着查一下孔玉强的社会关系，沙，这个，最主要的是，这个，与年轻女性的关系……"话音一落会场发出一阵笑声。王明眨眨眼停在那儿了，那样子分明是莫名其妙。

龙东山摇摇手打破尴尬，笑着问："能确定案发动机吗？"

"嗯……嗯，这个……"王明哽住了，他从兜里摸出烟点燃，借这机会思考一下才说，"线索太少，是吧，太少，还看不出案发动机。"

龙东山早就习惯了王明这种表现，他无言地转向三中队其他队员，张海低着头，老刘抽着烟……到唐尧时龙东山停了一下，唐尧微微摇头算是答复。

于是，龙东山说："是呀，目前来看，线索是少了些，以现有条件就确定什么还为时过早。我看这样吧，我们现在手头上有两件案子，博物馆的案子和这个命案，我们分一下工，博物馆的案子还是王队牵头带三中队主攻；这个命案交给二中队，良宇你牵头。"他转头看看支队长霍兵，霍兵直接说："就这么办。"霍兵和龙东山搭档多年极为默契，不用龙东山细说就明白他的意思。于良宇想要说什么，见霍兵拍了板，他欲言又止。龙东山似乎猜到了于良宇的心意，他说："这个案子的线索是唐尧得到的，所以三中队先去勘查现场，二中队还没出现场，会后良宇带二中队也要去现场，算是一次复查吧。"龙东山点将说："唐尧，你对这个案子了解，就由你负责把案子的材料移交二中队。你也要时时留意这个案子，两个案子你都参与一下。不过，要以文物案为主。"唐尧说了声"是"，但眼睛余光还是看了看王明。唐尧还是以文物案为主，王明这边也不算减少力量，他也没什么不高兴的。

会后，大家各自行动，唐尧回办公室整理了一下材料，然后找王明签了字才去了二中队。他先做材料移交手续，之后把情况跟于良宇细说一遍。于良宇倒是雷厉风行，听完唐尧介绍后直接拉着他，带着二中队人员去了现场。唐尧不好推辞，他陪着于良宇用了一下午时间对现场做了第二次勘查。这次勘查，唐尧又收获一条重要信息，他可以肯定这个出租房中绝无女性长时间居住的痕迹，也就是说出面租房的女人并没住在这里，她在本市一定另有住所。

晚饭后，于良宇很客气地邀请唐尧参加二中队的案情分析会，见唐尧有些犹豫，于良宇还是老办法——拉着就走。

案情分析会开了一个多小时，龙东山和霍兵都参加了。会上，先是于良宇通报新的勘查和外调情况，之后是几个民警汇报走访群众情况。第二小组的汇报引起唐尧的注意。

据案发现场401室楼下的一位大妈反映，一个月前的一天晚上，她扭秧歌回来进楼道时与一个装束时髦、十分艳丽的年轻女人擦肩而过。那女子正用手机打电话，她听到女子说："展哥，我是小武……"唐尧脑海中此刻涌现出那种他将要抓住线索时常常出现的微妙感觉，就像黑夜中远方时隐时现、若有若无的微光。他插口问道："那位大妈是听到那人说'我是小武'吗？"

"小唐很敏感啊！"走访的老民警微笑着说，"我当时也是这样问大妈的。她不能确定是'小武''小吴'，还是'小鲁'。她只能肯定这人不是本楼的住户，但能确定是从这个楼栋某一家出来的。她在楼口凉快时听到了楼上关门和那人穿着高跟鞋下楼的脚步声。我们对这个楼栋的住户都做了调查，没有哪家曾经有过这样的亲朋或者访客。"

唐尧默默沉思起来，他觉得这个女人也许就是出面租房的女人，看来找到她是破案的关键。一直以来，唐尧总是感觉这起命案似乎跟博物馆文物被盗案有某种联系。发现这起命案是因为他们调查文物案得来的线索，更为关键的是两起案子都涉及一个神秘的年轻女人，而这个女人都是各自案子的关键。不会这么巧的，不会！

"唐尧，想什么呢？"龙东山的话惊醒了唐尧，他连忙说："没什么，我走神儿了。"龙东山并没追问，他又对案子进行一些布置后就宣布会议结束。

会后，龙东山留下唐尧，有些问题他一直想跟唐尧聊聊，他问唐尧："有个问题你想过没有？那张字条，你觉得是什么人送来的？他的目的是什么？很显然，没有这张字条我们不会这么快发现这起命案。那么，这个送纸条的人是想告诉我们有命案发生了，还是让我们提前找到孔玉强避免发生命案呢？如果是想让我们尽快找到他，那孔玉强能给我们带来什么呢？"

唐尧凝眉思索着，他说："您的意思是说，孔玉强身上可能有某种秘密，送纸条的人是希望我们早些找到孔玉强，发现这些秘密，结果凶手抢先我们一步，杀人灭口？"

"不排除有这种可能，"龙东山也拿不准，"起码可以确定一点，这个神秘人是好意，是在帮我们。"唐尧认同，但他为什么这么神秘呢？唐尧不理解。

龙东山又问："开会时你想到了什么？"

唐尧搔搔头说："啥也瞒不过您。龙局，我有个想法，就是这个命案会不会跟博物馆被盗案有关联，能不能并案？所以，我想是不是马上收审王福东？"

"谁？王福东？"龙东山有点儿迷惑，他笑道，"你这思维也太跳跃了吧？文物案中牵涉的王福东和这起命案有什么关系？"

唐尧坚定地说："龙局，我有种直觉，两起案子肯定有关联。你看，俩案子都涉及一个年轻女人，都是破案的关键，这太巧了吧？关键是这个命案的线索是我在办文物案时意外得到的，这不能不让我多想。所以我觉得，既然现在命案没有其他更好的突破点，那我们不妨试试从文物案、从王福东身上找找看。"

唐尧的建议确实大胆，龙东山也凝眉思索起来，如果这样办会不会分散力量呢？他抬头向唐尧看去，唐尧坚毅的目光也正看着他。正在这时霍兵推门而入，他刚向于良宇交代完一些事，龙东山见霍兵进来就把唐尧的

第十章 再发命案 · 97

建议说给他听。

没做过多考虑，霍兵干脆地说道："那就试试！收审他也没啥坏处。就是没这个命案，文物案那边也该动动他了。"听霍兵这么说，龙东山下了决心，他果断决定："那好！让良宇带人侧重这个命案。唐尧，你回三中队准备，我通知监控王福东的人，立刻收审！"

王福东忐忑不安地坐在公安局的审讯室里，他比谁都清楚警察为什么传讯他。他耳边还回响着铁门吱呀打开和砰地关上的声响，他的眼睛还在适应室内昏暗的光线。四壁萧然，这把孤零零椅子的对面，是一张木色办公桌，那上面有一盏没打开的灯，桌后是两把黝黑的木椅。他知道过不了多久，那上面会坐上两个人，而他们就是自己的"审判者"。这几天，他坐卧不安，一有空就出去寻找钱桂兰，但始终没她一丝消息。他知道自己已坐在随时爆发的火山口上。今天，这座火山终于爆发了。

之所以把王福东带进审讯室并让他一人独自坐在那里，是唐尧故意安排的，他断定王福东有问题。从这几天王福东的行为分析，他的心理防线已到了崩溃的边缘，只要再压上一根稻草就会崩塌。所以，唐尧建议不做普通的询问安排，直接把王福东带进审讯室。他相信这样的环境压力对王福东一定会产生影响。

半小时后，沉重的铁门再次打开。王福东低着头用余光偷瞥走进来的两个民警，他们表情严肃正襟危坐在审讯位置上，目光森然。正狐疑时，一道刺眼的灯光忽然射向他，他不觉抬起手臂遮了遮眼睛。

"王福东！"一个洪亮冷峻的声音传来，王福东不自觉地一抖。他努力向两人看去，但灯光晃得他什么也看不清。"知道为什么找你吗？"随着话音传来，灯光也从王福东脸上移开。

"不……不太清楚……"王福东努力镇静自己，但声音还是发抖。

"不太清楚？"对面的警官戏谑地反问道，"那就是说，有点儿清楚，不十分清楚了？"

"不、不，是不清楚……"

"真不清楚？怎么的，还需要我们给你提个醒吗？"

王福东开始冒汗，他沉默着，脑海中不断出现钱桂兰的影像。他在犹豫是不是该说出来，他还抱着一丝幻想，也许警察还不知道他和钱桂兰的关系。

"说话！"警官厉声说道，"这几天你在找谁？"

"没找谁，没找……"王福东在做最后的挣扎。

"看来你是不见棺材不落泪呀！"警官说道，"抬起头！看看这是什么。"

王福东默默抬头向警官看去，他手中拿着一张照片，那正是他到钱桂兰租的房子询问邻居的照片。完了，一切都完了，他们什么都知道。

看着汗如雨下呆愣在那里的王福东，唐尧直奔主题，他问道："你和钱桂兰是什么关系？她在哪里？"

"我不知道她在哪儿，我找不着她……"王福东下意识地脱口而出……

审问很快就结束了，王福东交代了很多有价值的线索。唐尧把后续工作交给其他民警，迈着轻松的步子赶往龙东山办公室。

一进门，看着唐尧喜形于色的样子，龙东山笑道："容光焕发啊！看来有收获。"

唐尧笑道："王福东撂了。他的确与钱桂兰有不正当男女关系。"接着他开始汇报。最后，他说："有三点是肯定的，一是博物馆文物被盗案的内鬼就是王福东。这个钱桂兰到博物馆并刻意引诱王福东，目的就是为了了解博物馆监控系统特点，为盗窃文物做准备。第二，这个钱桂兰绝不是表现的那样普普通通，甚至不识字。她应该有很高的电脑水平，对监控设施有研究。第三，钱桂兰也绝对不是一般的农村姑娘。王福东曾见过她很时髦的装扮，很时尚妖艳。"

龙东山若有所思地说："又是一个妖艳时尚的漂亮女人……"

"是呀，"唐尧接口道，"胜利小区401室命案中也有一个这样的女人，那个'小武'。从年龄、形象上分析，和这个钱桂兰体貌特征很接近。"

"看来，有可能这两个女人就是一个人，不论我们找到哪个身份的女人，对破案都应该是决定性的。"龙东山说，"王福东交代的情况，有没有能帮我们找到钱桂兰的线索？"

唐尧摇摇头，说："他交代的东西，只能更确定钱桂兰是作案嫌疑人，帮我们找到这个人的线索还不多。"

"再深挖！"龙东山说，"他们交往上的，这个女人生活上、体貌特征上的每一细节都不要放过。"

## 第十一章　一线曙光

两天后，王福东第二次、第三次的传讯笔录摆在唐尧的案头。唐尧看几遍笑几遍，龙副局长的要求绝对是做到了，询问得不能再全再细了。唐尧相信王福东能了解到的钱桂兰的一切，他全都交代了，包括她的体貌特征、生活习惯、饮食习惯、衣着打扮等等，太全面了，甚至她睡觉是不是打呼噜，身上是不是有明显的黑痣、胎记，办那事时是不是叫床都说了。唐尧暗笑，王福东已经崩溃了。

一连几天，唐尧都在研究王福东的问话笔录，为了找到规律或发现疑点。他把笔录上的信息进行分类，体貌特征、活动规律、交流方式、生活细节等等，逐一分类记录，细细研究。这天，在研究体貌特征这个类别的装饰饰品一栏时，他发现王福东的笔录中有四处描述钱桂兰服饰的记载，每一次王福东都提到钱桂兰戴着银手镯，其中两次对手镯进行了描述，那是一只大约1厘米宽、2毫米厚的扁形手镯，手镯上有他不认识的曲曲弯弯的文字。唐尧判断钱桂兰一定是天天戴着这个手镯，不然王福东不会印象这么深刻。"也许这是个线索。"唐尧暗想，随即他又摇头否定了自己的想法，在茫茫人海中找一只银手镯简直是大海捞针。

"是不是再询问一下呢？"唐尧自语道。

"询问什么？"一个声音打断唐尧的思绪，"询问谁呀？"唐尧一惊，转头向门口看去，几米外迟晓丹警装严整地站在那里。自从技术组的几间办公室搬到一个楼层后，迟晓丹出现在唐尧办公室的次数明显多了。见是迟晓丹，唐尧马上起身，半真半假地说："师姐好！什么风把您吹来啦？"

迟晓丹撇撇嘴走进来，她不客气地直接坐在唐尧的椅子上，说："嘴变甜啦！"接着指着桌上的卷宗问："研究案子呢？"

"是，"唐尧说，"文物案和那个命案都卡壳了，不知该从哪儿下手。"迟晓丹作为技术组干警在两个案子中都是办案组成员，对她不需隐瞒案情。迟晓丹本就对办理刑侦案件感兴趣，有这个机会她也想多了解些情况，她问道："你刚才说要再询问谁？"唐尧正拿不定主意，他把自己的想法跟迟晓丹说了。

迟晓丹叉着手眯起美目思索起来，那认真的样子让唐尧感觉像是在等待一位首长的指示，他真想不明白迟晓丹身上的这种气场是如何修炼成的。迟晓丹静静想了有半分钟，然后很认真地说："我看有必要再审王福东，就查查这个镯子，线索虽不大，排查起来也挺难，但毕竟也是条线索，查查只有好处没坏处。你说呢？"说完她看向唐尧，那表情和决断似的语调不容置疑。唐尧呆看着迟晓丹，不知为什么他忽然想起了自己的母亲。小时候他有什么难办的事问母亲，母亲常常是这个表情和语气，成年后他已经很久没有听到母亲用这样的语气跟他说话了。

见唐尧呆呆的样子，迟晓丹问道："有什么问题吗？"唐尧回过神来，说："好！就听师姐的。"然后由衷地赞道："师姐真有范儿！将来一定能当首长。"

迟晓丹眼中流露出一丝暗淡，她一笑，悠然说道："你是在说我很女强人吧？看来是我的表达有问题，我可不想你有这样的印象。你有这样的感觉？"她抬头看着唐尧，眼中满是期待和询问。唐尧嘿嘿傻笑一下，他不知该怎么接话为好，他没法回答迟晓丹的问题，她的强势始终笼罩着，确实让他有一丝敬畏的感觉。

见唐尧不吭声，迟晓丹接着说道："我有一种感觉不知对不对，我觉得我的个性给人的印象常常是示强于人，而你给人的感觉常常是示弱于人。如果是这样，我倒希望咱们都能改变一下，或者互补一下。你觉得呢？"

唐尧能听出迟晓丹的弦外音，他长出一口气苦笑道："示强于人，那是有示强的资本；示弱于人，可能有示弱的难处。咱们身处的层次不同，自然考虑问题的想法和处理问题的方式也不同。我小白一个，现在肩上扛的不过是'一毛二',能有个安身立锥之地就不错了,哪敢奢望什么。"唐尧警校毕业两年多,警衔是一杠两星,他们私下里称为"一毛二"。

听唐尧这么说,迟晓丹脸色凛然起来,她说道:"这么没自信呢!你怎么没资本了?你是正规警校毕业,身手好,业务能力强,再历练个三两年,到时候条件允许,必定不会只局限在江城这个小地方,将来的发展不可限量。俗话说,学而优则仕,没有位怎么能有为?你应该有这样的目标规划才对。难道你没发现彭局长对你非常欣赏吗?提拔你是迟早的事。所以,你要有个准备,对有些人、有些事该有态度时一定得拿出个态度,有所表现。"一席话说得唐尧惊讶不已,这些都是他从没想过的事,他不明白迟晓丹一个二十四五岁的女孩子怎么会有这样的意识。唐尧挠挠头不知该怎么回答好,只能应付道:"师姐批评得对,我努力改正。"

"少贫嘴!"迟晓丹白了他一眼,叹了口气另起话题说,"我来是想告诉你,我要回省城一趟,一会儿有顺风车。"唐尧又是点头,迟晓丹见他并不问原因,接着说道:"我回去是汇报挂职情况,或者叫述职汇报吧。厅里可能会根据情况把我撤回去,当然,如果我想继续挂职,也可以争取再延长半年一年的。前几天我说有事跟你商量,就是这个事。你说我是争取现在就回去,还是再延迟一段时间?"

看着迟晓丹期待的目光,唐尧不知所措,他带着坏笑敷衍道:"怎么都行。再待一段时间嘛,我还能多见见师姐;马上回去呢,你可以尽早脱离这边的艰苦环境,毕竟这里怎么也赶不上省城的条件。"

迟晓丹缓缓站起身,她定定地看着唐尧那张俊朗的脸,那张脸上正装饰着一种格式化的微笑,那种放置在任何情形下都适合的微笑——除了殡仪馆。她心里一疼,一种恨铁不成钢的气愤油然而生,她没再斥责唐尧,而是忽然张开手臂狠狠地抱住唐尧,同时在他耳边轻声说道:"你这个傻子!"说完推开唐尧转身就走。

唐尧万没想到迟晓丹会这样突然拥抱自己,他就是再傻也知道她的心意了。然而,他心里没有被追求和被喜欢的那种自豪或者快乐的感觉,有的只是紧张和畏惧。

第十一章 一线曙光 · 103

接受迟晓丹的建议，唐尧直接去提审王福东。王福东作为案件的重要嫌疑人被滞留在公安局。

"王福东，你再说说钱桂兰那个手镯的情况。"唐尧直奔主题。王福东挠挠头，说道："没什么情况啊？她就是天天都戴着那个手镯。"

"每天都戴着？"唐尧追问。

"是呀。我见到她的时候都戴着，不论是在单位还是在外面，都戴着。"

"你能确定那是一只银手镯而不是白金的，或者是金手镯吗？"

"是银镯子，我能确定。"王福东很肯定地说，"有一次在她租的房子里，我们……那个……之后躺着没事闲聊，我问她说，你怎么戴个银镯子？咱们北方都兴戴金的。她说，那是她妈留给她的，庙里开过光的，所以总戴着。她还说东北人爱显摆，戴金首饰就是炫富，戴银首饰才对身体有好处。再说她也没钱，买不起金的。"

"你细看过镯子？你说过那上面有文字。"唐尧问。

"是，是有字。"王福东回答，"但不是咱们的汉字，是一种曲里拐弯连在一块儿的字儿，我不认识。她说她也不认识，好像是哪个少数民族的字儿。"

"少数民族的字？"唐尧略一思考，转头低声对身边做记录的女警说了几句话，女警转身出去。

"你对镯子上的文字还有印象吗？再见到能不能看出来？"唐尧问。

"认……认不出，我以前根本没见过那些字。"王福东为难地说。

"那镯子有多宽、多厚？边儿角是椭圆的还是直角的？"唐尧进一步追问。

"是扁的，有一指那么宽，有2毫米……厚吧，边儿没……没角儿……"

正问着，女警回来了，她把手中的两张打印纸递给唐尧。唐尧接过看了看，选出其中一张拿到王福东面前，说："看仔细了，是不是这种文字？"说着他打开手中的纸，递到王福东眼前。王福东看了一眼，立刻露出惊讶和敬佩的表情，他指着字大声说："对，对、对！就是这样的字。"又简短问了几个问题，唐尧让人把王福东带离训问室。

"一种带有藏文的银手镯……"唐尧自语道。

"唐哥，你可真厉害！"身旁的女协警赞道，"你怎么知道是藏文、蒙古文，为什么就不能是别的文字？"

唐尧笑道："这没什么，说来很简单，咱们国家有成熟文字的少数民族本来就不多，现在仍有影响的不过是蒙古族、回族、藏族、维吾尔族几个大的民族。"

"那你为啥单单让我打印藏族和蒙古族的字呢？"女警带着疑惑道。

"呵呵，"唐尧笑了，"因为王福东说文字的笔画都连着，而且说那镯子是庙里开过光的。"说完，他拿着那张带着藏文的纸转身离开了训问室。小女警想了好一会儿才明白："哦！对了，维吾尔族和回族是信伊斯兰教的，没有庙。"

"一种带有藏文的银手镯"，这是唐尧询问的新收获，但他从没见过谁戴过这样的镯子。唐尧没回办公室，直接去了市里卖首饰的金店。他一连走了本市三家大的金店也没见到类似的金银手镯，唐尧郁闷不已。到了第四家首饰店，也是本市开得最早的金店，唐尧围着手镯柜台细看。一位中年女子很客气地跟唐尧打招呼："小伙子，要买手镯？"看来她是老板。"我看看。"唐尧说，"大姐，你这里有没有带藏文的银手镯？就是带这样文字的？"他把那张纸递过去。

"噢，那种手镯我们没有。"老板看后微笑着说，"咱们东北，除了一些老太太戴银手镯，年轻人很少戴。卖银手镯的不多，更别说带藏文的了。我卖了十多年首饰，那种镯子还从没进过。不过，那种手镯在西藏和云贵川那边很常见。"

首饰店的调查没收获，这是意料之中的事。而且，即使找到这种手镯也不过是看看具体是什么样子，有个实物比较，对于破案可能帮助不大。唐尧又询问了几个问题才道了谢离开首饰店。他夹着包低头走出金店大门，刚出门就听见有人叫他，一听声音唐尧就知道是谁，心里莫名地一阵激动。他转过身看见蓝黛正笑盈盈地站在面前。她今天穿着一身非常合体的灰白色牛仔装，尽显她绝美的身材。唐尧痴痴地看着，心里不住地赞叹，真是魔鬼身材！她的身材不是迟晓丹那种健美，而是一种柔美。看唐尧带着微笑盯着自己，柔和的目光中似有一丝狡狯，蓝黛微嗔道："嗨！小警察，

第十一章 一线曙光 · 105

看什么呐！"唐尧一愣，赶紧收回目光，之后嬉皮笑脸却也是实实在在的一句："你这身材真是太魔鬼了！你可以去当模特。"

"切！少溜须！"蓝黛嘴上不饶人，"到这儿来干吗？给女朋友买首饰呀？"那语气怪怪的。

"是呀是呀！"唐尧故意说，"给未来的女朋友预定首饰，过个十年八年的她一出现，我就送给她。"

"得、得！又贫嘴。"说完，蓝黛滴溜溜转了转眼珠，忽然问道，"你说我们算不算是朋友？"

"那当然！"唐尧痛快地说，"我们当然是朋友了！"

"我是男的，还是女的？"

"当然是女……"说了半句唐尧顿住了，见蓝黛已向他伸出手，知道被蓝黛绕进去了，他立刻改口说，"不一样，不一样……我们是朋友，不是男女朋友那种……"蓝黛觉得好笑，看来唐尧骨子里还是很保守的，她不再难为他，说："你要去哪儿？到下班时间了。"

唐尧看看表说："我回单位宿舍呀。"

蓝黛撇嘴道："你不该谢谢我呀？你得请我吃好吃的！"

"为什么？又宰我呀！"唐尧故意带着畏惧的表情说，其实他心里还是很希望和蓝黛共进晚餐的，很想和她多待一会儿。这段时间他的这种想法有时还挺强烈，自己也不知是该庆幸还是该回避，但他不想刻意怎么样，跟着感觉走吧。

"咦，忘得这么快呀？"蓝黛头一歪，长发如锦缎般垂向一边，"白给你送线索啦！"

"噢，对对，"唐尧说，"你给我的字条让我们发现一起命案。好，是该请你。你想吃什么？"

"呀！命案啊，真吓人！"蓝黛吐吐舌头，她不再追问案子的事，拉着唐尧朝商业区走去。唐尧知道蓝黛很可能要去上次的餐厅，那里既能喝咖啡吃冰点，还能吃汉堡、牛排、薯条。

唐尧没料错，蓝黛选的就是那家餐厅，坐的位置还是上次的位子。一坐下，唐尧主动叫来服务员点餐，他现在已经了解蓝黛的口味，每点一种都能得到蓝黛赞许的目光。唐尧不免得意，他问："怎么样？喝点儿酒不？"蓝黛撇撇嘴说："本姑娘戒烟戒酒了。哼，免得有人婆婆妈妈地唠叨！"蓝黛调皮的表情十分可爱，唐尧不觉笑起来，说道："烟戒就戒了；酒可以少喝一点儿，别喝多就行！"

蓝黛不屑地说："怕是你想喝也喝不了多少吧？"然后伸出小手指在唐尧面前摇了摇，接着说："你呀，酒量这个！"

唐尧瞪着眼睛说道："小看我！要不今天咱们就喝一把，让你看看我的酒量。"

蓝黛想想说："也行，那就喝点儿，以不喝多为准，怎么样？"

"行！"唐尧爽快地答应了。

一会儿，服务生把牛排、薯条、水果沙拉、鱿鱼片儿、干果等一应菜品都上齐了，唐尧两人一商量决定喝洋酒，蓝黛立刻说："好，来一瓶XO！"唐尧连忙摇手说："别的！太贵了，我可请不起。"

蓝黛笑道："酒我请你，别的你来。"

"那也别，咱们又没挣来那么多钱，就是家里条件好也别浪费。"

"嗨！"蓝黛斥道，"我老爹是土财主，不祸害他祸害谁？"

唐尧大吃一惊，他疑惑地看着蓝黛，他料到蓝黛家里条件一定不错，但他不明白为什么她对父母是这个态度。蓝黛也觉得自己失言了，她转向服务生说："那就拿张裕白兰地吧。"唐尧心里一喜，她很听自己的话。

见蓝黛不说话，唐尧主动问道："真的不喝酒啦？"

蓝黛拖长声音说："是……人家不喜欢我喝酒，就不喝呗。"说完白了唐尧一眼。唐尧知道是在说自己，他笑道："我说的也不一定对，你可以不听我的意见。"

"你说得对呀，"蓝黛认真地说，"而且我愿意听，喜欢听。"说完这些，她羞涩地低声说："你说什么我都听……"唐尧心里一阵激动，这种情绪很久没有了，他默默地看着蓝黛，又拙于表达。

酒上来，蓝黛主动把两人的杯子满上，说："以后我只和你喝酒，行不？"唐尧心里一热，应道："那当然好！只要不喝多就行。"他的话等于默认了蓝黛的邀请，以后蓝黛可以找他喝酒聚会了。不管唐尧是不是这样想的，蓝黛是这么认为的。

两人开始喝酒，第一口下去，唐尧就摇头皱眉，看样子酒很不合口味，蓝黛狠狠笑话了他一顿。这酒的度数很高，几口酒下肚，唐尧的话就多了，他开始讲自己工作上有趣的事儿，他参与侦破的漂亮的案子，当然都是不涉密的，也说了生活上不顺意的事。蓝黛静静听着，有时发出感慨，有时会赞同几句，有时也会帮唐尧说几句抱怨的话，唐尧像得了知己一样，渐渐开始滔滔不绝起来。这样的气氛，酒自然喝得快，没多会儿两人就把一瓶酒喝差不多了。唐尧感觉有点儿晕，他有意看看蓝黛是不是也喝多了，而蓝黛一切正常，就像没喝酒一样。

唐尧把剩下的酒倒上，恰好每人一杯，他端起杯刚要提酒，忽然听见有人和蓝黛打招呼，唐尧随声看去，一个挺漂亮的女孩儿款款走来，唐尧不觉一阵尴尬。这样单独和女孩子出来吃饭，他还不习惯。

那女孩儿嬉笑着坐在蓝黛身边，问道："蓝子，这是谁呀？你不会是谈男朋友了吧？开天辟地呀！"然后转向唐尧说道："帅哥，干啥的？能把我们公主骗到手，厉害！"说着就一竖大拇指。蓝黛厉声斥道："燕子，你胡说什么！"

唐尧也尴尬地说："我……我们这个……"燕子只是笑，她摇手阻止唐尧说话："不用解释，不用解释，我明白，呵呵，我懂！"接着笑得花枝乱颤的。

蓝黛一推燕子说道："你看看你，能不疯吗？！"

"我疯什么？看你交男朋友了，我高兴啊！"燕子说。

蓝黛来气了，她做出要打燕子的样子，嘴上却说："好好好！你别啰唆了，他是我男朋友，行了吧？快滚蛋吧你！"燕子举手求饶，说了句"你们慢慢吃"，然后转身离开。

唐尧苦笑着对蓝黛说："我……我什么时候成你男朋友了？"蓝黛狡黠地说道："不对吗？男性朋友啊！哼！"

唐尧一个劲儿摇头，他也不再分辨，说："好好，你怎么说就怎么地吧。来喝酒。"

蓝黛笑着举杯和唐尧碰碰，喝了一大口。唐尧借着酒劲儿问蓝黛："听你朋友的意思，好像你还没谈过恋爱呀？"蓝黛正色道："没有！还没哪个男的能入我法眼呢。"之后用低低的声音说道："除了你……"

唐尧感觉脸一热，这话虽直白，但可能是实话。他不敢正视这个话题。于是转变话题说道："我怎么感觉你有点儿叛逆呀？"蓝黛撇撇嘴："我叛逆吗？"之后自己也觉得这话有问题："唉！也是，是有点儿叛逆。我妈我爸他们说什么我都对着干，他们说东，我偏说西。特别是我妈，当我不知道呢！都怪她，要不我爸爸怎么会和她离婚，我怎么又会像个孤儿似的？哼！"唐尧之前就猜到了蓝黛可能是离异家庭，他说道："我也是只和我妈生活，我5岁时我爸就去世了，我妈独自带着我过日子。"

"我这个单亲家庭和你不一样。我是爸妈都在，可他们却像陌路人一样，让你那个别扭！唉。"蓝黛叹息一声，问，"你妈妈自己带你，也很不容易吧？"

"你妈妈自己带你生活不是也不容易吗？"

蓝黛嘴里嚼着薯条，摇着手说："不一样，不一样。"她咽下口里的食物说道："你们日子可能艰难，但相依为命，也是苦中有乐。我们虽然衣食无忧，可是一点儿快乐也没有。唉……不说了，来喝酒！"这种洋酒，唐尧不知自己能喝多少，但今天他没想这个，只要蓝黛提酒他就喝，很快两人喝完了一瓶酒。

蓝黛偷眼看唐尧，他已很有醉意了，但情绪非常好，脸上笑眯眯的，话也更多了，平时常常表现出的狡黠和坏笑反倒一点儿也看不到了。她有些担心，问道："你没事儿吧？还喝吗？"

"当然！"唐尧答得很干脆。蓝黛暗自好笑，心想看来他是有点儿多了，接着说："还是不喝白酒了，喝瓶啤酒吧？"

唐尧笑着摇手说："你怕我喝多不好管理呀！没事儿！今天我……让你看看……看看我能喝多少。"

蓝黛看着醉意蒙眬的唐尧，心想，还看能喝多少呢，你现在就喝多了。她没叫服务员，自己走到吧台前要了两瓶啤酒，她看出来了，唐尧不适应白兰地。回来后她没征求唐尧意见就把两人的杯子都满上，开始喝啤酒。

唐尧和蓝黛一直喝到晚上10点多才结束，本想每人喝一瓶啤酒就结

第十一章 一线曙光 · 109

束的,结果每人喝了三四瓶。唐尧彻底喝多了,虽没烂醉吐酒,但也走不稳了,说话也语无伦次。蓝黛和唐尧喝一样多的酒却一切如常。她问唐尧住在哪儿,唐尧说住警队,蓝黛要送他回去,唐尧瞪着醉眼说:"你不能送……我!这么晚了你……你……这样的女孩子送我,那不……那不招议论啊!"说完甩开蓝黛要自己走,结果一趄摔那儿了。蓝黛无奈只好搀着他走,她几次招手打车都没有车停下来,好容易有车停了,人家看唐尧醉成那样都不拉他们。没办法,蓝黛只好继续搀着唐尧走。

唐尧一米八五的身高,非常健硕,蓝黛扶着他实在费力,她想把唐尧胳膊拐在自己肩上,那样比搀扶着好些,但唐尧就是不干,他虽然醉了,但仍知道控制自己的举动。这样在路上折腾了有半小时,蓝黛清楚地听见客运站高楼的钟声响过十一下,夜已经很深了,唐尧一阵阵打瞌睡,不能送他回警队,也不能总是这样在大街上。无奈之下蓝黛做了个大胆的决定,她把唐尧带回了自己南苑别墅的家,家里除了保姆没别人。

第二天早上4点,唐尧醒了,他睁开眼睛迷茫地看了好半天也不知道自己身在何处。"这是哪儿呀?"唐尧想着,他感觉四肢沉重,头疼欲裂。好一会儿他才想起来,昨晚和蓝黛这丫头喝了好多酒。想到蓝黛,他脑子清醒了很多。这时他才感觉床很软,房间里还有一股馨香,那明显是香水的味道。唐尧囉地坐起来,他先是看看自己身上,还好穿着衬衣衬裤。他又向身边看了看,也还好,床上只有他一个人,唐尧放下心来。他下床走到床边的一个茶几前,端起上面的一大杯水,一口气喝干。墙上蓝黛美丽的写真照片告诉他这一定是蓝黛的家,但却不见蓝黛的身影,她在哪儿呢?唐尧想着,不觉走出了这间卧室。

房子超大,唐尧走过一间客厅,又过了一个书房似的屋子,才看见前面的厨房。厨房的左边是通向二楼的楼梯,楼梯旁有个门,那门半开着。唐尧走过去,他扶着门向里面看去。光线很暗,唐尧只能判断出那是一间卧室,但床上是不是有人,有几个人,他看不清。"是不是她呀?"唐尧狐疑着,该不该进去看一看呢?想着自己还穿着衬衣衬裤,唐尧没进去,他返回自己刚才的房间,拿起丢在地上的衣裤穿好,打算悄悄离开,不惊动屋里的人。

唐尧轻手轻脚地离开卧室，转了好半天才找到房门，在那里他看见了自己的鞋，如果没有鞋放在那儿，他真不敢断定那是出去的门。

唐尧蹑手蹑脚闪出门，那样子就像刚刚作了案怕惊动被盗者逃离现场的蟊贼。出来后唐尧深吸一口气，初秋早晨清爽的空气让他振奋许多。他四下看看，辨出这是别墅区，江城南郊那片被称作"白楼区"的南苑别墅区。他回头看看自己住了一夜的这座别墅，它有两层，通体白色，明显的欧式风格。唐尧目测这座别墅差不多有三四百平方米。他暗自惊诧，蓝黛家到底什么背景啊？尽管她妈妈开的那个店算得上江城最大的渔具店，但只凭这个店，她们不可能买得起这么好的别墅。

唐尧打车离开白楼，直奔刑警支队，他很想跟蓝黛打个招呼再走，那样就可以再看看她美丽的面容、优雅的微笑，但他有点儿难为情，日后再解释吧。这次经历使唐尧意识到自己已经喜欢上了蓝黛，他决定过几天主动约她，这个女孩子有很多优点值得他喜欢，而她身上的坏毛病是可以改掉的。想到这儿，唐尧心里忽然被一种责任感占据，好像一个牧师或者勇士那样，要用自己的爱"拯救"这个美丽但有些偏离正途的女孩儿。

这时他没再想起曾经的伤痛，也没想到那个刚刚含蓄表达了心意还拥抱了他的迟晓丹。

## 第十二章　重大突破

　　一上午唐尧都昏沉沉的，不舒服，思考问题慢了半拍不说，还总是被蓝黛的音容打断，他不觉苦笑。快下班时他的手机忽然响起，拿起一看是蓝黛的电话，他立刻接通，这样不辞而别，应该和她说声抱歉。"你好，蓝子！"唐尧脱口而出。

　　"你叫我什么？"电话里传来蓝黛带着一丝惊喜颤抖的声音。

　　唐尧这才意识到他不觉中用了更亲密的称呼。"嗯……嗯！没什么。"唐尧清清嗓子镇定一下自己，说，"不好意思，昨晚喝多了……"

　　电话里传来蓝黛银铃般的笑声："这回知道自己能喝多少啦？看你还逞能不！"

　　唐尧也笑了，这事儿的确不光彩，他绕开这个话题说道："一早走时没敢打扰你，太早了。"其实还有一个原因，他根本不知道蓝黛睡在哪个房间，他找不到。

　　"呵呵，那没什么。"蓝黛看来心情极好，"你跟逃跑似的走了，没发现少点什么吗？"

　　"少点儿什么？"唐尧略一思考才想起来，"哎哟！我的包，夹包忘你那里了。"

　　"给你送来了啦！还不出来拿？"

　　"好！"唐尧二话没说，挂了电话就跑出警队。

　　门口，蓝黛一身白衣静静地站在那里。唐尧快步走过去，一种阳光的气息、一丝温馨的甜蜜立刻拥抱了他。走到近前，当四目相对时，那一瞬间似乎时间停止了，空气凝固了。唐尧忽然有一种冲动，他真想拥抱她一下。蓝黛目光中带着一丝笑意望着唐尧，显得恬淡安静。

这样的无言凝望胜过千言万语，两个人都非常清楚这一刻意味着什么。从此刻起，他们的命运已交织在一起，永远也不会分开了。

唐尧在心中祈祷，他在感谢上苍，感谢这个天使般美丽的女孩让他终于走出了阴影。

"傻看什么！"蓝黛含羞说道，"给你包。"

唐尧缓缓接过包，目光柔和地注视着蓝黛，那张靓丽的面容今天似乎更增添了无限的魔力，使他的目光一刻也不忍移开。

"做我女朋友吧，我喜欢你！"唐尧轻声说道。

蓝黛的脸倏地红了，她羞涩地说："我……不已经是你女朋友了吗？"

唐尧兴奋地一把抓住蓝黛的手说："是……是的！是我女朋友了，是能带回家让我妈妈看的女朋友！"

蓝黛用力地点点头。唐尧大喜，他一下子蹦了起来，叫道："太好了！太好了！"如果不是在大庭广众之下，唐尧一定会抱起蓝黛。

蓝黛咯咯笑着，看着孩子气的唐尧，心中充满无限甜蜜。

"瞧你高兴的，包都掉啦。"蓝黛妩媚地笑着，她用这种方式提醒唐尧，"傻瓜，东西掉出来啦！那张纸……咦？"蓝黛低身帮唐尧捡起包，看见包中露出半截纸。"上面这是什么字？"她好奇地问唐尧，"我好像在哪儿见过……"

唐尧从夹包外面的隔层抽出纸展开，他并肩站在蓝黛身旁饶有兴致地说："这是藏文，藏族的字，有意思吧？"说到这里他不觉灵机一动。"对了蓝子，"他开始用这个昵称，"你手上这只手镯是白金的，还是银的？"

"是银的。"蓝黛微笑着回答。唐尧用"蓝子"这两个字称呼她，让她感到无比幸福。

"一般人都戴金镯子或者白金的，你为什么戴银的？"唐尧有意问道。

"我妈说戴银饰品对身体好。我还有一条银腰带呢，从10岁起我就系着。所以，身材就好噢！"蓝黛嘟着嘴不无自豪地说。

唐尧好奇地问："这么说，你喜欢戴银首饰是你妈给你养成的习惯？

第十二章 重大突破 · 113

她怎么会有这样的习惯？"

"呵呵，不知道了吧？因为我妈是白族人，在大理苍山洱海长大，戴银首饰是她们的习惯。在云南，彝族、傣族、苗族、白族……大多数少数民族都有戴银首饰的习惯，戴金首饰那是汉族人的习惯。"原来蓝黛有一半白族血统。"是了，想起来了！"蓝黛忽然说道，"那藏文我在老妈的一个手镯上见过，那次小吴姐也戴着一只有藏文的银手镯，我还问过她……"唐尧脑子嗡的一声，他一把抓住蓝黛的手，颤声问道："你……你说谁戴着有藏文的银手镯？"看着唐尧激动得发红的脸，蓝黛惊讶不已："就是……就是丫丫那个朋友吴……吴姐呀，怎么了？"

"太好了！我说嘛，怪不得这么眼熟。"唐尧兴奋得脸红红的，他的话让蓝黛一脸迷茫。"我得回警队，有新发现……"不等蓝黛回答，唐尧转身就跑。

"哎！哎！晚上有时间给我打电话……"望着远去的唐尧，蓝黛自语道，"这个傻小子，办起案子就什么都忘了。"

唐尧飞快地跑回办公室，拿出钱桂兰的假身份证细细地看起来。"没错！没错！怪不得在餐厅看到她觉得这么眼熟呢。"唐尧可以断定这个钱桂兰就是他和蓝黛第一次在餐厅聚会时，蓝黛喊的那个艳丽的女人。同时，他立刻想起二中队第二组走访时了解到的情况，那个同样艳丽的，可能叫作"小吴""小武"或者"小鲁"的女人。直觉告诉他，她自称的一定是小吴。如果这两人是同一个人，那文物盗窃案和401室的命案就有可能并案处理。想到这里，他拿起桌上的电话想跟领导汇报一下，但打给谁他犹豫了，一阵犹疑之后他还是选择直接打给龙东山。

龙东山办公室里，二中队、三中队队长于良宇和王明都在，唐尧刚刚汇报完自己的发现。屋里谁都没说话，各自思考着。王明脸色阴沉，于良宇却是一脸笑容。

"说说吧，都是怎么想的？"龙东山打破沉默。

王明把手里的烟蒂狠狠地按在烟缸里，首先发话："我觉得啊……是吧！并案还是太草率了！一张身份证复印件上的照片，模模糊糊的，沙，一个是摸排时描述的人，又不知道准不准，怎么就认定她涉案，是吧？还都不能确定嘛，这样就并案，我觉得有点儿早。"接着他转向唐尧说："我说唐尧啊，这个事你该跟我商量一下，是吧？咱们再跟一跟，再查一下……这时候就跟领导汇报，让领导也不好定夺呀，是吧？"

唐尧脸腾地红了，王明这是在挑理，他暗自埋怨自己还是考虑不周，还是犯了越级汇报的大忌。他连忙说道："对不起，王队、于队，我这一高兴就……就……"

于良宇笑道："没关系，没关系，都是为了案子嘛。"

王明嘿嘿笑了一声，根本没接话茬儿，他说道："我看吧，沙！条件还不够，两个案子还是各干各的吧。"一口否决了并案的事。

龙东山转向于良宇问："良宇，你怎么看？"

于良宇思考一下，模棱两可地说："王队说的也对，按现有条件，似乎并案是牵强了些，但小唐的发现也很值得重视，也得关注。"他既没说并案，也没完全否定唐尧的发现。

龙东山笑着扶桌站起，说："好！你们的意见我都知道了，都回去吧，继续深挖各自的案子。至于是不是并案，我们研究一下再定。"唐尧三人都站起身准备离开，龙东山对唐尧说："小唐，你再深入了解一下，最好能找到这个吴姐。"说到这里，他不再说了，他知道唐尧会明白的，知道该怎么办。

目送唐尧三人离开，龙东山缓缓地拿起桌上的电话，他要给彭雪松打电话，为便于工作应该考虑给唐尧一个位置了。

匆匆吃过午饭，唐尧立刻打电话给蓝黛约她见面，蓝黛高高兴兴地答应了。她在南苑别墅家中。

唐尧借了摩托车，直奔南苑小区。离小区很远，他就看见蓝黛站在小区大门前等他。见唐尧驶来，蓝黛像小鸟一样欢快地迎过来，她跨上摩托车一把搂住唐尧，把头贴在唐尧背上。一股温馨的气息传来，唐尧一阵激动，他的心中充满甜蜜。

唐尧驾驶着摩托车缓缓地围着市区环线转着，他真想永远这样转下去。"蓝子，你还记得那次吗？我也是这样驮着你转圈。"唐尧回忆起往事。

蓝黛笑道："怎么不记得，那次我喝多了，遇见三个小流氓，是你帮

第十二章 重大突破 · 115

我打跑了他们。"

唐尧坏笑道："你就不怕我也是小流氓？怎么就敢坐我的车？"

蓝黛在身后捶了唐尧一拳，说："你是警察呀！又不是第一次见面。说实话，第一次在鱼池我对你印象还是不错的，你离开鱼池后，马大爷、刘老师他们都夸你呢。"

"那次还真多亏了你们，要不那个案子还真不好破。"唐尧说，"后来破那个连环杀人案，也是你给了我提醒呢。"

"是吗？！看来我是你的智囊啊！以后你常请教我，包你成为福尔摩斯！"蓝黛美美地显摆了一下。

"好！我把你带在身边一辈子，随时请教！"唐尧油腔滑调。他忽然想起自己可不是光出来约会的，于是说道："还真有个事要你帮忙，也是案子的事儿。你还能找到那个吴姐吗？"

"吴姐？怎么想起她来了？"蓝黛疑惑地问。

这时，车正好驶到环线的东南角。"停车！停车！"蓝黛欢快地叫道。那里前面是一望无垠的稻田地，初秋时节，金黄的稻浪随风起伏，像金色的海洋。

唐尧停好车下来，两人拉着手站在路旁，一边欣赏着秋的收获，一边谈论着。

"那个吴姐，我就见过两次。第一次见是三四个月前了，第二次见面就是咱俩一起吃饭那次。我和她没联系，不过她好像和丫丫很熟。也许丫丫能找到她。"

唐尧认真地说道："蓝子，找到这个人很重要，咱们去见见丫丫吧？一定要找到这个吴姐。"

蓝黛撇撇嘴挑理说："哼！还以为你是约我出来玩儿呢，原来又是办案子！"唐尧有点儿尴尬，但还是握住蓝黛的手坏坏地笑道："我呀，这是公私兼顾，案子要牵线，女朋友要牵手嘛！嘿嘿，又能约会，又不算逃班儿，哪找这么好的事呀！"

"油嘴滑舌！"蓝黛抿着嘴斥道。她拿出手机打给丫丫，知道丫丫在蓝月亮咖啡屋，蓝黛叮嘱丫丫在那里等，说她一会儿就到。

十几分钟后,唐尧和蓝黛到了蓝月亮咖啡屋,他们停好车走进去。里面,灯光昏暗,大厅里萦绕着优雅的轻音乐。唐尧和蓝黛半天才在角落里找到丫丫和小新,两个人正忘情地缠绵着。蓝黛见两人拥吻在一起,扭头不看他们。唐尧也转过身,但他同时用力拍了拍座椅靠背。

小新先看到了唐尧两人,他推了一把丫丫想摆脱她,但丫丫死死搂着,仍旧吻个不停。直到小新大声在她耳边说"蓝子来了",丫丫才缓缓放开手,坐正身子。她理一理凌乱的头发对蓝黛说:"来啦!坐呀,站着干吗?"

蓝黛皱着眉盯了丫丫好一会儿,又怒目看了看小新,才说道:"你们怎么回事儿?是不是……"她欲言又止,然后愤愤地坐在丫丫身边。

小新避开蓝黛凌厉的目光讪讪地和唐尧打招呼,站起来给唐尧让座。唐尧拍拍他的肩膀,两人一起坐下。

丫丫喝了口冷饮拿出烟点燃,又把烟推给蓝黛,说:"来一支!"蓝黛横了她一眼说:"不要!我戒了。"

见蓝黛生气的样子,丫丫靠过来推了推蓝黛说:"好姐姐,别生气……我没……没……"

"好了!"蓝黛厉声打断丫丫的话,蓝黛愤怒的表情让唐尧不免吃惊,他暗想,人家愿意亲热就亲热呗,虽说是公共场合,可现在的年轻人谁还在意这个呢?

"这是唐尧,你们见过的。"蓝黛指着唐尧说道。丫丫慵懒的目光转向唐尧,笑道:"是你呀,警察同志!呵呵。"看着丫丫似醉非醉,似乎半梦半醒的样子,唐尧心里一愣,心想,这是喝多了。他看了看小新,见他怯生生坐在那里目光游离,不知在想着什么。

蓝黛不愿啰唆,她直奔主题问丫丫说:"丫丫,那个吴姐你还能联系上吗?"

"哪个吴姐?"丫丫又喝了一口冷饮,似乎清醒了些。

"就是春天时咱们一起吃过饭的那个,从哈市来的,很漂亮的那个吴姐。她找你办过事的……"

"哦,你是说做粮食生意的那个吴姐吗?"小新插话说。

"是她吧?"蓝黛含糊地回答,她真不记得这个吴姐是做什么的。

"哦，她呀！找我爸办出口的那个？哈哈哈！"丫丫忽然响亮地大笑起来，"现在不能叫吴姐了，该叫吴姨啦！我猜呀，她早跑我爸床上去了！哈哈，那个臭婊子！"

蓝黛和唐尧都大吃一惊，小新却悄声呵斥丫丫不要乱说。丫丫瞪了一眼小新，说："你知道个屁！她找上我不就是为了接近我爸……帮她出口大米开绿灯，以为我不知道啊？我爸那馋猫，还能放过她？哼！他们保准儿黏到一块儿了。"

唐尧怎么也想不到丫丫会说这些，不免有些尴尬，他偷眼看看蓝黛，蓝黛也是一脸茫然的样子。

唐尧脑中快速思索着，看来只要找到丫丫的爸爸就能找到这个吴姐，丫丫这里没什么可问的了。于是，他笑着说："上次一起吃饭也没做个介绍，我叫唐尧，在市局刑警队工作。小新怎么称呼，在哪儿工作？"

小新怯怯地握了握唐尧伸来的手说："我叫曲志新，在税务局工作。"其实他们上次吃饭时，小新说过名字，唐尧忘了，曲志新也忘了。

唐尧转向丫丫说道："丫丫是蓝子最好的朋友，我常听蓝子说起你。还真不知道你叫什么名字。"其实他最想知道的是她姓什么，他主要是要找到她的爸爸。

丫丫有一丝惊讶，她没回答唐尧的问题，反倒指着蓝黛问唐尧："你叫她什么？蓝子？你们……恋爱了？"那表情几乎可以用惊奇来形容，似乎蓝黛谈恋爱是天大的奇事。

"对！他是我男朋友。"蓝黛爽快地回答，脸上虽有一丝羞涩，但说得斩钉截铁。

丫丫瞪大了眼睛，口吃似的说："真……真的呀！这可太好了……太好了！"她一把搂过蓝黛大声对唐尧嚷道："晚上你请客！你知道吗，小子，我姐24岁了，从没恋爱过，你能入她法眼，幸运去吧你！我姐那是天底下最最好的人了！"唐尧朗声大笑，他真的很开心，他相信自己的眼光，蓝黛一定值得他爱。

"没得说！"丫丫爽快地伸手和唐尧握了握，说，"我叫闫睿，在丰途大厦上班。"唐尧说："好工作，是海关直属单位吧？"丫丫也不回答，嚷嚷着让蓝黛唐尧请客。唐尧想答应，但他看蓝黛并没有想聚一下的意思，他不好擅作主张。

蓝黛没回答丫丫，而是怒视了曲志新一眼，说道："今天就算了。小新，你赶紧带丫丫回去，让她好好醒醒酒！"说完，甩开丫丫的手拉着唐尧就走。唐尧只好对小新两人挥手示意，跟着蓝黛走了。

出了门，唐尧启动摩托车不知往哪儿开，他知道蓝黛情绪不好，低声问道："蓝子，咱们去哪儿？"

蓝黛低声说："该吃晚饭了吧？我有点儿饿，咱们去吃海鲜怎么样？我想跟你喝酒。"唐尧什么也没说，开动摩托车直接向市区驶去。

市区大型海鲜酒店就一家，既然蓝黛主动要求吃海鲜，唐尧也不多想，直接就去了。到了酒店，找到靠里边的一个隔断坐下，蓝黛点了六样海鲜，这次她要了一瓶干红葡萄酒。唐尧暗笑，心想：不要白酒，是怕我喝多了吧。

蓝黛看起来有心事，郁郁寡欢的样子。唐尧主动给蓝黛夹菜，劝道："年轻人喝多了，行为上有些放肆也没什么。你别生气了，多吃点儿。"唐尧的话一下把蓝黛逗乐了，唐尧莫名其妙，蓝黛笑道："瞧你老气横秋的样子，还年轻人怎么怎么样，你才多大呀？"唐尧不觉也笑了。

蓝黛收敛笑容讲述道："我和丫丫从小一块儿长大，两家处得就像亲戚似的。丫丫比我小两岁，我拿她就当亲妹妹看，她从小什么都听我的。可是自从他爸爸……唉，丫丫整个人都变了。她要只是喝酒什么的，我也就不生气了，她怎么就……唉！"蓝黛不住叹息。唐尧想，看来蓝黛还是很正统保守的，丫丫和小新不过是在公共场合有些过分亲密而已，也不算什么，可蓝黛却这么大反应。

其实，唐尧完全想错了，如果他不是陪着自己刚刚爱上的女孩儿去见她的朋友，不是陶醉在爱情里，他一定有不同的发现。

唐尧有意把话题转到丫丫爸爸身上："看上去丫丫家条件很不错，她在丰途大厦做什么工作？"

"她家条件是不错，她爸爸是海关的副关长，要不丫丫怎么能进丰途大厦？而且还是记账会计呢！"

唐尧暗想，丫丫名叫闫睿，他爸爸是海关的副关长，他脑中飞快地转着，

第十二章 重大突破 · 119

可是海关没有姓闫的副关长啊。因为办理几个走私案，唐尧和海关有过很多交往，海关领导层干部唐尧都认识。于是他问："海关没有姓闫的副关长啊，他爸爸是刚提职的吗？"

"哦，忘说了。"蓝黛恍然道，"丫丫还有一个弟弟，他们是龙凤胎，丫丫跟她妈妈姓闫，她弟弟跟他爸爸姓展。"

唐尧脑中轰的一声！"什么！姓展，展鹏海？"唐尧脱口而出。见他如此激动，蓝黛吓了一跳，她惊讶地说："是叫展鹏海，怎么了？你认识展叔？"

"啊，就是认识，工作上有些联系。"唐尧努力平复自己的情绪，他知道自己失态了。唐尧震惊的真正原因是，他想起走访群众了解到的那个"小吴"在楼道里打电话，就是打给一个姓展的人。新的线索再一次印证了唐尧关于并案处理的分析。

蓝黛情绪不佳，唐尧心里想着工作，两人的晚饭吃得很郁闷，酒也没喝多少。饭后，唐尧骑车把蓝黛送回家。

到了蓝黛家楼前，蓝黛看见家中亮着灯，她把头盔递给唐尧，握了握他的手，柔声说道："你回吧，喝了点儿酒骑车要小心。"那时，人们对酒后开车的危害还没有足够认识，在酒驾治理上也不是很严格。唐尧心中不舍，但他知道这时候还不能去蓝黛家，他伸手温柔地拍拍蓝黛的脸，含笑说："放心，你也好好休息，开心点儿。"蓝黛歪着头贴紧唐尧的手，温情地看着唐尧。唐尧一阵冲动，他真想吻一下她。

## 第十三章　女盗迷踪

　　回到刑警队，唐尧看看表是晚上 7 点多，《新闻联播》还没播完，他直接去了三中队自己的办公室。到了二楼，唐尧看见二中队的大办公室还亮着灯，几个干警还在忙碌着。唐尧很清楚二中队于良宇的工作风格，他一定还在忙案子。于良宇虽缺少探案天赋，但勤能补拙，勤奋敬业给了他很多补充，所以每年二中队的破案量也不比其他两队少。

　　三楼静静的，办公室都熄了灯。这几天，唐尧来队里一直没见大家如何忙碌，大案当前，王明还有时间喝茶，在网上斗地主。每每这时，唐尧心中就会莫名地升起一丝怒意。

　　坐在自己的办公桌前，唐尧拿出办案记录本细细看起来，他把这几天的发现整理到本子上，勾勒出各条线索之间的联系。他闭目思考，一条条线索就像清澈的小溪在脑海中汇集起来，越来越清晰，越来越通畅。没错！两个案子可以并案了，而找到这个"吴姐"，也就是"钱桂兰"，是破案的关键。

　　"展鹏海，展鹏海！"唐尧默默地叨念着。这个展副关长必定会给他带来惊喜。然而，唐尧非常清楚，展鹏海可不是轻易能动的，尤其对他这个小警察来说更是如此。展鹏海是老资格的处级干部，海关的常务副关长，作风硬朗，说一不二，在海关地位仅次于正职，老关长退休在即，接替人一定是他。他社会关系错综复杂，听说市委的某领导是他的亲戚。如果这个"吴姐"不惜代价接近展鹏海，是为了通融出口事宜，这其中很可能有见不得光的交易，就可能涉及腐败，涉及走私犯罪，其中的利害关系太大，以唐尧的身份绝不能轻易付诸行动。

"必须汇报，必须秘密，必须叫准！"唐尧暗想，他在心中再次把整条线索梳理一遍，完整了，没有纰漏了，他暗下决心，明天他还要越级汇报，为了保密，为了破案，他宁可再次得罪王明！

第二天一上班，唐尧就等在龙东山办公室门口。不到8点，龙东山到了，看见唐尧，龙副局长明显有一丝惊讶，但随即就露出欣喜的笑容，他笑道："看来我今天会有收获！"说完，他没进自己的办公室，而是引着唐尧爬上四楼，直接把他带到彭雪松局长办公室。

彭雪松正在看文件，见龙东山带着唐尧进来，他放下手中的文件，笑道："东山，这么早就过来，有什么好消息吗？"

龙东山笑道："我也不知道。一上班就看见小唐等在我门口，我估计这小子肯定有大事，就直接把他领你这儿来了，咱们一起听。"两位领导的对话让唐尧激动不已，领导的关爱让他心里暖暖的。

彭雪松离座，和龙东山坐在靠窗的沙发上，示意唐尧也坐。然后，开始听唐尧的汇报。唐尧足足说了半个小时，开始他还有些紧张，见两位领导一直专注地听着，时不时提出疑问，唐尧逐渐放松下来，把情况说得清清楚楚。最后，他建议说："从掌握的情况看，两起案子的焦点都在这个'吴姐'，也就是'钱桂兰'身上，要找到她只能通过展鹏海。我们是不是应该传讯展鹏海，通过他找到钱桂兰？"

唐尧说完，用期待的目光看着两位领导。他了解彭雪松的工作作风，他相信彭局长一定会支持他，立即行动传讯展鹏海。然而，屋里忽然静下来，几分钟彭、龙两人都没说话，都面色凝重地沉思着。唐尧担心起来，难道自己的分析不对，或者遗漏了什么？

其实唐尧想错了，彭雪松和龙东山都赞同唐尧的分析，从展鹏海身上打开突破口也完全正确。但实行起来就没那么简单了。首先，以什么理由传讯展鹏海？不要说展鹏海这样有背景的领导干部，就是一个普通群众，在没有涉嫌犯罪的有力证据时，公安部门也无权随便传唤；第二，传讯展鹏海目的是找到"吴姐"，只凭眼下的推理分析，展鹏海不可能承认与吴有不正当关系，并说出吴的情况，他完全可以一口否认；第三，吴主动与展交往的目的很可能是为了走私，起码是违规通融，这其中可能涉及腐败、犯罪问题，如果贸然传讯展鹏海，会不会惊动"吴姐"？她逃走了怎么办？毕竟公安机关主要目的是破案，而不是反腐。

见两位领导始终不说话，唐尧有点儿着急，他悄声问道："是不是我分析错了？"龙东山朝他摇摇手，又指了指正在思考的彭雪松，示意唐尧不要说话。

过了好一会儿，彭雪松开口了，没想到他的第一句话却是："唐尧，你怎么直接就跑到龙局这里来汇报了？"那口气有一丝严厉。唐尧脸腾地红了，他怯懦地说："我觉得这个……这个事儿……太敏感，而且……而且应该保密，所以就……"唐尧的话中包含了多层意思，彭雪松和龙东山都明白。

彭雪松笑道："你小子不信任自己的直接领导越级汇报不说，还不怀好意，想让我和龙局给你顶缸！"

"啊！"唐尧大吃一惊脸更红了，连忙说，"没有，我没那意思，就是……就是下面人多口杂的，我怕泄密……"彭雪松和龙东山哈哈大笑起来，唐尧的理由只能解释越级汇报，"顶缸"就解释不通了。

彭雪松笑着说："我不是批评你，以后注意就是了。"他没批评，但也没说支持的话，唐尧心里还是惴惴不安。

"看来两个案子可以并案办理，但只以现在的分析和推理就明确并案，证据还不充分。这么办，"彭雪松说，"如果这个'吴姐'与展鹏海交往最终的目的是为了走私文物，那她不可能第一次就在出口货物中夹带文物，她一定会试探，那么前几次的出口应该都是正常的，这个在海关记录中必定能查出来，而她用的姓名、公司名称都应该是真实的。你可以带队以查办走私案的名义去海关调查，找到这个姓吴的女人和她公司的真实名称，然后外调情况，了解背景。但查人要秘密进行，最好是在不惊动展鹏海的情况下就能抓到她。抓到人之后的事，看情况再定。"

唐尧恍然大悟，没想到他认为又复杂又要"顶缸"的事儿，被彭雪松轻轻一点就化解了。他立刻说："好，我去海关查！"彭雪松一拉脸，说道："你怎么去，怎么查？"

唐尧糊涂了："就查大宗货物……"

彭雪松摇着手批评道："毛躁！你自己刚刚说的要保密，怎么就要冒冒失失地去？再说了，以你的身份想去就去呀？你们领导能同意吗？你用什么理由说服他？"唐尧一下明白了，他讪讪地笑道："局长说得对，我太心急了！"

龙东山站起身，拍着唐尧肩膀说道："你不光是心急，还缺少经验。有时候目的虽好，但不一定能办成。你回去吧，这事儿跟谁也别提，等我通知。"唐尧答了声"是"，然后欣然敬礼离开。

看着唐尧离去的背影，龙东山微笑着说："真是个好苗子！"他转向彭雪松说："该给他个位置了，不然太束缚手脚。"彭雪松微笑着点点头。

一上午无事，三中队的干警都待在办公室，王明始终不见人影，不知干什么去了。唐尧表面平静地忙着自己的事，实际心里非常着急，他急切地等待着龙东山的电话。

快到中午时，唐尧办公桌上的电话忽然响起，他立刻接起来，一句"龙局好"差点儿脱口而出。实际上电话是王明打来的，唐尧明显听出一丝慵懒和迟钝，王明似乎刚刚睡醒。"这么个事儿，啊！你这两天跑一下海关，沙！嗯，查查今年……啊，今年的大宗货物出口的情况，沙！和这个老刘吧，啊！一起去。你负责，啊，给我仔细点儿，出了事儿我拿你是问！"说完砰地挂了电话。唐尧手拿听筒带着嘲弄的口吻道："口头禅更重了！"放下电话，唐尧立刻去找老刘。老刘是刑警队元老，为人谦和，不争不抢，平时对唐尧很关照。唐尧说明情况，老刘爽快地答应了，他们约定下午就开始行动。

经过两天调查，唐尧查清了他希望得到的全部信息。近两个月海关出口事项共39项，大宗货物出口有28项，其中有两家公司注册的法人代表姓吴，一个是男的；另一位是哈市一家小公司的法人代表，名叫吴先霞。唐尧立刻做了外调，并获得了吴先霞的个人信息，包括照片资料。看到照片，唐尧的心落地了。他第一时间提审王福东，经辨认，照片上的女人就是"钱桂兰"。"吴姐"终于浮出水面。

确认后，唐尧再一次秘密向龙东山作了汇报，龙东山指示唐尧继续暗中调查吴先霞，并密切监控展鹏海，争取尽快找到吴先霞。

唐尧的人手并未增加，但按照龙东山指示，他可以把情况告诉老刘。看来，局里对这位老干警绝对信任。果然，老刘二话不说，积极配合唐尧，没日没夜地跟着唐尧暗访调查，监视着展鹏海的一举一动。

从以往情况看，吴先霞两次租房都未曾居住，真是狡兔三窟，她很可能还另有落脚点。唐尧和老刘商议后决定放弃排查宾馆、旅店，把重点放在出租屋上，而且首选目标是那些条件较好的小区。他们分析，这处落脚点，吴先霞很可能用自己的真实身份租住，她表面上是做出口生意的，是个有身份的人，如果她要以色相勾引展鹏海上钩，就需要一个条件不错的住处，这样既安全安逸，又可以显示身份。

三天的监视，唐尧两人没发现展鹏海有何异常，也没找到吴先霞的任何行踪线索。第四天早晨，老刘独自监视着展鹏海一个人居住的家，唐尧睡在车里，他熬了一夜。

8点多，海关缉私队的电话惊醒了唐尧。唐尧和缉私队约定，凡是出现唐尧指定的三家公司报关的情况，要第一时间通知他。当然，其他两家只是幌子，最主要是吴先霞的公司。海关通报吴先霞的公司报关了，要在近期出口120吨大米，收货方是S国哈巴市远东国际商贸公司，唐尧知道这家公司的老板就是萧一扬的老板洪哥。线索更清晰了，看来吴先霞要行动。唐尧赶紧向龙东山作了汇报，龙副局长告诉唐尧会加派警力暗中支援。

一天无事。到下午6点半，展鹏海的奥迪车才驶出海关办公大院，比下班时间晚了一个半小时，这很不正常，唐尧预感今天会有收获。唐尧车技还是二把刀水平，他怕跟丢了，主动把车让给老刘开。

展鹏海的车开往市东郊方向。半小时后，他们一前一后到了红杉新区，那里一半是别墅，一半是高层。新区入住率不高，小区物业还没到位。展鹏海的车开到B区13号楼前停下来，唐尧两人把车远远地停在一座无人居住的别墅前，他们透过车窗用望远镜观察着展鹏海的举动。展鹏海并没下车，这让唐尧很奇怪，他问老刘：“他怎么不下车啊？”

"可能是在等人。"老刘说。唐尧暗自点头，他看看表时间是晚上7点整，他清晰地听到远处传来火车笛声长鸣，正有列车进站。"对了！"

唐尧恍然大悟道，"哈市来的列车7点2分到站，他会不会是等从外地回来的什么人？"

"有可能！"老刘说话向来简短，"再等二十分钟。"火车站距离这里只有十多分钟的路程，如果是吴先霞从外地回来，那么二十分钟之内必见分晓。

唐尧两人焦急等待着。十五分钟过去了，展鹏海没下车，也不见人来；二十分钟过去了，一切依旧。唐尧焦躁起来，展鹏海到底要干什么？半小时过去了，展鹏海那里仍没动静，时间已是7点35分，天完全黑了。三三两两的人陆续回到小区，楼上住户的灯稀稀落落相继亮起。唐尧知道那是饭后健身的人都回来了。

这时，奥迪车门一开，展鹏海下车了，他直接走进正对着的一个楼栋。唐尧感到奇怪，怎么这时下车进去？没见什么人进这个楼栋啊？他再次向这座高层楼房看了看。

"坏了！"唐尧突然明白了，"怎么疏忽了这个！"原来这座楼一层是缓台，有四个门可以上缓台，到缓台后才分出八个门洞儿，分别进入住户。唐尧叮嘱老刘注意哪户亮灯，判断展鹏海可能进入的是哪一户，他赶紧下车朝展鹏海进去的楼门跑去。

唐尧冲上缓台想看看展鹏海进了哪个门洞，但他失望了，有两个门洞的安全门正对着唐尧上来的缓台门，而且都紧闭着。唐尧立刻转身下到一楼，抬头看这两个门洞的四座房子。也就十几秒的样子，最东面楼栋西侧的十层灯亮了。唐尧暗想，按惯例应该是1002房间。

回到车里，一上车老刘便说道："只有第一门洞十楼西侧一家亮灯了，应该是1002。"他和唐尧观察的一样，看来展鹏海最可能进了这一家。

唐尧两人在车里蹲守了一夜也未见展鹏海离开。早上6点，唐尧和老刘商量应该进一步核实，看看展鹏海是不是从第一门洞出来。老刘自告奋勇说："展鹏海可能见过你，我和展鹏海不认识，我去。"

半小时后，展鹏海挺着将军肚悠然吸着烟从缓台最东面的楼门走出来，他快速上车驶离小区。眼看快出小区门了，老刘才跑过来，他喘息着说："是从第一个门洞出来的。怎么办？跟不跟？"

唐尧略一思索，说道："你开车跟着，我守在这里。如果他去海关，你想办法了解一下，他是不是过问出口货物的事。"

老刘开车走了。唐尧直奔展鹏海走出的楼门，他上了缓台，在远离一门洞的地方做起了运动，压压腿，弯弯腰，做一下伸展拉抻，那样子就是一个在晨练的人，其实这也真是唐尧多年的习惯。

唐尧打了两遍二十四式太极拳，当他听到本市标志性建筑客运大楼上的大钟响过七下时，最东面的一门洞，也就是展鹏海出来的那个门洞楼门一开，一个梳着发髻戴着粉色大墨镜的靓丽女人走了出来。她穿着时尚，举止优雅，手中拿着一个很小的手包。正是吴先霞。唐尧早就停止了打拳，他伸展着手臂做广播体操，那女人只向唐尧扫了一眼，然后迈着婀娜的步子从缓台中间的一个出口下了楼。她果然没走最东面下缓台的楼门。看来，昨晚在夜幕的掩饰下，她从西面的某个门上了缓台，唐尧二人只盯着最东面展海鹏车对着的门，没注意到她。

唐尧守在缓台边上小心观察着这个女人的举动，高跟鞋清脆的"咔咔"声明确告诉唐尧她走到了什么位置。当唐尧确定这个女人已经绕过大楼拐角时，他迅速下了缓台。但他走出一层楼门时，依然是慢悠悠不急不慢的样子。在确定吴先霞没有怀疑后，唐尧快速跟上去。前面100多米的地方，吴先霞正慢步朝主路走着，唐尧判断她可能要打车去某个地方。唐尧把打拳时脱下的衣服快速穿上，原本白上衣，蓝裤子的形象立刻变成一身蓝衣。想起望远镜的黑色防掉带儿还在衣兜里，他拿出来在头上缠了两圈系在头旁，只用了十几秒唐尧就完成了装束的改变。然后他缩着脖子晃晃荡荡地走着，那样子痞气十足，唐尧确信就是吴先霞回头看到他，也不会想到他就是刚才在楼上做操的人。

果然，一上主路吴先霞就开始打车。唐尧那个急呀！他不敢跟得太近，怕引起怀疑，但又怕吴先霞打车快速离开，自己来不及跟上。正担心着，预判的情况已经发生了。吴先霞第二次招手就拦住一辆出租车，她快速上车，那车绝尘而去。唐尧撒丫子就追，等他跑完距离主路的这100来米，前面的出租车只剩下一个影子。唐尧使出吃奶的劲儿狂奔，可是出租车还是渐渐远去。

第十三章　女盗迷踪·127

正愁没出租车可拦，后面一辆私家车开来，唐尧扭头一看，于良宇正摇下车窗喊他上车。唐尧大喜赶紧跑过去快速上车，尽管喘息，他还是大喊："前面绿色出租车，快！快……"他上气不接下气连"追"字都说不出来了。好在是市郊，这个时间段车辆不多，几分钟后与前面的出租车只有几十米距离了。出租车一刻没离开唐尧的视线，他放心了。这时他才有机会问于良宇："于队，你怎么会路过这里？"

"路过？"于良宇笑道，"哪有这么巧，是龙局安排的。你们监视他俩，我们嘛，'监视'你俩！"唐尧哈哈大笑，真是多亏了龙局安排。

这样行驶了十分钟，两辆车一前一后上了南外环。又行驶十分钟，出租车拐下路口。于良宇故意放慢车速远远地跟着。那辆出租车去的方向是南郊货站，唐尧明白了，看来吴先霞出口的大米应该是存放在那里。

唐尧他们远远地看见出租车停在最里面的一家货站门前，那女人下了车走进货站，出租车就停在外面。

唐尧等人在车上监视着这家货站的动静。十几分钟后吴先霞出来了，身旁跟着一个瘦瘦小小的年轻人，她边走边向那人交代着什么，之后她坐上来时的出租车离开货站。情况基本摸清，唐尧和于良宇商议后，决定留一名干警监视货站和那个瘦小的人，他们再次跟上吴先霞的出租车。不出所料，她又返回了住处。

路上，唐尧接到老刘的电话，展鹏海到海关只做了一件事，就是过问出口货物这两天的装箱进度，什么时候可以出港。唐尧暗自敬佩，老刑警就是有办法。他跟于良宇商量，看来货物不出关，吴先霞不会离开江城，她在这里暂时不会动。于是他转告老刘来红杉新区监视吴先霞，他和于良宇回警队汇报情况。

与老刘做好对接，唐尧和于良宇两人返回刑警队，他们直接进了二楼会议室，彭雪松、龙东山都在，几天前出差的支队长霍兵也回来了；三中队全体干警、二中队的几个干警也参加了会议。唐尧、于良宇向三位领导敬礼后，刚刚坐下于良宇的手机就响了。他拿起来一看，是监视货站的干警打来的。他报告说，两辆集装箱货车进了那家货站，已开始向车内装大米。看来，吴先霞马上就要行动了。

下午 4 点，两辆集装箱货车驶入海关码头，缓缓地停靠在 2 号站台，站台旁一艘货轮正在装箱，看样子再装上几个集装箱，货船就可以出发了。

货车停稳后，第一辆车上下来一个矮小精瘦的男人，他跑到调度身前把一张单据交给他。调度核对了上面的公章，那上面有展鹏海副关长的签字。

可以装货了。小个子缩着脖子抬头看着吊车的巨型吊头缓缓移来。正在这时，几辆警车呼啸而至，小个子还没反应过来，他的手臂已被刚才的"调度"紧紧抓住。警车上跳下十几名黑衣特警把两辆集装箱货车团团围住……

红杉新区 B 区 13 号楼 1002 室里飘荡着萨克斯悠扬的旋律，那分明是《回家》的曲调。吴先霞端着一杯红酒，透过窗凝望着楼层空隙间那一方天空，已是夕阳西下，天际间那一抹猩红显得过于浓重了，让人很容易联想到那是鲜血染红的。

"是的，是该回家了！"她自语道。她已订好车票，晚上 8 点半她就离开江城，明天上午就能到省城，然后直接飞往哈巴，再也不会回来了。她现在只有一件事要做，就是等待展鹏海的电话，那个报平安的电话。只要接到这个电话，她就立刻离开这间房子，绝不会再等他回来，不会再给他发泄兽欲的机会。

窗台上的手机"嗡嗡"鸣叫了几声，那是短信提示。她缓缓地拿起手机，带着自信看那条短信："船已发出，一切顺利！"她长长地舒了口气，美丽的脸上露出灿烂的笑容。的确，她很美，那种带着一丝野性足以迷倒任何男人的美，但这份美并不妨碍她的狠毒和不择手段。只要是她想得到的，她会想尽一切办法、不惜一切代价得到，哪怕付出她的美丽以及她的身体；只要是对她无用的或者妨碍她的，她也同样会想尽办法抛弃，甚至是除掉，哪怕是跟她合作多年的伙伴。她想到了王福东，那个彻头彻尾的傻瓜，完全被她利用却懵然不知；她想到了孔玉强，这个贪婪的家伙，他不但要得到更多的钱，还觊觎她的身体，她怎么会放过他？

她拿起手机给一个很特别的号码发了一条短信："通道顺畅，两日后与货同到。"

结束了。这次交易至少能让她挣一千万，该收手过平静的生活了。那色鬼胖子至少要一小时后才能回来，她可以从容离去，之后避开江城从省城出境到 S 国，她要赶到那里跟这位还不曾见面的萧老板一起接货，拿到钱后她要隐姓埋名在国外生活。而这条她用身体维护的通道，她自己是不会再用了，以后谁还会用、怎么用，她已不再关心。通道本就不是她开辟的，那个建立通道的人是谁，她并不知道，她只是经人引荐借用而已。以后谁来维护通道、怎么维护，是用金钱还是继续用美色，都与她无关了。

吴先霞提起身边一个不大的皮箱，转身向门走去，她打开门，一下呆住了……

几天后，唐尧驾车向南苑别墅区驶去，这是他第一次独自驾车出行，他要去接蓝黛，那个自己刚刚爱上的佳人。

一件大案终于圆满告破，虽说还有很多后续工作要做，还有需要深挖的线索没结，但案子毕竟是破了，丢失的文物如数追回，还打掉了一个走私通道，可以说那是靠他的努力才这么快侦破的，自豪感充满全身。

当然，也有遗憾，那个两次羞辱他的萧一扬还是没抓到，此人在这个案子中又是关键人物。据吴先霞交代，这次的交易就是萧一扬主动联系她促成的，他代表洪哥出钱买货，她有通道运货，双方一拍即合。但吴先霞并未见到萧一扬。萧一扬似乎也并未在江城露面。

# 第十四章　暗中交易

冬季绝不是东北最难过的季节。冬天虽冷，但冷也在外面，屋里总是暖的，况且对常人而言，谁没事总到外面受冻呢？其实，东北最难过的日子是深秋，10月中旬左右，气温很低，但室内还没供暖，这时候要是遇上阴雨天，那种刺骨湿冷的滋味最让人难受。

江城现在恰好就是这样的10月，一连几日阴雨连绵，好不容易雨停了，天却一直阴沉沉的不见阳光，屋里屋外一样的温度，一样的湿寒。这时人就是躲进被窝也是冷的，从心里往外冒着寒气。

江城市郊工业开发区金谷米业公司三层办公小楼的顶层却是别样的风情。这一层是老板的休闲活动区，有茶间、休息室和麻将室。休息室里北窗边有沙发、茶几，靠南是带卫生间的卧房。卧房里墙角立着的空调吹出舒适的暖风，把整个房间布满春意。一张大床顶着东墙摆放，床上的恒温电热板已开启，把整张床烘得干燥舒适。此刻，床上一对男女裸战正酣，把房中的这份春意点缀得更浓。

男人躺在热乎乎的床上，他只需要微微挺起腰，让他的中间保持挺立，剩下的就让她来完成。他的手搂着上面白白的纤细的腰，顺着她的起伏扶住她的身子，让两人都能享受那份蚀骨销魂。他美美地享受着，心里无限满足，而她也正在忘我的陶醉中，那份舒爽惬意的感受绝不亚于他。

男人预判再有几分钟，就会再次听到她不能自抑的叫声，那是他最喜欢的！他就这么自信，他有本事搞定最难对付的女人，要是再吸上一些"妙品"助个兴，那可就不是一两个女人能承受得了的。正是有这本事，再加上自己英俊潇洒、玉树临风，才会有那么多女人围在他身边，为他出力，让他消受，还有甘愿给他挣钱的。

正这么想着，一个声音传来让他一惊，那不是他期待的女人臣服满足的呻吟，而是手机的鸣叫声。他骂了一句"真不是时候！"其实，并不是手机响的不是时候，而是他们做的事不是时候，上午不到10点就做这事儿，也就是他才会这么干。他示意女人放缓动作别弄出声响，才接通手机，只听了两句，他猛地坐起，一下撞到了女人，他顺势把她搂住，又听了几句话后木木地挂了手机。女人见他放下手机，马上加快频率。然而，一个极少见的现象出现了，她感到下面的支撑渐渐放软，满满的感觉在渐渐失去。她张开眼睛看向男人，同时浪声问道："怎么了？走什么神儿呀！"男人赶紧收回心思努力挽回，但刚刚的电话内容着实惊到了他，没一会儿他就软塌塌了。

女人缓缓从他的身上下来，躺在他身旁。这时候忽然停下，让她很不好受。见男人没有补救的意思，她心里不免生出一丝怨气。

男人并没注意女人的反应，他发了会儿呆，好像忽然想起什么，立刻抓起手机拨打电话。电话一通，他急切地问道："猫儿啊！你在哪儿呢？"身旁的女人听到这话，立刻显出妒意。"你赶快到公司来，我有急事跟你说……什么？你在别墅？那好，我去找你。"说完他挂了电话。身边的女人很不屑地发出一声"切"，就起身穿衣服。男人回手摸了她一把，说："有急事，今天委屈你了！"女人并不回应，用肢体语言表达着自己的不满。男人拿出一沓钱放在床头柜上，差不多有1000块，他示意女人拿走。女人穿好衣服，拿了钱放进包里，又伸出手满脸娇媚地说道："给我一袋！"

男人知道她要的是什么，他一拉脸，说："不行！最近货紧，我现在手里没有。"

女人带着娇嗔说："你今天没完成任务，该补偿我。我都看到了，你还有一小袋。"见男人仍是不理，她收回手说："咋地？准备一会儿跟猫儿用啊？"

"别扯淡！"男人语气中有一丝严厉。女人不再说什么。两人都穿好衣服，男人说道："你乖乖的，鹏哥啥时候亏过你了？等有货时我多给你点儿就是了。"他捏了一下女人的脸蛋说："我出去办事，你在这儿睡一会儿，别这时候就出去，公司人看见不好，等中午下班你再走。别乱翻东西啊！"男人又警告一句，见女人顺从地靠在床上，他才夹上手包出了房间。

外面天仍旧阴沉沉的，天气预报说这几天还会有雨，男人暗想今年的秋收要有麻烦，怕是难抓到好粮，起码水分要比往年大很多。他来到车旁，司机已等在那里，见他直接走向驾驶位这边，司机知趣地下了车，说："徐总，你这是要自己开车出去吗？"

徐总说道："对，我要去三河见个客户。今天你就休息吧，啥时候回来我给你打电话。"司机目送徐总启动车掉头驶出公司大院，他打了个指响也向大门走去，以他的经验判断，徐总至少两天不会回来，可以轻松一下了。司机出大门打了出租车，说明去处，出租车快速驶离。一个好局子正等着他呢。出租车带着他的急切，把"江城市金谷米业有限责任公司"的红色标牌快速抛在身后。

金谷米业的老总徐大鹏开着自己的宝马轿车快速驶向三河县，那里有他的一栋别墅。别墅是他的秘密据点，这个点只有他和自己的合伙人尚敏知道，也就只有他们两人有别墅的钥匙。尚敏就是他刚才在电话里说的要去见面的"猫儿"。

一个小时后，徐大鹏来到别墅，他遥开车库门，把车开进去，车库有50多平方米大小，呈长条形贯通别墅南北，他从南门开入，里面一辆红色轿车已靠北停着，那是猫儿的车。

徐大鹏停好车，从车库中间通一楼的门进了客厅。一进门他闻到一阵香气，那是红烧肉的味道。徐大鹏这才意识到该是午饭时间了，他咧咧嘴，暗想猫儿馋肉了。他最爱吃红烧肉，猫儿最爱的却是他的那块"肉"。每当猫儿给他做红烧肉吃的时候，说明她自己也想吃他的那块"肉"了。徐大鹏有过猜测，这可能是猫儿这些年一直跟着他的一个"主要"原因。猫儿最大的生活目标是挣钱。她是独身主义者，婚姻从来不是她的追求，但她并不拒绝性。所以，徐大鹏最清楚，他们之间没什么真感情可言，有一天当他满足不了她超强的欲望时，她也就不再需要他了。也许，到那时围在他身边的所有女人也都不需要他了。每每想到这个徐大鹏就郁闷不已，难道除了这个强项，他就没啥特长，没啥其他的本事了？可细一想，似乎还真就没有。比如现在出了意外情况，他真就一点办法也没有，除了心惊肉跳，他能想到的只是立刻来找猫儿，让她想办法。

一楼客厅的北角是厨房，里面抽油烟机的嗡鸣声加上铲子翻动炒菜的声音传来，这让徐大鹏有种回家的感觉，其实那只是幻觉，他家里的那位可不会炒菜给他吃。徐大鹏说了声"我来了"，便直接走到餐桌前坐下。猫儿停下炒菜的手，回头看看他，眼中流露出一丝意外，见他没有甜言蜜语，也没过来揩油，看来真是有事了。

猫儿人漂亮，温柔狐媚，温顺起来像只猫。为此不知谁送了她"猫儿"这么个雅号，渐渐的熟悉的人都这么叫。猫儿虽说温顺，但暴躁起来，就像缩小版的豹子，尖牙利爪，也绝不是好惹的。

猫儿和徐大鹏的关系，她自己有时候都弄不明白到底算什么。他们当然不是夫妻，但也算不上是情人关系，如果仅从肌肤相亲的角度看，倒不如说是性伙伴，她需要徐大鹏的天赋异禀，徐大鹏也需要她的超乎常人。那么，她是被徐大鹏包养了吗？肯定不是。她给徐大鹏带来的收入一定比徐大鹏给她的多。他们是生意上的合作伙伴吗？确切地说也不算，因为一切投资都是她的，生意的支配权都在她手中，徐大鹏只是在外面露脸的人。实际上，他的能力也只能做个脸面，除了有张巧嘴，很听话，能照葫芦画瓢按吩咐办事，其他的别想多指望，能这样就不错了，关键的事情他越少参与越好，不然只能添乱。

尚敏端着做好的一碗汤菜坐下，桌上已有一荤一素两个菜。"喝一杯不？有你爱吃的红烧肉。"尚敏盯着徐大鹏的眼睛说。

"嘿嘿，我吃了你做的肉，回头你就得吃我的肉！"

"呵呵，还能说出这话，看来也没什么大不了的事！"

"唉！"徐大鹏长叹道，"还真就出大事了，不过，有你在，总会有办法！"他拿起筷子夹起一块肉放入口中大嚼起来。尚敏也不追问，她给两人都倒了酒，才道："说说吧，啥事儿？"接着笑眯眯地举起杯跟徐大鹏碰了一下。

徐大鹏喝了口酒，定定地看着尚敏说道："老展被抓了！"

尚敏明显吃了一惊，手一抖，杯中酒洒出不少，她惊道："你说谁？展鹏海被抓了？"她放下杯子急问："怎么抓的？是纪检部门抓的，还是公安？"

"海关刘麻子给我打的电话，他说昨天因为一个姓吴的女人货物出关的事，当时就抓了一个人。今早又听说展鹏海昨天也被带走了。说是戴着铐子带走的，那应该是公安抓的吧？"

尚敏用非常肯定的口吻说道："戴手铐走的，那一定是公安抓人，不是纪委调查。说明不是贪污腐败的事，而是刑事案件。看来是走私的事败露了！"

"我也是这么想的。"徐大鹏带着忧心忡忡的样子说，"他进去会不会把咱们的事儿也交代出去？那可就坏了！咱那玩意可比走私严重得多！"

尚敏伸手制止他，说："那事儿他敢轻易说出来吗？他不怕掉脑袋呀？再说了，他的软肋还抓在咱们手里，他交代了，他那个宝贝闺女怎么办？所以，这方面暂时不用担心。我考虑的是咱们的进货渠道怎么办。展鹏海倒了，咱们的挣钱道儿就给堵上了。"

徐大鹏撇撇嘴贼兮兮地说："你不是早有准备吗？不是为了挣钱的道儿，你对境外那位会那么上心？"他的话中明显带着一丝醋意。尚敏笑了，笑得媚眼弯弯，她没接徐大鹏的话，而是问道："咋样？刚才齐想把你伺候得不错吧？"

可能没料到反击来得这么快，徐大鹏有些尴尬，他自顾吃饭并不回应。尚敏凑近他闻了闻，然后迅速闪开，同时故意用手在鼻前扇了扇，说："真骚！还好，只有一个小狐狸精的味儿！"徐大鹏惊讶地瞪着眼睛看着尚敏，不知她是真能闻出来，还是诈他。

尚敏正色道："咱们有言在先，那方面互不干涉，我们可以一起玩儿，你也可以找任何人玩儿，我这里你也别管。"她给徐大鹏倒满酒，悠悠地说道："啥是真的？只有真金白银才是真的。咱们是合作挣钱，在挣钱上我信得过你；对我，你也该信得过吧？"徐大鹏知道尚敏要说什么，的确，如果不是尚敏，他现在也许还在那个小木器厂当推销员呢，绝不会是现在人模狗样的小老板。他嘿嘿笑了两声说："我当然信你，除了你，连老婆孩子我都没这么信!"

尚敏抬眼盯着徐大鹏,脸上洋溢着妩媚,这时她的眼光能融化任何男人的戒备,尚敏接着说道:"那你怎么还对我提前做准备有想法?"

徐大鹏摇手说:"没有没有,我有啥想法呀!我就是不服气!"尚敏咯咯笑起来,说:"小心眼!就因为我说过他'功夫'好?"徐大鹏撇撇嘴不再说话。

尚敏一口干了杯中酒,她不想纠缠这个话题,说道:"咱们得马上出国一次。"徐大鹏没反应过来,明显跟不上尚敏的思路,他眨巴着眼问:"出国……马上?啥意思?"

尚敏手持酒杯一副若有所思的样子,好半天才说道:"展鹏海出事了,咱们就没了进货渠道,以后从哪里进货?你不会想着吃回头草,再去找那个'鹏'吧?"

徐大鹏脑袋摇得跟拨浪鼓似的,说:"不可能!就是我再去找他,人家也不会理我。再说,展鹏海都趴下了,咱们没了渠道,他不一样也没了?"

尚敏不住地摇头,脸上一副恨铁不成钢的样子,说:"大哥,你能不能动动脑子!你真以为人家也像我似的就靠个展鹏海发财呀?我告诉你,他们肯定没走展鹏海这条道儿!"见徐大鹏满脸迷惑,尚敏知道必须再解释几句:"你想想,咱们出口退关都是船到了对岸,然后真的返回来,这样才能带回货。人家那边虽说也有退关的事,也去给展鹏海送礼,甚至不惜给闫睿那丫头供药儿,但你见他们的船返过港吗?一次都没有!所以,我猜测他们退关的事就是障眼法,是在给他们真正的运货通道打掩护!"徐大鹏认真听着,但他听得一知半解,尚敏接着说:"那边给咱两家供货的都是洪哥,洪哥他们也一定有运货的通道。可从开始进货到现在,我们一直是自己想办法运货,洪哥的运货通道从来就没给咱们用过。既然洪哥他们有运货通道,这个通道也主要就是跟江城做生意用的,那我们没用过,他还会给谁用?"徐大鹏暗想,在江城除了自己这边,也就那个"鹏"能有资格用。他问道:"那咋办?咱们也争不过他们呀!"

"走不了正道,就走斜道;进不了前门,就走后门!"尚敏狡黠地笑道,"你以为我会白白便宜了老二?"徐大鹏呵呵笑了两声,声音干涩刺耳,听自己的女人这么说话，他心里五味杂陈。

尚敏吩咐说："下午你给公司打电话，把那笔贷款都转到境外公司账上去。"

"干啥？那可是600万啊！"

"明天你出境一趟，到哈巴去见老二，把这个钱都给他！"

"我不去！我懒得见那个二毛子。"徐大鹏心中暗想，上次把自己的女人送给他了，这次又要送钱，真他妈憋屈！

尚敏笑道："你以为白送啊，咱们是进货！我知道他手里正有一批货，这批货他是瞒着洪哥进来的，他得马上出手！这可是个好机会。"见徐大鹏仍在犹豫，她说："你不去，那边公司怎么付钱？你就是面上应付一下，跟他见见面，我随后就到。"的确，境外公司是徐大鹏化名注册的，他不去钱的事办不了，货就买不来。但关键的通道怎么启动，就不是徐大鹏能办的了，这个还得靠尚敏。尚敏确实有本事，对岸洪哥那边很多事她都能得到消息，连徐大鹏都不知道她的消息来自何处。

"这些钱都转过去？"徐大鹏还是有些犹豫，"是不是留点儿？咱们外欠可不少了……"其实徐大鹏不是心疼钱，眼下公司欠银行的钱已经很多了，而进项却几乎没有，这么下去他这个公司法人要有麻烦，公司运营也会受到很大影响。

尚敏自然明白徐大鹏的小心思，知道他是担心公司在他名下，欠账都得追他要，而秘密生意的收入却都入了她的腰包，一旦出问题他有麻烦，她却置身事外。尚敏笑笑说："跟老二只能是一锤子买卖，你还指望跟他长期合作呀？所以，有机会就干票大的！就大赚它一把，然后立马收手吧。"她看着徐大鹏透着青气的脸色，接着说："挣了钱咱们就走。货也给你自己留些，我看你玩得有点儿过了，慢慢戒了吧！至于公司……"她挨近徐大鹏慢声慢语地说："咱们是有限责任公司，你怕什么，大不了走破产程序，到时候用厂子和设备顶账不就得了。"听到这儿，徐大鹏反而有点儿放心了。

饭后，徐大鹏有意来点药助助兴，和尚敏美美地享受一把，晚上两人就住在别墅里。

第二天，按照尚敏的安排，徐大鹏办了五日游签证，准时出关，下午就住进了他在哈巴的那家小公司的办公室。晚上，他秘密约见洪哥集团的二当家，面谈进货的事。徐大鹏不知道尚敏提前做了什么铺垫，这次的事异常顺利，老二从来没有这么痛快过，他给了徐大鹏最满意的量，还给了他难得的低价。但怎么运回境内，也就是运货通道启用的事，老二却只字不提。徐大鹏没法子，他只能等待尚敏的到来。

隔了一天，尚敏也出国了，她到时徐大鹏正等在公司里，两人商量好对策后，尚敏独自一人悄悄去了老二的私人别墅。

老二父亲是华人，他自小在国内东北长大，直到十七八岁才跟母亲来到S国。都说混血儿形象好，可他这个混血儿却既不英俊，也不高大。他身材粗短，脸膛透红，小鼻子小眼睛，却长了一张大嘴巴；满身的肌肉疙里疙瘩，手臂青筋暴起，拳头上都是硬茧子，一看便是个玩拳脚的人。见尚敏款款走进来，老二贪婪地看着，嘴笑得口水都流出来了。

尚敏风摆荷叶般摇到老二的座前，这时老二才想到该起身迎接，他嘴上一片声地说："来来来，坐坐坐！"接着就伸手拉过尚敏坐在身边，同时他向站在旁边的贴身保镖摆摆手。小弟会意，向屋里的另外两个手下示意都出去，然后他拖在最后走出房间，并缓缓地关上房门。他最后看到老二正急不可耐地搂过尚敏就要亲。

见老二猴急的样子，尚敏咯咯笑着躲开，说道："二哥急什么，我这一晚上都是你的，不过……"

老二虽说是个粗人，但这事他还是明白的，他粗声大气地道："不就是那点儿货嘛，多大个事呀，我帮你运出去就是了。"接着又要亲，尚敏又躲开，说："还是先办了事吧。"那语气不容置疑。

老二见尚敏坚持先看底牌，他也不矫情，正正身说道："好！你告诉你公司那个小白脸子，让他马上回去，到你们江边的一个村子，找一个叫曹炳坤的人，这人有个外号叫'幺六'……"老二把通道如何运货，以及在对岸接货人的联系方式都告诉了尚敏。尚敏认真记下，她惊诧于通道的隐秘，也被巧妙的运毒方式震撼了。她相信老二说的绝不是假话，这样的精巧设计，老二这种粗人就是想破脑袋，也想不出来的。

听完老二介绍，尚敏立刻给徐大鹏打了电话，让他赶快回国安排那边的事，这边的事她和老二去办。她千叮咛万嘱咐，告诉徐大鹏要舍得花钱，要务必谨慎秘密。安排完，尚敏放心了，这回她能心甘情愿地配合老二了。

这次，尚敏陪了老二整整两天，最后反倒是老二如同风干的蝙蝠，而猫儿却是容光焕发，神采奕奕。

徐大鹏有个好处——听话，他接了尚敏的电话，第二天就返回国内。当天下午他立刻去了乌苏里江畔，按照尚敏给的联系方式，他没费什么事就找到了幺六，但徐大鹏雇幺六跑一趟江的要求却被幺六拒绝了。徐大鹏告诉幺六，对岸都准备就绪，这边没人知道，也不会有人追究。幺六不信徐大鹏已经联系好对岸，但徐大鹏能知道他和通道的秘密，又让幺六不得不信。最后徐大鹏以2万元的价格要求幺六只跑一次，幺六答应了，条件是如果对岸主动联系他，他就跑一次，否则免谈。

第二天，幺六一早起来，他只做一件事，每隔半小时就到江边用望远镜向对岸观望。一上午没反应，下午幺六不再出去，他只待在屋里陪徐大鹏喝茶闲聊，闭口不谈运货的事。徐大鹏干着急没办法。晚上，徐大鹏就住在幺六家里。

第三天，幺六还像前一天一样用望远镜看对岸，徐大鹏也不知道他到底在看什么，问幺六，他也不答。

三个小时后，上午9点，幺六再次举起望远镜看向对岸的小村庄，这次他清晰看到村头的一所房子升起了一面三角形的红旗。

一个小时后，幺六独自驾着小船向下游驶去……

# 第十五章　如此烦恼

慢跑二十分钟后，到了一片小树林，小树林有两三亩大小，那是唐尧一年前发现的，它在公安局正北方，要穿过一片楼区和一片平房区，再经过市园林苗圃才能到达，沿线都不是主路，车少人稀。林里的一块空地就成了唐尧每天晨练的武场。

唐尧跑进林子，那块小空地正静静地守候在那里，就像一个忠实的情人一样，这一年来始终为他独享。慢跑后唐尧感觉身上正微微发热，这是打太极的最佳状态。他稍事调息便开始打简易太极拳二十四式，十分钟可以打两遍，当身体完全活动开后，他会再打两遍小洪拳，然后再练习十六式小擒拿。这两种拳法都是在警校时一位退休老教员教的，在他的指点下，唐尧在警校苦练了三年，毕业后他也坚持习练从不间断，功夫练得挺不错，但距老人的要求即使到现在也相去甚远。

打完拳，唐尧出了一身汗，感觉通体舒畅。正是10月下旬，深秋早晨寒意丝丝袭来，他赶紧拿起外衣穿好，慢跑着离开树林返回警队。

天高云淡，空气清新凉爽，放眼原野，秋草枯黄，树叶纷纷飘落，一种肃杀的气氛弥漫在苍茫的北国大地。唐尧深吸一口气，尽管舒爽，但不知为什么，每到秋季，特别是深秋季节，他总会被一种萧条悲凉的情绪笼罩，莫名地产生失落感。要是遇到烦心事，这种感觉会更强烈，可能这就是文人墨客所说的"悲秋"情结吧。

眼下唐尧正被烦恼笼罩着，这种情绪来自工作，也来自生活。

一周前，公安局召开破获文物案庆功大会。会上，彭雪松局长在总结发言时，特别提到了唐尧在案件侦破过程中的突出表现，他亲自宣布要给唐尧申请二等功。这是对唐尧在连续侦办三件大案中表现的回报。从那一刻开始，一些杂七杂八的议论就不断传到唐尧耳中。

侦破了大案，唐尧心情很不错，对于是不是请功，他并不在意，工作上顺利舒心就行。为请功一事，迟晓丹很是开心了一把，但对唐尧只被动接受而不去争取很不满意，还特意指点他该怎么做，唐尧只有苦笑的份儿。

唐尧在几件案子中的表现，让大多数同事态度上有了明显转变，他的工作能力逐渐得到大家的认可。当然，冷言冷语和不屑的目光自然也少不了。就在全局庆功会后的中午，王明和三中队几个人在食堂吃饭，见唐尧进来，他们的风凉话就来了。什么瞎猫碰上死耗子，什么洋洋得意自不量力，等等。尽管没指名道姓，但唐尧知道是在说他呢，他没法反驳，只能干受着。一想到这，唐尧心里就犯堵。

两天后的下午，唐尧正在办公桌前看一本技术书，办公室门一开，王明、张海和同队的两个干警走进来，唐尧赶紧放下书打招呼。王明打着哈哈走来，脸上混杂着嘲弄和鄙薄，说："哎呀！我说神探唐尧队长啊，沙，真用功啊！怪不得领导这么喜欢呢！沙，佩服啊！"他夸张的表情和阴阳怪气的语调让唐尧一阵迷惑，唐尧说道："队长，你的话我听不明白！什么神探？什么唐队长？"

"哎哟哟，哈！还瞒着我们呀？"王明扭头对另外几个干警说，"瞧瞧，哈，这个，还没上任呢，就摆架子啦！可以呀！"说完转身朝他的办公室走去，另外两个干警一个讪笑一个冷漠，而张海则是满脸阴沉。唐尧心里莫名地一阵烦躁，他摇摇头坐下来继续看书。不一会儿老刘推门进来，唐尧心情不好，只朝他点了点头没说什么。老刘却直接走过来悄声问道："唐儿，听说有好事儿，要提副队长了？"

唐尧皱眉说："我说老哥，你也跟着瞎传话！怎么可能提我当副队长呢？那是副科级，我工作才两年多……"

"哎！你还别不信，"老刘转身看看王明办公室，低声说，"王队听政治处说的，应该准，而且局里确实正在开党委会呢。"唐尧不理他，继续看书。老刘拍拍他的肩膀说："小唐，我看你是那块料，该提。"说完就走了。唐尧摇头苦笑，真拿他们没办法。

下午下班，唐尧去食堂吃饭，一路上好几个人都跟他打招呼，还有说恭喜的，弄得唐尧不知所措，想想王明阴阳怪气的样子，他憋了一肚子气。到了打饭窗口，王师傅一边给他盛菜，一边说："恭喜你呀小唐，这么年轻就提副科了！今天祝贺你，来，这个给你！"说着把一个很大的咸鹅蛋递给唐尧。唐尧皱着眉斥道："王师傅，白和你处得这么好了，你也拿我开涮。鹅蛋我不要。"

"哎哎！拿着！"王师傅把鹅蛋硬塞在唐尧手里，说道，"怪事！人家提职都高兴，你咋愁眉苦脸的？"唐尧不理师傅，他端着菜盘独自走到一张桌前坐下吃饭。没吃几口，他看见龙副局长和霍支队长有说有笑地走进食堂，唐尧也没跟他们打招呼，只顾闷头吃饭。一会儿，两人打了饭菜一起来到唐尧这张桌旁坐下。唐尧跟他们简单打了招呼后继续闷头吃饭。龙东山盯了唐尧好半天才对霍兵说："老霍，你的兵情绪不对呀。"唐尧知道龙副局长在说他，还是不吱声。

"咋地啦，阴沉着脸？"霍兵粗声大气地问唐尧。唐尧一股火冲到脑门儿，他大声说道："也不知谁造谣，说什么我提副队长了，真是莫名其妙！我当不了，也不够格！干吗拿我开涮？！"

"呀哈！火气不小，情绪挺大呀。"霍兵笑道，"咋地？不想干呀？这你可说了不算！"

唐尧听出了话外音，这事儿好像真不是空穴来风。龙东山慢吞吞地对唐尧说："霍支队说得对，这事你还真就说了不算。你不干也得干！本打算明天找你谈话的，既然在这儿说起来了，那我和霍支队就代表局党委正式通知你，刚刚结束的公安局党委会研究决定：将刑警二中队更名为'江城市刑警支队重案中队'，任命你为重案中队副队长，副科级，明天一上班就去报到。同时，在全市刑警队抽调人员加强重案队。重案中队负责全市重大'八类案件'的侦办工作。唐尧同志，你有什么意见吗？"

唐尧傻了，他呆看着龙东山好半天不知该说什么。

"问你呢，给个痛快话！"霍兵大声斥道。

唐尧缓过神儿来有点不知所措地说："这个……这个……我能行吗？

我怕……干不好……"

"别整那些没用的!"霍兵道,"痛快点儿,啥意见?"

唐尧知道这是个严肃的问题。局党委已作出决定,他还能说什么呢?他只胆怯了一两秒就朗声说道:"我服从党委安排!谢谢领导们对我的信任,我一定全力干好!"

"哈哈,这就对啦!"霍兵笑道,"这才是你唐尧的性格,这才是我看上的兵!没得说,你好好干,我支持你!"

事情定了,龙东山也放下心来,他开玩笑道:"哎,我说霍兵,你还行啊!你这么小心眼儿、好面子的人竟然不记仇,挺难得啊!"龙东山的话让霍兵和唐尧都是一愣。

"啥?我小心眼儿?我啥时候那样了?"霍兵问道。

"装糊涂!"龙东山很认真地说,"小唐几次把你打趴下、撂片儿,你还真不记仇啊?"

一听是说这个,霍兵哈哈大笑道:"你说这个呀,那没办法!训练场上,你打不过人家有啥办法?我手下的人要是没几个能打倒我的,那我这个头儿是怎么培养接班人的?他们个个都胜过我,我才放心呢!"听了霍兵的话,唐尧心中暗自佩服,也感到温暖,能遇见这样坦荡的领导是他的幸运。严厉、严格、脾气火爆的霍兵,也有他真诚可爱的一面。

第二天,在龙东山主持下刑警支队召开全体大会,会上霍兵代表局党委宣布了对刑警支队重组的决定,并宣布成立重案中队,于良宇和唐尧任正副队长,下设两个重案组,一组由于良宇兼任组长,二组组长由唐尧兼任;具体人员调配会后由霍兵主持调整。唐尧接受任命,起立向全场敬礼。会场上大多数人热情鼓掌,但唐尧发现也有一些人只是简单敷衍,而坐在前排的王明甚至没有鼓掌。

会后,霍兵单独留下于良宇和唐尧,就人员调配征求两人意见。支队的意思是把最好的刑警调入重案中队,不适合的人员调离,并提供了四人候选名单。

对全局刑警唐尧心里还是有数的,他昨晚心里就考虑了候选人。于良宇先发表意见,他说:"二队原班人马一共6人,其中一人因伤不能正

第十五章 如此烦恼 · 143

常工作，他本人也提出调离刑警队。其他4人我看都行，不用调整。外调人员嘛都不错。"他摆弄着手中的候选名单说："霍队，你看是不是这样，重案队要成立两个组，我想一组就原来二队那4个人吧，我带着顺手就不动了，外调人员就让唐队选吧？"很明显，于良宇在玩太极，简单几句就把事儿都推出去了。

唐尧在脑中快速思考着于良宇的话，他想到了这么几层意思：一是二中队原有人员不打乱分组，仍由于良宇带这个组。那么，除了因伤调离一人外，局领导原本调离不适合重案工作人员的意图被否。这样于良宇不必承担骂名，而且人员熟悉，更便于下一步工作开展。二是唐尧要独自承担组建新队伍的重任，人员磨合，战力分配，需要一个过程，这个任务不轻。三是局里提出四名人选，具体选择谁于良宇不过问，选不好人，将来一旦工作开展不力，和他没关系，到时候你唐尧别叫苦；另外，人员选择局里明确是调入三人，而候选名单是四人，四选三，被淘汰的人将来如果知道了落选原因，不论这人是不是愿意到这个又苦又累又危险的重案队工作，都会认为唐尧没看得起他。第四，也是最关键的，于良宇这样选择，明摆着是一组五人，而新组建的二组是四人，人员上少一个。在大要案集中的重案组，缺一个人可不是小事。

这么一想，唐尧心里不免冒出丝丝凉意，看上去温和客气的于良宇心机不简单啊。随即他又想起昨天晚上与迟晓丹QQ聊天时，她叮嘱自己的话：你已走上领导岗位，务必改变思维方式，要提防"人事陷阱"。唐尧当时不明白什么意思，迟晓丹还引用了不知谁说的话告诫他，意思就是"人事即政治"。唐尧不愿过多考虑这些，但心里还是留下了警惕防范的种子。现在真要面对这样的问题，他才意识到领导不是那么好当的。不过，唐尧不是笨人，有了这样的心理准备，事儿还是能想明白说明白的。

于良宇说完，霍兵没直接表态，估计他也是在思考于良宇的话。沉默一会儿，霍兵问唐尧："唐尧，你的意见呢？"唐尧已经想好了，自己刚刚提职，这时候不能讲条件，也没有讲条件的资本，领导把你放在这个位置上，就是让你冲锋陷阵克服困难的。至于选人问题，为了便于将来开展工作，他只能说尽力选择自己认为最适合的人。

于是，唐尧说道："于队的想法也对，二队原班人马不动也好，互相之间都熟悉，协作方便，这个我同意；至于调人嘛，我看这几个人要么是专业毕业，要么是从事刑侦工作多年的老刑警，条件都不错。这几个人有的我了解，有的我还真不太熟。您看这样行不行，我想选两个我熟悉的，其他人选领导们定。"唐尧选择了一老一小，一个是三中队的老刘刘开河，另一个是下派到三河县刑警队锻炼的刘延超。唐尧说完认真地看着霍兵，他发现霍兵嘴角翘了一下表情很有深意，那样子似乎是笑，也好像仅仅是抽动了一下嘴角，他猜不出是什么意思。

霍兵问："刘延超不用说了，各方面都不错，警校毕业，比你低一届吧？原本在局里，下派基层锻炼，表现很不错，名单上也有他，他可以。但刘开河名单上没有，局里打算从三中队抽调的是张海呀。"

之所以这样选择，唐尧也是动了脑筋的。选择刘延超，不仅因为他是自己的学弟自己非常了解，而且刘延超工作有魄力、有冲劲，别看工作只一年多，在几件案子上的表现都不错，也是个好苗子。另外，刘延超曾经几次和他说过想回局里，他觉得市里的案子更多、更重大，办这样的案件才有味道，县里那些小案子根本算不上刑警的活儿。他有回来的意愿，因此唐尧选择刘延超于公于私都说得过去。

选择刘开河意义就深了。唐尧自参加工作就和老刘在一起，老刘为人沉稳，任劳任怨，经验丰富，人品也让唐尧敬佩。这两年老刘一直很维护他、支持他，唐尧初到领导岗位，什么都是新的，他需要一个既能支持他又有经验的老刑警稳定队伍。而张海呢，王明始终把他视为本队的骨干，尽管张海不像其他几个干警那样整天围着王明转，看王明眼色行事，但他在三中队也是牛人，对唐尧常常以前辈自居。这次唐尧提了副队长，张海心里最不痛快，这几天没少给唐尧脸色看。所以，唐尧不能选他。当然，这些都是唐尧心里的想法，不能拿到桌面上谈。

现在霍兵提出了疑问，唐尧就得有个能说得出的理由，他解释道："张海是三中队的业务骨干，原来三中队就很仰仗他，要是调走他，三中队的工作就受影响了，我想王队也不会同意。至于老刘嘛，他很有经验，人也老成，新队伍得有个老将压阵。我想局里选人时没考虑老刘，可能是因为

第十五章 如此烦恼 · 145

年龄的原因吧？我觉得老刘48岁，年龄也不算太大，身体也很不错。希望霍队能考虑一下。"

霍兵向唐尧投去赞许的目光，说道："你考虑得很周到，这两个人我会向局里建议的。至于其他人选和分组安排，也尊重你们的意见，我和局里商量。就这样。"说完，霍兵起身离开。

这个短短的小会，对唐尧可谓意义重大。这是唐尧走上领导岗位的首个官场意义上的会议，他第一次知道了从政不易。如果不是迟晓丹提醒他要时时用官场的眼光和方式处理问题，特别是人事问题，他还真没这意识。

也正因为这个小会，让霍兵对唐尧的认识发生了很大转变。如果仅从业务角度考虑，霍兵认为唐尧做这个副队长没任何问题，他担心的是唐尧年纪轻轻能不能带好一支队伍。开完这个会，霍兵的看法变了。其实，在调人组建重案队并列出名单这件事上，本身就暗含着几个"陷阱"。研究这事时，霍兵就不同意征求于良宇和唐尧意见，更不想在会上宣布这个事儿，他觉得这事就该彭雪松乾纲独断，至多征求一下他和龙东山的意见，但彭雪松坚持这么做。霍兵很怀疑这是彭雪松局长的刻意为之。通过这个小会，霍兵体会出彭雪松这样安排的意味了。也许这就是对唐尧带队能力的一次考察。有三点，唐尧的处理让霍兵非常满意。第一，唐尧能摆正位置，知道隐忍。当于良宇表达了他自己带原二中队的成员为一组时，明摆着二组新建，人员不熟，需要磨合，队伍更难带，而且少一人，但唐尧没有争讲，尊重自己直接领导的意见。能忍耐，有风度。第二，唐尧沉稳自信，知道低调处事。当唐尧拿到名单，领导已经把权力交给他，让他选择部下时，唐尧没有沾沾自喜自作主张上来就把三个人定了。他只是选择了四人中最年轻、资历最浅的一个，这既避免了对几位比自己更有资历的老刑警品头论足，也给领导留有余地。实际也必然如此，虽说让你四选三，但不可能你选了谁就是谁。这说明唐尧懂得低调处事、不张扬，也说明他很自信，不用我自己选人，你派谁来我都能领导好。第三点，也是最重要的一点，就是对老刘的选择。唐尧把自己的位置摆得很正，不盲目、不自以为是。他知道一位成熟稳重的老刑警对一支年轻队伍有多重要，他自信的同时，并没有狂妄自大。当初确定人选时，名单里实际是有老刘的，报到彭雪松那里，彭雪松思考了一下把老刘划掉，填上了张海。当时霍兵很不理解，开完这个会，霍兵明白了，也许如何选人彭雪松早就想好了，他只是要看看唐尧是什么反应。

来到彭雪松的办公室，霍兵把那张名单拍在彭雪松桌上，接着就笑起来。彭雪松拿起名单，看见上面只圈上了刘延超的名字，四人名下却增加了刘开河。彭雪松笑道："刘延超和刘开河，这是唐尧的选择吗？选了一小，增加了一老啊。"

"哈哈，你呀！"霍兵是彭雪松出生入死的兄弟，也是他的老部下，在没外人时霍兵说话很随便，"你料到会是这样的结果吧？我现在才明白你为啥单单把老刘从名单上拿下来。"彭雪松带着深意笑道："看来唐尧这小子有点头脑。于良宇怎么说？"霍兵边说边笑，把开小会的事细细说了一遍。彭雪松认真听着，霍兵说完后，他低声自语道："可堪大用啊！"霍兵也连连点头说："值得好好培养！"

彭雪松笑道："唐尧选的两人就这么定了。另外两人，你看选谁？"

听到彭雪松说再选两人，霍兵一愣，他又明白了一件事，彭雪松不仅一开始就料到唐尧会选择刘开河，也料到了于良宇会选择原班人马自己带队，而且彭雪松原本就没想让唐尧这组少一个人。看来彭雪松真是全力支持唐尧培养唐尧的。他不假思索地说："一中队的宋磊，三河大队的翟新江。"两人都是副科级待遇的侦查员，都在名单上，彭雪松同意。霍兵又建议道："我看是不是两个组都设一个组长？"彭雪松说："可以，二组就这个宋磊吧，他比较全面，干过治安、预审，也干过法治，35岁，也是年富力强。一组谁当，你定。"

"行！"说完，霍兵不无担心地说，"宋磊这小子业务没说的，品质也不错，就是爱钻牛角尖儿，拔犟眼子！"

彭雪松笑道："那就看唐尧这个小领导有没有办法驯服这些老犟牛了！这也是一种历练。"

很快，重案队正式成立，三天时间所有人员到位。这天上午，霍兵特意给重案队开了成立会，宣布人事安排，唯一变化的是宋磊两人的任命不是组长，而是副组长，组长仍由于良宇和唐尧兼任。刑警队二楼全部归重

第十五章　如此烦恼 · 147

案队使用，两个组合用一个会议室；组长有单独办公室，每组其他三人合用一个大办公室，另外还有档案室、材料室。

江城市地处祖国边陲，人口虽只有120多万，但辖区面积不小，有1.5万平方公里，下辖三区五县。这里以农业为主，主要粮食作物是水稻，还有小部分玉米、大豆和小麦。由于水稻面积大，劳动力不足，因此江城市也是流动人口大市，年流动人口最高峰时达到15万多人次，主要集中在春季水稻插秧和秋季收获两个时期。江城第三产业繁荣，外来经商人员也很多，形成了经济发展的所谓"洼地效应"。流动人口多难免鱼龙混杂，控制流动人口犯罪问题一直是公安部门重点防范的内容。

唐尧上任伊始，江城市就发生一起抢劫案。受害人重伤，这样的恶性案件属于"两抢一盗"重大案件，案件的侦破自然落在重案队头上。霍兵有意给唐尧压担子，把案子交给了唐尧的重案二组。

案件并不复杂，被抢劫的私家车车主清醒后立刻提供了犯罪嫌疑人体貌特征。经过分析，唐尧确定是流动人口作案，并根据技术画像立刻锁定了目标，两天后目标被抓获，嫌疑人与画像相似度极高。然而，让唐尧没料到的是，尽管与画像相似，但却不是真正的嫌犯。无巧不成书，真正的罪犯在服务一条街嫖娼时被查夜的三中队抓个正着。嫌疑人各方面特征与重案队调查通报的线索基本吻合，三中队就是按照这个确定的嫌疑人，最后也真就是他，这么一来破案的成果就是三中队的了。重案队没抓到人，前面做的一切都是无用功。案情汇报会上，王明"嗯嗯啊啊"的一顿长篇大论，都是宣扬三中队如何发现线索、如何侦破、如何成功抓捕，对重案二组提供的线索通报一字未提。唐尧心里明镜似的——他给别人做了嫁衣。

初战失利，重案队这些天始终笼罩在压抑的气氛中。于良宇天天阴着脸，二中队原来的几个干警满嘴怨气。唐尧是负责办案的组长，压力最大，尽管前期工作不差，但毕竟没抓到人，功亏一篑。那天，刘延超很含蓄地暗示他，宋磊、翟新江都对他的抓捕安排有意见。队内情绪不稳，外界压力更大。前天在走廊遇见王明，他本想跟王明打个招呼。王明却装作没看见唐尧，然后不阴不阳地指桑骂槐，转头训斥一个干警说："让你装！想露脸呀？怎么把屁股露出来了？！"那干警被训得莫名其妙，唐尧也闹了一肚子气。

工作上烦恼，可以说是烦恼并快乐着，而另一个烦恼，就真的像"这恼人的秋风"了，把唐尧的心境吹得乱七八糟的。

这个周五的下午，局里照例是党员学习。别看唐尧工龄不长，可他的党龄却不短。唐尧在高三时就是预备党员了，据说这个党员身份对他考警校也有帮助。党会后，唐尧最后一个走出会场，刚一出门就被人拉住。回头一看是法医秦明华，唐尧心里暗想不好，秦姨咋这么严肃呢？

秦明华拉着唐尧走到走廊尽头，然后抬起头盯了唐尧好半天。秦明华身高不到一米六，仰着头也矮唐尧半截，唐尧本就心里紧张，这时更得弯腰屈就了。"你跟我说实话，"秦法医说道，"你是不是有对象了？"唐尧心想果然是这事，怎么回答呢？要说没有，秦姨必定会继续她的相亲"大业"；如果说有，那他一直以来用以逃避相亲的借口，就都成谎言了。

见唐尧面有难色，秦明华直接说道："你不用瞒我，我看见有个很漂亮的姑娘来刑警队找过你，是你对象吧？她在哪儿工作，不是警察吧？"

唐尧暗想，看来秦姨是真知道了，不过蓝黛一共就来过警队两次，而且都是在大门口，秦姨怎么看见了？既然知道，唐尧也不想隐瞒，他低声说："她不是警察，还没工作呢。"唐尧直冒冷汗，等着秦姨训斥。

秦明华听了答复忽然笑了，说："好！这就好！"一句出乎意料的话让唐尧摸不着头脑。秦明华抬手拍拍唐尧的肩膀说："我总给你介绍对象那是有原因的，咱们局里年轻小伙子可不少，你见我还给谁介绍过对象？"这么一问，唐尧想可不是嘛，秦姨除了给他介绍对象，好像还真没见给别的什么人介绍过。比如刘延超吧，他跟唐尧年龄、学历、经历都相仿，形象、性格也都不错，可却从没见秦姨给他介绍对象。唐尧挠挠头说："还真没有。您不是看我太帅了吧？"唐尧耍贫嘴。

秦姨笑道："也是个原因。你这孩子方方面面都很优秀，给你介绍个好对象也是应该的。另外呀，你可能不知道，我跟你爸爸也是同学呢。我们都是政法系统的。当年省里有个半年脱产培训班，公检法司四家各抽调两名业务或者技术人员参加培训，在那个班里我们是同学，说起来有二十年了。"唐尧还真不知道有这层关系，看来秦姨这么关注自己还有父辈情谊关系。

"还有一个原因，我是不希望你在公安系统里找对象。"秦明华说，"我在政法系统里干了一辈子，对公安工作的酸甜苦辣最了解。唉，一个家庭要是夫妻俩都是警察，特别是刑警，那日子没法过。"唐尧明白了，他回想秦明华给他提过的相亲人选真是没有政法系统的，特别是没一个公安干警。迟晓丹对他的态度明眼人一看便知，秦明华既然如此关注自己，可她却从来没撮合过他们，原因是在这里吗？

两人聊着下楼，又说了很多话，唐尧实实在在感受到了秦姨那份长辈的关爱。回到宿舍，他还在想着秦明华的一句话，她说："你现在的职位是靠自己的本事得来的，没有取巧，也没走捷径，以后也还要这样踏踏实实走。"然后她又加重语气说："咱就是普通人家的孩子，豪门大户你攀不起。其实呢，攀上了也不见得就是好事，也别指望借那个光。你倒不是那样的孩子，以后也别失了本色。现在你有了对象，我也就更放心了！"这最后的一句实在让唐尧百思不得其解，没高攀谁？跟找对象有什么关系呢？

这句话几天后唐尧大体明白了。

那天，刘延超来办公室闲聊，不知怎么就说起了迟晓丹，他很神秘地告诉唐尧，"小师姐"的舅舅是省公安厅常务副厅长，父亲是省政府某厅的厅长，她母亲是省监狱管理局副局长。听了这唐尧倒吸一口凉气，难怪迟晓丹总是那样居高临下的气势，难怪她对从政的事那么了解，也许是从小耳闻目染的结果吧。

秦明华那句话的深刻含义，唐尧也就基本弄清楚了。看来秦姨不希望自己在警队里找对象，也许是不希望他跟迟晓丹谈恋爱。这说来就让人难理解了，如今人们的想法跟过去有很大不同，"不为名相即为名医"的济世救人的成就观，早就被名利多大、权职多高、钱财多少替代，你多有钱、当多大官成了衡量一个人是否成功的一个重要标志，所以，能有靠山提携无疑是条捷径，多少人想找都找不到呢，如果秦明华真是关爱自己，她怎么又不想自己走这条路呢？

唐尧职位的变化，对很多人来说都是出乎意料的，而迟晓丹的变化，在唐尧看来也是出乎意料的。她出现在唐尧面前的次数明显多了、态度明显好了,脸上的笑容明显温柔了,这"多了、好了、柔了"就让唐尧受不了!尤其是唐尧已经跟蓝黛明确了恋爱关系,再跟迟晓丹有过多交往那可就有"脚踏两只船"的嫌疑了,这是唐尧的"三观"不允许的。可是,他们交往以来,迟晓丹从未明确说过什么,唐尧也就没法明确拒绝什么。

这几天的事真是把唐尧的心境搞乱了。他今天没参加队里的集中训练,独自跑到小树林来是为了锻炼方便,也是想静静心。

## 第十六章　有案来袭

连续数日的阴雨终于过去了，这几天天气晴朗，秋高气爽，不过也应了那就老话，一场秋雨一场寒，气温也跟着降下来，特别是到了夜间更是寒意森森，有了初冬的意味。

徐大鹏这几日心情极好，就像外面的天空一样清朗高爽。这次的境外之行可谓收获颇丰，弄回来的货是他这些年来最多的一次，一年之内不会缺货了。

那天幺六接货回来，他亲自从江边运回交给了尚敏。交给她之后货怎么处理，徐大鹏向来不管。尚敏是把货放在别墅，还是其他什么地方，他没心情过问，他只把自己需要的量，和通过他买货的那两三个人需要的量留够就可以了。在这方面尚敏也从不过多计较，除了提醒他要注意身体少吸之外，基本都是徐大鹏要多少，她就留给他多少，她也不问徐大鹏能赚多少，因为徐大鹏卖出的货确实很少，可以忽略不计。至于安全隐秘这方面，尚敏更不会多说，她最清楚徐大鹏的小胆量，他既不敢挑衅同行，更不可能去挑战公安。

徐大鹏坐在自己米业公司的三楼办公室里，想着该怎么庆祝一下，该好好玩儿一把了。他拿起电话正要打给齐想，另一个电话先打了进来，看了来电显示，徐大鹏扑哧一声笑了，是老聂，他的同学。"真他妈的快成心有灵犀了！"徐大鹏暗想，"老子刚想去玩，他就来电话；老子刚有货源，他就找上门来。"徐大鹏接起电话，粗声大气地说："你小子在哪儿呢？啥事？"

老聂不答反问道："你在哪儿呢？是不是有好事啦？"

徐大鹏嘿嘿一笑说："我在厂子呢。我能有啥好事！"

"这个你也别瞒我，市面上有个风吹草动，我还能不知道？起码有那么几个人的货，是你这里来的，肯定不是'那边'弄的。"老聂说道，"我可正缺货呢，你要是有货不先给我，那可太不够意思了！"

徐大鹏暗想，看来尚敏那边出货了，不然市场上不会有风声。老聂这样的老玩家能感觉出这个也属正常。这方面他不想多说，老聂不仅是自己的老同学、老朋友，也是老客户，既然他有需求了，这不能不理。于是他说道："你来吧，还能亏了你呀！赶紧的，你直接去我北苑那个房子吧，我马上到。"然后，他嘿嘿笑着低声说："我找俩好人，你要是有合适的人也带一个，今天哥们让你好好享受享受。"都是老玩家了，说这老聂全都明白，他欣然接受。

挂了电话，徐大鹏立刻联系齐想，让她在公司门口等他，齐想问干吗去，他只告诉她一起去玩。之后，他又给另一个常玩的女朋友打电话，告诉她在哪里见面，他开车去接她。安排完这些，徐大鹏打开自己的保险柜，从里面拿出几袋白晶晶的东西装在手包里，然后喜滋滋地离开办公室。

徐大鹏当然不会告诉尚敏自己要做的风流事，但他实在应该告诉她另一件事，就是有人已觉察到市场上的风吹草动了。

江城市商业区有一条南北延伸千米的商业街，这条街被迎宾路从中间分成南北两个区。南区的路两侧以饭店为主，各色风味不同的酒店、饭店鳞次栉比，不仅布满临街，也向东西两侧延展，进到巷子深处就是各色烧烤小吃的天下了。北区恰是另一番景象，那里以歌厅、舞厅、茶室、洗浴为主，每到晚间，人们在南面的酒店、饭店喝完酒吃过饭，就来到北区，或者唱歌消遣，或者品茶风雅，或者洗浴松爽，各自选择自己的娱乐方式，释放一天的烦恼，排解一天的疲惫。这时的北区灯红酒绿，热闹非凡，欢乐的场面常常是通宵达旦。

在北区的中段，临街有座装饰得古香古色的四层楼房，显得格外瞩目。楼的屋顶是复古的琉璃瓦覆盖，青房檐、紫窗户、朱红门、红立柱，全楼

第十六章 有案来袭 · 153

无不透着古朴典雅的气息。在二楼的碧瓦朱檐下，一块黑底金字的牌匾上面龙飞凤舞地写着"香醇茶品"四个大字，这里是一家卖茶、亦可品茗的茶楼。

走进楼门，一楼是卖场，主要卖茶品、茶具；四面墙边都是货架，上面是各色的茶具、各地的名茶。厅里靠东侧有五张不大的茶台，一望便知，那是供顾客品茶、试茶用的。二楼和三楼是一个个单独的日式茶室，有二三十间的样子；茶室用拉门隔开，里面是茶座，有榻榻米式的，也有茶座式的，这是喝茶品茗的场所。很多人到此除了品茶，也是喜欢这里幽静淡雅的环境，可以静静地谈事休息。当然这里也有更特别的服务，那就不是一般人可以享用的了。

四楼是办公和宴客的地方，有办公室、茶室和休息室，这些都是一般客户不能进来的。尤其是休息室，那是只有贵客才能进的。

现在，四楼一间雅致的茶室里两个人正在饮茶。茶桌上一个电磁炉上坐着的煮茶器里正煮着茶，沸腾的墨红色茶汤飘出淡淡的茶香。坐在正位的人拿起瓷勺盛满茶汤，给对面的客人斟满。"来，兄弟，尝尝这十五年的熟普，到这个节气该喝点儿工夫茶了！"

对面的兄弟端起杯吹了吹，待茶凉一凉能入口了，他一饮而尽，之后笑着说："鹏哥，你现在是越来越讲究了。夏天喝绿茶，冬天喝红茶、普洱茶，跟着季节走啊！"

这个叫"鹏哥"的人笑道："还真是这样。今天咱就先喝着普洱，一会儿我再给你沏壶滇红！"

"都说近朱者赤，近墨者黑，我再加一句，是不是近茶者也雅呀？我觉得鹏哥现在是越来越文雅了。"

鹏哥放下手中的茶杯，抬眼看着他的兄弟，他突然从一百多里外的江边跑到市里，不只是来看看他那么简单，他刚刚的话似乎也含着深意。看着自顾喝茶的兄弟，鹏哥说："我看应该再加一句，近钓者静！是不是戈子？前些年我劝你培养个兴趣爱好，推荐你学钓鱼，钓了这么些年，你觉得自己能静下来了吗？"

戈子一怔，随即哈哈大笑起来，说："鹏哥就是鹏哥！我说你近茶者雅,你就说我近钓者静。呵呵,不过你说得也对,咱们都一样,怕是都很难改了本性,能修修补补就不错了。"戈子收住笑认真地说道:"我听从你的建议,钓鱼有五年了,还真别说,我现在真是能坐住了,也找到了钓鱼的乐趣。所以,需要我静下心来钓鱼时,我真能静下来!"

"那就是说,需要静时能静,需要动时就能动!"鹏哥别有深意地说道。

戈子抬眼看着鹏哥,见他依旧一副波澜不惊的样子,是呀,鹏哥这些年来始终这么稳。他回道:"跟你比,我还得修炼,你一直就是该雅时极雅,该粗鲁时最粗鲁。"

鹏哥开始准备新茶,他真要给戈子泡红茶尝尝。"说吧,你那么远跑过来,不会没事儿的。"然后他沉声说道,"你是静得久了,要'动'一下吧?你要动的是谁?"

戈子并不惊讶鹏哥能猜到他的心意,鹏哥一直都这么睿智。他直接说道:"鹏哥,你没发现最近市面上有些不对劲吗?"戈子不信鹏哥坐镇市里,他会听不到风声。

鹏哥喝口茶,慢悠悠地说道:"我当然知道。有人在出货。"

"知道是谁吗?"

"徐大鹏,一定是他!"

听着鹏哥如此肯定的话语,戈子一脸惊讶,说:"你这么确定是他?为什么不会是别人?"

"呵呵,这太简单了。你只要静下心来一想就能猜出来。"鹏哥悠然品着茶说,"市面上出现的波动,只影响了江城,连离我们最近的佳市都没什么反应,这说明,一是这个操手没多大能量,也就限于咱们这几个县区。二是说明这个发源地应该出在我们本地,不是从上游省城那边扩散过来的。那不就很清楚了,既能掀起一些风浪,又弄不出什么大动静,在江城还能有谁?"

戈子叹服,说:"是这么回事,看来只能是他。那你打算咋办?要不要……"他举手竖起食指向头上指了指。

鹏哥摇摇头说:"先不用惊动大哥,我们再看看情况。不过,我觉得这小子跟以往好像不太一样,以前他小打小闹正好给咱们挡挡风,大哥也

第十六章 有案来袭 · 155

不跟他计较。可这次也就三五天时间，连你那里都有感觉了，说明他们这次的货源很足。这就奇怪了，展鹏海都倒了，他哪来的渠道？这个得好好查查，别冒出个对手来咱们还浑然不知。"

戈子哼了一声说："他还没那个本事。我这次来找你就是要说说这个货源的事。哥，我怎么觉得你那个当'备胎'用的小子，好像不大对劲儿呢？"

鹏哥一惊，说道："他怎么了？你这次特意跑来不会是因为他吧？"看着戈子带着深意点头的样子，鹏哥接着说道："真是因为他！他有什么不对吗？"

"前几天他跑了一次江。"戈子一句话就让鹏哥惊住了。

"你说什么，幺六跑江了？怎么可能，谁给他联系的？难道是徐大鹏？"鹏哥忽然明白了什么似的，他倒吸口凉气说道，"徐大鹏肯定没有上游的货源，市场上出现的新货也跟以往没什么不同，说明他的货还是从洪哥那边过来的。是的，是的，他前几天确实去了一趟哈巴。"说完，鹏哥陷入沉思。戈子见自己的意图已达到，他不再说什么，自顾喝茶。

鹏哥思考了好半天才说道："如果徐大鹏真是从幺六这条道儿上进来的货，那就出大事了。看来你是该'动'一下了！"

戈子笑道："咋地？哥这回也想'粗'一把？"

黄昏时分，幺六江边的小土房里迎来了两位客人，一个是他的发小，另一个他不认识。见两人提着烧鸡酒菜进来，幺六慌忙下炕招呼两人坐下，说："鹏子，你咋来了？有事儿打电话不就得了！还跑一趟干啥。"

鹏哥笑道："也有一段时间没见你了，来看看你。你就是特立独行，村里有自己的好房子不住，偏偏住这破地方。"他环顾了一下屋子，继续说："还是这么干净，这屋子让你收拾得，真不像个光棍汉的家！"他冲幺六一竖大拇指。同来的人把手中的饭菜放在炕上，幺六见状连忙把靠墙立着的桌子支起来，把东西摆在桌上。见幺六去橱柜取碗筷，来人把菜一样样取出来摆好。幺六请两人坐，见塑料袋里的菜除了烧鸡就是炖茄子和木须柿子，都不像是饭店做的菜。他也不多问，又从橱柜拿出中午自己做的一个炒黄瓜凑成四个菜,他洗了手也坐在桌旁,把鹏哥带来的烧鸡撕开。

鹏哥拿了碗一边倒酒,一边说:"去三河办个事,本来没想到你这里,路过八岔时,寻思离你这儿那么近了,来看看。也没买啥菜,八岔那里也没啥好吃的。随便买点就来了。"

幺六笑笑也不吱声,吃喝不重要,能见面就好。他坐在炕边,鹏哥坐在他的对面,同来的戈子背对着门挨着幺六坐。鹏哥给幺六介绍:"这是戈子,我兄弟。"然后他看着戈子说:"你们也认识认识,都是好兄弟。幺六是我一个村子出来的发小,我俩那可真是摸着屁股一起长大的!"戈子呵呵笑道:"早听你说过。曹哥好!"他向幺六伸手,幺六摊开手示意刚撕了鸡手上有油,就不握手了。

鹏哥把一碗酒推到幺六面前说:"知道你极少喝酒,今天破个例,喝一点。我知道你有酒量,平时就是不喝而已。"

幺六摇头笑笑说:"还是别了,我不想喝。"

"哎,净扯!跟别人不喝,跟我不行,一年就这么一次,你别跟我装假。"

幺六笑道:"从小你就霸道惯了。行,今天喝点儿。"

"这就对了嘛!哈哈,来走一个!"说完,鹏哥端起碗跟幺六碰一下喝了一大口。幺六一口喝了半碗,鹏哥见了,笑道:"这么大口干吗?喝急酒伤胃。"

幺六说道:"一口是辣,两口也是辣,还不如快点喝。"

三人一边吃饭一边说着闲话,但十句中倒有八句是鹏哥说的,幺六说不上一句,他本就不是个爱说话的人。

外面天已经黑了,幺六并不见鹏哥开车来,他暗想,难道他们要住在自己这里?不可能,鹏子一定有事。他不禁问道:"鹏子,你来是有啥事吧?"

鹏哥笑笑说:"还真有个事。"他拿出烟分给幺六一支,然后给他点燃,说:"这一年没少麻烦你,感觉咋样?今年也得有个七八万的收入吧?"

幺六点头说:"七万。"

"你感觉我给的是不是少了点儿?"

"不少了，不少了！"幺六摇手说道。他说的也是实话，但他也知道，如果这个活儿只交给他一个人干，那他的收入至少还能翻倍，他不明白鹏子为啥把大部分的活儿都交给那个傻家伙，而自己只是偶尔跑一两趟。

鹏哥嘿嘿笑了两声说道："不嫌少，那前几天你干吗给别人跑江挣外快？"话中有一丝埋怨的意味。

幺六一惊，他明白了，上次给徐老板跑江的事鹏子知道了。但他早有准备，答道："这事你不知道吗？对面可是挂旗了呀！他那边联络是三角红旗，咱们这边是方形红旗，这个要是对不上，我哪能下江？"鹏子惊讶地看了看戈子，然后才转向幺六说："是这样啊！那这边找你跑江的是谁呀？"正说着，戈子插话说："你们哥俩聊着，我出去方便一下。"鹏哥也没看他，挥挥手示意他随便。

幺六答道："一个姓徐的老板，说是跟你一样也叫大鹏。"

"哈哈哈，是他呀，徐大鹏！这臭小子！"鹏哥笑得有些岔气，"他给了你多少钱？"他突然问了一个尖锐的问题。

幺六立刻噎住了，他没法跟鹏哥说给钱的事。他们有过约定，他只能给鹏哥跑江，这次不管是谁来，不管对面的联络看上去怎么合理，他事前都应该打电话跟鹏哥说一声，也是报告一下。

这时戈子背着手从外面进来，鹏哥又端起酒碗跟幺六碰了一下，他笑着说："没什么大不了的，不就几十条鱼嘛！"

幺六苦笑一下说："事前跟你打声招呼好了，下次……"

砰！话没说完，幺六感觉后脑一沉，立刻天旋地转，之后就再也没有醒来。

戈子果然是好"动"之人。

28日清早，村民钱丰和弟弟钱禄、钱福三人，扛着木锹、扫帚从家出来，他们出村西头抄近路去兀格村的晒场，他们家刚刚脱谷的黄豆今天要摊开晾晒一下。三人走西头再向北翻过一个小岗就能到兀格村的晒场，这样可以少走很长一段路。

路过村西独户那个怪人的土坯房，三人看见屋门大开，里面却不见人。

钱福好信儿左右看看，仍不见人影，他又向江边俯看了一眼。"咦，不对呀！"钱福叫住俩哥说，"哥，你们看下面那网箱里，咋好像漂着啥东西呢！"三人快步向江边走去……

上午8时，三河县刑警队接到八岔乡派出所的报案，在江边一户人家的网箱里发现一具男尸，死者是本乡兀格村村民曹炳坤，看样子像是溺水身亡，请求刑警队出警处理。

刑警中队队长何文立刻向局里作了汇报，然后通知全队集合赶往位于八岔乡方向的乌苏里江畔。何文知道一定要做尸检处理，他特意安排人立刻联系局里的兼职法医——县医院的外科医生老麻，告诉他做好准备，警车半小时后到医院门前接他。

半小时后，刑警队全员准备完毕，技术组人员也已到位，何文命令出发，他带队直接去现场，技术组人员的车拐到医院接麻医生。

到了江边的现场，何文远远就看见有一群人围观，他不觉皱眉，暗想要坏事，现场肯定被破坏了。果然，当他走进核心区时，一眼看到遍地是脚印，他不觉气不打一处来，见一个协警迎过来，他怒气冲冲地说道："老罗呢？你们这是怎么保护现场的！"

协警年纪也不小了，他苦笑道："罗所长去村里走访了。不瞒您说，您现在看到的现场是啥样，我们来时就啥样。早起三个村民发现了尸体，叫来一帮人帮忙把人弄出来，他们不知道人是啥时候掉进去的，还寻思能不能救过来呢。所以就……"

"所以就跟一群牛走过去似的？这还能勘查出个屁来！"何文怒道。正说着，八岔乡派出所所长罗宏志走过来，见何文一脸怒气，他立刻猜到原因了，说道："文子，别生气，村民们不明白，他们也是好意。"面对老资格的罗宏志，何文没法发火，问道："死者是什么人？"

"是兀格村的一个村民，叫曹炳坤，三十六七岁，老光棍子；是个打鱼的，也有点地，租给别人种了。"

"兀格村的？"何文带着疑惑问道，"离这里还挺远呢，他怎么会淹死在这里？"

罗宏志指着身后的小土房说："我询问了村民，他们说这人虽是兀格村的，但除了冬天都住在这里，离江边近，他打鱼方便。"

两人走到尸体前，何文掀开盖着的白布看看，老罗在一旁说道："我简单看了一下，后脑有磕碰伤，口中有酒气，死前一定喝酒了。"

"你怀疑是酒后失足落水？"

"有这个可能，等法医来了看看尸检情况吧。"

何文点点头说："行！等法医来再研究尸体。走，咱们到他住的房子看看去。"两人向江畔那座独立的小屋走去。

进了屋，何文目测一下，屋子至多20平方米，他看到炕边有一张桌子，桌上摆着四样菜，一只烧鸡吃得稍多一些，一盘茄子还剩不少，另一盘是木须柿子，吃了不到半盘，还有一盘炒黄瓜片，看样子像是剩菜。从吃菜量上看也就是一人在吃饭。桌上有一个酒瓶，何文俯身看看，是60度的北大荒白酒，已经喝了大半瓶，不知道是死者一次喝的，还是喝酒前瓶里就不满。何文暗想，如果是满瓶酒，那这人至少喝了七八两白酒。他看到桌上只有一副碗筷，也没有酒杯，他戴好手套端起碗闻一闻，碗中还有淡淡的酒味，看来死者是用饭碗喝酒的。何文目光离开饭桌，桌边没有其他座凳。他转头看向墙边，看到那里有三把塑料凳子摞在一起，这也是屋中仅有的几个座凳，它们并没放在桌边。看来死者就是一人独饮。

简单看了屋中的情况，何文喊技术人员进来，一个干警说技术组还没到，还要等几分钟。何文无奈地摇摇头，他知道肯定是麻医生又耽误时间了。他不想多说，立刻安排其他刑警勘查现场，做能做的事，同时他委托罗宏志这两天帮他走访调查村民，查死者社会关系情况。他知道老罗所里人手少，特意指派一名干警配合老罗调查。

十分钟后，技术组的车到了，技术组两人陪着麻医生走过来。何文看着挺胸鼓肚一步三晃走来的麻医生，不觉皱眉，罗宏志则是把目光转向别处，根本不看他。

麻医生走到跟前，说道："我说何队呀，这环境条件让我来这儿干啥？这又不能做解剖，不具备条件呀！我看还是把尸体拉回县殡仪馆吧。"

何文耐着性子说道："怎么也得到现场看看吧，初步的尸体检查还得做，你不看看现场环境，对有些伤情什么的也不好判断吧？"

"好吧,既然来了那就去看看。"麻医生勉强同意,但还是摇着手说,"没必要的事,真是没必要的事!"说完朝尸体停放的位置走去,何文无可奈何地跟过去。

到了江边放尸体的地方,麻医生没直接看尸体,而是朝江边的网箱走去,到了江边向一个干警询问了一些问题,简单看了现场后,他又回到尸体旁。麻医生掀开白布,解开死者的上衣,看看死者胸部,然后翻一下尸体,又看看后背,说道:"何队呀,这人死了至少20个小时了。"他指着死者胸前的尸斑说道:"尸斑已经出现,压一下不消失,尸斑已经固定了。这人淹死时是俯卧的,在网箱里也没翻动,所以尸斑都在前胸,后背没有。"

"你觉得是溺水身亡?"何文问道。

麻医生一脸肯定的样子说:"肯定是淹死的!"他压一压死者胸部,又看看腹部,说:"是呛死的,没喝进去多少水。你看我这一压,他口中也没流出水来,反倒是鼻子里有淡淡的血流出来,可以判断是水一下子呛坏了肺,不然不会出血。"

"能判断出具体死亡时间吗?"何文说道,"是不是量一下尸温?"

麻医生不屑地摇摇手说:"外行话!这时候量尸温有啥用?回去量也一样。再说了,现在室外温度这么低,又是淹死在水里,尸温的参考价值不大。"接着,麻医生开始科普法医学知识:"这人啊,死了之后常温环境下,前10个小时每过1小时,体温下降大约1度,再往后差不多每隔1小时降半度。但是在这样的室外条件下,又是死在水中,就很难判断了。还有这个尸僵……"听着麻医生喋喋不休的炫耀,何文暗暗摇头,其实他知道,老麻的法医水平也就马马虎虎而已。

麻医生虽然嘴上说检测尸温意义不大,但还是拿出温度计插入死者肛门,测试了尸温。测完也没对何文说具体是多少度,他看了看手表,用很肯定的口吻说道:"以我的经验判断,除去室外温度的影响,死者死亡时间应该在15至20个小时左右,也就是他的死亡时间应该是在昨天下午5时到晚上10时之间。不会超出这个范围。"

何文没法接他的话茬,他说:"我刚刚在屋中检查,看到桌上的饭菜是昨晚的,他应该是昨晚吃过饭之后来到江边,不知怎么就掉水里了。他屋里的饭桌还没收拾……"

还没等何文说完，麻医生接口说道："这正是我要说的第三个问题，死者喝了酒，而且喝得还挺多！"

何文一呆，暗想，看来麻医生还是有一套的，没见他怎么细看就知道死者喝了酒，而且还知道没少喝。看着何文惊讶的样子，麻医生得意地说："我闻了闻死者的口部，闻到一丝淡淡的酒精味，在水里泡了这么长时间，又是在这样空旷环境下，还能闻到酒味，那他昨晚少喝了才怪呢！"说完，他向何文摆摆手说："何队呀，我看就把尸体拉回去吧，具体尸检的事回县里做，这里肯定不行。我回去做尸检，你们呢，该在这边勘查就勘查，咱们两不耽误。"何文想也只能这样了，不然他在这边也不会干活的。

何文安排车来运送尸体，指定一名技术干警配合麻医生，之后他带着队员继续勘查现场。罗宏志则带人去了解死者的社会关系等情况。

第二天，也就是10月29日的上午10时，何文得到麻医生的尸检报告，认定死者因饮酒过度，失足摔倒撞伤了头部后昏迷，掉入水中溺水身亡。尸检的结果何文无法推翻，他只能接受。

对死者社会关系的调查，也没什么特别发现。曹炳坤离异多年，前妻和孩子不知现在何处，他一直独自生活。社会关系上只了解到他与一个在佳市的表姐有来往，这个信息是罗宏志在兀格村曹炳坤邻居那里得到的。罗宏志在曹炳坤的手机中找到了表姐的电话号码，并打电话向她通报情况，他表姐表示会马上赶来处理后事。从两个村村民的调查情况看，村民对曹炳坤的了解不多，他本人基本不跟村民来往，是个很孤僻的人。调查中未发现死者有什么仇人，也未见他与什么人有过冲突。

面对这样的状况，何文一时无措，不知该如何开展调查，于是他向县局领导请示，县局决定向市局汇报，并请求市局支援。

霍兵在29日下午接到三河县刑警队的报告，了解到县里出现疑难案件，他立刻组织刑警支队召开会议，支队三个中队的正副队长都参加了会议。霍兵介绍完情况，唐尧立刻主动请缨要去三河，前几天失误造成的阴影，需要打个翻身仗才能扭转过来。还没等霍兵表态，王明先说话了："还是我们去吧！沙，这个，一个失足溺水的案子，是吧，虽说有些疑点，这个，也不算什么重案，就不劳重案队出马了！沙，我看唐队长就不用去了吧，在家里练练队伍，沙，总结总结，等有了更重要的任务你再出手，再立功，这样案子就我们这些老家伙去吧，是吧！"

见王明这么说，霍兵一时不好说什么，三中队刚刚破了那个抢劫的案子，正是风头正劲的时候，也不好打击他们的积极性。于是，霍兵拍板说："那好！就王队带着三中队去吧。会后一刻也不要耽搁，立刻赶往三河！"霍兵向来雷厉风行，王明当然了解，他立刻说道："支队长放心！沙，会后我们立刻动身，是吧，今天晚上争取拿出明确结果！"

唐尧无奈，既然支队长已做了决定，他也不好再说什么，但刚刚王明的话分明是有所指的，还说让他总结总结，想想这话就让唐尧犯堵。总结什么？总结一下你三中队怎么捡了个便宜吗？

会后，王明并没与法医和技术组联系，直接就带着张海和三中队的另外两名干警赶往三河。到了三河也不知道王明是如何开展调查的，到晚上10点，他用电话向霍兵通报情况，认同三河县刑警部门的结论，确定死者是失足后溺水身亡。第二天上午他们就赶回市刑警支队向霍兵汇报具体情况。

但这时霍兵已无暇顾及这个案子，另一起重大案件已经发生了。

第十六章　有案来袭

# 第十七章　案发502

这几天天气都很好，但唐尧的心情却难开晴，尤其是昨天下午的事，王明的话让他郁闷的心情又增加了一份压抑。几天来，他都没参加队里早上的训练，都是一人跑出来到小树林独自练拳，他需要好好调整一下，平复自己的心情。他明白自己已不是一个普通民警，他带领着一支队伍，身后有四个人在看着他，作为领导，他的坏情绪会波及整支队伍，不能因为自己的心情不佳影响工作。

唐尧知道，眼下急需一场胜利摆脱当前艰难的处境。

练完拳，唐尧依旧是慢跑着返回警队。他穿过平房区，向前面楼区跑去，这样慢跑再有七八分钟就能回到队里。唐尧看看表才6点半，路上不见几个人影，在这清爽寂静的早晨难得独享安宁，他放慢脚步打算走回去。

走到楼区，唐尧忽然看见前面第二排楼角转出一个人，那人跌跌撞撞迎面跑来，像喝醉了酒又像在逃避什么。唐尧感觉不对劲，他加快脚步迎上去，目光警惕地盯着那人。更近了，唐尧忽然认出那人是小新，是蓝黛闺蜜丫丫的男朋友曲志新。唐尧暗想，这么早他怎么在这里？他迎上去叫道："小新！你怎么啦？这么早在这儿干吗？"

听到唐尧的叫声，小新一惊，转身就跑，跑了两步又停下来回头看向唐尧，似乎刚刚认出他。小新目光散乱迷茫地说道："是唐哥……"他向唐尧走了两步之后一跤摔倒在地。唐尧觉得小新有些神志不清，就像吃了迷药一样。他赶紧跑过去扶起小新，一边摇晃一边喊着他的名字。好半天，曲志新才悠悠醒来，他费力地伸手指指身侧后的楼房，断断续续地说：

"快……快去，丫丫……丫丫在502……三……三，去救……救……"说完头一歪昏了过去。

唐尧托起曲志新的头正要掐人中，他这才发现小新满手是血，唐尧大吃一惊，同时他闻道一丝怪怪的味道，那种气味似乎是冰毒燃烧后释放的那种特有的怪味。

唐尧断定发生了重大事情了，他轻轻放下曲志新，拿出手机打给宋磊。宋磊的手机半天没人接听，唐尧判断他们还在训练场训练，于是他打给老刘。电话立刻通了，他吩咐老刘转告队里三人有案子，让他们分乘两辆车立刻赶往现场。告诉具体位置挂了电话，他俯身再次扶起小新。

不到十分钟，两辆警车快速驶来，在唐尧身前戛然停住，宋磊第一个跳下车急急地说道："唐队，怎么个情况？正训练呢，没听见手机响。"

唐尧点头说："我猜到了，没关系。"之后，他立刻布置任务说："新江、延超你俩送人去医院，他清醒后马上做笔录询问情况。"翟新江答道："好！这事交给我们！"见两人在老刘的帮助下把曲志新抬上车，唐尧又嘱咐道："提醒医生，可能是吸毒过量。"翟新江一惊，点头应着然后驾车驶离。

见警车走远，宋磊看着正向四周观望的唐尧问："唐队，我们干啥？"他心里有些不解，不就是个吸毒过量吗？干吗这么兴师动众的。

"有案子，很可能是命案。"唐尧严肃地说，"走，我们去找案发现场。"说罢转身朝前面第二排楼房快步走去。宋磊和老刘赶紧跟上，宋磊仍有疑惑，问道："命案？怎么判断的？"

"你没看见刚才那人满手是血吗？他身上没有伤，晕倒前说了'502'和'3'这两个数字。你怎么判断？"

宋磊略一思考说道："三单元，502室。"唐尧没回答，他已经迈进了第二排楼的三门洞，那栋楼正是曲志新跑出来的楼。三人快速爬上五楼，左手边也就是东面的一户是502室。唐尧打量一下，见502室的门虚掩着。唐尧示意宋磊两人放轻动作，他靠在墙上轻声问老刘："都没带枪吧？"宋磊低声回答："没带。平时不让带枪，这么早也没法去领。"话中明显带着怨气。

唐尧左右看看，恰好楼道里有一个断把儿的拖把，他立刻捡起来踩掉拖把头，把木把儿拿在手上。做好准备后，他示意老刘拉开虚掩的门。唐尧第一个冲进去，宋磊紧跟着快速闪入。

这是一间三室一厅的房子，屋内装饰简单，家具很少，客厅只有一排沙发和几把软背椅。屋里静悄悄的，室内淡淡的如烟香似的气味非常明显。唐尧伸手指指南面一个房间，示意宋磊进去检查，他自己则小心翼翼地向北面那间卧室走去，老刘守在外门口。卧室门半开着，到了门口唐尧把门慢慢推开。

卧室里只有一张大床，一个全身赤裸的女性俯卧在床上，一眼就能看到背上的刀伤，那伤口还在流血，身下床单被鲜血染红了一大片。地上一个只穿了衬衣的男性仰面躺着，身下也是血流满地，那血迹尚在流动。

唐尧没再往里进，他转身招呼宋磊，刚才他已听到宋磊检查南面房间"没发现情况"的报告声。宋磊走过来，唐尧说道："命案！一男一女，两人死亡。"宋磊吃了一惊，他要进去看看，唐尧拦住他说："赶紧通知技术组到现场，向于队汇报情况。我先检查一下，一会儿你们再进。"

宋磊打电话汇报，唐尧低头看看表，日期是10月30日，时间是早上7点7分。他深吸一口气，再次走进卧室……

11月1日上午9时，"10·30"案件第一次案情分析会在重案队会议室召开，彭雪松、龙东山、霍兵参会，重案队全体、技术组人员和一中队、三中队队长也都参加了会议。会议由霍兵主持，他简单说明情况后，由唐尧通报案件勘查情况。

唐尧第一次以这样的身份参会发言，尽管会前做了准备，但心里还是有一些紧张。简单介绍如何意外遇见曲志新，并判断可能发生案件后，他开始介绍案发现场情况。

"30日早晨，在我市北苑小区A区4号楼三单元502室，发生一起重大杀人案。现场发现一男一女两名死者，都是利刀致死。"唐尧略一停顿，然后开始介绍现场勘查和死者情况，"通过调查，死者身份已经确定。男性死者，名叫徐大鹏，38岁，本市三河县人，现从事稻米加工业，在市郊工业开发区有自己的金谷米业有限公司。经了解，这个人很会做生意，公司经营效益良好，年利润通常都在300万元左右。但每年有这么高的收入，他外欠却不少，我们了解到他欠银行贷款2100万元左右。徐大鹏有吸毒史，这些年始终没断。在1998年因吸毒被行政拘留过15天。另一名死者叫闫睿。"说到这里，唐尧心里不免一沉，昨天蓝黛悲痛欲绝的样子立刻浮现在眼前："闫睿，女，22岁，我市丰途大厦的记账会计，与上面提到的曲志新是恋人关系。闫睿就是前段时间涉嫌走私、现被刑拘的原海关副关长展鹏海的女儿，闫睿是随母姓。"

"从案件性质看，我们暂时判断，这是一起因聚众吸毒引发的恶性杀人案。"唐尧在定性上还留有余地没有叫准，原因是会前队里讨论没能形成统一意见。他放下手里的汇报材料说："我发现曲志新的时候，他神志不清，很虚弱，昏倒前只是断断续续地跟我说'快去救丫丫，502……3'，还指了指身后的4号楼。我们根据这些线索找到了4号楼三单元502室案发现场。曲志新当时的状况和他口中的气息，使我怀疑他可能是吸毒过量，后来医院的诊断也证实了我的猜测。经过两天治疗，曲志新有所好转，他身上没什么伤，只是精神上受了刺激，还没法录口供。他那里的情况，让新江说一下吧！这两天他一直守在医院。"唐尧在汇报中没提及和小新、丫丫相识的事。

翟新江开始汇报："我们在30号早上7点20分把曲志新送到了市第一医院。曲志新，男，24岁，在市税务局工作，没有前科。救治时，因为唐队事前判断他可能是吸毒过量导致昏迷，所以医生的抢救措施很有针对性，他很快就醒了，到上午10点已经能讲话。但他似乎受了很大刺激，语无伦次，有时还很狂躁，嘴里不是喃喃地说：'丫丫，我对不起你'，就是喊'我要杀了你，我要杀了你'。因为他情况不稳定，现在我们只能派人24小时看护，还不能对他作询问。后来我们了解，'丫丫'就是死者闫睿的乳名。去医院路上，我们注意到曲志新右手的血迹，到医院我们第一时间取了样。后来证实血迹不是曲志新的。曲志新血型是A型，他手上的血迹是AB型。这个也找到了对应，与死者徐大鹏的血型吻合。另外，曲志新血液化验发现了甲基苯丙胺成分，就是俗称的'冰毒'，含量达到了420多毫克。我们知道，对于未产生耐药性的人来说，吸食超过30毫克冰毒就可能导致中毒，这么大量，难怪他精神恍惚，神志不清。曲志新的情况暂时就这些。"

翟新江汇报完，唐尧示意宋磊也说说现场勘查情况。其实现场勘查主要是唐尧完成的，但唐尧想给自己部下一个表现的机会。宋磊早就跃跃欲试了，他说："我说说现场勘查情况。两名死者都是利刃伤致死。徐大鹏身上有四处刀伤，一处在胃部，从痕迹上看，刀伤是从右向左的划伤，入刀重，越到后面越轻，伤痕越浅；第二处在右肩下，深度4厘米；第三处在左大腿外侧，是刺透伤。这三处刀伤虽然会造成一定的失血，但都不是致命伤。致其死亡的是左胸的刀伤，直接刺中了心脏。徐大鹏右手有明显的血迹，经化验这是他本人的血。女死者闫睿身上只有一处刀伤，刺中心脏，需要注意的是，她的伤口在左后背，也就是说，是从后背刺中心脏的。从刀伤看，应该是死者趴在床上时被刺中的。"说到这里，宋磊有意停顿了一下，他希望有人提问，但几位领导都在认真听，他只好继续介绍情况。

"现场有一把单刃匕首，发现时插在徐大鹏胸口。这把刀宽1.5厘米，刃长22厘米，非常锋利。经法医鉴定，两名死者身上的刀伤均为这把刀所致。刀身、刀柄上有血迹，经鉴定是死者徐大鹏的。刀柄上发现一枚指纹，经核对是曲志新的。我们调查确认，这把匕首是徐大鹏的，他公司的副经理也证实，这是前年他和徐大鹏驾车到内蒙古旅游时买的一把蒙古刀。"

"尸检的结果也出来了。两名死者体内都含有大量的冰毒成分。徐大鹏是630毫克，闫睿510毫克，都严重过量。从这个量上也可以看出两人都是长期吸毒，已经产生了很强的耐药性。勘查现场时，我们在502室能闻到明显的毒品烤吸的重金属气味。在南侧的卧室发现一小袋冰毒和两袋'摇头丸'，室内发现了烤吸毒品用的锡纸和4个自制的流吸瓶。可以确定，死者应该也包括曲志新都在502室吸食过毒品。"

听到这里，彭雪松问道："能确定是几人吸食毒品吗？就他们三个？"

"这个……暂时确定是三人，还得进一步查……"

"怎么进一步查？"彭雪松追问了一句。宋磊第一次做这样的发言，他稍有慌乱，只说了一句："我们继续勘查现场，了解被害人社会关系。"

"还有什么吗？"龙东山也在一旁严肃地问了一句。

宋磊摇头说："我这儿就这些了。"

唐尧接口说："我认为参与502室吸毒的人，应该不少于4人，也可能更多，所以还应该有一至两人，而且女性的可能性大。"

彭雪松抬头看了看唐尧说道："说说你的理由。"

唐尧说："有两点：第一，从死者闫睿尸检结果看，在她体内发现了两个男人的精液，一个是A型血，一个是AB型。根据以往抓获吸毒人员了解的情况看，这些人吸毒后会出现很多症状，比如兴奋、幻觉、狂躁等等，还有就是，一些人吸毒后会出现性亢奋，出现滥交现象，这也是吸毒者男女混杂聚众吸毒的原因，这件案子我判断也是这样。闫睿体内的两种精液血型，与死者徐大鹏和曲志新的相同，要确定是不是他们的，还要等DNA进一步检验。如果确定就是这两人的，那问题就出来了，闫睿是曲志新的女朋友，我想在他们没吸毒还是清醒的时候，曲志新不会想不到吸毒后会出现滥交的情况，他不可能让自己的女朋友成为徐大鹏的发泄对象，因此他们各自带着女友一起吸毒的可能性比较大。从这一点分析，应该还有其他女性。第二，从吸食毒品的用具上看，有4个流吸瓶，都是刚刚使用过的。如果是三个人吸毒，两个瓶就够，用不着4个。从毒品品种上看有两种，分别是冰毒和摇头丸，曲志新和两个死者血液中发现的都是冰毒，没有摇头丸成分，也就是说，他们三人都没吃摇头丸。而现场发现的装摇头丸的小塑料袋是两个，且都打开了，一个里面是5克，还挺满的；另一个里面只有两粒，而这两个袋儿至少都能装7–10克，可见有人拿出摇头丸并服用过。所以，除了曲志新三人，肯定还有第四，甚至第五人参与吸毒。"唐尧的分析得到与会大多数人员认同。宋磊抬头看了看唐尧，眼光特别明亮。

彭雪松问道："你们对案发原因怎么看？凶手的范围是怎么确定的？"这个问题，会前唐尧带着二组讨论过，于良宇也参加了，会上争议较大。宋磊、翟新江的观点得到了于良宇认同，老刘和刘延超都没说出具体意见。所以，唐尧也拿不出个统一意见。现在局长问，唐尧只好说："我们也没形成统一意见，还有争议。局长，您看是不是让大家都说说？"彭雪松点头同意。唐尧看出宋磊和翟新江都想发言。宋磊是副组长，唐尧示意宋磊先说。

宋磊一直是一中队的业务骨干，这次没能任重案队的副队长，他心里有些不服气，有这样机会，他很想在领导面前展示一下自己的能力。他清清嗓子说道："我认为，闫睿是徐大鹏杀的，徐大鹏是曲志新杀的。有两个理由：一是曲志新手上沾有徐大鹏的血迹，凶器上虽然指纹不完整，但可以认定就是曲志新的。这说明，曲志新拿过这把刀，还刺伤了徐大鹏。我分析，很可能是徐大鹏在吸毒后出现了性亢奋，强行与闫睿发生性关系，闫睿反抗，徐大鹏失手杀了她。曲志新发现了徐大鹏与闫睿发生性关系并杀了她，在激愤的状态下夺刀杀了徐大鹏。第二，我们发现死者尸体时，两名死者身上的伤口都还在流血，地面和床上的血迹也未凝固，说明创伤时间非常短，这与曲志新逃离现场到被唐队发现，在时间上吻合。因此，我作了以上判断。"宋磊说完把目光投向领导。

彭雪松托着腮慵懒地听着，这是他的老习惯，出现这样的表现说明他还在期待，期待那个能令他振奋的观点或发现。

"还有什么？你对第四人、第五人的观点怎么看？"彭雪松问。

宋磊脸一红，说道："案发才两天，我重点考虑了现场出现的三个人，其他人还没来得及考虑。刚才唐队说了情况，我同意他的观点。"

翟新江接口说道："这方面我做了一些调查。我看了现场勘查材料后又去了一次现场。我也觉得应该有第四人，甚至是第五人。唐队说得有道理。这第四、第五人应该是徐大鹏带去的，很可能是女性。这两天我对徐大鹏的社会关系做了调查，有一个人很可疑，就是他公司销售部的出纳，名叫齐想。"听到翟新江说出这条线索，唐尧不觉皱眉，他下意识地转头看了看翟新江，因为事前他并没向自己汇报，倒不是因为翟新江没提醒他，使他忽略了这条线索，而是作为下属他应该先向自己汇报。翟新江似乎也意识到了，他补充说："这两天都各自负责一摊活儿，我还没来得及向于队和唐队汇报。"

"发现了什么？"龙东山严肃地问。

"据调查，这个齐想也有吸毒史，虽然没被我们处理过，但她周围的人都知道。"翟新江说，"她与徐大鹏有暧昧关系，这一点也确定。据徐大鹏公司的人反映，徐大鹏的妻子曾到公司闹过，还打了齐想。徐大鹏的司机证实，29 日晚上徐大鹏在我市的天南大酒店吃饭，20 点左右从酒店出来，向他要了车钥匙独自驾车离开。司机在等出租车时，看见齐想也从酒店走出。他跟齐想打了招呼，还问齐想为什么不跟徐大鹏一起走。齐想怼了他一句，气愤愤地走了。他感觉齐想知道徐大鹏去干什么，而且齐想的本意也一定是想跟去，只是徐大鹏没带上她。所以，我分析这个齐想很可能了解徐大鹏当晚的一些情况。我们应该找到这个人。"

"了解他当晚的什么情况？"彭雪松问道，"你认为齐想是现场的第四人吗？"

翟新江有些迷糊，说道："有……这个可能吧。"

这个会，彭雪松没说几句话，但三个发言的，除了唐尧，对其他两人他都提了很有针对性的问题，都让两人很下不来台。见翟新江没继续说下去，彭雪松转向唐尧说道："他们俩说了一些意见，但似乎都是倾向于徐大鹏先杀闫睿，曲志新再杀徐大鹏。翟新江虽然认为有第四人在现场，但他似乎也没把她作为重点。你刚才说，会前你们有争议，那争议的第二个观点是什么？"

唐尧向彭雪松投去感激的目光，今天会上彭雪松的表现明显在支持自己，他相信下一次再有这样的会议，宋磊、翟新江都会有所顾忌，他们应该明白，在没跟自己的主管领导沟通一致，甚至对主管领导隐瞒观点的情况下，局领导质疑起来那滋味可不好受。

唐尧努力平静一下自己，他在脑中快速整理思路，用一个定论式的表达开始了自己的发言："这个案子绝不那么简单。我认为凶手另有其人，我不赞同徐大鹏杀闫睿，曲志新杀徐大鹏的观点。"话音一落，会场响起一阵议论声。唐尧有意停顿下来，他用坚定的目光环视着会场，直到会场恢复平静才继续讲述，但开头却是题外话。

"这个曲志新和死者闫睿我都认识，大约是在两个月前认识的。在破获文物案中，我能找到吴先霞，主要就是来自闫睿的线索。具体情况我这里不多说。从接触中我了解到，曲志新性格懦弱胆怯，身材很高却弱不禁风，对闫睿唯命是从，不敢有丝毫违背。闫睿单纯任性，小姐脾气，行为放荡……"

"这和谁杀人,是吧,有什么关系?扯哪儿去了……"大家循声望去,见王明在那里一脸不屑地喷着唾沫星子。

彭雪松回头看了一眼王明,什么也没说,但大家都能感到他凌厉的目光。唐尧根本没理会王明,他早就从心里鄙视这个人了。

"我跟秦法医一起检查了徐大鹏身上的伤,除了左胸的刀伤,其他三处都不是致命伤,伤口都不深。我认为这三处刀伤可能是曲志新所为,这也能解释为什么刀柄上有他的指纹。我判断是曲志新发现了徐大鹏和闫睿发生性关系,在药物作用和激愤的状态下,持刀刺伤了徐大鹏。这三刀刺得很凌乱,上下左右都有,有刺的,也有划的。而刺中心窝的第四刀,也就是致命的一刀,却极为准确,而且刺得很深,这种力度和准确性,绝不是曲志新这样软弱怯懦的人在那么慌乱的状态下能做到的。那需要一只稳定而有力的手,一颗镇定冷酷的心!"说到这里,唐尧停了一下,他发现所有人都在静静地听着,会场静得怕是掉根针都能听到。坐在会议室一角负责记录的迟晓丹向唐尧投来赞许的目光,那灼热的目光电得唐尧心里一颤。

唐尧继续说道:"我特意让秦法医对徐大鹏和闫睿两人的致命伤做了比较,秦法医说这两刀都是垂直刺入的,虽然一个是前胸中刀,一个是背后,但入刀的角度、力度、稳定性极其接近。如果说曲志新误打误撞碰巧刺了这样的一刀,难道徐大鹏也会刺出这么准确有力的一刀吗?还有,如果是徐大鹏杀死的闫睿,那么他的动机是什么?我记得曲志新遇见我时,用最后的力气对我说'快去救救丫丫',那么,如果徐大鹏是曲志新杀的,那他该知道闫睿已经被徐大鹏杀了,那他为什么还说去救救丫丫呢?所以我认为,曲志新知道自己刺伤了徐大鹏,但没杀死。而闫睿当时并未受伤,他怕徐大鹏没死再伤害闫睿,但他怯懦的性格使他不敢再回502室。大家刚才也听到新江介绍,曲志新醒来后嘴里喊的是'我要杀了你',而不是'我杀人了'这样的话。因此,我判断曲志新刺伤徐大鹏时闫睿还活着,也就是曲志新离开502室时,两人都没死。因此,凶手另有其人。"

听完唐尧介绍,会场轰地议论起来,很多人的表情是难以置信,唐尧听到不知谁在说:"不是在听小说吧?"

彭雪松明亮的目光投向唐尧，唐尧知道领导对自己大胆的分析很支持。"还有吗？"彭雪松的语调明显变了，"你是不是认为这个案子背后有更深的背景？"

唐尧斩钉截铁地说："是的！我觉得这个案子没那么简单，绝不是聚众吸毒淫乱导致的激情杀人案。这个凶手不是简单人物，能够驱使这样一只手的，也绝不是普通人！"

会场重新静下来，彭雪松笑道："你认为是耗子拉木锨——大头在后头？"

"是，我是这么想的。"唐尧肯定地说，"不过，这样就出现了几个难以解释的问题：第一，从我发现曲志新到我们进入现场，前后时间17-18分钟，再加上曲志新离开现场到我看见他的这段时间，我判断也就5-6分钟。如果排除曲志新杀人的可能，那留给凶手的作案时间只有24分钟左右，这是我粗略的计算，也许时间更短，这个我们还要再去现场测算。凶手在这么短的时间内既要完成杀人，还要逃离现场，时间上是不是太紧了？第二，我判断凶手不少于两人，那么，他们作案后快速撤离的通道在哪里？我们去现场时，我注意观察了周围环境，当时并没有匆忙离开的车辆或者可疑的人。第三，现场没有第三个受害人，那么我们判断的第四或者第五人去了哪里？如果她（他）不是凶手，那只能是提前离开了或者被凶手带走了，这两种情况都有可能。弄清楚这些，对我们确定案发动机极为重要。"唐尧说完把目光看向彭雪松。彭雪松微笑着看着他，问道："就这些？"

唐尧点头说："暂时就这些。"

彭雪松没再让大家继续发言，他看了看龙东山和霍兵，见两人没有发表意见的意思，他作最后总结："这个会开得不错！几位同志都发表了各自的看法，各抒己见，很有见地！很好！做刑警的就要敢想敢干，敢于争论。这个案子，我们是第一次坐下来研究，我们掌握的线索还是初步的。所以，有偏差有争议很正常。关键是我们下一步的工作怎么开展。我具体说一下……"唐尧马上拿起笔记录，他原以为彭雪松会问他怎么做，没想到局长会亲自布置。其时，唐尧还是没理解彭雪松的苦心。在案情扑朔迷离、线索并不明朗的情况下，谁的办法都不会完全准确，如果让唐尧说下一步打算，彭雪松是支持还是不支持？唐尧现在的手下明显还不太认可这位年轻的领导，如果按照唐尧的意图安排下一步工作很可能打折扣，一旦唐尧的安排有所偏差，行动受阻，唐尧的威信也会受到影响。

彭雪松布置了五项工作：一是找到齐想，确定当晚参与吸毒的人员数量，了解当晚的情形；二是进一步勘查现场，明确当晚现场人员的活动轨迹；三是再做尸检，争取发现新的线索；四是通知医院全力救治曲志新，让他尽快恢复神智，以便了解更多情况；五是深入调查徐大鹏、曲志新、闫睿三人的社会关系，重点调查他们的吸毒史，从而发现案件的深层原因。他明确要求，唐尧的二组重点负责这五项任务，需要其他警力配合时，直接向霍兵申请。

最后，彭雪松宣布成立"10·30"案件工作领导小组，彭雪松任组长，龙东山、霍兵为副组长，重案中队主要负责案件侦破的核心工作，其他中队协助配合，整个刑警支队统一协同作战。彭雪松虽未明确唐尧在领导小组中的地位，但主要工作完全倾向于他。与会者都明白领导的意图。

散会后，唐尧去了于良宇办公室进一步商量有关事宜。重案二组的四人直接回到办公室。

一进门，宋磊就说道："唐队的观点真是很大胆啊！不愧是警校高才生，他的分析有道理！"他忘了会前正是他与唐尧争议最大，在组里讨论会上唐尧的观点还没说完，他就开始反驳了，他这个钻牛角尖的劲儿谁也没办法。不是他发自内心的认同，他不会服从的。

老刘闷声笑了笑，什么也没说。翟新江会上提出新线索，不但没得到领导表扬，似乎还让局长感觉有不尊重上级之嫌，他心里不免有一丝不快。刘延超却是一脸笑容，他对唐尧本就崇拜，今天唐尧的表现让他更加佩服。

正聊着，唐尧回到办公室，几个人都和他打招呼，宋磊首先说道："唐队，你看咱们怎么安排下一步行动？"

唐尧向他笑笑说："你觉得怎么办好？"

宋磊说："听你的，你说咋办就咋办？"唐尧心里暗笑，原来折服一个倔强的人也不是很难啊。他转向翟新江说："我看还是把新江发现的这个线索先抓起来。咱们先找齐想，把彭局交代的第一件事先办了。"翟新江心里一阵温暖，唐尧不但没怪他，还这么重视自己的发现，他不禁对这位年轻的新领导增加了一分敬佩。

"这个事可以和调查徐大鹏的社会关系一起来，我预感这条线也许能有重要发现。所以，我想是不是大宋和新江你俩负责？"宋磊和翟新江同时答道："是。"

唐尧心中一喜，这种回答方式说明了很多，他们正在转向绝对服从。

唐尧又转向刘延超说："延超，还是你去医院，和一中队的几个人负责好曲志新的安全和治疗，一旦条件允许马上通知我。另外，要注意探访他的家人和朋友的情况。"刘延超点头领命。

"老哥，你在家坐镇，保持和各组的联系，最关键的是技术组和法医。我去调查曲志新和闫睿的社会背景情况，你在家也抽空研究一下技术报告。"唐尧最后对老刘说道，刘开河笑眯眯地答应了。

## 第十八章　另有密道

出了警队，唐尧拿出手机打给蓝黛，好半天手机才接通。"喂，你在哪儿？"蓝黛的声音沙哑低沉，唐尧心里一疼，蓝黛泪流满面泣不成声的样子又浮现在眼前，他知道蓝黛还沉浸在丫丫死去的悲痛中。"你在家吧？我去看看你。"唐尧回答。

蓝黛犹豫了一下才说："我在家……那你来吧。"唐尧挂了电话，启动车向白楼区驶去。

二十分钟后，唐尧到了小区门口，恰好有个保安认识唐尧，笑道："是找蓝小姐吧？"说完，就放唐尧进了小区。

到蓝黛家门前，唐尧还没按铃，门就开了。蓝黛站在门口示意唐尧进去。唐尧看到，她穿着宽松的便服，腰间只随便系着带子。她脸色苍白双眼红肿，显得十分憔悴。唐尧一阵心疼，不自觉地走上前抓住她的手柔声说道："别太难过，你得注意身体！"蓝黛一下扑进他怀里大声哭泣起来……

"我犹豫过是不是该告诉你。"两人坐在沙发上，蓝黛依在唐尧肩头，这是到目前为止两人最亲密的动作。说来奇怪，两人明确恋爱关系已有月余，但他们却从未有过亲密举动，没接过吻，甚至没拥抱过。爱情这东西，真正的融合在于心灵的默契，只要两人的心已融合，又何必在意那些形式。

蓝黛继续说："你还记得那次在咖啡屋的事吧？我冲丫丫和小新发火，其实主要原因不是他们不检点，而是我看出他俩又'溜冰儿'了，而且丫丫肯定没少吸。你毕竟是警察，我怕你把他们抓走……"她抬头看看唐尧，歉意地说："你……不会怪我吧？"唐尧当然明白蓝黛话中的含义，那时两人刚明确恋爱关系，她还没完全信任自己。

"没关系。"唐尧搂了下蓝黛的肩，轻声问，"你什么时候发现丫丫他们吸毒的？"

"是两年多前，"蓝黛沉重地说，"估计他们早就吸了，只是我不知道而已。那年6月的一天晚上，天很热，我接到小新的电话，他怒气冲冲地让我赶紧到丫丫家去。一听电话我就觉得不对，小新那性格一般不会发火，特别是在丫丫面前，他更不敢。我匆匆赶到她家一看，丫丫衣衫不整，像一摊泥似的倒在床上，小新一脸泪水，胳膊上、脖子上都是挠伤。我问小新怎么回事，他支吾说是丫丫喝多了挠的，他弄不了丫丫就叫我去管管她。我埋怨他们不该喝那么多酒。唉，我还埋怨他们，其实我那时也经常醉醺醺的，还抽烟……"说到这里，她凄然一笑深情地望着唐尧，泪水不自觉地流下来。唐尧拍拍她的脸柔声说道："都过去了，你现在不是很好吗？"蓝黛镇静一下自己，擦擦泪接着讲："我到床边给丫丫整理衣服，让小新去弄些水来给她擦脸。我发现丫丫身上有很多淤青，她没戴胸罩，也没穿内裤，而且她不像是喝多了，闻不到一点儿酒味儿，呼吸中有一丝似香非香很奇怪的味道。那时我也常去迪厅、酒吧疯，我立刻就猜到丫丫他们是'溜冰'了。小新端水回来，我厉声问他是不是在'溜冰'，小新很怕我，承认了。我问丫丫吸多长时间，这次吸了多少。他说有段时间了，具体多久他也不清楚。他俩就为这个打起来的。唉，其实我知道，别说是'溜冰'，就是喝多酒，丫丫都管不住自己，她肯定和别人……"蓝黛不好意说下去，唐尧当然明白，他接口说："你是说丫丫吸毒后跟别的男人乱来的事，小新一直就知道？"

"他知道，他什么都知道！"蓝黛恨恨地说，"他就是那么个人，离了丫丫就像活不了似的，天天和丫丫黏在一起，丫丫干什么，他就干什么。他吸毒也是因为丫丫，他以为有他在身边，丫丫就不会乱来……唉！"蓝黛叹息不已，"那次丫丫两天多才缓过来，人整个瘦了一圈，萎靡不振，浑身疼。我狠狠训了她一顿，也把这事告诉了展叔叔和闫阿姨，他们又难过又心疼，展叔还打了小新一耳光。过后，他们把丫丫送去省城戒毒半年。我以为有了这个教训，她能彻底戒掉，没想到一个月前，就咱俩找他们

第十八章 另有密道 · 177

那次，我发现她又吸上了。你走后，我立刻给丫丫和小新打电话，让他们第二天到我家来。第二天10点他们才来，我一气之下掴了丫丫一个嘴巴。她也不跟我生气，一个劲儿哭，说没办法。小新也跟着哭，他的毒瘾也不小。之后一段时间，我尽量陪着丫丫，她发作的时候，我就摁着她，给她吃一些药。那时，她差不多每天都会发作一次，坚持了有十天吧，症状越来越轻，她也下决心一定戒。那以后我们偶尔通个电话，一直没见面。可是，这怎么就……"蓝黛大声啜泣起来，唐尧无声地搂紧蓝黛，他很理解蓝黛现在的心情。

蓝黛的讲述让唐尧加深了对她的了解。看得出，尽管蓝黛从前也是毛病多多，吸烟、酗酒、逛吧，但她都有个度，什么事不能做她把握得很好。这是一个内心善良坚毅的女孩儿，她的精神境界是纯洁的，那些肮脏龌龊的东西在她的身上、心里没有一丝一毫的位置。她值得自己爱。

唐尧心中充满甜蜜，但他知道自己还有任务要完成，他还要了解更多丫丫的情况。唐尧也不隐瞒，说道："蓝子，丫丫死得不明不白，不能光伤心，我们得找出凶手，还丫丫一个公道。"蓝黛蓦地抬起头，坚定地看着唐尧说："一定的！你说吧，你想知道什么？"

唐尧说："两方面，一是丫丫和小新常跟谁一起吸毒？二是他们从哪儿买来的毒品？这个最关键。"

蓝黛凝眉想了想，说："常跟谁在一起吸毒我没问过，不清楚。但毒品一定是徐大鹏给的。那次我们逼着丫丫戒毒，她发作起来要毒品，小新说没有，她就大骂小新，让他去找徐大鹏买，小新说老徐去哈巴进货去了，不在家。"

唐尧认真听着，他追问道："小新是说徐大鹏去哈巴进货了，他说的这个'货'是毒品吗？"

蓝黛摇头说："这个不知道。徐大鹏是买卖人，也可能是进别的货呀！"唐尧觉得有道理，他又问了其他一些事，但都没得到有意义的启发。蓝黛看出唐尧想去忙工作，她很体谅唐尧，让他赶紧回警队。送到门口，蓝黛对唐尧说："唐尧，我过几天去上班，就到我爸爸的公司。"

唐尧大喜，他笑道："好啊！这就对啦，我支持你！"看着唐尧喜上眉梢的样子，蓝黛笑了，说："你说得对我就听。"蓝黛能去她爸爸的公司上班，说明她和爸爸言归于好，也说明蓝黛接受了唐尧的劝告，不再无所事事，开始新的生活了。

回到警队，唐尧把自己的调查情况告诉了老刘。正说着，宋磊和翟新江回来了，他们带回来一个花枝招展的女人，是齐想。唐尧带着宋磊、翟新江立即安排询问。宋磊是预审高手，唐尧让他主审。

齐想坐在椅子上不安地扭过来扭过去，腿上的姿势一会儿一变。宋磊黑着脸盯了她足足一分钟，然后忽然大声喝问："29日晚上，你们一起'溜冰儿'的都有谁？"

齐想一哆嗦，本就很白的脸更加苍白了，但她仍嗲声嗲气地说："什么'溜冰儿'呀？我可不明白。我从来不玩那玩意儿！"

"是吗？要不要我找人给你验验尿啊？"宋磊戏谑地说道，"你知道的，这很容易！"齐想立刻蔫了，眼泪在眼圈里直打转儿，毕竟是个年轻女孩，她哪斗得过经验老到的宋磊。宋磊继续施压："徐大鹏和闫睿29日晚上在北苑小区A区4号楼三单元502室聚众吸毒，之后被人杀了，这事儿跟你有关系吗？"

"什么！杀……杀人？我不知道啊！"齐想吓得语无伦次。

"你怎么不知道？你当时不也在场吗？"宋磊喝道。

齐想哇地一声哭起来："没有，没在，我没去……"

"你没去，那谁去了？"

"我只听见他们说去玩，有……有徐大鹏、曲志新、闫睿，还有猫儿，噢，就是尚敏……后来去没去，我就不知道了。我哪知道杀人的事呀！"

"尚敏是干什么的？她住在哪儿？"唐尧问道，又一个人物浮出水面。

"她卖化妆品，有个门市，叫佳丽化妆品店，就在百货大楼西面。她住在电业小区。"

"你和尚敏怎么认识的？很熟吗？她和徐大鹏是什么关系？"宋磊问。

"就是一起玩儿认识的，也不算熟。"齐想说，"她是徐大鹏的老铁，他们认识很久了，也一起做生意。猫儿30多岁还没结婚，一直跟着徐老大，她就是徐老大的小三儿。"

"你说尚敏是徐大鹏的小三儿，那你是徐大鹏的小几呀？你们是什么关系？"翟新江插话道。

齐想脸腾地红了，之后又不屑地说："我老几也不是，就是一起玩儿，徐老大挺大方的，我愿意！哼！"

宋磊不免好奇，问道："既然尚敏是徐老大的小三儿，你跟他也有关系，那尚敏不闹啊？"

"切！老土！"齐想带着嘲笑的口吻说道，"都什么年代了，你当是旧社会呀？就那点儿事儿呗，大惊小怪！我们玩儿的时候就在一张床上……"宋磊被她一顿抢白，气得一拍桌子喝道："你嚣张什么！小小年纪，你还知不知道羞耻！"

听了齐想的话，唐尧不住摇头，这些女孩子都跟自己年龄相仿，这观念真让他接受不了，是自己落伍了，还是她们太超前了？闫睿是这样，这个齐想也这样。齐想可能是为钱，为了得到毒品，那闫睿呢？她家境殷实并不缺钱，又有男朋友，她又是为什么呢？他示意宋磊继续询问，自己转身走出讯问室，之后带着老刘驱车直奔尚敏的佳丽化妆品店。

店里有三个服务员在，唐尧亮出警官证，问尚敏在哪里。店员说好几天不见，可能去进货了。

唐尧把三个店员叫到一起严肃地对她们说："我们在调查一个案子，要找尚敏。有她的消息你们要立刻通知我们。另外，你们不许给她打电话说我们在找她。记住我的话，这是犯法的事，你们可别当儿戏。"唐尧问出尚敏的手机号，之后和老刘直奔尚敏家，但也扑空了。

回到警队，唐尧把新发现的线索直接跟霍兵汇报。霍兵要求唐尧继续深挖，然后向龙东山汇报情况，建议布置全局治安警力并协调社区居民委配合寻找尚敏。

回到队里，宋磊和翟新江还在讯问齐想。唐尧进去后，先看审讯记录，齐想交代了很多情况。据她交代，29日晚她在天南大酒店看到徐大鹏和尚敏像是要宴请谁，她过去打了招呼，没过多久她看见曲志新和闫睿也到了。见这情形，她猜到他们可能要聚一起玩儿，她本想也参与的，但徐大鹏说他们有生意要谈，撵她走，没办法她就自己回家了。后来的事她不清楚，但按她的猜想他们四个人一定是去"溜冰儿"。

看着记录，其中有句话是"闫睿是个好玩儿的，所以徐大鹏要带着她"，于是唐尧问齐想："你这里说'闫睿是个好玩儿的'，这句话什么意思？"

"这还不知道啊！"齐想带着一丝不屑的语气说道，"就是她也'溜冰儿'，'溜冰'后也喜欢干那事儿，没男人她受不了！"唐尧其实猜到了。他又问："可闫睿带着男朋友去，就是有那要求，也轮不到徐大鹏吧？为什么徐大鹏非要带着她？"

"话是那么说，"齐想带着嘲笑道，"你不知道闫睿有多疯！小新一个人满足不了她。徐大鹏说过小新这人软塌塌的，不太喜欢干那事儿，就喜欢钱，他溜完冰儿就找个地方一个人缩在哪儿，手里做着数钱的样子，就像面前堆满钱似的，到时候他只顾着'数钱'，徐大鹏就有机会了。"

唐尧听着都觉得恶心，可看齐想的样子完全不以为然。他又问："你知道徐大鹏那个房子吧？"

齐想不假思索地说："是你们刚才说的北苑小区那个吗……"说了一半她觉得不对赶紧收住嘴。

唐尧说道："看来你知道，对，就是北苑小区A区4号楼三单元502室，那是徐大鹏自己的房子，你们每次都是到那儿去玩吧？"

"你都知道还问……"齐想嘟囔了一句。

看来当晚的事齐想也就知道这么多，唐尧转变话题说："你再说说尚敏的情况。"

"你说猫儿呀？"齐想说，"我是两年前认识她的，也是跟徐老大在他那个房子玩认识的。那次是四个人，还有一个女的，忘了是干啥的了。猫儿开了家化妆品店，挺有钱的，不像我只能在徐老大公司上班，每月两千多，要不是徐老大玩起来需要我，他给我药，我哪玩得起？"

"说尚敏的情况！"宋磊严厉地提醒齐想。

齐想扭扭身子，接着说："猫儿的朋友可多了，我觉得徐老大有时候都得让着她，她也跟着徐老大一起做生意，还跟国外联系大米呢，徐老大的米她帮卖过不少。她才是真正的老板娘！"

"她经常和徐大鹏一起'溜冰儿'吗？"

第十八章 另有密道 · 181

"我觉得不常在一起,我跟徐老大玩那么多次就遇见她一回。"她忽然意识到自己又说漏嘴了赶紧改口,"我……我和……徐老大也……也没两次。"虽说有聚众淫乱超过三次就判刑的规定,但估计齐想也不清楚,她不过是下意识觉得次数越少越好而已。

唐尧不想追究这个,他问:"你知道徐大鹏都从哪儿买的毒品吗?"

齐想摇手说:"这个我可不知道……真不知道……"

唐尧暗想,这样机密的事,齐想不知道也属正常。当晚案发前有个时间节点的问题,唐尧一直在思考,于是他问道:"你是什么时候离开酒店的,走时遇见谁了吗?"

"我在酒店跟两个朋友吃完饭没待多会儿就走了。"齐想目光闪烁,努力回想当晚的情形,她忽然想起一件事,愤愤地说,"对了,我离开时在门口看见徐老大的司机在打车,他说徐老板刚走,还问我'你咋不一起去呀?'那语气明摆着撩扯我呢!我没搭理他,正好来了一辆出租车,我抢上去坐上就走,把他气够呛。呵呵!"

"那你看到徐大鹏开车走了吗?还有,你能确定你走的时候尚敏三人还在酒店吗?"唐尧之所以这样问,是因为在调查司机时,他说过是徐大鹏要了车钥匙独自开车走后,齐想才出来的,他并没有看到尚敏、曲志新三人来酒店,也没见到他们离开。而齐想说的是,她在酒店不仅见到了三人,还见到三人一起离开的。如果司机和齐想说的都是事实,那他们是怎么到酒店的,又为什么不和徐大鹏一起去北苑小区呢?

齐想不以为然地说:"分开走没人注意呀!这有什么奇怪的。猫儿可是有车族,他们仨从后门坐猫儿的车走的呗。"唐尧没再追问,他只是在纸上写了"尚敏有车"四个字。看看也问得差不多了,他和宋磊低声交换一下意见就结束了讯问。

几人回到队里,就齐想交代的问题,各自发表意见。有些问题唐尧还想不明白,他只是静静地听着。从齐想交代的情况看,徐大鹏吸毒后性亢奋的特点尤为明显,经常是几个女人都满足不了他,可是这次明明有齐想在身边并且主动要求跟去,他却没同意,这是为什么呢?他们真的要谈什么事吗?可是跟曲志新和闫睿两个年轻人能谈什么事呢?

第二天一上班，唐尧就和一中队、三中队，还有治安大队方面联系，询问是否有尚敏的消息。几个部门都说没有进展，还在积极寻找。虽然暂时没有收获，但从各队的反应看，他们都在全力查找，龙副局长和霍支队可是下了严令的。唐尧把尚敏有私家车的事通告给各队，让他们作为线索以车找人。

通完话，唐尧坐下来独自思考，有两个问题他始终解不开。一是案发的诱因是什么？是什么动机促使杀人者行凶？二是尚敏在案件中是什么定位？她是怎么离开现场的？去向何方？从齐想交代的情况看，29日晚上徐大鹏联系闫睿等人吸毒，似乎只是几个毒友间很普通的吸毒聚会，事前没有任何征兆会发生命案。如果排除曲志新激情杀人的可能，那么案件的真正诱因一定更复杂更曲折。

根据齐想交代的情况，还可以判断尚敏应该参加了当晚的聚会，但现场并没有她被害的线索和痕迹，说明她要么是被带走，要么是杀人者的同谋。唐尧更倾向于她是被凶手绑架了，她的身上或许有凶手需要的秘密。案子卡在这里，所有警力都在排查尚敏的下落，可是偏偏查不到任何消息，既找不到车，也找不到人，唐尧感觉一筹莫展。

"应该再去勘察一下现场。"唐尧脑海里忽然升起这个念头，他立刻从抽屉里拿出手套和鞋罩，起身离开办公室。走到门口差点和迟晓丹撞个满怀。迟晓丹俊眉一拧，说道："干吗呢，慌慌张张的！"唐尧连忙赔笑说正要出去办个事，挺急的，说完要走。迟晓丹一把拉住他说："你怎么不问问我来干吗？"唐尧挠挠头心想，是呀，你来干啥？

迟晓丹嗔怪地看了唐尧一眼，随手把一沓材料塞给他，说："给你。你要的现场痕迹照片和资料分析。"唐尧大喜，连说"谢谢师姐"。他抽出来看了看，正是现场脚印的技术处理照片和简要分析材料，他这才想起迟晓丹的专业就是这个，这可是她的强项。唐尧笑道："忘了师姐是这方面的高才生了。我正要去现场再勘查一次，正好用得着！"

"那太好了！"迟晓丹说道，"我正好也想去看看，我们一起去吧。"对此唐尧不反对，她去也许会帮上忙。这时刘延超刚好从外面进来，唐尧叫他带上相机一起去，刘延超不大情愿的样子，也许是觉得有灯泡之嫌，但他得服从唐队长的命令，只好跟来。三人开车直奔案发现场，他们要再次勘查502室。

十五分钟后，三人到了北苑小区A区，唐尧在那天遇见曲志新的地方停好车，他让刘延超和迟晓丹在停车处等着，并记好时间，他独自步行向案发现场4号楼走去。一路上他始终观察着四周的环境，尽量按那天曲志新的路线走。到了4号楼三单元门口，唐尧看看时间是4分20秒。然后他又原路返回，到车前一停下，迟晓丹说道："4分17秒。去时是4分21秒。"唐尧看与自己记的时间基本一致，他重新记表后，示意两人跟他一起去现场。

到了4号楼三单元，他们直接上五楼案发现场。唐尧在五楼缓台处隔窗向外看去，停车处和走过来的路线尽在眼底，没有死角。

来的路上唐尧已向龙副局长作了汇报，也提前联络了有关部门，这时502室的门已经打开，一个民警守在门口，都是熟人，唐尧笑着打招呼。到门口唐尧看看表，他们上楼的时间恰好2分钟。唐尧暗自计算，那天曲志新是慌张逃出楼，速度应该比这个快，而他和宋磊上楼的速度跟这次相仿，上下楼时间按4分钟计算比较合理。案发当天从他打电话给老刘，到宋磊他们赶到现场，时间加起来是11分钟左右。这样计算的话，案发当天从曲志新离开现场，到唐尧他们赶到现场的时间应该是：从楼门到停车处往返的8分42秒，加上下楼的4分钟，再加等宋磊他们的11钟，时间是23分钟42秒。这就是凶手作案的最短用时，就算其中有些耽搁，多出的时间也不会超过2分钟。也就是说，凶手的作案时间至多25分钟左右。

唐尧三人穿好鞋套走进502室，迟晓丹跟在后面，刘延超拿着准备好的相机站在门口，等着唐尧吩咐随时拍照。

502室除了被害人尸体已抬走，其他情况跟案发日没有区别。唐尧这次先检查了当天宋磊勘查的房间。这间卧室15平方米左右，室内有一张床，四把可以折叠的椅子，一张木质茶几。在地面和茶几提取物证的地方都有粉笔画出的图形痕迹。唐尧拿出随身携带的放大镜俯身查看地面。这几天技术组关于案发现场痕迹检验的报告已出，报告中提到，在案发现场可以确定的脚印痕迹一共有17人之多。按新旧程度划分，除去已认定的徐大鹏、曲志新和闫睿三人外，还有3男6女共9个鞋印值得注意。三个男性鞋印经技术组确认，有两个是近期的痕迹，另一个时间更久一些。但以现有的条件分析，技术组也不能确定两个较新的鞋印就是跟徐大鹏他们是同一时间留下的。但唐尧的直觉告诉他，这两个鞋印必定与本案有关。现在有了迟晓丹最新的照片和分析材料，唐尧可以更直观地对照相片勘查现场。

唐尧拿着放大镜细细观察着地面的鞋印痕迹，他比照迟晓丹给的照片，从卧室到客厅、到门口、再到外面的廊道反复检查了好几遍，在几个弄不明白的地点他都特意向迟晓丹请教。说来也难怪迟晓丹傲气，她业务精熟，不愧是警校高才生，对唐尧的疑问她解答得有理有据清晰明了，经她解释总能让唐尧有种豁然开朗的感觉。

"你看这个脚印，"迟晓丹指着照片对照地面上两枚淡淡的鞋印说，"特点很明显。鞋印的外延很模糊，说明这是像运动鞋一类的软底鞋，但外延向里一些、边缘的一圈，印记又相对清晰，这说明这个人的脚趾、脚掌用力均匀，抓地力量大。我量了这人从客厅进入南面房间时留下的所有脚印，从前脚尖到后脚跟都是 80 厘米，步幅很规律很一致；而他从南面房间出来时经过客厅到外门的脚印就不一样了，脚印更清晰一些，但步幅变化明显，有 80 厘米的，也有 70 多厘米的，还有一处脚印重叠了。结合另一个人出门脚印和这个人同向性的特点，我分析是两人抬着什么一起向外走。而且……"听着迟晓丹分析，唐尧不觉侧目偷偷看去，见她一边比照相片娓娓道来，一边偶尔抽手记下几个字，那一丝不苟的样子显得从容干练，唐尧感觉似乎被一种无形的气息笼罩着。

"看我干吗？看地面！"迟晓丹忽然轻声斥道，唐尧一呆，原来自己偷看，人家早就感觉到了。唐尧嘿嘿干笑两声，赶紧把心思收回来。他清了清嗓子问："你说而且，而且什么？"迟晓丹用鼻子哼了一声说："而且抬着的东西似乎在动、在挣扎，使得两个人脚步出现了紊乱。"

"你是说，他们抬着一个人？"唐尧惊问，迟晓丹一歪头同时扬扬眉，算是回答。

这样仔细检查了地面痕迹，唐尧又来到通往室外的门旁，他推开门，然后任其自动关闭，之后再推开，再等门关闭，这样反复三次，推开的门都是自动慢慢合上，但每次都未关严，只是虚掩着。做完这些唐尧捏着下

第十八章 另有密道 · 185

巴思考起来，几秒钟后，他忽然把目光转向对面的501室，然后像入定似的盯着501的门看，那目光时而坚定时而游离，显然是内心在挣扎着什么念头。刘延超满是疑惑地看着唐尧，感觉他像中了邪一样，见唐尧好半天不说话，他想提醒一下，迟晓丹在一旁微微摇头无声地阻住刘延超，示意他不要说话，她知道唐尧正在思考某个关键节点，不能打扰。

这样静静地站了三四分钟，唐尧才反应过来，他看着旁边的两人，意识到这么长时间一直忽略了刘延超，他开着玩笑说："呵呵，把师弟放盲点上了。"刘延超直撇嘴，酸溜溜道："你和师姐倒是交流得不错！"唐尧也不在意刘延超话里有话，他问刘延超说："对门501查了吗？是谁的房子？"

"查它干啥？对门一直没人住，跟社区那边了解过。"刘延超回道。

唐尧二话不说抬腿走出502室，刘延超赶紧跟出来。唐尧快步下楼，出了三单元楼门直奔四单元。四单元的楼门开着，两个工人正往里搬装潢木料。唐尧让迟晓丹等在楼下，他示意刘延超跟上，两人跟着工人进了四单元。到三楼看见东面的一家正有木工在干活，两个工人就是给这家搬运木料。唐尧没停直接上了四楼，简单观察一下后，他又上了五楼。

到了五楼，在502室门前唐尧停下来，他先观察502室的屋门，然后仔细查看廊道。刘延超上来后，也跟着他一起察看，很明显这一户也不像有人居住的样子。看过502室，唐尧又回头看501室的门，门和廊道都是尘迹斑斑，也不见有人居住的迹象。"这个小区是新开发的，入住率很低。这楼道只两家住了人，加上刚刚三楼装潢的，也才3家。"刘延超解释着，刚刚上来时他顺便问了干活儿的工人。

唐尧再次拿出放大镜仔细检查着502室的房门，好半天他才说："这户是没人居住，但这扇门却时常打开。走吧，咱们回去。"刘延超不明所以，跟着唐尧下了楼。唐尧给刚刚守在三单元501的民警打了电话，告诉他自己已经检查完现场后，三人一起驱车返回刑警队。

回到刑警队，迟晓丹抬起美目看着唐尧，明显有话要说，刘延超不知哪儿来的默契，一下车"噌"就不见了。唐尧也不好直接走人，他赔着笑说："谢谢师姐啦！你的照片帮大忙了！"迟晓丹歪着头盯着唐尧看了好一会儿才说："那是工作上的事……就没有别的话要说。"唐尧苦着脸不知该说什么。"那好，你不说我说。"迟晓丹道，"我想吃烤串了，晚上请我！"唐尧一惊，这不容置疑的口吻该怎么推掉呢？他……他似乎也没胆儿推掉。

回到队里，唐尧放下心事立刻布置工作，他让老刘马上跟房产部门联系，查一下北苑小区三单元501室和四单元502室的房主是什么人，老刘领命笑呵呵地去了。

一个小时后，刘开河打电话告诉唐尧，三单元501室登记人叫戎戈，四单元502室登记人叫王宝。从记录上看不出两人有什么关联。只有一点值得注意，就是房产登记过户的时间是两个月前的同一天。老刘非常细心，他在房产部门调查后直接去了北苑小区开发商售楼处。

北苑小区A区是新开发小区，尚有三分之一的住房没有卖出，售楼处还有三个女销售员在忙业务。见老刘进来，她们热情招待。老刘以买房为由询问北苑小区房子情况，最后他提出要看看A区4号楼三单元501和四单元502两户。售楼小姐查底账后，告诉老刘两处房子已售出，老刘装作不信，坚持要看这两套房子，售楼小姐无奈之下只能拿出证据给老刘看，两处房子确实都卖了。三单元501室原房主是动迁回迁户，四单元502室两个月前卖给了王宝。得到这个信息，老刘离开售楼处，他辗转几次找到了501室的第一任房主，也就是小区开发前的原平房住户，他告诉老刘，两个月前一个叫戎戈的人从他手中买走了房子，给的价格非常"合理"，而且是现金交易。他当天就跟戎戈办了房屋过户手续。这之前他从不认识戎戈其人，之后也再没见过，关于四单元502室的情况他不了解。

下午快下班时，刘开河回到警队，唐尧和刘延超还在等他。老刘灌了一大杯水后才开始介绍调查情况。江城市共有两个叫王宝的人，一个在养老院，是位80多岁的老人，生活已不能自理，可以排除是售楼处了解到的王宝。另一个王宝今年35岁，户籍地是本市浓河县人，无业，曾因斗殴被公安机关两次行政拘留。老刘觉得这个人需要进一步调查。对501室房主戎戈的调查没有结果，江城户籍中没有这样一个人。最后老刘说："单从房屋的买卖情况看，戎戈从原来的回迁户手里买了三单元501，王宝从开发商售楼处买的四单元502。看不出戎戈与王宝有什么关系，可疑的地方只有一个，就是这两处房产是同一天办理的过户手续。这个吧，倒是也说得过去，也许就是巧合，俩人就是同一天买的房子办的过户。"

听完老刘介绍，唐尧皱眉想了好一会儿才说："老哥，我觉得吧，还是应该查查这两户房子，而且从现在的线索看还得是秘密进行。"老刘笑呵呵不置可否。

刘延超插话说："要是密查，那得申请搜查令，咱们得有充分理由说服领导才行！"

唐尧刚要开口，恰好宋磊和翟新江走进来，他们去核实齐想交代的线索才回来。见唐尧三人在说案子，他俩也加进来。刘延超抢着给两人介绍情况，宋磊听完也说："唐队，延超说得对，要是不想惊动这两家房主只能密查，那申请搜查令真得有个充分的理由才行，不然领导不会批的。"

唐尧笑道："好，那我说说理由，你们也帮我分析一下，看看值不值得申请一把。"唐尧开始细说自己的理由。

"两小时前，我和延超又去了'10·30'案发现场。这次去我主要是想确定两个事，一是确定曲志新离开现场走到我发现他的位置，这条路线大致要用多长时间；二是如果像齐想交代的那样，尚敏也参与了当晚聚会，那她离开案发现场的时间和行动轨迹会是怎样的。"唐尧向宋磊要了一支烟点燃，他也在试着学吸烟，不然跟着个个都是烟炮的刑警一起工作，他受不了烟呛。吸口烟，唐尧继续说："案情分析会上，我推测徐大鹏和闫睿被杀时间是曲志新离开现场到我和大宋到达现场这段时间，这个我们测算在23至25分钟之间，也就是说凶手的作案时间最多只有25分钟，会上有人质疑这么短时间，凶手不可能完成行凶杀人和逃离现场这么复杂的过程。这次去，我们又仔细测试了三次，从我发现曲志新到我们进入现场最短用时是23分42秒。案发现场502室的廊道和徐大鹏两人被杀的那个房间，通过窗户都能看到曲志新跑出去的路线，如果凶手是看着曲志新跑出房间，然后才入室杀人的，那他们不但能看到曲志新离开，也能看到我们到达。这样的话凶手必须在我们到五楼甚至是四楼时就要销声匿迹，那我们上楼的2分多钟要从这23分多钟里扣除，不然就撞上或者能听到。

也就是凶手杀死两人、带走一人必须在 21 分钟内完成。"

"太难太难！"宋磊第一个摇头，"这还没算出楼道和隐藏的时间，也没算被带走的人可能反抗拖延的时间，只怕实际时间更少。"

"是呀，实际时间一定更少。"唐尧也同意宋磊的分析，"到现场后，我先把作案用时这个疑问放下，把凶手杀人目的也放下——他们为什么只杀了徐闫二人，而不杀尚敏，放走曲志新？——这个我也先不考虑，我只研究可能在现场的第四人，也就是尚敏的离开方式和可能的去向。"

"这几天我反复看技术组的痕迹检验报告，到现场后我就想，报告里提到的脚印特征，能不能验证我的几个想法呢？一个是凶手的人数是几人？技术组按现场脚印痕迹新旧程度，分析出 17 人的脚印，其中 3 个相对较新的男性脚印是重点。技术组做了处理，我对着相片检查了其中的两个人的脚印，我感觉基本可以确定是凶手留下的，这一点迟晓丹从痕迹检验的角度分析也认为最有可能。因为我们发现有一个人的脚印在徐大鹏被杀房间和南面的房间都出现了，而另一个相对较新的鞋印只在南面房间出现过，徐大鹏被杀房间没有。从这点我判断凶手应该是不少于两人。第二，尚敏是怎么离开现场的？通过查看脚印特征，迟晓丹判断，如果尚敏在现场，她应该是从南房间被两个人抬出去的。我们仔细查看了脚印留下的痕迹，这两个人的脚印从南面房间一直持续到门口，鞋印一前一后基本是相距 1.1 米左右，应该是一人抬头一人抬腿，被抬的人应该有反抗、在挣扎，也因此改变了凶手的步伐特征。到外门口时，在门边墙壁上我看到了一处很新的划痕，像是手指甲抓的，我分析可能是被抬着的人到门口时反抗的抓痕。"几个人认真听着，宋磊很赞同唐尧的分析，他插话说："唐队说得对，我明白你为什么要搜查对门了。这么短时间内抬着一个不断挣扎的人，又有可能被我们撞见，他们不敢冒险抬出楼去，最稳妥的办法是就地隐藏。所以，在这个楼里应该还有其他的房间是他们的窝点。"

"我就是这么判断的。"唐尧点头说道，"大宋和刘哥还记得我们到现场时 502 的门是虚掩着的吧？我在现场试验了几次，502 室的门推开后不用人特意关也能合上，但它关不严，只是虚掩着。这一点能说明当时凶手离开现场时可能是抬着人腾不出手关门，也可能是过于匆忙来不及关好门。于是，我就考虑，要是真有窝点那一定是刻意而为，那样的话设在哪里最适合呢？"

"那当然是越近越方便。对门儿！"刘延超插话说。

"对，越近越好！"唐尧说，"最近的就是501室了。"

宋磊大吃一惊道："你是说，有可能我们在502勘查现场时，凶手就躲在对门501？这胆儿也太肥了？！"

翟新江质疑说："不会吧？我们发现命案后，三单元至少封闭了一天，就是这个门洞的住户进出都要检查。五楼到现在还是封闭的。"

唐尧点点头说："是这样的。所以我才想到了和三单元501一墙之隔的四单元502室。"唐尧这么一说几个人都不觉倒吸一口凉气，难道两个房间会是通的？这得是多精细缜密的设计啊！每个人心里不觉都升起一个念头：谋杀！精心设计的谋杀案！

唐尧的意见在重案二组达成统一，他们决定向局里提出申请，秘密搜查戎戈和王宝名下的两所房子。搜查令很快就下来了，唐尧带领二组全体和技术人员从案发现场的三单元秘密进入501室。为防万一，他们分成两组，一组从三单元501室进入，另一组在四单元502室门口蹲守。唐尧断定两室必定相通，如果室内恰巧有人，他们从501进入，里面的人很可能会从四单位502室逃走。

当技术人员悄然打开501室门时，唐尧持枪迅速闪入。

501室静悄悄的，没有人。唐尧示意刘延超守在门口，让宋磊跟他检查房间。

这是一间大约80平方米两室一厅一厨的住宅房，屋里没有任何家具，只做了简单装修，墙壁刮了白，卫生间粘贴了瓷砖，装有蹲便器。一切都很正常，这就是一个中等户型的普通住宅，看上去还没完全装修好，暂时无人居住。

唐尧找到与隔壁相连的承重墙，刮白的墙面没有任何修饰，不用细查也能看出绝无暗门相连的可能。唐尧暗想，难道是自己判断错了？

正狐疑着，唐尧听见宋磊叫他，他赶紧来到宋磊所在的卫生间，见宋磊正对着西墙的镜子发呆。"发现什么了？"唐尧问。

宋磊古怪地笑了笑，说："唐队，咱俩打个赌怎么样？我敢说这面镜子一定是个单面镜！我们这边看不见那边，那边一定能看见我们。"说完，宋磊伸手在镜子的南边儿上摸索起来，在中间偏上的位置，他感到有两三厘米宽、十几厘米高的瓷砖有些不同，他用力按了一下，只听"咔嚓"一声轻响，镜子从西墙上缓缓打开，最后完全贴在北面墙壁上。正如宋磊所料，那就是一扇单面镜，如果不是镜子边框窄窄的一条钢架，贴在北墙上几乎看不出镜子存在。

原来镜子所在的位置立刻成了一个一米八高，差不多一米二宽的门。唐尧一步迈过去，那里是四单元502室。

## 第十九章　丝丝待捋

这是一座很大的别墅，装潢考究，富丽堂皇。

别墅二楼，三个人静静地站着，他们都没说话。一个看上去40多岁的人表情严肃地静立窗前，他手中把玩的一对核桃不时发出烦躁的"咯喳咯喳"声。那核桃看上去成深枣红色，油润晶亮，懂行的人一看便知这是一对品相极佳的南疆石文玩核桃，没有五年时间的持续把玩绝不会有这样的成色。但此刻主人如此把玩已不是"文玩"，而是"武玩"了。另外两人都是三十出头的年轻人，他们身材劲健，身高都在一米八上下，两人神情肃穆地站在那人身后，都是战战兢兢的样子。

这样站了有五分钟，核桃忽然停止呻吟，两个年轻人不觉神情一颤，目光更加专注地盯着他们的老板。老板缓缓回过身踱到沙发前坐下，他放下核桃随手拿起烟缸上的雪茄烟。那烟虽抽过但仍很长，一个手下快速俯身为他点燃。老板抬眼看了看他，低声问道："这么说，你们还是没问出来？"点烟的人回头看了一眼同伴，然后无言地点点头默认了。

老板向沙发上一靠，呵呵笑起来："大鹏啊，你知道现在的行情吗？省城那边要是断了货……"被叫作大鹏的人一抖，立刻俯身向前一步说："老板，再给我一天时间，我肯定拿下她。她现在是吸毒兴奋期刚过，等她再发作就好办了。"

"一天？"老板冷笑道，"你敢保证再过一天她就会发作？要是她毒瘾不深一直不发作呢？你有这个把握吗？还有你，戈子，有吗，嗯？！"他目光锐利地看了看另一人。

这两天的事早把戈子的耐性消磨净了，他早忘了鹏哥提醒他的"静"字，既然已经动起来了，那还客气什么？他恶狠狠地说："我看没必要等，我就不信她铁嘴钢牙，宁死不屈！徐大鹏都死了，她还有什么好坚持的。"大鹏瞥了戈子一眼，嘴角向上翘了翘，但他什么也没说，他这个兄弟一直对玩狠的情有独钟，看来一时也难改变了。

老板当然也了解戈子的性格，他摇摇手中的雪茄，说："不对。我看就是因为她知道徐大鹏已经死了，她明白只要说出我们想要的秘密，她立刻就得死，所以她才不开口，她是把这个秘密当护身符呢。"老板抽了口烟接着说："这个女人很有头脑，据说徐大鹏的生意实际是她掌控着，徐大鹏不过是前台露脸的摆设而已。"

"大哥说得对，从这几天了解的情况看，确实是这样的。"大鹏接着说："这娘们不简单，咱们的通道这是多秘密的事呀，她能知道不说，还给她用上了，这个空子让她钻的！"他连连摇头叹佩。老板抬眼看向他，眼中询问的意味明显，大鹏会意，说："咱们境外的关系查准了，他说最后去哈巴接货的是徐大鹏，但一切联络设计和最后运货出境都是一个女人办的，他们都叫她 cat，就是'猫'的意思。"

老板低沉着嗓音说道："海关通道严格来说不算什么秘密，境外除了老洪，知道的人至少还有一个老二。咱们这边除了我们，能用的人也有几个。所以，展鹏海出事，那是迟早的事儿。但我们独有的通道就不一样了，这秘密是怎么泄露的？有人用了我的通道，还抢了我的货源，占了我的市场，真是岂有此理！有这么便宜的事吗？"他阴森的目光扫向两人，继续说道："你们把原因查清，秘密和货都得给我拿回来！现在我们堵上了江上的漏洞，除掉了徐大鹏和那个幺六，但是不拿下这个女人，秘密只算是拿回来一半儿，原因也没查明白，这些可都着落在这只'猫'身上了……"最后他意味深长地说："只有查明白了，大家才都能洗清。"老板的话很清楚，要是查不出原因，他们两人也脱不了嫌疑。

这天上午9点，唐尧迈着轻快的步子向公安局主楼走去，他要去参加一个会，龙副局长在电话里只说开个小会，没具体说什么内容。唐尧猜测

第十九章　丝丝待捋·193

领导一定是要听北苑小区 4 号楼的勘查情况，既然特批了秘密搜查令，就得有个结果才行。

唐尧走进龙东山办公室，一眼看到彭雪松局长坐在沙发上，龙副局长、霍兵支队长、重案队于良宇队长都在，另外还有分管治安工作的副局长和治安支队长。见人到齐了，龙东山低声跟彭雪松交流一下意见，才开口说："咱们开个小会。主要是研究一下有关我市近期涉毒案件的情况。一会儿局长会重点讲。我们先听一听唐尧他们秘密勘查'10·30'案发现场的情况。唐尧，你说一下，有什么发现，有什么判断，都说说。"唐尧一愣，他有点儿犹豫，治安方面的领导毕竟不是专案组成员，秘密勘查的事能和盘托出吗？见领导没进一步指示，他略一思考开始介绍："我们密查了北苑小区的两户房子，可以确定'10·30'案件凶手逃离现场的通道，就是通过 4 号楼三单元 501 室，他们提前打通卫生间墙壁，把三单元 501 室与四单元 502 室连通，然后从四单元离开楼。这个 4 号楼就四个门洞，出四单元左拐就到了楼后，那里可以停车，也没有监控设备，是个盲区。我判断案发当天凶手控制了尚敏，把她抬到四单元 502，然后在一个不暴露的安全时间，再把她弄出楼转移到其他地方。"唐尧粗略地介绍了情况，他留了个心眼，情况得汇报，但也不能露底，要是领导认为可以说，自然会进一步提问，那时再细说。

唐尧的小伎俩哪瞒得过老辣的彭雪松，听完唐尧汇报，他抬眼看了看唐尧，脸上露出笑意，接过话头说："我说说吧。今天把几位找来，我们先听了'10·30'案子的进展情况，之所以听这个案子的情况，是因为案件定性为因涉毒引起的命案。近年来涉毒案件在我市时有发生，但都没作为打击重点列入工作日程，为什么呢？是我们没有意识到涉毒案件的重要性，还是我们没有力量和条件进一步深挖打击？都不是。根本原因在于省厅的指示，省厅要求我们要低调处理，暗中调查，经营线索；要服从全省大局，不打草惊蛇，不能因局部利益影响全局。"听到这里唐尧隐约明白一些事，他暗自思索，看来应该是省里出了新情况，来了新指示。

果然，彭雪松说道："昨天，我们接到省厅情况通报，近期省城连续发生两起命案，造成三死六伤，另有多起斗殴滋事治安案件同时发生，起因都是涉毒，根源在于近期毒品市场发生变化，一种新型毒品以一种新的方式流入市场，打破了固有平衡。而这种毒品的来源很可能是从境外流入我市，再经我市流向省城！"彭雪松有意停一下拿出烟点燃，看着自己的手下相互交流着各自的惊讶和见解。当他听到唐尧略带玩笑的口吻说"咱们市的涉毒群体能大到哪儿去"时，他提高声音对唐尧说："唐尧，你觉得咱们市涉毒群体不大？"唐尧眨眨眼笑道："应该不会很大吧？我们这两年还真没办过涉毒方面的案子。"彭雪松笑了，他向龙东山示意。龙东山拿出一份材料开始介绍江城缉毒形势。

原来，江城市吸毒群体真的挺大，据缉毒大队掌握，本市登记在案有名有姓的吸毒人员就有2000多人，实际的吸毒、涉毒人员会更多，相对于只有一百二三十万人口的小城市，这个群体就很大了。之所以有这么大的涉毒群体，与江城毗邻S国有关。有些我们视作毒品的，在S国却并不作为毒品管控，他们只当作"娱乐性兴奋剂"。对纯度和含量不高的冰毒管控也不严格。在S国哈巴市，一克冰毒折合人民币80—90元，而进入江城后价格一般每克要500元左右，价格翻了数倍。在这样的暴利驱使下，促使很多犯罪分子铤而走险大量贩毒。

龙东山介绍说："近几年来，全省公安战线虽然加大了打击力度，但涉毒案件仍有蔓延趋势，我省的各市县均有表现。而我们江城由于地理位置特殊，缉毒形势更为严峻，这趋势三年前就有所表现，已经引起我们重视，那时我们就向省厅作过详细汇报。我们判断，我市很可能被贩毒分子作为毒品流向全省的桥头堡，甚至有一条毒品运输通道经我市通往省城。近期省城缉毒案件发现的线索证明，这种可能性更加明确。"听了龙局长讲述，唐尧震惊不已，难道前段时间在侦办博物馆案件时，因为萧一扬的出现，使他产生的怀疑和判断真的对了？难道本市真的已经成了缉毒的前沿阵地？他的思绪立刻回到"10·30"案件上，看来案件背后一定有不寻常的背景。

龙东山介绍完情况，彭局长接着说："这回大家清楚了吧，最近几年我市毒情一直不容乐观，近期又发生'10·30'涉毒引起的命案，都能说明缉毒形势日趋严峻，结合省厅通报和省厅部署，从今天开始，我市公安

第十九章　丝丝待捋 · 195

工作，特别是刑侦工作重点要转到缉毒案件上来。今天这个小会，我们把分管刑事和治安方面的领导请来，就是要在下一步缉毒工作中加强两个部门的协作，共同做好缉毒禁毒工作。你们重案组的两位队长要以'10·30'案件侦破为切入点，拉开我局下一步缉毒工作的帷幕。"听完局长介绍，唐尧一阵激动，大战在即，他就像一个猎手要提枪打猎那样跃跃欲试，他目光炯炯地看着彭雪松，等待他布置行动方案。

当晚9点30分，江城市公安部门在全市范围统一行动开展大扫毒，对酒吧、夜总会、洗浴中心、旅店宾馆等重点场所全面检查；对在册重点吸毒人员、已经掌握的末端贩毒人员全部滞留尿检。行动发起突然而果断，涉毒人员措手不及。当晚，不包括下面市县，仅市区就抓获吸毒人员67人，抓获"卖小包"的6人。这次行动，对外宣传和行动表面看只是一次治安上的清查行动，并不涉及深层次问题，实际上全市的缉毒行动已经悄然拉开了帷幕。

唐尧的重案队作为中心组坐镇市局，暗中对扫毒行动中发现的重点人员、特别线索进行甄别深挖，重点放在与"10·30"案件有关的信息上。

重案队的两个组连夜对抓获的37名重点吸毒人员和6个"卖小包"的毒贩进行突审，行动中在这43人身上缴获毒品136克，全部是冰毒。

之后三天，唐尧带着二组昼夜不停突审涉案重点人员，终于在第三天得到了一个重要线索：一个以贩养吸人员交代，因为争夺毒品市场，徐大鹏曾与人有过激烈冲突。他还交代说，徐大鹏很可能有一个藏毒窝点，但具体位置他不清楚。

也就在这天，三河县公安局转来一个绰号"宝宝"的"卖小包"贩毒人员王宝宝。这个人被交送重案队不仅因为他在当天的扫毒行动中被抓了现形，在他一人身上就缴获56克冰毒，最主要的是他很有可能是"10·30"案件北苑小区4号楼那两位神秘房主中的一位，就是"王宝"。

这条线索跟老刘有直接关系。在得到房主戎戈和王宝的信息后，唐尧把进一步深挖两人线索的任务交给了刘开河。老刘工作细致，经验丰富，人头熟，这样既涉及局内外部门，还要向其他县市外调情况的工作最适合他。这几天审讯嫌疑人，唐尧没让老刘参与，而是让他联络各县区了解下面的扫毒情况，发现有价值的线索或者人员要接过来。当老刘把王宝宝的情况汇报给唐尧时，唐尧还心存疑问。

"这个人叫王宝宝，我们查的北苑小区4号楼那个房主叫王宝，差一个字呢，怎么判断是一个人的？"唐尧拿着老刘交给他的材料问，"还有，这个王宝宝是三河治安大队抓来的，是三河的人，我们查的王宝户籍是浓河县的吧？"

刘开河慢悠悠地说："我拿了这个王宝宝的照片给北苑小区售楼小姐看，她们很肯定地说不是4号楼502的买主。"唐尧耸耸肩，露出失望的表情。"但是，"老刘话锋一转说，"我到房产部门查看他们留存的过户档案，发现名字为'王宝'的身份证复印件上的照片，却跟这个王宝宝是一个人。"唐尧一阵迷茫。老刘接着说："我当时也糊涂了，售楼处的王宝不是房产科的王宝，也不是王宝宝，这是怎么回事？于是我又去了一次售楼处，这次我把戎戈的照片给售楼小姐看，她们立刻就认出来了，买房的'王宝'就是这个戎戈。"

唐尧连打手势喊停，说："慢来慢来，我捋捋。你是说在房产部门看到的照片上'王宝'和王宝宝是一个人，而在售楼处了解的'王宝'实际是戎戈这个人，对不对？"老刘点头。唐尧道："如果是这样，就有这么两个可能，一是戎戈打着'王宝'的旗号买房，并用他的身份证办了房产证。二是'王宝'和'王宝宝'就是一个人，只是身份证出了问题，有一个身份证是错的或者是假的。"

老刘笑着说："你这两个假设可能都对。当年办第一批身份证的时候出了很多错，比如我家吧，只有我爸是6月1日出生的，办身份证时也不知道咋弄的，家里人的生日信息都成了6月1日出生。我三个弟弟妹妹的身份证后来都改过来了，我就一直没改成，到现在还是'六一'的生日。所以我觉得王宝和王宝宝可能就是一个人，照片是准的，应该是办身份证时名字弄错了。至于戎戈和王宝有什么关系、买房这个事'王宝'知不知道就很难说了。我觉得戎戈冒名顶替的可能性更大一些！"

两人正聊着，刘延超推门进来，他把手里的一份材料递给唐尧。唐尧接过看起来。这是一份关于戎戈的外调材料，是根据房产部门办理房产过

第十九章　丝丝待捋 · 197

户时，戎戈留下的身份信息向佳市公安机关做的外调。戎戈留下的身份信息准确，他就是佳市人，今年32岁，未婚；在佳市无固定住所，与父母基本没联系，据他父母说已有两年没见过他本人了。个人经历是，在佳市读完高中，两年后参军，兵种是特种兵，三年后转业分配到佳市化工厂工作，1998年辞职下海做生意。有一次不良记录，是在2000年因聚众斗殴被行政拘留15日。佳市的外调材料很细致，戎戈斗殴案件的案情笔录复印件也同时发来。

看完戎戈的外调材料，唐尧陷入沉思，看来这个戎戈很神秘，行踪飘忽不定，要找到他怕是有些困难。但这个人的重要性也不言而喻，从目前掌握的情况看，北苑小区的两户涉案房子很可能是戎戈出面办的，王宝或者王宝宝应该不是主谋。想到这里，唐尧站起身说道："走！咱们去见见这个'宝宝'，我判断他一定不知道戎戈用他身份证买房子的事，甚至他都不认识戎戈这个人，但我预感他一定能给我们带来惊喜，也许真是宝！"

唐尧带着老刘和刘延超到看守所时，于良宇的一组以及二组的宋磊、翟新江还在看守所提审嫌疑人，他们这两天连轴转熬得双眼通红。等他们问完一个嫌疑人，唐尧让宋磊两人回去休息，也该他们补补觉了。两人走后，唐尧让管教干警把王宝宝带来。

没一会儿，王宝宝被带到提审室，见唐尧三个陌生面孔，王宝宝先不耐烦了，说："我说警官，你们不都问过了嘛！还想怎么的？人赃并获，我知道逃不了一死，你们能不能让我舒服几天？"

唐尧冷笑道："你倒挺明白呀。"

"猫和耗子那点儿玩意，谁不知道谁呀？50克就是死刑。那天我正出货呢，现场就抓了我56克，早够死刑了。所以，我也没必要瞒着啥。以前我也贩，多少克记不清了，反正枪毙个三五回是够了。"

"好！够爽快。"唐尧笑道，"我看询问笔录，你交代说你是侯三儿的下线。你进来就把他撂了，就不怕他报复你？"

"我还能出去呀？反正是个死，还能咋样？"王宝宝一副死猪不怕开水烫的样子，"我从小没妈，我那个爹早不知道躲哪个耗子窟窿去了。无牵无挂，他能报复我啥？"

唐尧笑了，心想有点儿意思，都说贩毒分子最难开口，这人倒是竹筒倒豆子。唐尧问："看你这样子，你自己不吸吧？"

王宝宝把戴着手铐的手合在一起做抱拳的动作，说："您饶了我吧！警官，那东西我是一口不沾，犯毒瘾的人啥样我比谁都清楚，我可不想遭那洋罪。要是但凡有点儿办法，谁干贩毒的事儿呀？他妈的太损了！生了孩子都没屁眼儿！所以，我30多了也不结婚。我知道早晚不得好死。"

"看来你也知道贩毒丧良心，有悔改的意思就好！"

"有啥用？还能跑了挨枪子儿？"王宝宝哂笑。

"如果你有重大立功表现，我们可以考虑向法院争取给你减刑。"刘开河插话说。

"我能有啥立功表现？"王宝宝满不在乎地说，"我一个小喽啰，就知道侯三儿，我猜他也就是个跑腿儿的，交代了他也立不了啥功。再说，就我知道他那点儿事也帮不了你们什么。"

"也不见得。我们可以给你机会，只要你配合，也许就有用。"唐尧悠然说道。其实，他知道王宝宝交代侯三的情况作用不大，除了侯三大概的样貌特征，其他年龄、籍贯、住址，甚至连侯三是不是江城人，王宝宝都不确定。唯一联络的手机号码也是停机状态。

唐尧的话让王宝宝有些吃惊。对面的年轻人不过二十几岁的样子，但气势上却让他感到一种沉稳和从容，他的话虽简短却含着深意。一丝希望在王宝宝眼中闪过，他正色说："你们想问什么？只要我知道的，尽管问。"唐尧暗自一喜，他放松语调以闲聊的口吻问道："你有个绰号叫'宝宝'吧？是因为你的名字叫王宝宝，别人才这么叫的吗？"

王宝宝笑道："也是，也不是。主要是我这人性格开朗，平时爱开个玩笑，要个活宝，所以大家才这么叫的。"

"你名字就叫'王宝宝'吗？我看你是1966年出生的，今年35岁，在你们那个年代起这样的名字可不多见，要是叫个卫东、建军什么的很正常，那时候叫宝宝、玲玲这种叠字的名儿是很前卫的。"

王宝宝叹了口气说："我还不记事儿呢，我妈就没了，我是跟着奶奶长大的。听奶奶说，名字是我妈给起的，我妈说我就是她的宝，就叫宝宝吧，坚持给我起了这么个名字，当时给我上户口时还被人家一顿奚落。我小时候也没少被同学和小伙伴取笑，说，就你那熊样，还宝宝呢！废料一个！宝什么呀？"王宝宝呵呵笑起来。

唐尧突然问道："你有过'王宝'这个名字的身份证吧？"

王宝宝一呆，随即说道："有过。办第一代身份证时，公安户籍那里不知咋就写成了'王宝'，我去找他们改，他们说，你一个大男人叫什么宝宝啊！到老了，叫宝宝多难听啊！干脆将错就错，就改名王宝得了。我很生气，说，名字是妈给起的，你说改就改呀！不行，我不叫王宝，一定给我换回王宝宝。就这么的，后来又换回王宝宝这个名字，但那个'王宝'名字的身份证也用了好几年。"唐尧和老刘对看一眼，会心地笑了。王宝宝感觉不对，问道："怎么了警官？那个身份证有什么问题吗？"

唐尧没回答他，而是问道："你最近没去市里北苑小区4号楼的房子吗？"

王宝宝一脸迷茫，挠挠头说："哪儿的房子？北苑小区？我在市里没房子呀？"

唐尧不答，又问："你有个关系很不错的朋友，叫戎戈吧？"

王宝宝更糊涂了，说："打住打住，警官，你别捉迷藏！我不知道你在说什么，我不认识什么戎戈，我在市里也没房。"

唐尧一拉脸说："你要说实话，我们这么问你肯定是有依据的。"他向刘延超示意，刘延超立刻拿出北苑小区A区4号楼四单元502室的房产登记档案复印件给王宝宝看。唐尧说："你看看，两个多月前，你不是用'王宝'这个名字的身份证买了房子吗？"王宝宝接过去认真看着，好半天才说道："还真是我的照片，是我原来的那个身份证。"他抬起头很认真地说："警官，我不撒谎，这房子我真不知道，不是我买的。你刚才说的人，我也真不认识！"之后，他自言自语道："我那个身份证早就不用了，我都不知道扔哪儿去了，难道是谁捡了去？"

唐尧不再追问，说："你回去好好想想，我们倒是倾向于相信你的话。"说完，他示意管教带王宝宝回监区，快到门口时，唐尧又叫住王宝宝，很郑重地对他说："你好好想想身份证的事，这对你很重要！说不定真能改变你将来的命运。想起什么就让管教通知我们。"王宝宝驻足深深地看了唐尧一眼，然后转身跟着管教离开。

带走王宝宝，唐尧跟老刘交换了一下意见，他们认为王宝宝说的应该是实话，这与事前的判断一致。看来这条线索也就到这了。

刘延超在一旁问道："还提审谁？我看这次行动也没什么特别的情况，收获不大呀？"

老刘笑道："收获还不大？！这次扫毒行动一下抓了这么多人、缴获这么多毒品、挖出这么多线索，那可都是三年经营积累出来的，不然哪有这样的战果，知足吧！"

唐尧也笑道："是呀，收获其实不小。可能咱们还没利用好已有的线索，还得继续深挖，我感觉咱们还没凿正'冰眼'，还没出现井喷的效果！"

三人坐在提审室一边看几天的审讯记录，一边研究下一步的突破点。老刘先提出建议："我看不能撒大网，还是应该先抓能给'10·30'带来进展的线头儿。"

刘延超接口说："能让'10·30'案件有突破的，最快的渠道要么找到那个叫'猫儿'的尚敏，要不就是找到戎戈。除此之外我看都是弯道，没有捷径。"

唐尧笑道："有道理！"说着他指着昨天宋磊审的一个笔录说："看看这个，也是前天，差不多跟王宝宝一起通报给我们的，跟'10·30'案子有瓜葛的就这个人和王宝宝。王宝宝跟案犯逃跑的房子——那个密道有关，而这个人明显是跟被害人徐大鹏有关系。"老刘接过笔录，刘延超也凑过来一起看。

那份笔录的提审对象名叫聂宝东。

聂宝东已在号里待了五天，他正处在毒瘾发作期。唐尧知道，这个时候审讯吸毒者是最好的时机。

聂宝东被带到唐尧面前，他脸色灰黄，瑟瑟发抖，不住地流着鼻涕眼泪，没问几句就哭天喊地地要毒品。听着"给我溜一口吧，给我点粉儿吧"的惨呼，唐尧心里说不出是什么滋味，有痛恨，有怜悯，也有鄙视。人到了这个分上哪有一点点尊严可谈，简直猪狗不如！

看着聂宝东生不如死的可怜样，唐尧点着一支烟走过去，塞在聂宝东嘴里，几乎神志不清的聂宝东立刻大口吸起来，也许他的潜意识在告诉他，"冰儿"来了。说来也怪，他吸了几口难受的症状真的减轻了。

唐尧抓住时机问道："你和徐大鹏是好朋友吧？"

聂宝东贪婪地吸着烟，哆嗦着有气无力地说："是……是同学，我能沾上这……这玩意儿，都是拜他所赐……完了，啥都没了……"几口吸完了一支烟，他恳求说："再……再给我一根儿吧……还能好受一点儿。"唐尧示意刘延超再给他点一支。这次没用唐尧发问，聂宝东自己主动交代说："反正他也死了。我知道他……他也贩毒。每年他都去哈巴两三次，多少都能带回来一些……我也从他那里买，他给我的价格比市价低点儿。"

"多少钱一克？"唐尧追问。

"卖别人都是八九百一克，给我一般也就五六百。他给我这么便宜主要是我能给他介绍一些人去。不过，别的好处没啥……"

"你这是在帮他销毒，你知道这是什么性质吗？"

"无……无所谓了，"聂宝东苦笑道，"看看我这个样儿，还不如早死了好……"

"你知道徐大鹏什么时候开始从境外购买毒品吗？"

"两……两年前吧。"

"据我们掌握，徐大鹏吸毒至少有六七年了。那两年以前他是从哪儿买毒品？"

"应该是从沈志鹏那里吧，好像……是。"聂宝东说，"我也在他那里买过。后来徐大鹏有货源了，我就不去他那里买了。为这个，也因为我给徐大鹏引荐毒友，沈志鹏还安排人打了我一顿，他和徐大鹏也闹翻了。最近因为一批货，他们好像……好像又……又……"聂宝东说得随意，唐尧却震惊不已，这是一条新的线索。

"最近一批货，最近是什么时候？"唐尧一边看似轻描淡写地问，一边在纸上写了"沈志鹏？"的字样推给老刘，老刘会意立刻离开审讯室。

"我记不准日期了，"抽了四支烟，聂宝东的情况好了很多，说话也顺溜不少，他继续说，"大概是徐大鹏出事前一周的样子。我去找徐大鹏买冰儿，那天他心情非常好，主动带着我，还有他的两个女朋友去他的房子'溜冰儿'。他这人手头宽裕时还是挺大方的，那天我用的冰儿，他都没要钱。他跟我说来了一批货，货源一年不用愁了。我猜想量不小。我说多给我点儿，他说还得等等。明明货已经到了，他又说还要等等，我猜也有可能是半成品，不知道他啥意思……"

"你的意思是说，徐大鹏可能有制毒窝点？"唐尧又是一惊，制毒是需要技术的，徐大鹏手下难道有这样的人才？

"制毒我猜应该不会有。但简单地加工一下，提提纯什么的也有可能……"

唐尧继续问："尚敏你认识吗？"见聂宝东迷惑的样子，他提醒道："就是猫儿。"

聂宝东哆哆嗦嗦地点点头说："知道。一起玩过。她是徐大鹏的铁子，他俩一起玩，也一起倒卖毒品。但猫儿好像只吃点摇头丸，不'溜冰儿'。她没什么毒瘾……借着摇头丸的兴奋劲儿跟大鹏玩……"

唐尧暗自摇头，似乎又是一个闫睿、齐想类型的女人，他真不明白徐大鹏有什么魅力。他接着问："齐想和闫睿呢？你都认识吧？"

"齐想是徐大鹏公司的那个出纳吧？她这人没啥心眼儿，徐大鹏就是玩儿的时候需要她，具体卖冰的事儿，她不知道。闫睿……就是……毒……毒友。我是通过徐大鹏认识的。他们之间怎么认识的我不知道。这女人很疯，也很乱，平时好好的，一旦吸了、溜了就啥也不顾……她男朋友也是因为她才吸的，可是他管不了她。她好像也不缺钱……"

"你从沈志鹏那里拿货是什么时候的事？"

"两年前。最近这两年他不直接卖了……"聂宝东好像意识到说多了，他低下头狠狠地吸烟不再开口。

唐尧还不知道沈志鹏是何许人也，他不便多问，转变话题说："你觉得尚敏知不知道徐大鹏制毒或者是藏毒的窝点？"也许是唐尧的问话跳跃性太强，聂宝东想了好一会儿才回答说："这个我不知道，他有没有制毒窝点我也是猜测。猫儿知不知道不清楚……"

第十九章 丝丝待捋 · 203

唐尧本想再问一些情况，但聂宝东毒瘾再次发作，已经无法询问，他只好叫人把他带下去。同时，他吩咐看守所管教，让他向所里汇报，给聂宝东必要的治疗控制毒瘾。唐尧没再继续提审其他人，他觉得应该抽时间好好消化一下这两天得到的信息线索，不然要打乱仗。

唐尧开着车往警队返，脑子里不断闪出"沈志鹏"这个名字，这是个什么人呢？他觉得一定在哪里见过这个名字，但一时又想不起来。

# 第二十章　冰山露角

第二天上午，老刘带回了沈志鹏的调查情况。江城市有两个叫沈志鹏的人，一个是交通局退休职工，而且是女性，与掌握的情况不符；另一个沈志鹏是市区一家叫作"香醇茶品"的经理。

拿着老刘汇总的调查材料，唐尧仔细看着，有一条信息引起了他注意。"这个沈志鹏也是 32 岁，也当过兵，"唐尧自语道，"我一定在哪儿见过这个名字。"猛然间"戎戈"两个字跃入脑海，他立刻拉开办公桌抽屉拿出戎戈的外调材料。果然，在记录戎戈治安案件的卷宗里，他找到了沈志鹏的名字。戎戈那次的斗殴案件参与的共四人，有三人被治安拘留，那个没被拘留的参与者就叫沈志鹏。唐尧有一种豁然开朗的感觉。他拿出笔画了一张小草图，中间圈住"沈志鹏"三个字，一条线箭头指向戎戈、王宝宝，另一条线箭头指向聂宝东、徐大鹏。唐尧又画出第三条线，箭头终处画了一个"？"，他相信这一处填上名字时，就是"10·30"案件侦破之日。

唐尧把图推给刘开河，说："老哥，看来这个沈志鹏是个关键，我们还得深挖！"老刘眯着眼盯着图看了好半天，才问道："你是想再审王宝宝？"

唐尧点头答道："我就不信他们之间没有关联！"

唐尧带着老刘和刘延超走进西看守所的大院，迎面正遇见副所长老古，见是唐尧，他笑道："说曹操曹操到，我正要给你打电话，你就来了。直接去审讯室吧，我去给你提人。"古所长没说提谁，唐尧也没问。到了审讯室，管教告诉唐尧是王宝宝要见他们。

几分钟后，王宝宝被带进审讯室，刚坐好没等他开口，唐尧忽然问道："沈志鹏你认识吧？"

听了这话，王宝宝猛抬头惊道："你怎么知道我找你们是要说他的事？"唐尧暗自一笑，心里不免有些得意，他懒懒地往背椅上一靠，说："没什么好惊讶的，我猜的。"然后他用戏谑的口吻说："你不会告诉我，你也爱好品茶吧？"王宝宝摇头苦笑道："我只能喝明白白开水。茶我可品不起！"

唐尧向他伸手示意，说："那就说说吧，你找我们要说沈志鹏什么事？"

"昨天你们走后，我想了一晚上，能用我那个身份证办房产证的，只能是沈志鹏。那个身份证应该在他手里。"王宝宝说，"我这人好打猎，特别喜欢猎枪，1998年我就办了持枪证，尽管现在缴枪呢，可我还是私藏了一支猎枪。这支枪我就是从沈志鹏手里买的，一把俄罗斯产的立管猎枪，持枪证也是他给我办的。当时办证我藏个心眼儿，故意用'王宝'这个身份证去办枪证。那时我新办的身份证刚刚拿到手，这个旧身份证也还能用，就让沈志鹏用它办枪证，他也知道身份证名字不对的事，但也没多问，办完了旧身份证也没还我。所以，我想办房产的事弄不好跟他有关。"

唐尧说道："我们查了，出面去办房产证的人是戎戈，不是沈志鹏。你说过不认识戎戈，那会不会是沈志鹏把你那个身份证提供给了戎戈？"王宝宝点头认同唐尧的说法。

唐尧没追问戎戈其人，他相信王宝宝是真不认识戎戈。眼下还是从沈志鹏入手为好，于是问："你是怎么认识沈志鹏的？他能给你办持枪证，说明你们关系不错嘛！"

王宝宝摇头苦笑道："谈不上关系好，买枪给了他3200块钱，办持枪证说是没花钱，却要了我800块钱好处费。"王宝宝自嘲地笑了笑，开始讲述他怎么认识沈志鹏的。他们的相识没什么特别，两人之间除了办持枪证也没其他特殊事，但唐尧听得出，他们的相识与一个人有关，那就是侯三，而侯三正是王宝宝贩毒的上线。于是，唐尧问道："你跟沈志鹏相识看来是侯三介绍的，侯三跟沈志鹏是什么关系？"

王宝宝思量半天才说道："以前没想过这些，你这么一说，我觉得那次促成我去大鹏的茶室，根儿上还真就因为侯三。至于侯三他俩是什么关系我说不清，我两次见他们在一起，能看出侯三跟大鹏很熟，也很随便。不像我见了人家那得小心翼翼毕恭毕敬的！这个你们应该找侯三问问，他跟沈志鹏的关系肯定比我近得多！"唐尧暗想，要是能抓到侯三也就不跟你费口舌了。看来沈志鹏是不是参与贩毒、侯三是不是从他那里拿货还不能确定。唐尧暗想，有必要动一动这个沈志鹏了，想到这里他问道："你找我们除了办枪证的事，还有别的事吗？"

王宝宝点头说："是，还有个事我觉得挺奇怪，不知道对你们有没有用，想跟你说说。"

唐尧鼓励说："不管有没有用，什么事都可以说。"

王宝宝说："10月31日上午9点左右，我看见沈志鹏的车去了三河。"唐尧一惊，问道："本月31日？你确定？"这个日期太敏感，那是"10·30"命案发生的第二天。

"那假不了！我亲眼看见的。"王宝宝打保票，"30日晚上我在三河二排干东坡儿守了一宿，那有个狍子道儿，但那天没等着。守到第二天早上6点，天冷，还有露水，我就背着枪骑着摩托沿大坝往回返，离公路三四百米吧，看见路上停着一台白色桑塔纳，那会儿一个瘦高个儿男的正从后车门下来，换到前面副驾位置上，之后车就走了。离得远看不清车牌子，也就不知道是谁的车。等我转上公路，那车就在前面，我远远地跟着……"

说到这儿唐尧插话问："什么公路？是江城通三河的水泥路吗？"

"不是，"王宝宝摇头说，"是三河到丘林乡的沙石路，但车肯定是从市区那边过来的，这条沙石路是主路的辅道。"唐尧示意王宝宝接着说。"他那车比我的摩托快得多，一上坡就没影儿了。等我上了坡往下看时，那车又在坡下停了，这回是驾驶员位置下来一个人，也看不清。那人下了车把后门打开，我远远看见，他用脚往里面踹了两下，好像后面装着什么东西。我也没在意继续往前骑，等差不多能看清车牌子时那车又走了，只看到车牌是白底红数字。我当时想这不是军牌就是武警的牌子，以前见过。"

王宝宝说得口干舌燥，唐尧示意刘延超给他递了一杯水，喝过之后，王宝宝接着说："当时我想，这谁的车呀？这么早干吗呢？我留个心眼儿没跟太近。别人家有啥秘密事儿，咱看见不好。所以到一个岔道，我有意拐上去不跟在车后面，这条小道进三河还能少走五六里路。"

"十分钟后我到县里，我没回家直接去了新区。不瞒你们，我在新区有个相好的，我要到她家睡觉，那天虽说没打着狍子，但也打了两只野鸡，让她收拾一下晚上炖了当下酒菜。到她家楼下，我停好车上四楼。哎！你说巧不巧，我上楼刚把猎枪放阳台上，就看见那辆车进了后面别墅区。我这相好家的楼和后面别墅楼紧挨着。我看见他们到了正数第二排、西面第二户别墅，那是独门独户的别墅。他们遥开车库门，把车开进去，然后遥控关的门。这时，我一下想起来，沈志鹏的车就是军牌，他说过全市白色桑塔纳就他这一台有这样的牌子。认出车来，我也就确定路上看见从驾驶位置下来的人就是沈志鹏，我说当时看着眼熟呢。"

唐尧非常认真地听着，见王宝宝停下来，他问："这之后你看见他们出别墅了吗？车是什么时候离开的？"

"那不知道，"王宝宝摇头说，"我睡觉了，一直到下午才醒。我当时就是感觉好奇，我给侯三打电话想问问他沈志鹏是不是来三河了，他跟我说大鹏在省城呢，不可能在三河。这明显是假话，我也没再多问。之后11月3日，侯三主动给我打电话说有货了，还问我要多少，听他口气货不少。我也没客气，要了四袋，讲好25000块。我们约好当天下午去市里百货大楼，我拿一个黑色的小包装钱，侯三也用一个一模一样的黑包装了货。我们装不认识，在一排休息凳前，他把包放一边，我到哪儿坐下一换包站起来就走。呵呵，这都是跟电影上学的。然后我打出租出城，找到我的摩托车骑回三河。就这些。"

唐尧问道："你再说一下那个别墅的准确位置。"他断定这栋别墅一定有门道。

"这简单，"王宝宝说，"我们三河就那一个别墅区。一共是前后五排，只有西面第二排那一溜儿是独户的二层别墅楼，其他都是两户型的。他们去的那户是南面数第二排的独户别墅。"

询问完王宝宝，唐尧带着老刘和刘延超赶回警队。到办公室，唐尧立刻以重案组名义打电话给三河县公安局分管刑侦工作的副局长，请他们协助调查王宝宝交代的这座别墅的主人是谁，现在是否有人居住，并特别强调一定要保密。之后，他电话向霍兵作了汇报，提议马上赶往三河，搜查这所别墅。为防万一，唐尧建议多带警力，准备可能出现的抓捕行动。霍兵向来雷厉风行，立刻批准了，他给唐尧的二组一小时准备时间，然后他要亲自带队去三河完成搜查任务。唐尧叫上还在睡觉的宋磊和翟新江，五人先去办手续领武器装备，全副武装，忙完这些时间也差不多了，他们赶紧下楼。到楼下，霍兵的专车已等在那里。唐尧和老刘上了霍兵的车，两辆车直奔三河。

一个半小时后，两辆警车呼啸着驶入三河县公安局。三河公安分局局长、主管刑侦的副局长等在门口，看来局里早有准备。见霍兵、唐尧等人下车，两人上前敬礼握手。霍兵虎着脸问道："准备好了吗？"

冯局长答道："都准备好了，30名干警整装待命，都在一楼会议室等着呢。"

"别墅的情况呢？"霍兵一边问，一边大步往里走。

"也查清了。楼主叫冯喆，是个个体户。现在就在局里。"副局长答道，"对别墅周边邻居和对面高层居民也做了暗访，可以肯定最近几天别墅中一直有人，但都说只见车进车出，不见人走动。"

"好！"霍兵回头对唐尧说，"你去询问冯喆。我去开会布置行动。要快！"说完快步走进楼内。

唐尧在一个干警引领下进了二楼的一间办公室。里面有干警守在桌前，一个30多岁的汉子神情紧张地坐在他的对面。干警高大魁梧，威风凛凛，与那人的瘦小猥琐形成鲜明对比。

见唐尧两人进来，那干警站起身打招呼，唐尧只是简单握握手寒暄两句，之后威严地站在冯喆面前。唐尧也是一米八五的身高，他冷冷地俯视着冯喆，那种压迫感，让冯喆更显怯懦。唐尧盯了他好半天才沉声问道："你就是冯喆？"冯喆马上起身连连点头说是。唐尧再问："三河花园别墅小区十五座别墅是你的？"

第二十章　冰山露角·209

那人略一犹豫，答道："是……是我的。"

唐尧带着嘲弄说道："听说你是卖煎饼果子的，看来你生意不错嘛，能买得起50多万元的别墅。你跟我说实话！房子真是你的吗？"冯喆头上冒汗，他低着头不吱声。唐尧厉声说道："知道为什么专门找你吗？！"冯喆迷茫地抬起头用颤抖的声音说道："不知道啊，出……出啥事儿了吗？"

"出啥事儿了？我告诉你，出大事儿了，掉脑袋的大事儿！"唐尧说道，"你要是别墅的主人，那你可要有个心理准备，等着坐班房吧！"说完唐尧转身欲走。

"不不，等一下……等一下，我说，我说。"冯喆擦擦脸上的汗说，"我这小买卖一年就维持个生活，哪儿买得起别墅啊！那是我表哥徐大鹏的，是他用我的名字买的。他给了我1000块，叮嘱我对谁也不能说别墅的事儿。我猜他可能是在那里养小的，也就没敢多问。这三年来，我是一步也没去过别墅啊！"

唐尧叮嘱那个干警给冯喆做笔录，他转身下楼。一楼会议室里，霍兵已布置完行动任务，正在强调安全和纪律。见唐尧进来，霍兵简短几句结束讲话。唐尧走到霍兵跟前，对他耳语道："别墅的真正主人是徐大鹏。"霍兵侧目看了一眼唐尧，嘴角露出一丝笑意。

十余辆警车、40多名干警以最快最隐蔽的方式迅速将三河花园别墅小区第15号别墅团团围住，别墅前后左右的邻近楼房制高点都布置了狙击手。一切准备就绪，霍兵拿着话筒喊话："15号别墅里面的人听着！我们是警察，你们已经被包围了，赶快走出别墅！"

15号别墅所有的门窗都关着，窗上都挂着厚厚的窗帘，西北方高高的七层楼房的暗影笼罩了整个别墅，给这座危楼平添了一丝诡异。两分钟后，霍兵再次喊话，这次唐尧清晰地看到二楼一扇窗的窗帘动了一下，他判断那是有人透过缝隙观察外面的情况。霍兵也看到了这个微小的动作，他立刻对二楼喊话说："二楼的人听清了！给你五分钟时间考虑，时间一到我们立刻开始行动！"说完，他示意身边的特警组成盾牌阵待命。唐尧躲在车后抬起手腕看表，时针恰好指在4点上。"用不了一小时天就黑了，必须在天黑前拿下别墅。"唐尧暗想。

五分钟很快就过去了，霍兵向特警一摆手，五名特警顶着头盔，手持盾牌缓缓向别墅门靠近。另有两名特警猫着腰抬着破门器，躲在五人身后跟进。刚到别墅门口，就听到楼内"砰砰"两声闷响，所有人员都下意识地缩身躲在掩体后，等待着可能继续射来的子弹。然而，几分钟过去了，一切都那么平静，楼内再没任何声响。唐尧矮着身跑到霍兵身旁，对霍兵说："里面的声音如果是枪响，子弹也不是射向咱们的。"霍兵盯着唐尧说道："你是说，要么不是枪声，要么就是……"唐尧坚定地点点头说："我判断很可能里面就两个人。"里面两人，两声枪响，他的意思很明确。

霍兵立刻站直身大声对特警喊道："立刻破门！"

15号别墅大约300平方米，有两层，与一般别墅不同的是，在车库下面还有一个地下室，显然这是房主自建的。地下室面积有八九十平方米的样子，里面有几张长方桌子，桌上摆着各种瓶瓶罐罐，很显然那是提纯用的器材。现场检查发现了一些麻黄素，但并没发现任何毒品的成品或半成品。

一楼有客厅、卫生间、厨房和一个很大卧室，室内没什么装饰，装潢也很简单。唐尧带着二组直接上了二楼，一上楼，唐尧立刻闻到淡淡的火药味，那两声闷响就是枪声。

正如唐尧所料，楼上的确就两个人，但现在已经是两个死人了。唐尧站在楼口伸手示意后面的宋磊几人停下，他要独自检查。

两个死者，一人侧卧，右侧太阳穴处中枪，血仍在流淌，他手中还紧握着枪；另一人坐在一张沙发椅上，双手摊开，头后仰，后脑处有一个拳头大的伤口，血还在滴落，那把造成这一可怕景象的左轮手枪就躺在血污里。椅子后面墙上一大片红红白白没有凝固的东西受重力作用仍在向下流。很显然，这两人是开枪自杀，一人射中自己的太阳穴，一人则是在口里开了一枪。

唐尧稍作检查就下了楼，他把勘查现场的任务交给了宋磊和刚刚赶到的技术组。一楼只有霍兵和三河公安局的两位领导在，门口有一名警察站岗，楼外拉起了警戒线，大部分警力已经撤离。见唐尧下来，霍兵问道："是两个人？"唐尧点点头并没说话。霍兵会意，他对三河的两位领导说："你哥俩去看看外围的布警情况，另外和市局联系一下，调条警犬过来。"两人知道领导要商讨涉密话题，和唐尧打了招呼离开了。唐尧向他们歉意地笑了笑。

"说说，你怎么想的？"霍兵沉声问道。

"这两人的死没什么可说的，畏罪自杀。宁可自杀，也不被抓，这个组织不一般啊。"唐尧苦笑道，"关键是，这个别墅的真正主人是徐大鹏，那些器材也一定是他的。可引导我们找到这儿的线索是来自沈志鹏，他是怎么知道这里的呢？"

"只能是尚敏！"霍兵用肯定口吻说，"我分析，31日上午，在沈志鹏车上的一定还有尚敏，是她带着沈志鹏和那个瘦高个儿来到这里的。"

"我也这么想。"唐尧同意霍兵的分析，"如果是这样，我估计尚敏凶多吉少。"

"是的，所以我才调警犬来。"

"您的意思是通过警犬找到尚敏的……下落？"

"多半是尸体。"霍兵用肯定的语气说道，"找到埋尸的地点。"霍兵看看表，时间是晚上6点。"我赶回市局向彭局汇报，你留在这里主持现场勘查。我会叮嘱三河分局的，核心工作他们不要介入，但寻找尚敏，如果需要，他们要出人。"

唐尧讪讪地笑道："这好吗？冯局他们不会有想法吧？"

"案情重大，事关机密，他们会理解的。你放手干，别那么多顾虑。出了问题，我拿你是问！"

霍兵走后，唐尧分配了任务，他让宋磊和翟新江负责勘查二楼，自己则带着老刘检查车库和地下室。技术组的四人分成两组各自配合唐尧和宋磊的工作。

晚上8点，唐尧正在车库检查，楼外传来狗叫声，他知道是警犬到了。他吩咐老刘把警犬带进来，自己站在车库里回想着王宝宝交代的情形。"如果车的后座上拉的就是尚敏，那么进入车库后，她大约应该是在这里被拽下车……"唐尧走到靠近库门西墙的一边,他俯下身仔细观察墙面,墙上有开车门剐蹭的印记,地面上还能看到模糊的脚印,靠近墙边的地面有一层灰尘,那里有一处一厘米见方的印记引起唐尧注意,他判断那应该是女士高跟鞋后跟留下的。

警犬进来,唐尧直接示意干警把狗牵到他发现鞋跟印记的地方。警犬是一只健硕的德国黑背,它在鞋印上嗅了嗅,之后转身朝车库通一楼客厅的内门嗅去。唐尧以为它要进客厅,没想到警犬嗅到门口一头向墙边儿扎去,之后欢声叫了起来。唐尧走过去用强光手电照向墙的地脚线,他俯身细看,发现那里有一枚灰色的豌豆大小的纽扣。唐尧拾起来就着手电光细看,纽扣很精致,上面镂刻着精致的花纹。看来这枚纽扣应该是女士衣服上掉落的。

唐尧暗自高兴,他对驯犬干警说:"我们就是要找到这枚纽扣的主人,怎么让狗明白?带我们去找。"

那干警拿过纽扣又放在警犬鼻前让它再嗅嗅,做了几个动作说了几句口令后,那警犬立刻低下头鼻子一动一动地嗅起来。这次它直接进了客厅,在客厅转了转,之后顺着楼梯上了二楼,在二楼客厅转了一下,似乎也讨厌那两具尸体,它没到尸体那边直接进了卧室。在卧室的简易衣橱前警犬对着里面的一件女士睡衣叫了几声,见干警没有指令,它再次低头嗅起来。这次它快速下了楼,在一楼客厅没停留直接冲出门去。唐尧一边高喊宋磊、翟新江下来,一边示意身后的老刘和刘延超跟上。

警犬奋力向前,拉着驯犬干警大步跟进,唐尧五人小跑着跟上。唐尧看见老刘和刘延超都提着不知哪里找来的铁锹,他知道一定是老刘的主意,这位老刑警是预见到了什么。

出了小区,警犬直接向西郊方向奔去。上了公路警犬的速度明显慢了,看来公路上车多人多气味杂,目标气味受到影响。警犬虽嗅嗅停停,但仍旧坚定地向西前行。走了四十分钟,警犬拐上一条小路,它忽然欢叫了几声,然后猛地朝一个下坡冲去。唐尧没立刻跟下去,他用手电照向地面,这里有清晰的停车印记。不用说,犯罪分子是开车来到这里,停车后步行下了斜坡。唐尧停留了不到半分钟,就被警犬落下一大段距离,他快跑着追上去。路越来越难走，已看不到路径，他们在警犬的指引下，在四周密布着一簇一簇的柳条丛中穿行。

又前行了十分钟左右，警犬不再往前走，它开始在一块不大的空地上转圈，一边嗅一边不时地向驯犬干警叫，爪子还在地上挖。那干警对唐尧说道："就在这里，挖吧，应该是尸体。"唐尧拿过老刘手里的铁锹开始挖掘，宋磊心急随手抢过去挖起来，唐尧提醒说："别挖太猛，半锹半锹挖！"

两分钟后，刘延超端起一锹土，惊道："照这里，看！这是什么？"手电光下，唐尧清晰地看到一块衣物从土下露出来。

经过十分钟清理，一具完整的女尸被抬出土坑。尽管她脸上有很多淤青，但仍能看出那是一个年轻女子。唐尧断定，这人一定是尚敏，也就是猫儿。

两天后，"10·30"案件第二次案情通报会在刑警支队会议室召开，各队领导、重案队全体参加。会议由彭雪松局长亲自主持，在龙东山、霍兵和缉毒中队、重案队一组相继作了汇报发言后，唐尧第五个发言，而他的发言才是最核心的命案情况。

"我先说一下三河县15号别墅自杀的两人情况。"唐尧介绍案情，"两名死者，一个叫张庆江，一个叫施涛。这两人都有当兵经历。张庆江28岁，我市凤山区人，未婚，没有固定职业。1995年，张庆江因故意伤害被判刑三年；施涛31岁，省城人，2001年来到我市，最初以倒卖粮食为生，因强买强卖被拘留收审；有多起打架伤害案件与他有关，但都因证据不足没办法处理他。两人是自杀，就是在我们包围15号别墅时，他们在屋内开枪自杀的。可见，两人知道被我们抓住一定是必死无疑，因此自杀。"

"我们在警犬帮助下找到的女尸，经过确认就是'10·30'案件中，我们怀疑可能也在现场的第四人，那个绰号'猫儿'的尚敏。经法医鉴定，尚敏死亡7-10天，以此推断，应该是10月28日–11月1日；根据已掌握的线索分析，死亡时间最早是31日下午。死因是窒息身亡，颈部有明显的绳索勒痕，杀人现场应该就在15号别墅内；被勒死后移尸三河西郊柳树丛掩埋。死者生前曾至少与四人发生性关系，可能是遭到轮奸，也不排除吸毒后滥交的可能。从死者身体里和短裤上提取精液的DNA检测情况，要等省厅鉴定结果。"

唐尧介绍了案情和现场勘查后，进行了案情分析。他判断"10·30"案件发案原因，应是争夺毒品。从杀死徐大鹏绑走尚敏看，目的很可能是想通过尚敏了解徐大鹏的制毒窝点和毒品隐藏地，可见凶手对徐大鹏与尚敏的合作关系非常了解，知道只要抓住一人就可以得到他们想要的东西。至于闫睿被杀，唐尧认为应该是意外，可能到达现场时，凶手并不知道闫睿也在。

龙东山问："案发时间和作案经过你是怎么推断的？"

唐尧说道："我推测案发时间是在曲志新刺伤徐大鹏荒乱逃离现场后到我们进入现场之前。我们到达现场时徐、闫二人虽已死亡，但伤口还在流血，现场血迹还未凝固，说明死亡时间很短。如果曲志新逃离现场直接到了我发现他的位置，没有因神志不清跑到别处，那从现场出来也就7分钟，宋磊他们到达到我们进入现场，中间最多18分钟；我判断凶手就是利用这25分钟杀了徐大鹏和闫睿，并劫走尚敏。"唐尧说完会场一片议论声，这样的判断，唐尧还是第一次这么确切地提出来，对二次勘查现场并发现凶手逃离通道的事，还有很多人不了解，唐尧也没介绍。一中队、三中队队长也参加了会议，王明先提出反对意见，说："这设想太大胆了，是吧！在不到25分钟时间里，沙！既要杀死两个人，又要绑走一个人，沙！还不被发现，从容离开现场，这可能吗？"

唐尧坚持自己的观点说："对于一般人来说可能时间很紧，但如果是一个职业杀手，又有便捷逃离通道，这个时间就不算短了。"

王明冷笑着说："职业杀手！哪儿来那么多职业杀？是吧，听评书啊！这个，曲志新杀人的可能性不是没有啊？是吧！怎么就一定排除他，是吧？你不能就因为，沙，刀伤什么稳定，什么冷静，是吧，就说另有凶手吧？"他还记得唐尧第一次案情分析会上的话。

唐尧心里不觉冷笑，案情都发展到这个程度了，他还提这样愚蠢的问题，真是可笑。唐尧懒得对他解释，他没吱声。于良宇、宋磊、翟新江等参战干警都作了发言，各抒己见。

彭雪松始终没说话，这种情况也确实难表态，各种假设都有可能。但彭雪松觉得大家都纠结在谁是凶手、如何抓住凶手这思路上，他们都忽略了案件背后的深层次问题。这个案件显然是涉毒命案，抓住毒贩、打掉贩毒渠道才是根源，才是最根本的目的。对于"10·30"案件来说，即使抓住凶手，也可能无法达到挖根源、打掉贩毒渠道的目的。破获命案固然重要，但不能只纠结在一个点上，要通盘考虑，要把侦破"10·30"命案作为掀开整个涉毒案件的抓手，攻其一点，突破全线，这才是办案应有的思路。想到这里，彭雪松提高声音问唐尧："唐尧，你还有什么想法？"听到局长发话，会场静下来，大家的目光都转向唐尧。

  唐尧思考了一下说道："我想先说下缉毒大队通报的一个情况。通报中说，徐大鹏曾在一个月前去了S国哈巴市，在那里滞留了3天，去见谁不清楚。但在他到达哈巴市的第二天，从他公司的账号转到哈巴市一家公司账户600万元人民币，这是徐大鹏离开我市大约一周前在银行办理的一笔贷款。哈巴的这家公司名义上是进出口贸易公司，实际与我们这边没什么具体业务，只与徐大鹏的公司有联系，我判断这个公司很可能是徐大鹏在那里设置的一个皮包公司。最近一年多时间，徐大鹏向这家公司先后4次汇款380万元，每次数额都不是很大，但这次却是一次性汇款600万元，这笔钱是做什么用的？徐大鹏回国后这段时间，他的公司没见有什么大额定单，也没有货物或者资金入项，他公司也没人知道这笔钱的用途。联想到聂宝东等人交代的徐大鹏手中有大量毒品这个线索，我想这笔资金很可能做了毒资。所以，可不可以假定徐大鹏已经建立了他自己的毒品来源渠道？我想是不是侧重调查一下徐大鹏和尚敏制毒贩毒方面的情况，也许从这方面调查会对我们侦破'10·30'案件有帮助。"唐尧在这样的会议上只能说大方向上的事，有些更秘密的个例情况，他不便多说。比如，目前在"10·30"案件中浮出的两个人王宝宝和戎戈，王宝宝已经找到并引出了沈志鹏，而戎戈至今是个谜，找到他会牵出谁、会有怎样的突破，唐尧没说。彭雪松在这样的会上当然也不会询问，他开始布置下一步的工作任务。

  会后，唐尧去了看守所，他要再审王宝宝。

  王宝宝被带进审讯室，他显得非常平静，脸上还带着一丝微笑。见是唐尧，他主动问道："唐警官又来啦，还有啥事儿？"

  唐尧示意刘延超给王宝宝递上一支烟，看着王宝宝有滋有味地吸烟，唐尧说道："有个消息想听吗？对你来说是个大好消息。"

王宝宝自嘲地笑道："我还能有什么好消息！你别逗了。"

唐尧认真地说："根据你提供的别墅线索我们找到了一个制毒窝点，还找到了一名被害人的尸体。这是重大立功表现。"王宝宝惊讶地抬起头，脸上充满了复杂的表情："真……真的呀？那我能不能……"

唐尧重重地点点头，用肯定的口吻说道："我们一定会考虑的，法院也会考虑，只要你认罪伏法，真诚地改过自新，我相信在量刑上一定有充分考虑！"唐尧的话虽然简短，但他传递了一个承诺，传递了一个希望。王宝宝深深地把头埋在手里，唐尧看到他肩膀一抖一抖的，他在啜泣。他非常清楚这意味着会从轻处罚，而只要能减刑，哪怕只是微小的一步，那也是生的希望。

等王宝宝平静下来，唐尧说："你也知道，即使是量刑上有考虑，你仍然面临重罪。命运还是要靠你自己把握！"

王宝宝仰仰头努力抑制自己的泪水，好一会儿他才说："我明白，我只能是争取立功。你问吧，只要是我知道的。"

唐尧也不啰唆，他直奔主题问道："三河县除了你从侯三那里买毒品，你知道还有谁从他那里进货吗？"

王宝宝一边努力想着，一边说："这事儿你也知道，那是绝对秘密的，一般都是单线联系。私底下互相之间大多都不认识。要说还有谁……还真不好说。侯三这人很谨慎，不轻易发展下线，我觉得三河可能就我从他那里拿货。"他凝眉道："……别看他胡子拉碴、虎背熊腰像是个粗人，其实心细着呢！"唐尧暗想，不是谨慎心细的人早被抓了，不至于到现在只知道有个绰号"侯三"人。王宝宝这时也猜到了，他问："你们是不是没抓到侯三？"唐尧用眼神和老刘交换一下意见，才说："不瞒你，我们不但没抓到他，连他真实姓名、籍贯是哪儿，甚至是不是江城人都不知道。你知道他在江城或者其他什么地方的住处吗？怎么能找到他？还有，你们交接毒品的方式都是像你说的在商场或者什么地方'换包'就走吗？"

王宝宝笑了，他说："接货、交货那是最容易出事的环节，哪能就一两种方式。有时候是我找他，有时是他找我。除了换包这种方式，还有很

第二十章　冰山露角 · 217

多方式，比如冬天他就曾经把货冻在淀粉坨子里，以卖粉面子的方式给我；夏天时，他到江边钓鱼，和好的成桶窝料、海竿饵料里就藏着毒品；还有，有两三次，在咱市那两个铁路立交桥处，他在桥上，我在桥下约好时间，分秒不差地扔下毒品，然后各自骑车就走，交接时间连十秒钟都用不上。总之办法很多，也不固定。我跟他的联系只有一个手机号，而且也极少打，多数是来货时他联系我。至于他住在哪里我就不知道了，感觉有时候从市里来，有时候是乡下……不过，我觉得他可能在江边什么地方有住处，有几次他在野钓鱼饵料里藏货，交完货后，他真是去江边钓鱼了。"

唐尧认真听着、记录着，他有意引导王宝宝多说一些侯三的情况，他一边询问一边把信息在脑海中成像处理，渐渐地，因"侯三"这个名字产生的"猴气、瘪三"的印象，被高大威猛、细致谨慎的形象取而代之。

"我猜侯三一定当过兵，身上有功夫。"王宝宝说到这里，唐尧立刻打断他，问："你说侯三当过兵？"

王宝宝很肯定地说："是。我听沈志鹏的小弟说过沈志鹏当过兵。我第二次跟侯三见沈志鹏时，听他们说起一个叫什么'老蔡'的人，留部队当志愿兵了，就住在他们以前的那个宿舍什么的。我也是意外听到的，他们在离我挺远的地方悄悄说的，但我听到了。"王宝宝笑着解释："不瞒你们，我耳音极好！不知是天生的，还是后来打猎练出来的，我听的声音至少比别人远两倍。听到这些，我猜侯三应该也当过兵，他和沈志鹏应该是战友。"

听了这话，唐尧蓦地呆住了，似乎是一道天光闪过，他的心中产生了一个奇特的想法，他站起身快步走出审讯室。老刘知道唐尧的特点，他示意王宝宝稍等。

唐尧跑出监所到车里拿出一份材料，又急急地返回审讯室。来到王宝宝面前，他郑重地说："你看看这张照片，仔细看看，这对我们很重要，对你更重要！"那是一份复印件，上面只有一个人放大了的身份证相片，那是戎戈。这几天他们三次提审王宝宝只是询问他是不是知道戎戈这个人，却从未出示戎戈的照片给王宝宝看。

王宝宝果然再一次给唐尧带来了惊喜。

唐尧询问了王宝宝后，他又让管教干警将聂宝东带进审讯室。

## 第二十一章　脉络渐清

审问的结果,让唐尧既兴奋,又有几分沉重。

返回警队的路上,他忽然想起,这些天他没日没夜忙着办案,和蓝黛别说见面,连电话也很少打,她最近怎么样?去上班了吗?想到这里,唐尧心中充满了歉疚,他再也按捺不住自己,拿出手机打给蓝黛。电话很快接通了,一个欢快的声音传来:"小警察,终于有时间给我打电话啦?"

唐尧一阵激动,脱口说道:"想我了吗?"

蓝黛在电话里咯咯笑起来,她拖长声音说道:"想!就是人家不想我呀!"

"谁说的,我是天天想,心里想,梦里也想!"唐尧痞痞地说,"本少现在就要去骚扰你啦!"

"现在呀?你看看都几点了。"

唐尧这才意识到时间很晚了,他瞄了一眼表,时间是夜里11点10分,这时间还真是骚扰人家。但他还是想见她,他听出蓝黛话中也充满期待。"你睡了吗?要是没睡,我开车接你遛遛弯就回,怎么样?"

蓝黛笑起来,说:"也好!正好肚子饿,你请我吃串儿吧!"

两人约定在蓝黛家小区门口见面,唐尧特意叮嘱道:"你等我电话,我到了你再出来。"蓝黛明白唐尧的意思,夜深了要注意安全。

十五分钟后,唐尧来到南苑小区门口,他刚准备打电话,只见白影一闪,蓝黛从小区侧面的门柱后奔出来,她欢快地向车跑来,拉开副驾驶的门坐进来。车内光线昏暗,但唐尧仍能感到蓝黛灼热的目光,他抬起手温柔地抚摸着蓝黛的脸，蓝黛也把手扶在唐尧手上。两人都没说话，千言万语化作沉默从眼里传递到心田。

两人去了一家川味烧烤店，唐尧点了肉串、软筋和烤鲫鱼，要了一盘素拌黄瓜，他还想再点，蓝黛笑道："够啦！你不怕浪费啦？"想起第一次在一起吃饭的情形，两人都笑了。

"喝点酒不？"唐尧问。

"你开车呢，别喝了。"蓝黛说。

"真是不一样啦，"唐尧笑道，"第一次和丫丫、小新喝酒后……"说到这儿唐尧忽然打住，他意识到不该提起丫丫影响蓝黛的心情。蓝黛苦笑一下，说："都过去了，没什么的。"两人沉默了一会儿，唐尧主动找话题问："上班情况怎么样？具体干啥？"

蓝黛眼中露出兴奋，但嘴上却埋怨说："别提了！累死我了。老爸真是不徇私情，大义灭亲啊！他只给我一个办事员的职位，在运营部，具体工作实际就是统计。他也知道我电脑好，让我做表，汇总各方面的数据。老忙了！"蓝黛夸张地说，唐尧只是笑。"你还笑！你知道我爸给我多少工资吗？才1800块呀！"唐尧应道："是不算多，不过在咱这地区，像你这样刚刚参加工作的，月薪也就这个水平。"

"倒也是。运营部的经理当着我面给我爸打电话说：'蓝总，我看以杨小姐的条件，到销售部，或者到房地产公司做业务员更合适。在我们这儿一千八这个工资也高了些。'你瞧瞧，他倒是对我爸负责！"见服务生把烤好的东西一样样端上来，两人一边吃一边聊。

"杨小姐？这经理怎么叫你杨小姐呢？"唐尧疑惑。

"哦，忘说了。这是我爸的主意，让我改名叫杨黛，我妈姓杨，杨氏也是白族的大姓。这样别人就不知道我和公司总裁的关系了。还有啊，我现在工作的营运部也不在公司总部大楼，这样就不会被总部的人看到，那边还是有几个人认识我的。起码那位啥事都管的于大总管不遇见我就行。"

"你爸是在有意锻炼你。看来你爸爸的公司一定很正规，很严谨。"唐尧带着疑惑问，"总部？总管？你爸是什么公司？听起来好像规模不小呀！"

"天河集团你知道吧?"蓝黛说,"那就是我爸的公司。"

"是天河集团啊!"唐尧惊道,"咱们市最大的私营企业集团!听说马上要上市了。什么进出口贸易、房地产开发、木器家具制造、粮油食品加工……都做,业务范围很大。咱们区域最大的资源优势一是粮食,再有就是临近S国,进口木材方便。人家说天河集团把这两大优势都抓住了。原来那是你家的公司啊。"说到这里,他的语气似乎有一丝失落,有点儿气馁的意味。蓝黛暗自后悔,是不是告诉他太早了,她很早就感觉到唐尧对富商人家的抵触情绪。她连忙说:"什么我家公司,那是蓝邵仝的公司,和我没关系,我就是一个小职员。"

唐尧会心地笑了,他仍有疑惑,问道:"我怎么听说天河集团的老总是于秋生啊?"

蓝黛笑道:"果然如此,很多人以为他是老总,其实他就是我说的'总管'。他既不是董事长,也不是总经理,但他却是除了我爸之外谁都管的人。也不知道我爸他俩咋定的!呵呵。"

唐尧还是不明白,见蓝黛不再多说,他也不便多问。他说:"你能跟你爸言归于好,这才是最值得庆贺的。"

蓝黛莞尔一笑,说:"其实我和我爸一直感情很好,这些年我总是拧着他,都是我不对。离婚家庭的孩子心态不一样,尽管我很不喜欢我妈,但看到我爸又找了别的女人,我心里还是不舒服。"她叹了口气,一副欲言又止的样子。"可能是青春期影响吧,又没考上大学,所以就把错都归到他们身上。现在大了,很多事都明白了。"说到这儿,蓝黛隔着桌子主动握住唐尧的手说,"最主要是因为你,你让我心态更平和了。你很正统,我这野丫头遇见你自然就变了!"唐尧微笑着一歪头做出得意的样子。蓝黛使劲儿掐了他一下,斥道:"臭美吧你!"唐尧大呼疼,表情很夸张。两人笑了一回。

唐尧说道:"你妈我见过了,说实话,印象嘛,呵呵。你爸我还没见过,不知道怎么样。"

蓝黛哼道:"小样儿吧!还评价起人来了。告诉你,我爸可不像我妈。嗯嗯,不过你这个老古董、兵马俑级别的人,也许他能喜欢!"

"什么呀，你没觉得我是个坏小子？"唐尧笑道，"不过，你这么说我就不那么担心了。你爸的威名我可是早有耳闻啊！"

"别得意，我只是说也许！"蓝黛泼了盆凉水，"你这个职业嘛，他不见得喜欢。"

"我这个职业挺好啊！为民除害，伸张正义，除暴安良！"唐尧拽起来。

"得了吧！挺危险的行业。"蓝黛笑道，"还有啊，你们警察里确实有坏人。"唐尧点头，政法队伍中确有一些害群之马，影响整个队伍形象。但话说回来，哪个群体都有可能出败类。

正说着，蓝黛手机响了，她赶紧接起来，说道："老爸，我在外面吃串呢，你放心好了，有人民卫士保驾，没问题。我一会儿就回去。"蓝黛听着电话看了唐尧一眼，唐尧猜到蓝邵全可能在里面提到了他。果然，他听蓝黛说："是他……不好吧？这么晚了。那我问问吧。"之后就挂了电话。放下电话，蓝黛略带忸怩说："我爸说让我回去。还有，他说……他说能不能见见你。"

唐尧惊道："现在呀？太晚了吧？我就这么去见你爸，是不是……是不是不礼貌啊？"他有些紧张。

"呵呵，"蓝黛笑了，"你想咋样？还要带见面礼呀？他主要是看看你这个人，你没什么准备正好是本色出镜，效果更好！"

唐尧摸摸下巴，又低头看自己的衣服，苦着脸说："这形象哪能去见老丈人啊！"

蓝黛含羞斥道："美的你，还老丈人！"她起身拉着唐尧就走，嘴里却说，"我能看上眼，我爸就能看上。走吧。"

两人结了账，开车向南苑小区驶去。到了小区门口，蓝黛拿出入门卡在电子门上扫了一下，栏杆自动打开，车直接驶入小区。到了蓝黛家门前，唐尧看见一层的灯全都亮着，想到就要见蓝黛家人，他不觉一阵紧张。他偷眼看看蓝黛，见她正打开安全带，脸上表情也很严肃。看来蓝黛心里也不像表面那么平静，她还是很在乎父亲对自己恋人的印象的。

刚才在烧烤店，唐尧特意脱掉警服，现在他穿上警装上衣，戴上警帽，尽量整齐着装，他要以最好的形象见自己心爱之人的家人。见唐尧如此庄重认真，蓝黛满心欢喜。她帮唐尧正正帽子，弄齐衣领，又上下打量一番，然后故意拿出当领导的派头赞道："不错嘛！真是个好小伙！"唐尧扑哧一声笑出来，紧张的心情缓解了不少。

"走！"蓝黛昂然拉着唐尧向门口走去，她没自己开门而是按了门铃。很快，门开了，蓝邵全出现在门口，他亲自来开门。唐尧听见一个浑厚温和的声音传来："快进来，进来吧。"之后蓝邵全退到门厅里面。蓝黛让唐尧先进去，她跟在后面。进了门，唐尧对蓝邵全说道："蓝叔叔好！打扰您了。"然后用最正规的动作干净利落地向蓝邵全敬礼。

蓝邵全身材高大，体态匀称，面目俊朗，看上去只有40来岁的样子，显得很年轻，实际已经接近五十了。他把唐尧让到客厅的沙发上，他坐在对面，蓝黛也换好了鞋，挨着唐尧坐下。这时，客厅一侧的门一开，一个50多岁的妇人端着托盘走出来，那上面有洗好的葡萄、小柿子和切成小块插着牙签的菠萝。蓝黛起身接过，唐尧也站起身，蓝黛说："王姨也没睡呀。您也坐。"她一边示意王姨坐，一边给唐尧介绍，这是家里的保姆。唐尧连忙问好。那保姆也不客气，真就坐在了一边的沙发上，她上上下下打量着唐尧，露出满意的微笑。看得出蓝黛一家把这个保姆视为家人。

蓝邵全锐利的目光审视着唐尧，他对唐尧的形象非常满意，暗想：我女儿有眼光，这么英俊的小伙子真是不多见，一表人才。最关键的是，他从唐尧身上看到了一股正气，一种年轻人身上少见的沉稳踏实。作为一个千人集团的老总，他阅人无数，他相信自己的眼光绝不会看错人。他问道："小唐多大，工作几年了？"

唐尧知道一定会问到类似问题，心里已有准备，但还是有些紧张，他答道："今年满26周岁了。参加工作整三年，一直在市局刑警队工作。"听了唐尧回答，蓝黛忍不住抿嘴乐，暗想：人家也没问你在哪个部门啊。

蓝邵全又问："家就是本市的吗？家里还有什么人？"

"我家是三丰县的。家里就我妈妈，她是教师，在县一中教语文。"

"就你妈妈？"蓝邵全问。

"是，家里就我妈。"唐尧答道，"我爸在我5岁时去世了，是车祸。

他生前是检察官。"

"哦，这样啊，那你妈妈把你拉扯大可不容易啊！"蓝邵仝话中不免感慨，他忽然转向蓝黛说，"你有时间也得抽空去看看小唐妈妈。"蓝黛脸一红，但还是答应了。

唐尧虽脱去帽子，屋里也不热，但额头还是冒汗，听了蓝邵仝最后一句话，他心里放松了很多，很明显，蓝邵仝接受了他，不然他不会让蓝黛去自己家。又聊了一些闲话，蓝邵仝说："小唐明天还要上班吧？"唐尧会意，说："是的。那我也不打扰蓝叔叔了。"他转向蓝黛和王姨说："我先回去了。"

王姨拦着说："别呀！这么晚了，就住客房吧。"

唐尧连忙说："不、不，我还是回去。我开车，没关系的。"

看得出王姨很喜欢唐尧，她说："到门口还得叫醒保安，怪麻烦的。别走了。"

唐尧心想绝不能住在这里，以后也不会住。他略一想，对蓝黛说："蓝子，你把出门卡拿给我，那样就不用叫保安了。"蓝黛抿嘴笑笑，暗想要是留他，今晚他觉都睡不好，她不想为难唐尧，走向门口从外衣兜里拿门卡。唐尧又向蓝邵仝和王姨道别后才走出楼门。

蓝黛送唐尧到外面。唐尧深吸了口夜晚清凉的空气，他一边擦头上的汗，一边对蓝黛说道："可紧张死我了！你爸的眼光真够犀利的！我这后背全是汗。"

蓝黛咯咯地笑个不停，说："害怕啦！难怪，一般人见我爸都会紧张的，他就这样。呵呵，不过你过关了，你不了解我老爸，我还没见过谁能让他这么满意呢。"

唐尧走过去轻轻抱了蓝黛一下，说："我知道。他已经同意你去我家了。"这是唐尧第一次拥抱蓝黛，尽管只是一瞬间的拥抱，但蓝黛感觉像一个世纪那么长，这一刻她完全融化在幸福里。然而唐尧只是那么轻轻地一抱，接着就扭身向她摆着手朝车走去，她真想唐尧再多拥抱她一会儿，可这个老古董就这么走了，像是怕家人看见似的。

唐尧怀着无比兴奋的心情回到宿舍，这一夜对他是幸福的一夜、收获的一夜，有爱情的甜蜜，也有事业的成果。

第二天一早，唐尧直接去了霍兵办公室，他要把昨晚审讯王宝宝和聂宝东的情况汇报给他。但他只说了一小半，霍兵就示意他停下，霍兵拿起电话通知龙东山到局长办公室，带着唐尧急急地上了四楼。他要节省时间避免二次汇报。

到了彭雪松办公室，不到一分钟，龙东山就赶来了。霍兵大着嗓门说："唐尧有重大发现，我把他直接带来咱们一起听。"彭雪松露出满意的微笑，龙东山直接问："什么发现？你小子行啊！"

唐尧红着脸说："昨晚11点多才审问完聂宝东，时间太晚了就没打扰各位领导。"

龙东山说："没关系，不在这几小时。你先说说情况。"

唐尧开始汇报，他先说了王宝宝的询问情况，实际上他并未交代什么新线索，而是他的一句话提醒了唐尧，是唐尧的敏锐和判断力，使一个人又暴露出一个新的面目，这个人就是戎戈，也就是"侯三"。

听了唐尧的判断，霍兵惊讶不已，他粗声大气地说："你说啥？戎戈就是侯三！这太戏剧性了，准吗？"

唐尧肯定地点头，说："我把外调戎戈材料中的身份证照片拿给王宝宝看，他第一句话就是：'这是侯三刮了胡子的照片吧？要是填上连鬓胡子，我就可以肯定他是侯三。'于是我分析，侯三每次出现在王宝宝面前时一定都化了妆。联系到戎戈与沈志鹏的关系和他们都有当兵的经历，我判断戎戈和侯三很可能是同一个人。"

"这种可能性非常大。"龙东山带着赞同的口吻说，"他们还有一个共同点，就是都很神秘，都消失在我们视线之外。我们的专项行动没抓到他，我们经营了三年的线索中并没有戎戈这个人。就是'侯三'，我们也始终把他作为一个'卖小包'的，掌握的情况很少，没有给予足够重视。"唐尧暗自点头，他也忽视了这个人，王宝宝交代他是上线后，唐尧几次询问都没深入了解，甚至都没细问侯三的体貌特征。

彭雪松含笑听着，这个发现再次证明了唐尧的敏锐和天赋，但这个发现对推进办案进度影响并不大。他伸手示意唐尧继续，唐尧开始汇报关于聂宝东的审问情况。

"我们审问了聂宝东三次，头两次只把他作为吸毒和'卖小包'人员对待。因为他正处在毒瘾发作期，对他交代的问题，我们认为他说的都是真话，而且他是知无不言。但通过几天的线索收集，我发现聂宝东身上的疑点越来越多，他知道的事情也并没全盘托出。因此，昨晚我特意又提审了他。"

"这一次聂宝东交代了一些我们以前没掌握的情况，主要有三个方面：第一，聂宝东和徐大鹏是江城市最早的涉毒人员，开始只是吸毒，由于毒瘾逐渐增大，经济上负担不起，最终走上以贩养吸的道路。聂宝东是徐大鹏涉毒经历的见证人。聂宝东自己贩毒不多，但帮助徐大鹏联系买主不少，他从中得到好处。他们从1996年前后开始吸毒，最初毒品来自沈志鹏，而沈志鹏的毒品大部分来自S国，他们有一条毒品运输渠道。"三位领导对有通道一事并不惊讶，唐尧又接着说："从2000年开始，徐大鹏开始大量贩毒，他已不满足于从沈志鹏手里购买毒品，只当个二道贩子。他借助自己与哈巴市有大米出口业务的方便条件，与哈巴市最大的华人黑社会团伙取得联系，从他们手中购买毒品，利用大米退关的机会夹带毒品运回国内。S国海关退货管理混乱，海关人员素质低，受贿成风，当地黑社会分子利用S国海关人员不重视退关货物检查的心理，买通有关人员刻意制造货物退关，巧妙地把毒品夹带在退关货物中，回流国内。聂宝东交代说，这种手法也是沈志鹏等人惯用的手法。我市毒品输入主要就是这个渠道。"

龙东山插话道："就是说，他们出口了大米，对方在哈巴海关验货时，称货物质量不合格要求退关，在检查货物时借机在退货的大米中夹带毒品，再回到国内。如果说对方海关管理混乱，认为货最终不进入他们国家，有这样的心理容易钻空子，那我方如果把关严格也能检验出来呀？"

唐尧遗憾地说："是呀，但我们的海关也或多或少有这样的心理，退关货物更倾向于出口单位自行处理，所以检查也相对松一些。但即使这样也很难夹带进来，这就是我要说的聂宝东交代的第二个问题，徐大鹏在海关内部有内应，这个人就是原海关副关长展鹏海。我们在破获文物案时抓了他，现在看他不仅仅是涉嫌协助犯罪分子走私文物，还涉嫌协助贩毒。聂宝东可以肯定展鹏海与徐大鹏有这样的交易，他猜测沈志鹏也很可能与展鹏海有联系。他这样猜测是因为闫睿，他知道沈志鹏为闫睿提供毒品，而且是不要钱的。各位领导可能知道，闫睿是展鹏海的女儿，她是跟母亲姓。这也就是为什么闫睿这个年纪轻轻的女孩子，能和徐大鹏、沈志鹏等人都有接触，能轻易从他们手中得到毒品的原因。我猜想，这两伙人都是利用毒品控制闫睿，进而要挟展鹏海，利用他海关副关长的身份为走私贩毒提供便利。"听了唐尧汇报，几位领导都发出叹息声，一个花季少女因为父亲的贪欲和手中的权力沦为毒贩的牺牲品。真是可悲！

"聂宝东交代的第三个问题是，因为我们打掉了展鹏海，徐大鹏通过海关走私毒品没了庇护，他失去了唯一的进货渠道，不得不另外开辟新的通道。这条通道不是徐大鹏自己建立的，他挖了沈志鹏的墙角，他一个月前出国私下里联系哈巴市供货的毒贩子，从他那里搞到了大量毒品，还有一小部分半成品。因为这个，沈志鹏对徐大鹏恨之入骨，徐大鹏被杀很可能是沈志鹏一伙所为，他们既是为了报一箭之仇，也是为抢夺毒品市场。至于闫睿，我分析主要是为灭口，展鹏海被抓，闫睿也就没了利用价值。"

"这些事聂宝东怎么知道得这么清楚？"霍兵质疑道，"这些可都是掉脑袋的事儿，他怎么这么轻易就交代了？不会有假吧？"

唐尧苦笑道："聂宝东怕是活不了几天了，他是肝癌晚期。他交代的问题也主要与徐大鹏和闫睿有关，他们都死了，所以他也没什么顾虑。至于沈志鹏的一些情况，他是分析的，这个我们也不能只听他的一面之词，还要进一步核实调查。"

听完唐尧汇报，彭雪松说道："聂宝东交代的线索很重要，霍兵提出的疑问也有道理。但聂宝东从徐大鹏处了解的信息有些是准确的，这个与国际刑警组织的通报吻合。比如，徐大鹏一个月前去哈巴的活动情况；他挖墙脚抢了沈志鹏的进货渠道，这都准确。现在看，我市的贩毒渠道我们已经掌握了大致的框架，但要打掉它，抓住嫌疑人并绳之以法，还有大量的工作要做。从目前情况看，沈志鹏应该是一个关键点，但他不会是主犯，他背后一定还有主使。这个主使是谁？怎么归案？特别是贩毒通道的确定，我们还只是停留在推理上，下一步要拿证据挖出通道，不把这个毒根儿挖出来，将来必定会死灰复燃。归根到底，我对办案没有过多安排，主要就两点：一是查通道，切断贩毒渠道；二是挖深层，抓住幕后黑手。"他转向唐尧说："小唐，你今天说的这些情况暂时不要向其他人透露。下一步侦办的具体行动你带着二组去办，需要支持，你找霍支队，整个刑警队会全力以赴。你说说，下一枪你想先打哪儿？"

唐尧说道："我们现在掌握的线索多数都是徐大鹏这方面的，沈志鹏这边的线索不多。现在看，直接与沈志鹏有关联的线索只有一个，就是展鹏海。所以，我想先碰碰他。只是这人现在检察院拘着，还在调查他的经济问题，我们不好插手。这个是不是……"

"嗯，这个事儿局里协调，你等电话。还有吗？"彭雪松问。

唐尧笑着说："我有个想法，沈志鹏的犯罪线索也不少了，我们是不是动一下这个人？来个敲山震虎！"

彭雪松凝眉思索起来，好半天他才说道："你先办展鹏海的事，是不是动沈志鹏，我再考虑一下。这个案子关系重大，省厅、国际刑警都有介入，这里不仅涉毒，还涉及走私文物、军火等活动，牵一发而动全身，敲山震虎不慎，就成打草惊蛇了。"

唐尧讪讪地笑笑，又大着胆子说："咱们的行动，对境内外贩毒、走私组织都该有影响吧？我想境外那个洪哥，还有萧一扬也不会没动静……这个萧一扬我非抓到他不可！"听了唐尧的话，彭雪松呵呵笑了，说："你小子还在耿耿于怀呀！这萧一扬就那么让你放不下？"

"别说他是重犯，就凭他把我打倒，也非逮住他不可！"唐尧坚定地回答。听了唐尧的话，三位领导都笑起来。

彭雪松说："境外和省厅的情况，我来联络，有情况局里统一协调。"

# 第二十二章　江上往来

这是一座临江的小渔村,村里只有二十几户人家,大家都叫它"坳村"。这里的人,祖祖辈辈以打鱼为生,他们常年与风浪搏斗,民风彪悍。近些年,为保护渔业资源,国家定期禁捕休渔,加之江河污染,江里产鱼量逐年减少,靠打鱼为生的人越来越少,很多人转行种地去了,但有些人却选择了另外的出路。

江对岸是一排低低的矮山,一直向远方延伸,那是抓吉山的余脉。就在山脉临江处,有一个 S 国的小村庄坐落在江畔,村子不大,大约也是二十几户人家,他们不耕作,也很少打鱼,似乎只靠国家福利为生。然而,他们也有别的出路。

这天清早,坳村刚刚从鸡鸣声中清醒,炊烟还不见升起,住在村东头的村民王五四就驾着小船离开村庄,他顺流而下向界河的主航道方向驶去。他的船上只带着一张简易的渔网,但船底却装了四箱 96 瓶自酿的高粱酒,交易这些酒才是王五四此次出行的目的。

到了交界附近,王五四停了船,他张开简易渔网丢进江里,那网并未完全张开,扁塌塌地落进江中,他自己似乎也有些恼火,靠这技术网到的鱼绝对换不来杯中的酒钱。他手拽着网绳,目光却没盯着网,而是望向对岸小村庄的方向,他期待的不是江中可以捕获多少鱼,而是对岸的伙伴能带来多少"鱼"。几分钟后,一艘同样的小船快速驶来,王五四眼里露出喜悦的光芒。他一边收网一边转头向 S 国边防哨的方向看去,那里没有丝毫动静,还处在黎明的宁静中。对方的小船很快驶到王五四船旁,船上是个 20 多岁的年轻人，王五四只知道他是犹太人，对面的小村原本就是犹太州管辖的。两人做了个手势迅速跳上对方的船，之后快速开船分开，各自返回来时的方向。

　　返回村子的王五四船中是满满的一船鱼，这是四箱白酒换回的成果。S 国人不会吃鱼，他们对这一船鱼的价值没有概念，而那四箱酒却能让全村人享乐半个月。就连哨卡上的兵也可以喝到他们国内难得一见的纯粮高度白酒。过上一段时间，只要条件允许，王五四会在村头的旗杆上升起一面红旗，做第二次交易。当然，这个允许交易的条件不是王五四定的，是城里的买主定好后通知他，他才会知道条件允许，可以交易。江对面的伙伴会提前做好准备，用上次王五四开去的船再装上满满一船鱼，第二天在江中还是那样见面，还是那样轻轻一跃，之后各自开着原本就是自己的船驶回各自的村子。这样的民间"自由贸易"由来已久，即使是 20 世纪 60 年代末打起来时，两个渔村的百姓也没停止过。双方的驻军似乎也司空见惯，他们很少因为几箱酒、一船鱼开着炮艇来追赶。

　　不知从什么时候开始，也许是三年前，也或者是四年前，坳村做"自由贸易"的人越来越少，好像大家的法律意识普遍提高，知道这是犯法的事，都放弃了这条险路。但应了"无知者无畏"这句话，只有王五四还有胆子做这个买卖，他的哲学是"要想富，走险路"，所以只要挣钱，他什么都敢干。有人对王五四说："那你干吗不去抢银行？"王五四通常都是瞪着醉眼回答："老子没枪，要是有你以为咱不敢啊！"

　　王五四这次运回的鱼差不多有 2000 斤，他把鲤鱼、草鱼、鲶鱼、鲫鱼一一分类，一边挑拣，一边咒骂："他奶奶的，咱这边儿咋就没这么大的鱼呢！这没腿儿的畜生也知道那边儿消停。"他把活鱼一条条扔进自己的网箱，死的直接装进尿素袋子里，然后去镇上批发给鱼贩子。这一把，他能卖 1 万块钱，至于成本，就忽略不计了。

　　王五四卖鱼有个规矩，当然这规矩也是最近几年才有的，就是活鱼可以随便挑，死鱼必须是分好了才能卖给鱼贩子。尤其是狗鱼或者黑鱼，只要是超过二斤的，别人更是动一指头也不行。问他为什么，王五四说，这是他最大的买主定的，人家就要狗鱼黑鱼。这个规矩是绝对不能破的，不然他的"自由贸易"权就会被取消，像从前其他伙伴一样，再也不能去江上见S国人了。

王五四分好鱼后，绝不在村里卖，他要把除了狗鱼之外的鱼装上自己的三轮柴油车，然后跑一个多小时的路，拉到镇里鱼市上卖。在那里只需一上午，钱就到手了，那绝对是真金白银。而每次都是在他回到自己的村子半小时内，买狗鱼的老板准到，他给的价从来都高于市场卖价，而且高很多。

第二天，王五四照常去镇上卖鱼，他卖了鱼回到自己的小屋，刚把买来的烧鸡、豆腐卷以及整根的黄瓜、大葱摆好，酒还没热好，门外就有人叫他："五四！生意不错吧？"王五四一听，赶紧屁颠屁颠地跑出来，惊道："哎呀！沈老板啊，就知道你快来了！"

"你五四的鱼好啊！正宗的江鱼，来晚了怕捞不着啊！"沈老板捧得王五四直乐。

"哪能呢！你放心，只要是狗鱼、黑鱼，除了你沈老板，咱谁也不卖！就是他娘的亲爹老丈人也不卖！"

沈老板打趣道："老丈人？你那老丈人还在爪哇国呢吧？"王五四可不知道爪哇国在哪儿，要是知道他一定找去他，娘的，四十年了还不把我媳妇给我送来。他窘着脸说："老娘们那玩意儿麻烦，要不然咱早找了！"说着他引着沈老板进了屋，从水缸里把大狗鱼一条条拽出来，说道："沈老板，这次鱼多，15条呢！他妈的，那些S国人不会打鱼，连个狗鱼也整不明白，每次就这么几条。这次还他娘的不错，有15条，你看看哪条没个十来斤！这一年多了，就这次最多最大！"

沈老板对要买的鱼总是认真对待，每次他都一条条仔细检查，直到他确认无误才过秤算账，最后他总要叮嘱一番："五四，啥时候再去把你的船换回来，我给你打电话。记住了！这事儿跟谁也不能提，跑江的事儿也只能听我的安排，要不然这生意就给别人抢了，那我可就不管了！还有啊，还是老规矩，凡是狗鱼、黑鱼谁也不能动，谁也不能卖！我这个饭店就要这个，你保证不了我的货源，就是砸我的饭锅，你要是砸了我的饭锅，那你的饭碗就保不住！"每到这时，王五四总是胆战心惊，沈老板这时的表情眼神好像能杀人。还有，他还记得住在村西头的那个幺六，前段时间他见过幺六跑了一趟江，还拉回来满满一船鱼。在这一片儿能这么跑江的除了他就一个幺六，王五四明白，幺六也是给沈老板干活的，而幺六这次下江却肯定不是沈老板安排的，因为他没见幺六挂红旗，只有沈老板告诉挂红旗那才是正经活儿。幺六是不是干了私货王五四不清楚，但没几天幺六就莫名其妙地淹死了，这可是真真的事儿。王五四虽说脑子不大灵光，但架不住沈老板一次次提醒，所以只给沈老板跑江，这个铁定的规矩，他可不敢破。

听了沈老板的话，王五四赶紧说："放心，放心吧！咱就说是在那边儿偷着拉了几网，偷来的鱼！"五四拍胸脯说："没你沈老板，咱哪儿来这么好的运势！你就这么点儿要求，咱准办到，差个毛儿，你骗了咱！"

沈老板笑了，他搂着王五四神秘地说："想不想再去市里玩玩儿？上次那小娘们不错吧？"

王五四立刻露出贪婪的目光，口水咽了好几下，但他还是摇手说："别……别，街里……街里警察太恶了！"年前沈老板请他去市里吃饭洗澡，之后他借着酒劲儿睡了一个小姐，没想到还没完事，正舒服着呢，警察进来了，给他拍了照，还要抓他进笆篱子。王五四虽说天不怕地不怕，可这事儿他真怕。本来就找不着媳妇，要是这事儿让人知道了，那真要打一辈子光棍了。沈老板人仗义，出面保他，不但帮他缴了2000块罚款，还说情担保没进号里。警察走了，沈老板花钱让那小娘们儿整整陪了他一晚上，那美得他！四十多年了，就这是最美的事儿！

沈老板没再劝他，和司机抬着鱼上了他们的大越野车一溜烟走了，王五四站在那儿直到车没影儿才转身，说："唉，咋不再劝劝咱，让咱喝两盅儿，咱不就去了嘛！"

沈老板没直接回市里，其实他走得一点儿也不远，就在距离坳村不到十里的一个村子，在一个很不起眼的平房里，他们卸下鱼，剖开了所有的鱼肚子。狗鱼明天照样做生鱼片、鱼丸子汤，而鱼肚子里一小袋一小袋的白货却锁进了保鲜柜里。这次是8公斤，今年量最大的一次。

沈老板拿出手机拨了一个号码，低声说："大哥！白糖取回来了。

交给戈子了！"

唐尧和老刘坐在看守所提审室里，他们旁边多了一位检察官，他是陪唐尧两人提审展鹏海的。

审讯室里静静的，除了坐在对面椅子里展鹏海的啜泣声外没有任何声响。唐尧给展鹏海带来的是噩耗——他的女儿丫丫被杀了。

"我真该死啊！"展鹏海泣不成声，"是我害了她！"

唐尧深深地叹息一声，问道："你什么时候知道你女儿吸毒的？"

展鹏海擦擦泪水，他仰起头把目光举向屋顶，慢慢说道："两年前的一天晚上，我正在家里看电视，小新，就是丫丫的男朋友曲志新忽然打电话给我，说丫丫出了点儿事儿……语气……语气很急，让我赶快去……"展鹏海垂下头，死死地抓着自己的头发忍住哽咽："到了一看，丫丫口吐白沫，直抽……一问才知道是'溜冰'了。我当时气疯了！狠抽了小新两个耳光。打完我才知道，他也是刚到，他也不知道丫丫吸毒。我没敢惊动谁，和小新把丫丫弄回家。第三天她才缓过来。等她清醒了，我也没怎么责怪她，问她什么时候开始吸毒的，她说一年多了，毒瘾已经很深了。问她怎么能弄到毒品，从谁那儿买的，她说是徐大鹏，开始吸毒也是因为他。唉，这个徐大鹏！我当时气坏了，第二天就去找徐大鹏算账，他不但不怕，还有恃无恐，拿出丫丫每次在他那里拿毒品写的欠据给我看。我看上面的钱数是 21 万，我问他：'拿这东西给我看什么意思？'他说：'很简单，欠账还钱呀，你不会连这个都不明白吧？'我说：'好啊，我可以把钱给你，不过这些单据我去交给公安，正好是你贩毒的证据。'他只是冷笑，我仔细一看单据，是个复印件不说，上面也没写欠谁钱、欠什么钱。他知道我看明白了，说：'你觉得这个单子交给公安能当什么证据？我也不用你还钱，只要你帮我忙，不但这钱我不要，以后我还会孝敬你，闫睿的事儿我也不说出去，她要是还想玩，我可以免费给她货。'我问：'帮什么忙？'他说：'别的不用你管，就是我返港的货你睁一眼闭一眼就行。'我不知道他具体要干什么，但我能猜到肯定与贩毒有关，当时我转身就走，说这事我不干。"说到这里展鹏海脸上露出绝望的表情，他知道他下面要说的话会把他送上断头台。唐尧看出他内心在挣扎,他亲自点了烟递给展鹏海。

展鹏海说了声"谢谢",之后继续交代:"回去后,我下决心要给丫丫戒毒,就把她送戒毒所了。半年后回来我又给她安排了工作,一切都挺好的。可没想到,只过了几个月,丫丫又复吸了。而这个消息居然是徐大鹏告诉我的,我当时恨得杀了他的心都有。可让我没料到的是,他说这次丫丫复吸跟他没关系,是沈志鹏给丫丫提供了毒品。沈志鹏我也有过接触,我盛怒之下去找他,问他们为什么害人,难道就不怕公安查吗?他们不但不怕,还拿丫丫要挟我,条件居然和徐大鹏一样。我当时并不明白他们怎么在退关的货物里夹带毒品,但我知道对方的海关他们一定摆平了。那时候,我已经收过沈志鹏不少好处,这个我跟检察院已经坦白过。我想反正也这样了,也是为了丫丫,就同意了他们。后来我才知道,这个主意完全是徐大鹏出的,沈志鹏原本不知道有这样的办法可以运毒。就这样,最近这一年多,他们两家公司一共有9次找我关照退关的事,其中徐大鹏4次,沈志鹏5次,我料定他们就是通过这种方式在运毒。尽管我不知道他们贩了多少,但肯定是贩毒了。"

"你还能记得具体时间吗?"唐尧问。

"我有个记事本,在一个地方放着呢。你们可以去找。"展鹏海向唐尧要了纸笔写了一处房子的地址。

"按你的说法,徐大鹏和沈志鹏的关系很不错啊?"唐尧问。

"我看不是。"展鹏海说,"徐大鹏原来买毒品一定是从沈志鹏那里买。自从有了海关这条渠道之后,徐大鹏不但自己不从沈志鹏那里买毒品了,还抢了沈志鹏的市场,他们能没矛盾吗?我听沈志鹏的司机漏过一句,说早晚要收拾徐大鹏。我明知道这是一条死路,可还得硬着头皮干下去,因为丫丫被他们牢牢控制了!我也害怕,悄悄把老婆和儿子送出国去,我那儿子不像他姐姐,本分,学习也好,我真怕他们对他下手呀。丫丫吸毒成瘾,我没法让她出国,她自己也死活不出去。唉!都晚了……"

"你帮助吴先霞走私,事先知不知道是文物?"

展鹏海说:"这事和贩毒没关系。我知道她走私,但不知道是文物。心里虽说有猜测,具体是什么不清楚。"

"你觉得沈志鹏、徐大鹏他们还有没有其他的贩毒渠道？"唐尧问。

展鹏海想了想说："肯定有。他们每家在我这里一年至多两三次，我猜想数量不会太大。而且就这一个办法，一旦出了问题，他们就没货源了，他们总该有个备用渠道吧？"

"另外的渠道可能是什么方式？"唐尧问。

展鹏海说："不是陆路，就是水路。咱们这么偏远的地方，大量毒品走陆路风险很大，还是水路更安全，毕竟咱们对岸就是哈巴。"唐尧暗自点头，展鹏海不愧是处级干部，分析问题、判断事情的能力确有过人之处。

"你觉得最有可能杀死徐大鹏的是谁？"

展鹏海斩钉截铁地说："沈志鹏！一定是他。"

"这么肯定？"唐尧有一丝惊讶，倒不是他不信，而是不明白为什么展鹏海如此确定。

"不会错，直觉，直觉告诉我就是他。你们查去吧！"展鹏海说，"杀死丫丫就是个证明。我被抓了，还知道他勾当的只有丫丫和徐大鹏，把他们杀了，就是我交代出来，也是死无对证。今天我说了这么多，但实际上你们就算抓到他，这也是我的一面之词，没有第三人对证，在法律上也奈何不了他。"的确如此，展鹏海交代的，不光是对沈志鹏等人，即使是判展鹏海罪的时候，这些也是没有任何印证的证词，形不成证据链，不能以此为由判展鹏海的罪。

审讯室陷入沉寂。唐尧思考了好一会儿，才试探着问道："你这些年跟沈志鹏交往也不算少，你感觉他是江城最大的毒贩吗？"

展鹏海凝眉思索着，好半天才说道："这个我说不清。我只是感觉这个人城府很深，非常睿智，为人也很低调。他在江城除了一个茶楼外好像也没什么别的产业和生意。我也……没觉得他有小弟、手下什么的。"

唐尧看着低头思索的展鹏海问道："你说过，这两年沈志鹏曾经5次在退关的货物里夹带毒品，有退关那就一定有出关，他是在哪家企业出口货物退关的？那边是谁接手？"

"这个……这个我记不清了。"不知为什么展鹏海说话有些犹豫，唐尧也并不深究，这个事简单，一查就能弄清楚。徐大鹏有自己的米业公司，沈志鹏却只有一个茶室是自己的产业，那他退关必定要借助某家出口企业，而在江城具备出口条件的企业本就不多，很容易查到。

返回的路上，唐尧反复思索着展鹏海的话，可以说，江城贩毒网络逐步清晰，浮出水面的嫌疑人的线索越来越多，但怎么找到罪证，彻底打掉贩毒通道，将罪犯绳之以法，还要费一番波折。唐尧回想着展鹏海的话，"不是陆路就是水路"，水路，难道还有一条水上通道？江城与 S 国有 110 多公里的界江，虽然对面多数是荒原，但 S 国远东第一大城市哈巴就在对面，沿江还有七八个村落遥望，距离最近的村子不过隔着六七里的江面。这么长的水上边界线很难保证没有漏点。

另有一个疑惑也让唐尧不解，展鹏海在交代与闫睿被杀的有关情况时回答很明确，而在交代可能是沈志鹏背后的企业时，却显得有些吞吞吐吐。实际上展鹏海应该很清楚查出这家企业轻而易举，他为什么不直说呢，难道他真的记不清了？唐尧不信。

回到支队，唐尧直接去霍兵办公室汇报情况。他现在是重案队领导，有关"10·30"案件侦破的情况，可以直接向霍兵报告。

听完汇报，霍兵递给唐尧一份情况通报。看完，唐尧很惊讶，说："真是胆儿肥呀！我们刚搞了大搜捕，这专项行动才结束几天呀，三丰和三河就又有人'卖小包'，真是顶风上啊！"唐尧很气愤。

"不仅如此，省城反馈的情况是，这两天省城市场卖小包的并无异常，毒品数量和价格也很平稳。从缴获的毒品特征看没什么变化，来源渠道还是边境城市流向省城。你觉得是不是很说明问题？"

唐尧想了想说："是说明问题。看来咱们的行动并没影响到贩毒渠道运行。渠道通畅，货源充足，弄不好还有货急着出手呢，那东西可是定时炸弹，多放手里一分钟都有可能炸死他们。"

"应该是这么个情况，"霍兵说，"我们这边打击得厉害，S 国不一定也打击得厉害。如果对方与这边的毒贩子早有约定，到某个节点必须交易，那这边风声再紧也得去接货。你不接，放在对方手中也是定时炸弹。所以，如果另外还有交易通道的话，也不见得打得紧他们就不动。"

"您是说，除了咱们断了他们的这条通道，他们还另有备用通道，而且正在运行？"唐尧恍然。

霍兵呵呵笑起来："咱俩在这儿说了半天说啥呢？你跟我汇报不就是说沈志鹏他们另有贩毒通道嘛！"

唐尧讪讪地笑道："可不是嘛！他们肯定有。"

"狡兔三窟，毒贩子也不可能一条道儿走到黑。下一步，我们的重点就是找到这条通道！"霍兵停顿了一下说，"我们不是孤军奋战，在国际刑警要求下S国警方也在行动，只是还没公开动作，稍稍加加码，对方毒贩子不一定替他的伙伴着想，弄不好急于出手，反倒逼着我方毒贩交易。这对我们来说是个机会。"

这段时间唐尧实在累得不行，和霍兵没说多会儿就打了好几个哈欠，为了提提神，他主动朝霍兵要烟抽。霍兵笑道："身体是革命的本钱，再说你这状态大脑迟钝，工作效率也高不了。这样吧，我放你两天假，正好到周六周日了。你跟宋磊交代好，让他去调查跟沈志鹏有关的出口企业。活儿是不能耽误，但也得休息好。就这么定了，你明天回趟家，看看你妈去。"唐尧还想坚持，霍兵不同意，他严令唐尧休息，还直接打了电话告诉宋磊监督执行。唐尧只好同意。

## 第二十三章　口福艳福

　　从霍兵办公室出来已是下午 5 点多，东北天短，10 月底外面已经全黑了。唐尧忽然有一种轻松的感觉，虽说只能休息两天，但明天能睡个懒觉，工作的事也可以先放一放。他想起几天前和老妈通电话，她还问自己有没有女朋友，他当时没说与蓝黛的事，既然明天有时间，不如给老妈一个惊喜，把蓝黛带回去让她看看，也让老妈高兴高兴。想到这里，他再也按捺不住急切的心情，拿出手机打给蓝黛。

　　电话响了两声就接通了，蓝黛悦耳的声音传来，让唐尧心里荡漾起甜蜜。唐尧说道："我还没吃饭呢！"

　　蓝黛笑道："肚子饿才想起我，那就该天天饿着你！"

　　"那可不行，你会心疼的！"唐尧耍贫嘴，"怎么样？我们一起出去吃点儿什么呀？"

　　蓝黛呵呵直笑，说："好吧。你等一下，我和王姨说一声，她都快做好饭了。"说着就挂了电话。

　　唐尧走出办公楼，正启动车准备去接蓝黛。电话又响起来，唐尧接通直接问道："王姨怎么说？"

　　"什么王姨？你在跟谁说话？"电话里传来迟晓丹的声音，唐尧一惊，知道弄错了，赶紧答道，"没什么没什么，刚才让朋友问个事，以为是他回话呢。师姐有啥事？请指示！"

　　"少贫嘴！"迟晓丹挺严肃，"你在哪儿？我去找你，有事跟你说。"

　　唐尧已约了蓝黛，他不想这时见迟晓丹，于是说："师姐，我正要出去办事，挺急的，什么事改天再说好不好？"他琢磨迟晓丹不会有啥急事，想推掉。

"是案子的事吗？"迟晓丹说道，"我要跟你说的也是案子的事，一个有关'10·30'案件的线索。"唐尧吃了一惊，迟晓丹虽说也是"10·30"案件专案组成员，但毕竟只是技术辅助工作，她能有什么线索？听她口气不像是在开玩笑，唐尧犹豫起来。

"你不想知道有关沈志鹏的情况吗？"迟晓丹听出唐尧在犹豫，她又加了一句。唐尧又是一惊，她居然也知道沈志鹏，看来她真是有特别的线索。于是唐尧说道："我就在警队楼下，你在哪儿？我去你那里。"迟晓丹让唐尧在楼下等，她五分钟下楼。

放下迟晓丹电话，唐尧立刻拨了蓝黛的手机，接通后唐尧带着歉意对蓝黛说："蓝子，不好意思，我这边有事了，案子上有个急事需要我去处理，可能没法陪你吃饭了。"

电话那边沉默了一下，接着蓝黛悠悠的话音传来："好不容易等到你电话，又变了！王姨说让你来家吃饭的，她手艺可好呢！"唐尧暗自惭愧，说："我看看吧，我尽量快些处理，要是来得及我就去。等我电话。"刚说完，唐尧已看见迟晓丹走出楼门，他摇下车窗向迟晓丹招手，迟晓丹快步走到副驾驶一边打开车门上车。

唐尧注意到迟晓丹今天穿着弹力牛仔服，把她健美的身材显得极致完美；她原本不以肤白见长，但今天在蓝灰色牛仔服衬托下，让人感觉貌白唇红，健康而充满活力。也许是坚持运动的结果，她周身该挺的挺，该翘的翘，处处体现出一种张力。

"嗯嗯，性感！"唐尧在心里给了一个评价。

"不开车你愣什么神呀？"迟晓丹轻声笑道，她又一次体会到热烈的感觉，这是第二次了。她一直都不拒绝唐尧用带着狡狯和油滑的眼神看她。

唐尧收回目光，说道："没愣神儿，嘿嘿，还要开车？不能在车上说吗？"

"切！"迟晓丹叱道，"今天听我的，我说去哪儿就去哪儿，行不行？"

唐尧说："今天办完事我还有别的应酬，一会儿得去参加个饭局呢……"

"对呀！你不就是答应我的饭局了吗？我请你吃饭。"迟晓丹斜眼看唐尧，唐尧摇摇头知道什么托词都没用，只能启动车驶出公安局大院。

到了街上，在迟晓丹指挥下，他们开了二十分钟车，最后在市郊平房区一栋只有两户的房前停下来，迟晓丹下车领着唐尧走进东面的一家。房子挺新，院里铺着水泥板，正中间留有一块三五平方米的花坛，里面是一丛枸杞树，红宝石般的果实结满枝条，在灯光辉映下，显得红亮晶莹，让人看了顿生怜惜。

进了屋唐尧才知道这是一家小饭店，有点儿私人会所的味道。见两人进来，一个看上去40岁左右很漂亮的女人笑着迎上来，说道："丹妹妹来啦，快里面请！"说完，她深深地看了一眼唐尧。迟晓丹笑着叫"双姐"，看来两人很熟。

双姐直接把两人引进最里面一个看上去只有八九平方米的单间，单间除了50厘米宽的走道，其他都被一铺炕占满。炕上有软垫、靠垫，还有被子。中间位置有一张不大的方形炕桌，至多能坐四人。整间屋子极其干净，唐尧在上炕时把脱下的鞋放在角落，他有意摸了一下地边炕角，居然一尘不染。炕上的方桌油红锃亮，供盘坐的蒲团靠垫等虽不很新，却也干干净净。对着拉门的东墙上有一幅不大的油画，画里是一位半裸的西洋美女，侧卧着，一只圆润的手臂从胸前垂下，把丰满的酥胸遮得半隐半现，不免让人产生朦胧的遐想。不知为什么，唐尧瞬间把画中人移植到迟晓丹身上，也是这样的鹅蛋脸，这样的红唇，也有这样的丰满。

如此环境让唐尧暗暗惊讶，他自思对江城也算熟悉，却不知有这样的地方。看来小店虽不挂牌营业，但口口相传，也会生意兴隆。唐尧知道今天会在这里吃饭，心想等会儿尝尝饭菜口味如何，如果好吃以后也带蓝黛来。

见唐尧舒心满意的表情，迟晓丹也暗自欢喜，她主动介绍："这里是我一个朋友开的小会所。虽说没什么主打菜系，却有几样很特别的拿手菜值得尝尝。老板娘叫我丹妹妹，因为她名字中有个'双'字，我就叫她双姐。你也可以这么叫。"正说着老板娘提着茶壶进来，她一边摆茶杯一边对迟晓丹说："丹妹妹，这是新进的肉桂，你品品看。"然后给两人倒茶让茶。迟晓丹给唐尧介绍说："这是双姐。"唐尧只说了声"你好"，并没跟着迟晓丹叫"双姐"。迟晓丹也很随意地向双姐介绍说："这是我同学兼同事，叫唐尧。"老板娘笑着说："唐警官好。"之后再次深深地看了看唐尧。

迟晓丹问老板娘今天有什么特色菜，双姐带着神秘说："一会儿你就知道了！二十分钟吧。"说完微笑着出去了。

双姐离开后，唐尧问迟晓丹案子的事，但两次都被她打断，看来她不想这时候说，唐尧只好暂时放下。他抽空偷偷发了信息给蓝黛，让她先吃饭，告诉她自己这边不知什么时候能完事。蓝黛回复让他准时吃饭，忙完再联系。

菜很快就上来了。双姐和服务员先把四色压桌小菜摆好，分别是糖醋蒜、芥菜丝、炒花生、腌黄瓜，东北人的习惯，似乎一顿饭没一两样小咸菜就缺点什么似的。之后两人把四样主菜一一端上，唐尧感觉顷刻间满屋飘香，但看了菜却一个也叫不准名字。服务员再端上一个很大的瓷碗，里面是热气腾腾的饮品，唐尧猜测那应该是煮好的米酒或者黄酒，问了双姐，果然是上好的花雕。

"看了就流口水！一定好吃。"迟晓丹有意为难唐尧说，"能看出是什么菜吗？"

菜是两荤两素。两盘肉菜，一盘看上去是极瘦的肉片，感觉一定硬而柴；另一盘却是白花花的肥肉，上面不见一丝瘦肉，一看就极肥极腻，难以入口。两盘素菜也很特别，一盘是棕黄色切得极细的丝，细如头发，以唐尧的眼光实在看不出是什么；另一盘却是嫩白如雪，似花瓣一样一片片一层层摆在盘中，周边是一圈嫩绿的油菜叶。唐尧笑着对迟晓丹说："我可说不出菜名，只是感觉香气十足，应该很好吃。"他带着疑惑指着那盘似肥肉的菜说："这个像是肥肉炒青椒，这么肥的肉，恐怕很腻人，你能吃得下吗？"

一旁双姐笑道："你尝下，看看腻不腻？"

唐尧暗想，这么肥的肉，就算酥白肉的做法也难免腻人，何况这样简单的熘炒。他也不是很能吃肥肉的人，于是壮着胆子夹起拇指大小的一块肉段放入口中，肉质出乎自己意料，滑软而有弹性。他带着一丝疑惧轻嚼，感觉既不腻也不黏，满口生香，舒畅无比。唐尧大呼美味！他几口吃下去，又要夹另一盘中的瘦肉片，迟晓丹提醒道："净下口再尝。"唐尧不明所以，见迟晓丹递来茶水，他会意，喝了口茶清清口，这才夹起肉片放入口中。他用力一嚼，本以为如此精肉一定韧性十足，却不想肉片只略有质感，软嫩异常，有入口即化的感觉，味感与刚刚的肥肉完全不同。唐尧惊讶不已，问道："这是什么肉？真好吃，味道太特别了。"双姐也不回答，笑着离开了，她知道迟晓丹会给唐尧介绍的。

屋里只剩下他们两人，迟晓丹把两只青花瓷小碗摆好，用大瓷碗中的木勺把小碗盛满酒，双手端起送到唐尧面前，那认真的样子让唐尧产生一种仪式感。这样的环境下，他觉得像是日韩人在享受着妻子的服侍，想到这，他不觉哑然失笑，也认真地伸双手接过酒碗，故意欠身说道："您辛苦啦！"迟晓丹一下明白过来，不觉抿嘴失笑，她美目流转，满眼温柔，看来并不为意。唐尧端着碗直接低头呷了一口，感觉酒虽温热微辣，却口感极佳，有明显的甜味。唐尧不住点头，赞道："真是美食美酒，今天可是口福不浅啊！"

"艳福也不浅吧？"迟晓丹妩媚地笑道，唐尧哈哈大笑，这是平时迟晓丹绝不会说出口的话。笑罢，迟晓丹介绍说："这看似肥肉的菜是驼峰，那瘦肉片是大雁肉；一个是天上的飞禽，一个是地上的走兽，都是美味中的上品。当然，这大雁和骆驼都是养殖的。"

唐尧惊道："驼峰我知道啊，所说的'八珍'美味之一吧？想不到这么个小店能有这食材！这大雁肉我以前也吃过，每次都是又干又硬，柴得很，根本觉不出好吃，这里咋做得这么软嫩呢？"

迟晓丹嘟起嘴，一边吃一边介绍说："大雁肉的做法我只知道一点点，据说做好得花一整天时间。做时，先把大雁肉用各类佐料腌几个小时，再用文火煨煮至五六成熟，然后把精选的五花肉切成片，和大雁肉分层摆好，加上佐料蒸，待大雁肉吃尽猪肉的脂肪，再去掉五花肉，重新调汤文火小炖入味，才算做好。至于驼峰的做法好像更讲究更烦琐，具体怎么做我就不知道了。"唐尧暗自咋舌。迟晓丹示意他尝尝素菜，唐尧夹起棕色炒菜尝一口才知道，原来是炒笋丝，感觉清香爽口，保留了食材的原汁原味，除了赞叹刀功了得，也得佩服厨师的烹饪手法，这么细的材料根根不断也不沾黏，还能入味，着实不易；另一个素菜吃了才知道主料居然是白萝卜，入口轻嚼，先觉脆，而后香而甜，咽时甜而糯，能做出如此口味，也是别出心裁了。唐尧虽不是大富人家子弟，但母亲是烹饪高手，做得一手好菜，自小把唐尧吃得嘴刁，但今天小师姐安排的饭菜着实让他感觉非同一般。

美酒佳肴，两人吃得开心，话题也渐渐打开了。迟晓丹似乎变了个人，她眼光热烈，话语温柔，没了往日的矜持冷漠，也少了平时的锋芒，就连唐尧色色的目光不时冒犯她耸立的美胸，迟晓丹也只是微笑，并不反感。

又喝了一大口酒，唐尧问："你喜欢喝黄酒？这些都是你提前安排的吧？"他指着桌上的菜说。

迟晓丹笑眯眯地点头说："是呀，我喜欢喝黄酒，黄酒才是咱们中国人的酒，也最养人。"说完她举起小碗跟唐尧碰一下，然后一口喝掉。唐尧酒量不行，尽管黄酒度数低，又煮过，但喝了三碗也有半斤了。他感觉身上暖暖的，微微出汗。迟晓丹也是脸色红润，眉目如画，雕刻般的鼻梁上也微微见汗，她脱去牛仔上装，露出很合体的小立领乳色开衫，把身材的曲线美显示得淋漓尽致。唐尧借着酒劲儿赞道："你真漂亮！感觉上……也跟平时不大一样。"

"不一样吗？是不是感觉我也很温柔？"迟晓丹叹息道，"那次我们聊时，我就说过可能是我的表达方式有问题……"

唐尧接口说："习惯示强于人？"

"这是一方面，其实还是性格使然，"迟晓丹带着一丝苦笑说，"自小的生活环境影响吧。我这人胆儿大，所以就比一般的女孩子要敢想敢干一些，而且追求完美，所以干什么我都是要么最好，要么不干，或者干脆不要。这种性格放在你们男人身上不但能被大多数人接受，恐怕还有人夸赞他是能人呢，可放在我们女人身上就会吓跑很多人。真是世俗的偏见！我觉得那些被吓跑的人，根本就不是什么真正强大的男人！"听着迟晓丹从无奈渐渐转为强势的语气，唐尧很难理解她，也许自己本就不是强大的男人，所以也有跑的想法。

说完这些，迟晓丹话锋一转，说："其实哪有那么多女强人，自古以来不就一个武则天嘛，再强势的女人在她爱的男人面前都会温顺、温柔的！"她意味深长地接着说："你要是改变一下腼腆、拘谨的性格，也是个完美强大的男人。你觉得呢？"她抬起头直视唐尧，凤眼中柔情似火。唐尧有点儿晕，秦姨的话不合时宜地出现在脑海中，让唐尧清醒了不少。他敷衍道："我拘谨吗？我可是个坏小子。嘿嘿！再说性格可不是说改就能改的。"

"那你干吗不对我也坏一个？"迟晓丹手拄桌面转向唐尧，桌子本就很小，不知什么时候她已从对桌坐到了侧面，这样一转头，她的脸几乎碰到唐尧。唐尧下意识地躲了一下，是不是拘谨的性格不好说，但他真不具备坏小子的素质。

这样的反应让迟晓丹生气，她轻声斥道："你个笨蛋！"

迟晓丹在屋内骂唐尧笨蛋，拉门外双姐也在低声说着："这个笨丫头！"说完，她转身离开。

屋里，唐尧为打破尴尬有意把话题引到案子上："师姐，你说有'10·30'案子的线索，能说说吗？"

迟晓丹长舒了口气，似乎是在调整自己的情绪，抬头说道："早晚得说起这个话题，要不你总是不安心。不过，也可能说了你会更不安心！"她满含深意地笑笑，接着问道："你觉得这个案子大不大？"

"当然大，现在都五条人命了，而且还涉毒。"

"既然如此，那你就该多考虑一下大局，就不能只局限在命案上。"

唐尧挠着脑袋说："我就一个小干警，哪管得了那么多呀！干好我自己的事就得了。"

"做好具体的事当然不算错，但你不能只顾具体的事，也得有着眼全局的意识。你应该想到你在忙，刑警队在忙，市局在忙，其实市局和省厅也在忙，这是一体的全局性的案件。这样的话，省厅就一定有全局性的设计和考虑。你想想，具体到我们这个点上，省厅考虑的该是什么？他们更关注的是什么？"唐尧认真听着，迟晓丹的提示很对。虽说彭局长的讲话和工作安排有过这方面的指示，但他并没深想，经迟晓丹提醒，他心里似乎明白了一些事。只怕省厅也安排了警力在办这个案子，只是他这样的身份不知道而已。

"我想省厅更关注的一定是打掉通道,彻底挖出毒根!"唐尧嘴上这么说,其实心里想我们也在这么做,恐怕只是角度不同吧。

迟晓丹对他一竖拇指,说:"你也该想办法挖一下毒根儿了!"接着从后裤兜里拿出一张折叠的纸递给唐尧,她指了指拉门说道:"只准看,不准说出来!"唐尧会意,这样的环境有些话是不能说的。他打开纸条,见上面写着:"沈志鹏——天河集团润秋有限公司、天河集团嘉木有限公司——S国远东经贸公司"。唐尧大吃一惊!这明显是说天河集团与沈志鹏、与境外的洪哥集团有密切联系。

"这是哪儿来的消息?"唐尧暗想,我刚刚跟霍支队长汇报要调查沈志鹏背后的公司,她就有这方面的线索,不但线索来得快,明显站的层次更高。迟晓丹并不回答,只是讳莫如深地看着他。

唐尧正要再问,拉门外传来双姐的声音:"酒凉了吧?我再加些热的!"迟晓丹应答后,拉门才被推开,双姐提着一壶热酒进来,身后跟着服务员,她把酒倾入瓷碗中,服务员则把一个直径十几厘米大小的电磁炉放在桌角,电磁炉电源线垂到炕上,那里正好有个插座。唐尧这才注意到炕桌是固定在炕面上的。服务员在电磁炉上摆好一个晶亮的不锈钢平底小锅,加了水,再把一个四层的小笼屉坐上,电磁炉、小锅和笼屉都小巧整洁,精致喜人。唐尧好奇地伸手掀开屉盖,见里面摆着四个小包子,包子虽是手工制作,却大小极其一致,连包子的褶儿都一模一样,要不是放在每个包子花纹处不同颜色的菜粒提示,真是很难区别。包子摆放得规规整整,个头虽小却显得白白胖胖,甚是惹人喜爱。唐尧笑道:"这包子做得真是精致,都不忍动筷了!"

双姐并不接话,笑道:"凉了就加温热一下,肉馅的三种,另一个是素馅的。你们慢慢用。这里肃静,服务员也下班了,有什么事按铃叫我。"她指了指桌下的按钮,转身出去。双姐拉上拉门,退出后再把外面的屏风也合上,不是熟悉的人,根本不会知道里面还有一个房间。

迟晓丹又给唐尧填满酒,带着挑衅的口吻说:"我知道你酒量不好,不过这酒度数低,应该没问题吧?"唐尧撇撇嘴没说话。他眼睛看着迟晓丹倒酒,心里却想着"天河集团"这个名字,现在这个名字与他有着莫大的关系。沈志鹏显然只是个抛头露面的前台人物，找到他背后的金主也许就找到了真正的毒枭。如果沈志鹏几次利用出口退关运毒的公司是天河集团的企业，那这一切与蓝邵全就脱不了关系。想到蓝邵全很自然就想到了蓝黛，唐尧心里蓦地一疼，联想瞬间把他带入黑暗之中。人的思维真是比光速都快！

"哎，想什么呢！"唐尧从沉思中醒来，他发现迟晓丹正抓着他的手轻声叫他。唐尧连忙说："没什么，我们喝酒！"想起迟晓丹刚刚的话，他逞能似的说道："谁说我酒量不行？这点酒不算什么！"说着他脱开迟晓丹修长的玉手，端起酒碗与迟晓丹碰了下，一饮而尽。

见迟晓丹也喝干酒，唐尧主动拿起木勺给她满上，自己也填满。迟晓丹夹了小包子放在唐尧盘中，说道："你爱吃包子，尝尝，能不能跟你家阿姨的手艺比比？"唐尧心中一暖，她还记得自己爱吃包子的原因是妈妈的手艺好，他不记得这是多久前跟迟晓丹随口说过的。唐尧夹起包子咬一口，是灌汤包，唐尧辨出是牛肉馅的，虽说不能跟妈妈做的大肉包相比，但也绝对是少见的美味。两口恰好吃掉一个包子，唐尧由衷地赞道："双姐这里的饭菜真是太好了！来，再喝一个！"迟晓丹呵呵笑着，她来者不惧，跟唐尧碰了碗，一口喝掉。

屋里柔和的灯光早已亮起，小炕传来温热，整个小屋温暖如春。这时的迟晓丹脸色微红，显得越发娇艳，唐尧看了，身上不受控制地升起一丝燥热，头也晕乎乎的。见迟晓丹也在敞开一些衣领，他笑道："坐在热乎乎的小炕上，感觉就是不一样，我敢说你小时候一定没睡过土炕，那才是最舒服的！"

迟晓丹笑道："这你还真说错了。我小时候也在农村住过，也睡过土炕！"唐尧不信。迟晓丹随即泄气似的说："只是我早不记得住土炕的感觉了。"唐尧哈哈大笑，迟晓丹也笑起来。她不知自己有多久没这样开心地笑过了。这一刻她完全被幸福感包围着，心中充满快乐。她第一次知道自己还会有这样的表现，柔软，温情，顺从，如果可以小鸟依人，哪个女人愿意一直做女汉子？她看着笑意浓浓的唐尧，感觉很不真实。他就坐在旁边，近在咫尺，又似乎非常缥缈，遥不可及。她下意识地伸手抓住他的手，她看见唐尧闭闭眼甩甩头，但却并未抽手，她更加安心地抓紧不放，怕他离开似的。

唐尧觉得迟晓丹抓着他的手很热，他想摆脱却有些不舍；他努力使自己保持清醒，但似乎又觉得自己并不迷糊。他看向迟晓丹，见她面露红潮，红唇微启，似笑非笑，目光柔和地注视着自己，眼中的期待和火热显而易见。四目相对，唐尧再也移不开视线，他渐渐靠近她，直到吻住她柔软性感的唇。

那一刻，唐尧感觉迟晓丹蓦地一抖，之后她温柔缠绵地回吻他，让他如坠空灵，渐渐忘我……

不知道何时，唐尧在沉迷中有一丝清醒，他发现自己正伏在迟晓丹身上，她双眼微闭，口中发出轻声娇喘；暴露的酥胸，大而耸立，似乎自己的手刚刚离开那里。唐尧再次努力甩甩头，把身体撑起一些，更让他惊讶的一幕再次显现。他看到迟晓丹腰带早已解开，长裤不知何时退去一条裤腿儿，他清晰地看到她如雪的肌肤、平滑的小腹和下面那浓密的一丛，他惊呼一声坐起，却也同时看到那个大而坚挺的家伙也随之离开了那片黑密的柔软。

唐尧完全傻了！这一切是怎么发生的？

躺在身边的迟晓丹似乎也处在迷离中。也许是潜意识里感觉到与刚才不同，她迷茫地直起身抱住唐尧，之后很用力地翻身把他压在身下，唐尧已有一丝清醒，但他却做不出拒绝的反应，他感觉焦躁至极，感觉自己的下身挺胀得像是就要炸裂一样，需要找到一个收住它的归处。他任由迟晓丹火辣地把它引入身体，狂躁地上下起伏。没两分钟唐尧完全迷失，他再次将迟晓丹压在身下，尽情地释放自己，而迟晓丹也如同撕咬一般回应着……

屏风外双姐听到两人在屋中发出的声响，她会心地笑了。今天真是帮了丹妹妹一个大忙，以后她再也不用独自一人来这里喝闷酒，暗流泪了。

不知过了多久，唐尧从沉睡中醒来，他头疼欲裂，昏沉迟钝。他感觉嗓子像着了火一样渴得慌。他转下眼睛看看四周，这是一间很小的屋子，很温暖，屋里亮着柔和的灯光。他发现自己躺在炕上，炕很热，他似乎没盖被子，也没有枕头。这是哪里？唐尧暗想，他撑起身，蓦地看到身旁有个人，她侧身熟睡着，双手抱着被子，露出后背、丰满的臀、修长的腿，浑身上下白如乳玉。唐尧一下清醒了，是小师姐！昨晚喝酒的一幕立刻跃入脑海，而后……记忆恢复了。唐尧懊丧地抓住了自己的头发。

几秒钟后，唐尧发现自己还裸着下身，他急急地从炕角找到衣裤，快速轻巧地穿上。他小心轻推拉门走出小屋，快步走到前厅，一路经过几个房间都空无一人。他推开外门来到院里，之后跃出院门撒腿狂奔。他从自己的车旁跑过却不记得那是自己开来的车。他心中充满懊悔，不敢回头再去面对迟晓丹。这样跑了一百来米，唐尧忽然停下来，就这样跑掉吗？他想到空无一人的房中只睡着一个迟晓丹，一个还醉着的小师姐，他不能丢下她不管，那也许会有危险。唐尧万般无奈又转过身跑回去。

再次来到小屋拉门前，一切和离开时一样，屋里只有迟晓丹还在沉睡。合上拉门，唐尧颓然坐在炕边，他不敢再看那美丽的胴体，那个昨夜与他融为一体的身体。唐尧深深地叹息一声，怎么就喝多了呢？！怎么就酒后乱性了呢？！他恨不得狠抽自己几个耳光。他忽然想到了蓝黛，"噢！"唐尧在心里痛苦地大叫一声，像是心被狠狠地咬了一口。他抓着自己的头发完全不会思考了，这一刻，天一定漆黑如墨！

迟晓丹仍在深睡中，唐尧看到迟晓丹是全裸的，她的毛衫不知何时垫在身下，随着翻身，乳色的毛衫上露出手掌大小的一块殷红，唐尧当然知道那意味着什么。他又一次叹息一声，伸手拉过被子轻轻盖在她身上。他只能等待她醒来。

一小时后，迟晓丹醒了，她缓缓睁开眼睛迷茫地看着天花板。她感觉头很疼，不觉伸手按住自己的两个太阳穴揉一下，一抬手发现自己手臂是裸露的，她一惊翻身坐起，新的发现让她发出一声惊呼，同时她也看到了坐在身旁的唐尧。她惊恐地抓住被子裹住身体，几下缩到炕角，完全呆住了。昨夜的记忆渐渐浮现在脑海中，虽不十分清晰，但足以让她回想起那一幕幕疯狂的激情宣泄。她从心灵深处发出一声沉重的叹息，然后把头深深地埋在自己的双手中，定格一样垂在胸前，很久很久一动不动。

唐尧注视着迟晓丹的每一个动作，怕她做出极端行为。见她始终如木雕一样僵在那里，除了沉重的呼吸声，她没有惊叫，没有哭泣，似乎已经麻木。这样静默了有十分钟,唐尧忍不住轻声道:"对……对不起,我……我不知道怎么了……"

迟晓丹保持原姿势未变,只是伸手立起手掌在头上,同时低声说道:"你……出去!"

唐尧明白迟晓丹的意思,她需要一个空间让自己清醒一下,同时穿好衣服。唐尧起身出去,再合上门走到外间,他并没有离开,既然一定要面对,那就现在吧。

屋里,迟晓丹缓缓抬起头,她懊恼地握紧拳头狠狠砸在炕上,然后快速找到自己的内裤。她看到内裤已被撕破,但尚可遮羞,于是快速穿上。想不到就是这么一个抬腿分腿的小动作,疼得她"啊"的一声叫出来。这时她才发现自己的下身有很多血。

这一刻,迟晓丹的泪水一下涌出,她努力克制着自己。她不是害怕后悔,也不是惋惜心痛,而是羞愧难当。如果她的身体要给谁的话,那一定就是这个男人,她深爱着的这个男人,除了他世上绝无第二人;如果他不要,那她宁愿为他守住身子,直到死去。而现在,一次醉酒后,她就这么糊里糊涂地,甚至是急不可耐地付出了自己,平日的骄傲与矜持,自尊与优越,全都成了虚假,成了一种做作。这让她无地自容,她该怎么去面对他呀!

她又想到了吃饭时给唐尧的纸条,一个人立刻浮现在眼前,她心中一寒,第一次有了可能会永远失去他的恐惧。

他不会把昨晚的一切,都看成一个刻意设计的局吧?

几分钟后,迟晓丹穿好衣服,推开拉门低头走出来,唐尧就在两步之外。她没叫他,更不敢看他,就那样悄然从他身边走过。唐尧无声地跟在后面,他看着迟晓丹略带蹒跚的步履,似乎每一次迈步都有些艰难,他知道原因。

出门来到车前,唐尧打开车门,迟晓丹直接坐到了后排,她还是无法面对他。唐尧无言地启动车,时间是凌晨 4 时,天还很黑,他不知应该开往何处,也不敢问。通过后视镜,他看到迟晓丹左手放在腹部,右手扶着前额弯身挂在左手上,车内昏暗,看不清她是什么表情。

"回警队宿舍。"车向市区行驶几分钟后,迟晓丹低声说道。唐尧也不应答,就按她说的做。他想起今天是周六,与迟晓丹同住的三个女警应该都回家了,只有迟晓丹是省城人,没有特别情况不会回去。

车很快到了公安局后勤大楼,楼最东面三层耳楼的顶层是女警宿舍,走后门上去;一楼二楼是资料室,走前门。

唐尧把车停在宿舍后门,他下车给迟晓丹打开车门,伸手本想扶她一下,让她下车能动作小些少些疼痛,但一伸手就看见迟晓丹条件反射似的向后躲开,他暗自叹息,只能眼看着她自己下车。唐尧赶忙去开楼门,正如所料,楼门锁着,三楼应该没人。迟晓丹下车拿出钥匙开门,唐尧跟进去,迟晓丹头也不回地说:"你走吧。"然后抬腿迈上台阶,腿一用力,一阵疼痛传来,她哼了一声手蓦地抓住扶手,人也停在那里。唐尧上前扶住她,轻声说:"我扶你上去。"

"不用。"迟晓丹轻推开他,毅然抬腿迈上一个台阶,那份艰难令唐尧心疼,他一步迈上台阶,从后面抱住迟晓丹,柔声说:"别这样,我背你上去。"他能感到迟晓丹在颤抖,她的胸腔因急促呼吸而剧烈地一起一伏。

"放开!"迟晓丹声音不高,但十分坚决。

唐尧没放手,他在迟晓丹耳边说道:"对不起,对不起!我一定会负责的……"

听了这话,迟晓丹暴躁地挣开唐尧的怀抱,转身用力推开他,她凤眼圆睁厉声斥道:"谁让你负责!你走!走啊!"说完,她决然拔步上楼。唐尧呆住了。半分钟后他听到楼上传来沉重的关门声,迟晓丹进了自己的宿舍。

唐尧无言地转身,下楼,出门,然后开车回到自己的宿舍楼下。

这个周六注定会被铭记终生……

## 第二十四章 民间贸易

唐尧把自己扔在床上倒头就睡,他希望昨晚的一切都是梦,等他再次醒来时一切都没发生过。昨夜也真是喝多了,累极了,他头沉得要命,躺下没多久就睡着了。

周日早上,唐尧感觉自己似乎恢复了,但想忘的事却忘不了,不想记起的,却偏偏越来越清晰。一天来,迟晓丹没任何消息,他很担心又不敢问,可能也是不愿意问;有三个蓝黛的来电,他没勇气回话,只能以案子忙为由,用信息回复了事。

周日下午,唐尧接到彭雪松电话,他精神一振。是的,这时候只有工作能冲淡烦恼。彭雪松的电话内容很简单,就是要求他周一带人去三河县乌苏里江畔做一次调查,查可能存在的江上运毒通道。对彭局长为什么做了这样的行动安排,唐尧并不清楚,也不是很理解,但他仍是欣然领命,立刻通知老刘和刘延超周一早起赶往三河。他又跟宋磊联系,知道他已按照展鹏海提供的信息,开始调查沈志鹏背后企业这条线索,唐尧提醒他关注天河集团和它名下的两家公司,那是从迟晓丹处得到的信息。

周一早上5点,刘开河开着队里的吉普车驶进公安大院,唐尧已等在楼下,他奔过去坐上副驾驶位置,后座的刘延超跟他打招呼。老刘开车出了公安局,他知道要去三河县,直接向东驶出市区。

一路无话。一个半小时后，他们到达三河县城。一进城，刘延超就冲着唐尧坏笑，唐尧明白他的意思，直接对老刘说去"曲斋"，那是三河最有名的早餐店，到三河不去那里吃一顿早餐等于白来一趟。

　　到了曲斋，三人各自点餐，唐尧点了两种肉包子和一碗皮蛋瘦肉粥。看着盘中精致的小包子，周五晚上的场景又在脑海闪现，他心中一战。

　　刘延超要大吃一顿，把店里的特色煎饺、蒸蛋羹、小油条点了个齐全，最后还不忘要两份小拌菜，把老刘的那份都带上了。老刘只是帮刘延超端菜端粥，自己却一样不选，这方面他比较随意。早餐很丰盛，三人美美吃了一顿，一算账也确实让唐尧牙疼。

　　吃完早饭，时间才7点，但唐尧还是先跟于良宇通了电话，告诉他自己带队来三河办案，家里有事让他直接联系宋磊。之后他又给霍兵打电话，临行匆忙，忘了跟支队长汇报。电话里说明了情况，霍兵并不意外，他知道唐尧去三河办案的事，看来领导之间早有过沟通。霍兵在电话里说："唐尧，知道为什么让你去三河吗？"

　　唐尧说："局长有过交代，知道目的，但不太明白原因。"因为彭雪松有过交代，让他对此行的目的不要声张，所以他不好多说。霍兵似乎理解唐尧的处境，他笑道："本想过会儿再联系你，没想到你这么早就到三河了。你不是没弄明白为啥让你去那边调查吗？我现在再给你个理由。一会儿你先跑一趟县公安局，调一下曹炳坤溺水身亡案子的卷宗。这个人就是最靠近江边一个村子的人，打鱼的，死得有点儿蹊跷。怎么样？有这个理由去江边做一次调查也够吧？"

　　"呵呵，够！人命关天，这理由充分！"唐尧笑着说，他略一回想，问道，"是不是前段时间闹信访的那案子？后来秦姨他们特意来做过尸检的那个吧？"其实，唐尧想问的是，是不是10月29日王明带队去三河帮助协查的那个案子。当时王明跟唐尧争任务，还挤兑过唐尧。如今案子定性出现问题引起上访，王明作为协查工作的直接负责人反倒没动静了。但这时候唐尧没法跟领导提这个事，那样就显得自己过于小气了。

　　霍兵在电话里回道："对，就是那个案子。你看看情况是不是值得研究一下。卷宗可以带回来，我叮嘱过三河县公安局，你找他们就行。"说完就挂了电话。

出了早餐店，唐尧示意老刘开车去县公安局。到了县刑警中队，刘延超在前面嘻嘻哈哈地带路，他在这里挂过职，人都熟悉。他们直接去了三河刑警中队何文中队长的办公室，何队长早已在那儿等着了。霍兵支队长有过交代，何队长知道唐尧此行还另有任务，他向唐尧简单介绍了曹炳坤案子的情况，办理了卷宗交接手续后，亲自送三人离开刑警队。

离开县公安局，唐尧三人驾车直接向江边方向驶去。路上，唐尧跟老刘和刘延超介绍此行的目的。他不提局长安排，只根据自己的分析和王宝宝的交代，解释来这里调查的原因。根据王宝宝提供的线索，唐尧判断侯三（也就是戎戈）很可能有江边野钓的爱好。王宝宝说有好几次交货，侯三都是从和好的饵料中藏匿毒品，把毒品取出交给王宝宝后，侯三都是开车直接去江边钓鱼了。

唐尧介绍说："我向常野钓的人了解过，如果按照两个人、野钓两天、10把海竿计算，不算打窝诱鱼的饵料，只抛竿做爆炸钩的钓饵也得五六十斤，得一大桶。这种饵料一般都和得干一些硬一些，还得有黏度，要不抛出去就散了，所以，在里面藏个半斤八两的毒品根本看不出来。"唐尧侃侃而谈，他又恢复了往日的活力。

"那为什么到三河这边？"老刘问，"往北去黑龙江边也可以野钓呀？"

"我觉得他到这边的可能性更大一些，有两个原因：一是这边江对岸有好几个S国的小渔村，最近的隔江也就七八里水路，而黑龙江对面S国最近的居民点也有四五十公里。我们假定戎戈野钓是为了跟对面建立某种联系，那自然是越近越好。二是咱们这边江畔散落着五六个村子，王宝宝说他见过侯三车上拉着很多渔具，却没看到野钓蹲守必备的炊具和食品，所以我怀疑侯三很可能在附近的某个村中有落脚点，做饭、吃饭、住宿可能不用准备，可以就地解决。为啥先到这边调查还有第三个原因，就是这个，"唐尧举一下手中的卷宗说，"霍队刚刚给的一个理由，他说这个案子不简单，让咱们到现场看看。"说了这些，唐尧又说道："当然，我们只是先到乌苏里江这边查，要是没什么发现，黑龙江那边也是要去的。"

车出县城，沿着水泥路一直向南，很快上了沙石路。田野上一派秋收大忙景象，水稻田里到处是割好捆成小捆的水稻，码成垛一排排伸向远方。割稻子的农民随处可见，他们脸上都洋溢着丰收的喜悦。不远处两台收割机正在作业，刘延超兴奋地喊道："看！快看！那是叶妮塞收割机，从俄罗斯引进的，好大的个头啊！"在车的左前方，唐尧看见一台暗红色的大型收割机悠然滚动着割台，前面一片片水稻瞬间消没在收割机前，那速度不知比人工快多少倍。叶妮塞旁边还有一台绿色小很多的收割机，机身上写着"3070"字样，也在收割作业，唐尧知道那是国产康拜因。机械收割一定是未来的发展趋势，但眼下农户还不太认可，主要是收割损失太大，会丢很多粮食。可能谁也不会想到不过是短短几年之后，机械收割就完全替代了人工收割，各类大型、小型收割机种类繁多，收割质量和速度都大幅提升。

唐尧暗想，当下农民收获的是丰收，我们也该收获战果了。他无暇欣赏秋的景色，取出刚刚从县局拿到的卷宗材料看起来。

案件看起来并不复杂，县局初步确定的结果是意外溺水身亡。死者叫曹炳坤，男，36岁，独身，是三河县八岔乡兀格村的渔民。在10月28日被发现淹死在自家江边的网箱里，死亡时间推算在27日17时至22时之间；尸检结果从胃中食物消化状态看，他应是饭后不出一小时内溺亡的；未消化的食物中含有大量未吸收的酒精，血液中酒精含量超过200毫克，分析是晚饭喝了大量白酒；死者后脑有一处类似撞击的钝器伤，分析可能是死者在清理网箱时，因醉酒手脚不灵便，失足摔倒撞击到后脑，昏迷后掉入水中呛水致死。县刑侦队进行了现场勘查，未发现可疑线索；在调查死者邻居时了解到此人性格孤僻，特立独行，很少与人接触，未发现与什么人有仇怨；他以打鱼为生，据反映，此人水性很好，打鱼很有技巧，每次出江打鱼渔获都很多；他也种地，有自己的生活田27亩；他与妻子十年前就离婚了，始终独身生活；他虽是八岔兀格村人，但除了冬季他很少在村中的房子居住，一直都在江边亲戚遗弃的土房中生活。

县局现场勘查未发现疑点，法医也认定是意外失足溺水身亡，当时县刑警队对案子的定性产生过疑虑，因此向市局申请协助认定，市局刑警支队因此委派王明带三中队来调查，王明未对县局的结论提出疑问，维持县局的认定结果。本来案子可以结案了，但两天后，死者的表姐从佳市赶来为其料理后事，听说表弟因醉酒失足淹死，她提出质疑，说是表弟平时从不饮酒，不会出现醉酒状况，更不可能醉后还去江边清理网箱。对于尸检结果的后脑钝器伤痕，他表姐也提出疑问，要求法医明确认定是撞击伤还是击打伤，这对死因的认定至为关键。

看到这里，唐尧暗暗称奇，看来这位表姐绝非常人。果然，他翻到材料最后，看到她的简单介绍，这人居然是大学的副教授。她对表弟的死因提出质疑并上访县政法委，同时也向市公安局业务主管部门提出复议。前几天，市局成立复查鉴定小组，技术组组长法医秦明华带队进驻三河，对死者重新进行尸检再鉴定，目前尚未得出结论。唐尧知道市局鉴定后，不论结果如何，恐怕都要报到省厅，由省厅专家做进一步论证。

既然要等待法医尸检复核结果，那么霍兵为什么还要唐尧了解这个案子呢？原来，除了对死者头部伤痕提出疑问，死者表姐还反映了一个情况：今年从5月到现在，她表弟已给她汇去了9万元人民币，最后一笔2万元是死者生前两天才汇去的。她表弟一直很信任她，他的钱都是汇给她代为保管，但她认为表弟仅靠打鱼和种27亩地不可能有这么多收入，她一直觉得表弟收入来源不正常，但几次询问表弟，他都未承认，只在一次交谈中说过"再干一年就不再打鱼了"这样一句话。她要求公安机关对此进行调查。唐尧看了这样的记录，对这位表姐暗自佩服。

唐尧三人的车跑了三十多公里后，路开始颠簸起来，路面坑坑洼洼高低不平，这样的田间道怎么也跑不快，唐尧也没法再看卷宗。老刘放慢车速，小心驾驶，警车在两边都是树木的林间几乎是贴着树枝前行。好在林子不大，没几分钟就出了林区，前面是个下坡，远处宽阔平静的乌苏里江清晰可见。江边近在眼前，车冲下坡路，前面路头忽地一转，一个很大的村镇已在面前。

这是三河县八岔乡政府所在地，尽管是个乡，其实不过是个百多户人家的大村落而已。唐尧拿出手机打了一个电话，不一会儿就看见前面路边有人招手。老刘停车，唐尧跳下车问道："是罗警长吧？"来人点头应着，他并没穿警服。老刘从车窗伸出头叫道："是老罗吧？大个子！"那人见

第二十四章　民间贸易

是刘开河，也笑道："是你呀，老家伙！还在刑警队呐！"说完笑着上车。昨天，唐尧已委托县局联系八岔乡派出所，只记了所长姓名和手机号码，人却并不认识。上车后老刘介绍说，这是八岔乡的警长罗宏志，刘延超虽说在县里挂过职，但时间不长，也不认识他。老罗是个自来熟，很快就跟唐尧、刘延超开起了玩笑。他们没在乡里停留，直接开向江边的村落。出了镇，唐尧问："罗大哥，咱们八岔乡有几个干警啊？"

老罗笑道："按人头是9人，协警8个。"

"这么少啊！"唐尧惊道，"就你一个正式干警。"

"错！"罗宏志笑道，"我现在只是半个正式干警。"

"啥？"一句话把唐尧弄糊涂了，怎么还"半个正式"干警？前面老刘笑着插话问："咋的，大个子，你们那几个人的身份问题还没解决呀？"

"是呀，还没呢。不过这回快了。"听了这话，唐尧记起罗宏志是谁了。前两年公安改制考试，江城有26名干警考试及格，却因为名额问题没转上，到现在还没得到正式警察身份。最可气的是，没有名额并不是指标不够，而是有指标没分配下去，完全是人为原因浪费了。这些干警自然不干，于是找领导反映情况，带头的人就是罗宏志。这事唐尧早就听说过。彭雪松局长接任后非常重视这个事，几次去省厅和组织人事部门协调，终于解决了这个问题，目前已办完相关手续，就等批件下来了。所以老罗才说现在还是"半个正式"干警。

唐尧问："你们乡也得十好几个村子吧？就你们这9个人能忙得过来吗？"

"这么多年一直都这样，不是也过来了？"老罗一副无所谓的样子，"你们这次来办什么案子？小唐队长，我可听说过你，虽说年纪不大，办案子可是把好手！"

唐尧连忙谦逊几句，说："我们这次来主要是想找个人，一个喜欢钓鱼的人。另外就是想了解一下曹炳坤溺水的案子，想去现场看看。"

"曹炳坤？你说的是不是前段时间淹死的那个幺六啊？就是他亲属要求复查的那个案子吧？"

唐尧点头。

"这个好办，一会儿我带你们去。"罗宏志笑道，"你说还要找个喜欢钓鱼的人，什么样的钓鱼人？这里守着江边，就钓鱼的多，你别看现在都进11月了，江边还有人野钓呢。"

唐尧说："我要找的还就是个江边野钓的人，主要用海竿，一蹲就是好几天那种。"他回头转向刘延超，让他拿出侯三的照片给罗宏志看，那是戎戈身份证放大的照片。

"好！那我就先带你去几个点看看，幺六的事回来再说。"老罗爽快地答应着，他接过刘延超递来的照片仔细看着，说："照片不太清楚啊！不过要是熟悉的人还是能认出来的。"

一上午时间，老罗带着唐尧一行沿江走了五十多里路，走遍了沿江的村落。那些经常有人野钓的钓点和所有承包经营放钓收费的水面，他们都进行了踏查。老罗人熟地熟办事很方便，他们把戎戈的照片拿给人看，却没人认识。

中午，老罗带着唐尧三人回到冗格村，这里离边境近在咫尺，而且是溺亡的幺六所在的村子。

村里有一家小食杂店，是个夫妻店，那里卖日杂百货，也能做些简单的饭菜。老罗看起来跟这里很熟，他吩咐老板娘炒鸡蛋、炖豆角、蒸狗鱼坯子，没等老罗说出第四个菜，老板娘主动问道："我这里有昨天新杀的狗肉，吃不吃？"

老罗大喜，说："这好啊！有口福了。我倒忘了你们这里朝鲜族人多。"老板娘喊她丈夫做饭，她在小食店里烧水沏茶招呼客人，老罗却跑到后面帮厨去了。

唐尧与老板娘搭讪，问道："大姐，你们村儿有多少户人家呀？"

"六七十户吧！在这片是最大的村子。"

"您是朝鲜族人？这里离江边这么近，打鱼的人很多吧？"

"这里朝鲜族人不少，可我不是。"老板娘说，"这里打鱼的人不多，钓鱼的人倒是不少，多是外地人，从开春就一拨拨地来。打鱼的人家一般都在最江边上，好停船。我们这儿离江边还有七八里地呢，村里人都不打鱼了，改为种地。"

"前面靠江边还有几个村子？他们现在还都打鱼吗？"

"最靠江边的还有仨村子，原来都打鱼，最近这些年也少了。江里哪还有鱼？靠那非饿死！"

"我听说，对面S国那边鱼很多，咱们这边就少，都是一条江，真这样吗？"老刘插话问。

"嗯哪，真的呗！人家那边鱼就是多，听江边的人说过。"老板娘说，"前些年，咱们这边的人用酒和对面S国人换鱼，就咱那普通的小船，换回一船鱼差不多也能挣大几千！"

"这怎么换呀？没有人管吗？"唐尧不解。

"嗨！大兄弟，你是不知道，两边儿船都开到江心，一边装几箱酒，一边装一船鱼，挨近了一换船，各自就划回来了。过几天还是这么办，用他的船装上酒，再把自己的船换回来，两次就是两船鱼，再简单不过了。S国人得意咱们的高度酒，愿意这么换，以前这事多了去了！再早的时候，两边都打鱼，十几二十几条船出来，提前约好了，俩船挨近一步迈过去，换了船就走，你说咋管？说白了大家都没当事儿，就是现在也还有人这么干呢。"

听了最后一句话，唐尧脑子嗡的一声，他似乎感觉到了什么，那种每次办案遇到难点时若隐若现的灵感又出现了。他努力控制自己的情绪，问道："你是说现在还有人这么交换？那也算是走私呀！"

"呵呵，瞧你说的，没那么严重！"老板娘根本不在意，"这事儿几十年前就有。再说了，对面S国人巴不得有人这么干呢，他们最得意咱们的好白酒。还有啊，别看现在那边没啥打鱼的了，六七十年代时打鱼的也不少，可他们的渔网、渔具啥的，质量不行，都是到咱这边买，或是拿东西来换。"

唐尧暗想，这样的小故事说明双方还是友好的，边防关系并不紧张，但同时也说明边防漏点不是没有，民间的私货交易存在。那么，会不会有人利用这样的漏洞从事非法活动呢？唐尧觉得很值得调查。

这时，老刘拿着照片递给老板娘，唐尧连忙说道："大姐，你人头熟，你看看这是不是咱们附近村子的人？"老板娘接过戎戈的照片细看，唐尧又提醒一句说:"这人喜欢钓鱼,应该在咱们附近的江边钓过鱼。"正说着,罗宏志和老板端着菜走进来,说:"来!开饭了。还有个狗肉汤,马上好!"老罗招呼大家吃饭。

老板娘拿着照片对丈夫说:"当家的,你看看这人,是不是夏天那个买红糖的?"

老板看来是个寡言少语的人,从唐尧几人进到店里,没见他说过话。他拿了照片看了看,只说了句"嗯,是他"就没下文了。唐尧用期待的目光看着老板娘,问:"大姐见过这个人?"

"见过一面,不知是哪儿的人。"老板娘说道,"还是6月底的时候,有一天大早上,我刚开板儿(东北话,开店营业的意思)就来了一辆轿货半截子车,拉着好多渔具,正是钓鱼囊喷儿(东北话,形容人多、高峰期)的时候,一拨拨地,到店里买鱼饵料啥的。那车上下来一个小子,毛愣三光地就进来了,说要买红糖。红糖这玩意儿,店里一般都有,村里人喝个红糖姜水、老娘们来事儿祛祛寒气啥的都得用。那天也巧,店里正没红糖,头天晚上也是个钓鱼的一下子买去四袋,店里就剩一袋了,我自己还得留点儿不是?我跟他说,你们来得不巧,红糖都让一个开黄面包车的买走了。听我这么一说,那小子立马急了,说:'你他妈有红糖不卖给我们就算了,还卖给唐三稀那小子,要是因为这个让他赢了,我他妈把你店砸了!'你说这山炮,把我气的!我们当家的话虽不多,脾气可不好,他立马把镐抄起来了。我对那小子说:'你敢把我店砸了?你试试!'正说着呢,外面又走进一个人来,就是他。"老板娘扬扬手里的照片接着说:"这人进来就给那小子一脚,说:'你不会好好说话呀!'然后就给我们赔礼,问有没有红糖,说他们钓鱼和食儿用,鲤鱼就喜好红糖的味儿。我看他人挺客气,告诉他红糖真是卖没了,要是非得用,我家里倒是还有二斤,就是开袋了,不好卖给你。那人说没关系,能有就不错了。就这么的我回屋取来,上秤一量,二斤稍低一点儿,那人也大方问了价就按二斤给的钱。"

听完老娘娘叙述,唐尧看向老板,问:"就这些吗,大哥?"老板点头,闷声说:"还买了一袋味精。"

老板娘一边摆凳子招呼唐尧几人坐下吃饭，一边笑着说："对，还买了那种一斤装的味精，说也是钓鱼用。真是不明白，这又是红糖又是味精的，是鱼吃还是人吃呀？"

这个唐尧听蓝黛介绍过，对一些老钓鱼人来说，自己做饵料是一项必需的技艺。前些年市场上还没有现在这么多种成品饵料，买回来按说明书上的比例调好兑水一和就完事。那时都得自己做，想钓鱼先学做饵料，那是相当有说道的，夏季鲤鱼爱吃红糖、红薯，加些味精调味儿对鲫鱼、鲤鱼是天然的诱饵。想到钓鱼的事儿，不免又想起蓝黛，他心里不自觉地一暗。

大家开始吃饭，唐尧又问："这人后来又见过吗？唐三稀是谁？"老板娘说以后没见过，就连那小嘎子也就见了那一次。

老罗说："唐三稀我知道，他是后村康庄村长的三儿子，名叫唐浙。他家兄弟三个，老大叫唐渝，老二叫唐淞，老三叫唐浙。之所以管他叫'唐三稀'，是因为上初中时，一次在试卷上写名字，连笔没写清楚，'浙'字写得看着像'淅'，这个老师也不知道他叫唐浙，读他名时读成了'唐淅'，闹了个笑话。因为他在家行三，后来一些调皮捣蛋的学生就管他叫'唐三稀'，渐渐地，前后村的人都知道他有这么个外号。"唐尧暗想，这绰号明显带有贬义，从老板娘态度上也能看出，这个人怕也不是什么良善之辈。

午饭四个菜一个狗肉汤，虽说简单，但农家小菜别有风味，尤其是老板娘手工蒸的大馒头，更是让唐尧找到了小时自家馒头的感觉。

吃饭时，老罗邀请店老板一起吃，他也不客气直接坐在罗宏志身边，拿了酒杯给两人满上，他也没向唐尧三人让酒，好像知道他们下午有事不能喝酒一样。唐尧也请老板娘一起吃饭，她却坚决不干，唐尧知道这是农村的规矩，有客人在，女人是不能轻易上饭桌的。唐尧有意问老板娘有关曹炳坤的情况。老板娘说的与公安卷宗上的介绍没有多大区别，看来兀格村的人对幺六其人也不十分了解。但有一点是肯定的，就是幺六也跑江，这一带经常下江打鱼的人中他是比较活跃的，但他是不是也与对岸有那种"民间贸易"，老板娘却不清楚。

饭后简单休息一下，唐尧让老罗带路去江边，他们要勘查一下曹炳坤溺亡的现场。

这回唐尧驾车，在老罗引导下向江边方向驶去。一路都是窄窄的林间道，车穿行在原始林中，道路虽有起伏，但坡度极缓。十几分钟后，车冲出森林，前面豁然开朗，界江似一条宽阔的银带横亘在眼前。

"到了！前面就是坳村。"顺着罗宏志手指的方向，唐尧看见左侧伸向江湾有一个不大的半岛，就像一条舌头伸向江里舔吸江水似的，那岛上稀稀落落的到处是树木，隐约可见十几座土房散落其间。唐尧驾车拐上一条更小更崎岖的路，继续向坳村驶去。他们没进村，老罗带着他们直接绕过村子，向村西头走，在距村子一百多米的一处独立土坯房前停了车。

四人都下了车，唐尧见土房低矮，微微有些倾斜，正面房顶是掉色的铁皮瓦，后边的房顶还是茅草盖顶，上面满是泛绿的青苔。房门上贴了封条，刘延超走过去把封条撕掉。唐尧率先低身走进房中，房里陈设简单，靠南一铺炕，炕上有铺盖，地上一张桌，有三个塑料凳摞在一起放在墙边，对门最东边是灶台和橱柜。唐尧上前打开橱柜，里面有四副碗筷，几个盘子和铁碗，一应餐具摆放整齐洁净，却没发现酒瓶和任何酒具，看来除了现场发现的作为物证的那个酒瓶，别无存酒。屋内物件虽陈旧，但屋地平整，室内干净，看来幺六是个很自律的人。唐尧简单看了看屋中情况，转身出来，老罗明白他的意思，抬手向江边指指，然后引着唐尧向发现幺六溺亡的现场走去。

距土房下行百米就到了江边，那里泊着一条小船，是那种江边最常见的机动铁皮船。船用铁链固定在岸边一个粗大的木桩上，船后有一根铁制的长钎子穿过后艄插在水中。船的西面是一个挺大的网箱，网箱是用厚厚的硬木做成的，底部有渔网兜底。那里就是发现幺六尸体的地方。

唐尧先上了船，然后踏着船与网箱相连的跳板走到网箱边，他蹲下身细看，再用手晃动一下，网箱纹丝不动，在水中固定得非常牢固。他又检查了网箱周围的跳板，也不见有松动的地方。唐尧暗想，如果是摔倒撞晕了自己，那他的头磕在什么地方能导致昏迷呢？他细看网箱，虽说网箱是硬木做成的，但唐尧想象不出死者从什么位置、什么方向摔倒在网箱边上，才能造成致人昏迷的撞击伤。看来案子的确有很多疑点需要查清。他暗想回局里要找秦姨好好请教一下。

检查完现场上了车，唐尧对罗宏志说："罗大哥，一会儿我想到村里走走，了解一下情况。如果可以，咱们再去见见这个唐三儿怎么样？"

"没问题！听你的。"罗宏志干脆地说，"不过幺六一直住在这个土房里，他本人又是兀格村的，跟坳村人没啥来往，我们调查时了解过，村里人虽说知道他这个人，却没人跟他熟悉。"

唐尧明白老罗的意思，说："我感觉也打听不到什么情况，只能等法医定性之后再细研究，弄不好得费点儿功夫。我去村里是想了解一些别的情况。比如跟对面有没有联系什么的。"唐尧是在完成彭雪松交办的任务，他受老板娘启发，更加坚信能有所发现，只是案情重大他不好对罗宏志言明。

"那行，坳村离那边最近，隔江就能看见境外的村子。坳村小，也就20户人家，走走也方便。"

"好，那咱们就先去坳村看看。"唐尧问罗宏志，"这里的村民有没有认识你的？"

罗宏志摇头说："这个还真不好说，虽说来得不多，一年就一两次，也说不准就有人认识，咱们这个身份，扎眼！"

"我想找个借口到各家走走，别露身份。有什么办法？"

罗宏志很有经验，说："这好办，就说咱买鱼，他们村里人都打鱼。"唐尧笑着点头说："这个办法好！让我想起了吴学究探访阮氏三雄。我和老哥进村看看，就委屈你等在车里吧。"

车到了村头，村路曲曲弯弯，两边树木枝枝杈杈，看来想开车走遍村子根本不可能。唐尧把车停在村边，他让刘延超陪老罗等在车里，自己和老刘步行向村里走去。

到了第一户院门外，唐尧看见一个40岁左右的汉子正在劈桦子，见两人站在门前，汉子停下来问道："你俩干啥的？有啥事儿呀？"看来村里不经常来人，村民对陌生人很警惕。

唐尧和蔼地说："大哥忙着呢！我俩想收点儿新鲜的活鱼，您这儿有吗？"

那人扔下手中的斧头走过来，问："你要啥样儿的鱼？大鱼咱没有，小活鱼、杂鱼啥的，倒是不少。"

"哎哟，大哥，我们还真就想买些大鱼，怎么也得四五斤以上的。我开饭店用。"唐尧应道。

"那咱没有。"汉子说，"那么大的活鱼可不好找。"

见那人走近，唐尧掏出烟递给他一支，说："大哥，你们这儿最靠江边了，我听说你们家家都打鱼，不能没大鱼吧？"

"家家打鱼不假，可现在这江里大鱼少着呢，就是十天八天也未必能碰到四五斤的。"

唐尧故意叹了口气，对老刘说："你看看，咱这消息也不准呀！都说坳村能买到大鱼，这也没有啊！白跑一趟。"之后，他转向汉子说："咱村还谁家能有鱼？我们还想去看看，要是实在没大的，等会儿回来你这小鱼我们也得买些，总不能空跑一趟吧？"

汉子说："别人家跟咱差不多都未见有。你要是真想买大的，就到最东边儿老王家看看，也就他兴许能有。"说着往村东指了指。

"这可谢谢大哥了。"唐尧显出兴奋的样子说，"还是大哥热心肠，要不我们咋知道到谁家能买到大鱼呢！大哥说的这个老王家当家的叫啥呀？"

汉子显出不屑的表情，硬邦邦地说："叫王五四，老光棍子。"接着转身朝里面走去，嘴里却嘟囔说："也不知踩了他妈什么狗屎运，就他能到那边弄鱼。"唐尧还想问点儿什么，那人已经走回去，又咔嚓咔嚓地劈起桦子来。

唐尧清晰听地到那人最后一句话，他暗想，看来这个王五四非同一般，他有办法弄到大鱼，"那边"指的会不会是对岸？唐尧两人离开这家朝东面走去。他问老刘："老哥，刚才这人说到'那边'弄鱼，这话什么意思？"老刘说道："我猜应该是过中界线到人家那边偷着打鱼吧？以前我也听说过，咱们的渔民偷偷到人家那边下挂网，一网有时候能挂上千斤呢。为这事儿被S国抓去的村民也不少。"

唐尧不置可否，但他猜想这汉子说的绝不是这个意思，如果是这样，那任何人只要胆儿大敢冒险就都可以去，他干吗还说"就他能去那边"呢？他想到的是小食店老板娘说的"民间交易"。

两人向村东方向走去，途中又路过两户人家，唐尧两人还是以买鱼为借口，打听谁家有大鱼，没再提起幺六的事。从第二家一个妇女的口中得到同样的信息，村东的王五四可能有，看来这个王五四能弄到大鱼在村民中不是什么秘密。唐尧两人不再耽搁，直奔村东。

来到村子最东面，也是最靠江边的一户门前，唐尧向院里看去，院子不大，杂物堆得哪儿都是，除了通向屋门一条弯弯曲曲的小道，很多地方都生了疏密不同的杂草。唐尧暗想，这个家主人肯定是个懒鬼。唐尧冲着院里连喊两声："有人吗？有人吗？"好半天，里面才有人怒气冲冲地回道："谁呀？睡觉呢！大晌午头儿喊啥呀！"接着屋门一开，一个汉子走出来。

唐尧凝起目光细看来人，见他五十不到的样子，身材略胖，红脸黑须，眼小嘴大，眼光和表情上显出那种略带野性的无知，仅从面相就能看出这一定是个酗酒的人。

那人走到唐尧面前，打着酒嗝说道："吵吵啥呀！喝两盅刚躺下！"

唐尧面带微笑，但目光一刻也没离开那人的脸，问道："你就是王老大吧。听说就大哥你有路子能弄到大鱼，我是买鱼的，想整几条。"说着就递烟给王五四。

王五四接着烟，嘿嘿笑道："不假，咱还真就能弄到。不过吧，那玩意儿可不是天天有，你要是五六天前来我还真就有……哎？我说，你咋知道咱能弄到大鱼呢？"

唐尧打个哈哈说："有人从你这里买过，我听说的……"

"瞎扯呢！"王五四摇手说，"我卖鱼都是拉到镇上去，哪有人到我家来买？"他得到过吩咐不许跟任何人说有人到村里向他买鱼的事。

"嗯！就是这么回事儿，我就是听镇子上的人说的。"唐尧敷衍一句，又问，"那王老大，啥时候能有鱼，到时候我来买。"

"这可没准儿，我一年也就那么几回。"

唐尧显出急迫的表情，说："大哥，你就辛苦一下，下趟江呗，我保准高价收,有多少要多少!"为了显示自己的诚意,他故意说道:"不管啥鱼,只要是大的,无论鲤鱼、鲫鱼、草鱼、鲶鱼、狗鱼、黑鱼……啥我都要!"

"狗鱼、黑鱼不行……"王五四脱口而出,接着又改口说,"没有狗鱼、黑鱼……"

见王五四口风不对,唐尧做出不信的表情,说:"哪能呢!狗鱼、黑鱼是咱这江里最常见的鱼,咋能没有呢?这两种鱼最好吃,狗鱼丸子汤是咱这边儿所有鱼馆、饭店的一绝,鱼不贵,也好买。咱知道要的人多,供不应求,你放心!只要你有,别人30块一斤,我给你40块,不行就50块!包你满意。"他伸手拍拍王五四宽厚的肩膀继续说:"大哥一看就是个会赚钱的敞亮人。我愿意交你这个朋友!"

王五四眯起醉眼,脸上泛起笑容,说:"大兄弟,不是咱不卖给你,那狗鱼、黑鱼都让人定了,卖给你砸咱饭碗……"

唐尧立刻显出痞气,傲然说道:"谁先定了?不是兄弟我夸口,在咱们江城,我老大就是这个……"他一竖大拇指说:"你放心!不管谁定的,价儿我们保准比他高,你卖给我们,他绝对连屁也不敢放一个!"

王五四直撇嘴,说:"这家伙吹的!你多大能耐咱不知道,人家啥样咱可见识过!别……别吵吵了,反正狗鱼、黑鱼你别惦记……别的鱼行。"

唐尧显出无奈的样子,说:"好好好!就依你,我不买狗鱼了,其他的鱼我全要。"他不忘忽悠王五四说:"王老大办事不掉链子,讲究!"

"那是!"王五四乐了,带着得意说,"那你不能寻思多挣个仨瓜俩枣儿的,就不讲究了是吧!"

"对对!"唐尧不住赞叹,问道,"大哥,那你啥时候有鱼,我亲自到你家来拉?"

"不行,不能到咱家,咱都是送镇里鱼市上,你可别来家里,咱可不敢坏了规矩!"

"中!"唐尧再让一步,"就到镇上,那我啥时候来?"

"这可保不准了,前几天刚跑一趟,下次啥时候咱也定不准。咱约莫着,咋也得二十天一个月的。"

第二十四章 民间贸易 · 265

唐尧立刻拉下脸说道:"我说王老大,我看你也是个讲究人,你做的这叫啥生意呀?你啥时候下江打鱼自己还不知道?你这不是消遣兄弟嘛!"

见唐尧发火,王五四反倒呵呵笑了,说:"小嘎子吧?你不懂!"接着他带着神秘,把嘴凑到唐尧耳边小声说:"咱能费劲巴拉打鱼去?咱是和对面儿换鱼。知道了吧?要不咋不能定准信儿呢,得等消息!"

唐尧强忍着熏天的酒气,搂着王五四的肩膀也小声说:"我明白了,大哥是跟S国人做生意,想不到大哥还有这么野的路子,高人啊!"见王五四一脸得意,唐尧又说道:"但大哥你得给我个大约的时间,别你有鱼了,我还没来就被别人抢光了呀。"

王五四一梗脖子,瞪着醉眼说:"这你放心!你留个电话给咱,到时候咱给你打电话。"

"够朋友!"唐尧又是一竖大拇指,"我给你留个手机号。"他快速从夹包里拿出纸笔写了一个手机号塞到王五四手里,随手把大半盒烟也扔给王五四,然后千叮咛万嘱咐地说了很多好话才和老刘离开。

回到车上,唐尧开车用最快的速度往回返,他们要去康庄。对幺六和坳村的调查唐尧什么也没说,罗宏志也不问。

穿过兀格村,又向北开车十五分钟就到了康庄。罗宏志指引唐尧开车到了村中一座大院前,那是康庄唐村长的家。唐尧把车停在门口,对老罗说:"我看就咱俩进去吧,人多影响不好。"罗宏志呵呵一笑,他目光深邃地看了唐尧一眼,开门下车。

一进院门,罗宏志就喊道:"老唐,在家没?泡茶泡茶!"

屋门一响,一人应声而出,同时传来笑骂声:"是大个子吧?什么风把你个馋鬼吹来了!哈哈!"一个瘦瘦的精干老头儿迎出来,脸上挂着微笑。

唐村长把两人让进屋,喊着儿媳妇泡好茶。唐尧偷眼细看唐村长的家,见屋里干净规整,虽装饰简单,也没什么贵重家具,但让人感觉家境殷实却不炫耀。没多会儿茶泡好了,一个三十五六的妇女给三人摆好茶杯斟满茶。唐村长让两人品茶,他对唐尧说道:"小兄弟,尝尝看,我就喝红茶,不知你喝不喝得惯?"

唐尧连说没关系，端起茶呷了一小口，尽管不大会品茶，但他仍能尝出这茶绝非凡品，于是赞道："好茶！有一丝醇厚的甜香，回味无穷啊！"唐村长一听这话，哈哈大笑起来，说道："想不到老弟还是品茶高手！"

罗宏志这时才介绍说："老唐，这是市局重案队的唐队长。"唐村长明显一惊，他没料到唐尧这么年轻居然是市局的中层干部。他连说抱歉，唐尧报以善意的微笑。

唐村长问道："唐队长，你们来我这里是有什么事吧？"

唐尧抬眼看了看罗宏志，老罗会意，说："唐队，有话直说，老唐也是实在人。"唐尧立刻明白了，这个唐村长看来是个讲原则、正直的干部。唐尧于是说道："也没什么大事，我们想找你家老三唐浙了解个情况，不知他在不在家？"

唐村长脸色严肃起来，说道："他在家，我让他过来。"他招呼大儿媳，让她给唐浙打电话，让他立刻过来。随后问道："唐队，是不是这小子惹什么祸了？"唐尧连忙摇手说："唐村长，您想多了，我们来就是找他了解点情况，他真没惹事！"唐村长脸色这才好转。

没五分钟，一个30岁左右的男子推门进来，他进门先向唐村长瞄了一眼，才跟老罗打招呼。唐村长面无表情地指着对面的方凳说："你坐下。这位是市公安局重案队的唐队长，他有事要问你。"

"重案队？"唐浙明显紧张起来，问，"你……你有什么事儿？"

唐尧笑道："别紧张，就是了解点情况。"于是，他把在小食店了解到的情况说了一下，然后拿出戎戈的照片递给唐浙看，问道："6月底的时候，你是不是跟这个人打赌比过钓鱼？"唐浙接过照片看了一眼，笑道："大戎子呀！是，我是跟他比了两次，他都输了。"

唐尧心中一喜，看来找对了，唐浙认识戎戈。他问："你跟戎戈很熟？他是哪儿人？"

唐浙说："也不是很熟，就见过两回。他叫啥、哪儿的人我也不知道，只知道姓戎。他表舅是我们村的治安员老谭，但我从来没在村里见过他。夏天时在江边钓鱼，正遇见他表弟谭小子，在钓鱼方面，他一直不服我，说他哥是钓鱼高手，要跟我比赛'掐鱼'。我寻思在咱这一亩三分地，不管是天气温度,还是水情鱼情,他能有我清楚?我才不怕他呢,所以就答应……"

"答应赌了?"唐村长带着怒意说道,"长本事了,不推牌九打麻将,改赌鱼了,我看你是皮子又紧了!"

唐浙连连摇手,紧张地说:"爹,我这不是赌钱,也没拿钱当赌注,这就是争口气,争个脸面。"

"没赌注?我咋不信呢!"唐村长说道,"没赌注你有那劲头儿?"真是知子莫若父,唐浙立刻耷拉脑袋小声说:"也不是没赌注,就是约好谁输了给对方一把日本 F1 五米四的竿子……真没捣鼓钱儿!"唐村长哼了一声不再说话。

唐尧稍有失望,他问:"你是说只在钓鱼时见过戎戈两次,以后没再见过?"

"是呀,就这两次,以后没再见过。其实就是谭小子,我也很少见到。"

唐村长插话说:"这倒不假,老谭这个儿子也不省心!这些年一直在外面折腾,一年到头见不着人。今年夏天回来待了几天,要不村里都忘了有他这一号了。"

"是,就是开春那阵子,种完地没啥事,正是钓鱼的好时候,钓了江鱼还能卖钱,一举两得。"唐浙说,"所以,我常去野钓,这片儿江边的钓点没我不知道的……"

"别扯那没用的!"唐村长呵斥道,"说谭小子和他表哥的事!"唐浙看来对老爹异常畏惧,他缩缩脖子说:"我跟这大戎子正面儿见就这两次,但有一回,大约是 7 月份,我骑着摩托在兀格和坳村那片晃悠,在一个钓点看见一个人,应该是他。当时他穿着钓服,戴着防晒帽,裹得严严实实,但我看应该是他。听人说他在那里钓好几天了。"

唐尧问:"这个人,还有谭小子现在在不在村里?"

"肯定不在。"唐村长爷俩异口同声地说。唐浙补充道:"谭婶儿动手术在市里住院,谭叔护理呢。家里没人,谭小子在家没人给他做饭。8 月份之后他就没回来过,这时候更不能在家了。"

唐尧又询问了几个问题后,向罗宏志示意一下,老罗开口告辞。唐村长也不虚套挽留，只说有什么事尽管再来。唐尧借机叮嘱爷俩不要对任何人提及此事。最后他用告诫的口吻对唐浙说道："虽说不是啥大事，可也牵扯不少人，千万别乱说！"

上车后，唐尧启动车，对罗宏志说："唐村长是个很正直的人。这个唐浙看来也没什么大毛病。"

回到兀格村，唐尧把调查情况向老刘和刘延超做了介绍，之后他又向霍兵电话汇报，手机信号不好，只说了个大概，唐尧决定立刻赶回市里。

走前，唐尧特意麻烦罗宏志，让他帮助秘密调查临江的几个村子，看看能否发现戎戈的窝点。老罗郑重地答应了。

## 第二十五章　试探行动

离开兀格村两小时后，唐尧一行回到市区，唐尧直接去了彭雪松局长办公室，这是霍兵和龙东山的安排，他们要共同听听唐尧的汇报，同时也要接受彭雪松布置的新任务。

唐尧把八岔乡的调查情况，特别是坳村的发现，向三位领导作了详细汇报。最后他说："我怀疑，贩毒集团就是利用王五四这样的民间走私去运毒，这很可能是贩毒集团运毒的第二条通道——水上通道。"听完汇报，三位领导都露出满意的微笑，霍兵首先赞道："好样的！你小子行，有这么多收获，不容易！再说说那个曹炳坤的案子，他那边有什么发现吗？"

唐尧说道："这个曹炳坤，外号幺六，也是个靠打鱼为生的人，江边人称他们是'跑江'的。我到他住的土房和发现他尸体的网箱处都做了勘查，没发现明显线索，但却有一些我想不明白的疑问，我觉得这些疑问只能在尸检结果确定之后才能进一步深查。比如，死者头上枕部的伤，到底是什么样的伤？有多严重？这个我没看过尸检报告，得跟秦法医了解一下情况再说。但现场的网箱我又觉得没有那么坚硬，一个人但凡摔倒时有点儿意识，本能地都会有个防护动作，也不至于直接就摔晕了，然后呛水致死。难道他真是喝酒喝醉了？要是真醉到那种程度，他怎么又去了江边？按时间推算那时也黑天了，他去网箱那里干啥？而且，我在他住的房中没发现存酒，碗柜里也没看到酒瓶和酒杯，那他哪儿来的酒呢？我问过何队长，他很肯定地说，幺六饭桌上的菜，吃的都不是很多，就应该是一个人吃的量。根据这个分析，应该是他自己一人喝酒吃饭，可按她表姐的说法，他又是个不喝酒的人，这就很难解释他那天为什么会喝那么多的酒了……这些都是疑问。"说完这些，唐尧一阵摇头。

"向周围的群众了解情况了吗？"霍兵问。

"三河局和八岔派出所都做过详细了解。"唐尧答道，"幺六的家在兀格村，但他却极少在兀格活动，兀格村的人对他了解不多。他一年多数时间在坳村江边生活，但从不跟坳村人往来，这个情况各方面的了解都很确定，他的表姐也说他是喜欢独处的人。我们了解的情况，跟卷宗上记录的基本一致，可以确定这是个孤独孤僻、独来独往的人。另外有一点也很确定，就是这人打鱼水平很高，打鱼的收入比一般人要多一些，但仅靠这个收入一年能挣9万元，肯定办不到。这也是一个疑问。"其实唐尧心中有个猜测，也许这个人也是个做民间走私生意的，如果真是这样，那他的意外死亡就真的要抓紧时间好好调查一下了。

"看来你们是不虚此行啊！"听完唐尧汇报，彭雪松笑着鼓励一下，"幺六这个案子还要深入调查，这个你抽时间跟秦姐好好研究一下。"他转向龙东山两人说："唐尧刚刚带回来的情况很重要，我们应该对照以往获得的线索有针对性地开展工作了！"

三位领导带着唐尧开始研究"10·30"案件。最后彭雪松说："把这段时间缉毒和刑侦各队的侦查，还有国际刑警组织的线索汇总起来，我们可以确定这么几点：一是我市确实存在一个地下贩毒网络和贩毒通道，与境外和省城都有密切联系；我市主要涉毒团伙有两个，分别是沈志鹏团伙和徐大鹏团伙；境外贩毒集团一个，是以'洪哥'为首的S国华人黑恶势力组织。近几年他们合作密切，交易频繁。二是'10·30'案件是贩毒团伙之间为了争夺货源、争夺市场发生利益冲突而引发的命案，凶手很可能是沈志鹏、戎戈一伙，这个团伙的幕后老板是谁现在还不好确定，需要我们进一步侦查。三是与境外交易的贩毒渠道有两条，一个是利用海关退货的机会，买通海关官员协助，夹带毒品；另一个渠道很可能是通过界江，利用民间走私夹带毒品。"龙东山、霍兵和唐尧都赞同彭雪松的分析。"现在案件的性质、作案的手段、犯罪集团的网络基本摸清，主要嫌疑人也有了大概方向，下一步是该怎么行动拿到直接、确凿的证据，抓捕犯罪分子，彻底消灭这个团伙，打掉贩毒网络和运毒通道。同时，我们还要与国际刑警和哈巴市警方配合，彻底打掉 S 国洪哥犯罪集团。"

彭雪松看了看龙东山三人，问道："你们怎么看？有什么想法都说说。"

龙东山和霍兵都凝眉思考着，唐尧却先开口说话了："局长，我想先说说我的想法，就算抛砖引玉了。"彭雪松笑了笑，但还是示意唐尧说下去。

唐尧说："我看是不是抽调警力秘密监视王五四的动向，等他再交易拉鱼回来时突击检查，然后等待取货的人上钩，抓现形？"

龙东山说："这个办法大致上可以，但有很多细节还要好好想想。"

唐尧愣了一下，他没听明白。

霍兵接口说："我也正在考虑这个问题。小唐的办法行，但不是我们想办就能办好的。第一，他们的交易时间不定，尤其现在进入冬季，天气越来越冷，马上要封江了，他们的交易时间就更难确定。如果他们半年、一年不交易呢？我们不能总是等着吧？第二，抓住了王五四和取货人，并不确定一定能挖出贩毒的根儿。王五四明显就是个工具，他肯定不知道鱼中夹带毒品，他对我们抓毒枭没有实质性作用，抓了他只不过是打掉了贩毒渠道上的一个点；抓住接货人也可能没有实质意义，他可能只是个顶缸的，如果遇着个死硬分子就是不开口，或者像 15 号别墅的人那样，开枪自杀怎么办？第三，即使是我市的贩毒成员全部落网，也只是打掉了我们这边的贩毒网络，是我们单方面的胜利，别忘了，我们还要协助哈巴警方和国际刑警组织打掉哈巴市的走私贩毒集团。怎么解决好这个协作问题，我们也要仔细研究。"

唐尧一阵惭愧，暗想自己还是太年轻，把问题想得过于简单，在三位前辈面前这么冒失发言真是太不成熟。他讪讪地笑道："我这……把问题想得太简单了。"

彭雪松笑了笑没说什么，霍兵却笑道："没啥大不了的，年轻人就该有点儿冲劲！"

彭雪松看看表说道："这样，我们都好好考虑一下，现在都去吃饭，晚上点 8 半到我办公室开会，最后确定方案。东山，你再通知一下于良宇和缉毒大队参会。就这些人参与制定最核心的行动方案。"

第二天,江城市全境停止对歌厅、迪吧、洗浴、旅馆等娱乐和服务性场所的检查,主要路段的关卡全部撤销,各刑警队放假两天。市新闻联播播报全市禁毒工作取得的战果,彭雪松局长接受新闻采访,声称全市全面禁毒战役告一段落,禁毒专项行动进入常态化。

南苑小区那栋别墅二楼的客厅里,中间的大沙发上坐着老板,沈志鹏坐在他对面沙发的一头,另一头坐着戈子。三个人在商量事,也许是意见不统一,好长时间三人都闷着,谁也不说话。

老板手中转动的核桃发出"哗啦、哗啦"的声响,让人感觉清脆悦耳,那正可以反衬老板的心态。这几天一切顺利,几天前刚刚暴露的线索让他一个电话就掐断了,尽管两个得力手下因此自杀,但风险总算过去了,他相信警方一定把那个别墅当成徐大鹏的窝点调查,绝不会想到他们。徐大鹏那里得来的货很好地补充了市场急需,无本生意,他大赚一笔。一周前他迅速促成一笔交易,整个过程安全顺利,这次交易的目的一要修复通道,二要查清泄密者。从结果上看,目的都达到了。洪哥的二当家贪图猫儿的美色,向她泄露了水上通道的秘密,瞒着洪哥暗自启用通道,并帮她联系货源。而这个货源居然是二当家的私货,他这样做无异于是要另起炉灶,洪哥岂会饶他?徐大鹏从二当家处得到境内的运货人幺六的联络方式,花高价雇他跑江;那一次徐大鹏从二当家手中进了500多万元的货,想狠赚一笔,现在,二当家已被洪哥除掉,他这边那个贪财的幺六也要"爬烟囱"了。而徐大鹏和那个叫作猫儿的女人也已清除。通道仍归他独有,市场也被他独占,这是个不小的胜利。

但是,江城这段时间却不平静,公安的缉毒清查行动影响不小。特别是对15号别墅的突袭,让老板措手不及,公安虽说现在还没直接找到他们,但有些情势已是暗流汹涌。今后怎么办,他要有个准备了,今天他就是要跟两个最得力的手下商量对策,判断一下形势。干这行从来就是成一次亿万富翁,败一次万劫不复,要长久必须谨慎,小心驶得万年船。但要成事也要有魄力,富贵险中求嘛!谁能在这种微妙的境遇中找到最佳平衡点,谁就是胜者。每当这种既危险又刺激，又有巨大诱惑的感觉出现时，总是让他精神亢奋，欲罢不能。

手中的核桃一停，老板看向沈志鹏，问道："你确定公安已经知道北苑小区那两户房子的事了？"见他点头，老板转向戈子说，"那你的名字他们肯定知道了。"

戈子就是戎戈，他面露不屑说："估计是知道了，也没什么大不了的，他们就算发现了那两户房子的秘密也奈何不了我，我确定房子里没留下'腥味'，他们找不到证据。至于打通两户房子，又不犯法！"他看着老板得意地一笑。

老板转向沈志鹏，见他表情木然，一言不发，看来他仍心存疑虑。

实际上，对杀掉徐大鹏三人，特别是对杀掉闫睿，沈志鹏一开始就不赞成。那天得到徐大鹏带着尚敏、闫睿去吸毒的消息，老板觉得这是除掉徐大鹏的好机会，但参与的人中多出个曲志新，是个意外情况。沈志鹏原本就觉得除掉闫睿都没必要，何况曲志新？他坚持不杀曲志新，老板最后同意视情况再定，这也是为什么晚上11点已准备就绪，而出手杀人却拖延到第二天早上7点多的原因。当戎戈他们发现曲志新与徐大鹏的争斗后，老板灵机一动，认为这恰好可以嫁祸曲志新，于是指示戎戈、张庆江和施涛放走曲志新，杀掉徐大鹏和闫睿，绑走尚敏。戎戈不愧是特种兵出身的冷血杀手，他用了不到五分钟就杀死了意识迷离的徐大鹏和闫睿，和施涛一起绑走了半梦半醒的尚敏。整个过程干净利落，如果不是那个年轻小警察的意外出现，使他们来不及清理现场，留下了一些痕迹，那行动就更完美了。至于运走尚敏的通道、那两户相邻相通的房子，就是为了有一天除掉徐大鹏特意设计的，老板早有这个计划。当天，在公安忙忙碌碌、进进出出勘查现场的时候，戎戈三人正在一墙之隔的两户房中精心清理痕迹，耐心等待时机，第二天凌晨，他们带着麻醉不醒的尚敏安然离开。这些事戎戈详细说过，沈志鹏相信自己的战友不会出什么纰漏。可是，短短几天后，一直在北苑盯梢的小弟汇报说，公安检查了那两户房子，他们猜测秘密已经暴露。很快，公安到房产部门和北苑售楼处了解情况，验证了他们的猜测。

尚敏在遭受各种非人手段施虐后，交代了她和徐大鹏在三河藏毒的别墅，他们不久前从境外运回的毒品就藏着那里。交代完这一切，尚敏也就没必要留下了。老板一直认为他们的行动够快，没想到他们杀死尚敏仅仅几天，公安就找到了徐大鹏的别墅，来不及撤离的张庆江和施涛被堵个正着，两人向老板请示怎么办，他们本想负隅顽抗，但老板却说，你们要么被乱枪打死，要么被押赴刑场枪毙，自己选吧，你们的家人我会照顾好的。于是两人选择自杀。这么短时间江城发生了两起命案，五人死亡，案件的性质不言而喻。遇到这样的案子哪个公安局局长都会震怒，全力侦办、全面追查是必然的结果。之后几天，江城全域内的大缉捕和毒品大清查行动也就不意外了。有了这样的思想准备，老板提前预防，把几个骨干彻底隐藏，所有货一律压仓不动。至于大清查中底层一些小喽啰被抓、毒品被缴，那是必须给公安的甜头，没有点儿战果公安怎么收场？不收场，危险怎么过去？你不给人家台阶下，你也就下不了台。

那么，公安现在是真的收场了吗？这才半个月，公安就宣布全市禁毒专项行动结束，是不是有点太快了？沈志鹏认为这是公安故意为之，表面上结束行动，实际是在暗度陈仓。命案没破，大宗毒品没有收缴，公安不可能就这么轻易停止行动，一定有更深的企图。对沈志鹏的判断，老板和戎戈深以为然，形势仍旧严峻，风头还没真正过去，只是他们没露出破绽，公安暂时没办法奈何他们。现在他们需要蛰伏，需要继续隐秘行踪，这时候哪怕是最微小的失误都是致命的。

正这么想着，老板手机响了，他接起来没听几句，表情就严肃起来。电话只持续二十几秒就挂了。见老板面色凝重，戎戈问道："怎么了大哥？谁的电话？"

老板缓缓抬起头，说："是萧先生，洪哥要出货。这次能挖出内鬼多亏了他，那边二当家已经被灭了，萧先生又上位一步，以后合作必定是他出面。看来我也得见见他，认识一下了。"

"这个时候他们要出货？"沈志鹏面露难色，"太冒险了吧？"

"干这行啥时候不冒险？"老板道，"洪哥要出货，咱们得尽量办，这么多年建立的关系和信任不能轻易坏了！得好好筹划一下。"

从兀格村回来的第二天，唐尧专门去法医室见秦明华。走向技术组的办公室，唐尧莫名地一阵紧张，他知道这是为什么。秦姨办公室的门开着，唐尧看见就她一人正在做一个什么检测。唐尧敲敲门走进去，秦法医抬头凝视了他好半天，才问道："有什么事吗？"唐尧说明来意，见是要请教三河曹炳坤溺水身亡的尸检问题，秦明华放下手中的活儿，到办公桌前拿起一份报告递给唐尧。

唐尧接过报告，看完第一行的结论性定语，他立刻一惊。法医组的结论认定为他杀！结论下面是四页纸的论证依据。唐尧认真看起来，说实话，很多法医的技术问题唐尧弄不明白，他只能是就几个疑问向秦明华请教。

"秦姨，您是说曹炳坤枕部的伤并不是他本人摔倒造成的撞击伤，而是受外力打击形成的打击伤？"

秦明华微笑说："是这样的。对外行人来说也许这两种伤很难区分，但对我们有经验的法医来说并不难，从受力点、受力角度、颅骨裂纹走势、有无裂痕截断线，以及对冲力作用等等很多方面都能区分。这个我不跟你细说。"秦法医从抽屉里取出几张照片指给唐尧看："我跟你说说这个情况。你看这张图片，剃掉头发后，能看出创口处头皮有明显的损伤痕迹，这说明是一个接触面粗糙的硬物击打死者后脑造成的。我想你一定去看了现场的网箱，网箱边缘的木料虽是硬木，但多年使用表面光滑，也没有棱角，形不成这样的伤。"她指着第二张照片说："另外，看看这个枕部颅骨的裂痕，骨折线有三四处截断，这说明凶手虽说不是反复击打，至少也打击了两下，不然不会有这样的截断线。"

"那您是说，他是被人用硬物击打致死的？"

秦法医摇摇头，笑道："不是的。如果是那么明显的伤害，即使三河那位做尸检的外科医生、那位兼职法医经验再不足，也会看出来。正因为这个击打伤只能造成被害人短暂休克，伤并不重，所以他才没能发现。脑袋上有骨裂也不见得就死人。他的死因还是溺水，从头部受击打到溺水死亡，我判断中间至少有二十分钟时间，这个从死者头部受伤表皮在死亡前的'生理反应'能推算出来。"

"就是说，他被人打晕了，灌了酒，才被扔进水中淹死的？"唐尧又提出一个疑问。

秦法医再次摇手，说："不是被打晕灌酒，酒一定是他自己喝下去的。从死者胃里的食物量、消化程度，还有血液中酒精的吸收量都能判断出，他是在喝酒吃饭时突然遭到打击的。血液中酒精含量那么高，这要有一个吸收过程，需要时间，说明他是喝了一会儿酒后，头部才遭到了打击。"

唐尧明白了，看来应该是熟人作案，但从调查了解情况看，幺六这人没有多少朋友，那么是什么人能让他改变自己不喝酒的习惯呢？唐尧暗想，会不会是被人逼着喝的呢？

"这个案子没发生几天，走流程也没到我们这里。我想就是没有死者亲属的质疑，到时候我们也能发现这些问题。唉！"秦明华叹了口气说，"我忧心的是咱们的法医队伍，在我们这样偏远的地区，下面县市什么时候能配齐专职法医呢？这个案子多明显的结果呀！刚才咱们说的这些都不是什么太难发现的问题。其实还有更简单、更明显的表现能发现问题。比如说死者四肢腕部的皮下组织损伤吧，明显是生前留下的控制伤，皮肤割开一眼就能看到环形的皮下出血，这是死者生前被人抓着手腕、脚腕抬着走或抛出去留下的控制伤，多明显啊！可第一次尸检却没发现。"

唐尧暗想，这也许就不是法医技术能力问题，而是责任心的问题了。都 21 世纪了，法医仍旧是个冷门行业。

专业问题不是唐尧关心的，他要的是认定结果，既然秦姨认定是他杀，唐尧就信服这个结论。又简单询问了几个问题，要了一份法医结论的复印件，唐尧谢过秦姨打算离开。

这时，秦明华忽然问道："你等一下，我问你，你知道晓丹怎么了吗？"听了秦姨严肃的问话，唐尧心里一哆嗦，惊问："迟晓丹！什么怎么了？"

"你这么紧张干吗？"秦姨满含深意地看着他说，"我感觉她情绪不大好。她跟我说身体不舒服，请假回省城了。"

"哦，回省城啦，"唐尧松了口气，说，"她能怎么的？可能就是……就是身体不舒服吧，我也……我也不清楚……"说完逃也似的离开了法医室。

回到自己的办公室，唐尧无暇多想迟晓丹的事，他拿起电话打给三河

第二十五章 试探行动·277

刑警中队的何队长，想了解一下三河现在打算如何处理曹炳坤的案子。昨天早上唐尧才从三河拿到卷宗，那时何队长还不知道案子他杀的结论，现在虽然法医鉴定有了新结论，但何队长并不知道。唐尧也不想由自己告诉他，他只向何队长询问曹炳坤表姐提出的 7 万元存款和近期汇去的 2 万元的来源问题，有没有进一步的调查。何队长说他们进行了一些了解，也找到了转包曹炳坤 27 亩地的租户，他说自己的产品还没变现，定好的年租金 6000 元，还没给曹炳坤。看来这 2 万元的来源很微妙，曹炳坤一定有来源不明的收入。

唐尧把曹炳坤案件情况进行了简单梳理，之后他拿着法医的认定结论材料，去了霍兵支队长的办公室，把最新情况向霍兵作了汇报。这一次唐尧明确说出了自己的怀疑，那就是曹炳坤，也就是么六，很可能也是一个像王五四一样的"运毒工具"。

第三天，彭雪松得到省厅转来的国际刑警组织的通报，哈巴市警方采取行动查封洪哥集团的两家娱乐场所，但并未抓捕洪哥集团主要成员。

第四天下午，唐尧带领重案二组秘密前往坳村，对王五四进行监视。

11 月初的东北，天气已经很冷了，夜间最低温度都在零度以下。唐尧五人冒着寒风分成两组二十四小时监视着王五四的一举一动。苦熬了三十个小时后，这天早晨，王五四起来后，第一时间去了村东头，把一面崭新的红旗升起来。

唐尧接到宋磊电话时，他刚换班不久，正裹着大衣在车里睡觉。他做了个梦，梦见自己与蓝黛漫步林间，树林在秋的拥抱下已是满目金黄。蓝黛一袭白衣，在林间起舞，那妙曼的身姿，绝美的面容，倾国倾城，不可方物。他向她跑去，但总是追不上，耳中传来的是蓝黛的笑声，那笑声似百灵一样婉转清丽，延绵不绝，越来越大，直至唐尧醒来……

是手机在鸣叫，唐尧接起电话，宋磊一句话就让唐尧完全清醒了："什么？他去村头挂了红旗？"这绝对是两天来最令人振奋的消息，唐尧说道："严密监视他的一举一动，我立刻向局里汇报。"唐尧思考一下分别把情况向霍兵和彭雪松作了汇报。彭雪松局长的指示是，严密监控，等待命令。

霍兵告诉唐尧，刑警支队已集结待命，等待最后指示。

唐尧立刻叫醒老刘和刘延超，向他们说明情况，三人简单吃了面包、火腿肠，然后下车向宋磊的秘密监视点奔去。刚与宋磊、翟新江汇合，就看见王五四头戴皮帽子、身穿棉大衣，扛着渔网向江边走去。他来到江边启动船后顺流而下，驶向江心。

唐尧拿出电话打给龙东山，向他通报王五四的情况。半小时后，龙东山打来电话告知，蹲守在我方哨卡的小组，已看到王五四的绿色小船。又过了三十分钟，龙东山通报，王五四的小船已靠近界江主航线，在撒网打鱼。二十分钟后，S国方向驶来一艘小船，与王五四靠拢后，两人各自跳上对方的船后快速驶离。从S国小船出现到两人换船分开，前后不过三十分钟，而两人换船的时间连半分钟都不到，可见这样的交换早已"轻舟熟路"。

两小时后，王五四的小船出现，他溯江而上，没多久船就停靠在早上出发的位置上。唐尧通过望远镜清晰地看到，王五四的小船里装满了鱼，很多鱼还在翻动。船停好后，王五四跳上岸，他拉过船绳系在岸边的木桩上，之后慢步向家走去。进了院门他直接从仓房里拿了几条胶丝袋子，又返回船上。唐尧看得清楚，王五四把大部分鱼一条条扔进船边的网箱里，小部分装进胶丝袋子。半小时后，王五四往返两次把袋子拖回屋中。

唐尧很兴奋，他第一时间向霍兵通报了情况，霍兵答复继续监视，原地待命。

在兴奋的等待中时间匆匆划过，唐尧没感到疲惫，也忘记了饥饿，直到天渐渐暗淡下来。唐尧期待的行动命令和他期待的人都没出现。他焦躁起来，几次拿起电话想打给领导请示下一步行动，但都忍住了。

天渐渐暗下来，王五四的破土房炊烟袅袅，唐尧能想象到，他正在做饭，这时也许正满屋鱼香，桌上还烫着酒。正胡思乱想着，唐尧的手机嗡嗡震动起来，他急切地接起，电话里传来彭雪松的声音："秘密撤离，用最隐蔽的方式秘密撤离。"唐尧简直不敢相信自己的耳朵，他问："什么！撤离？您是说撤离吗？"

"对！秘密撤离，马上！"说完，电话挂了。

唐尧呆呆地盯着手机，大脑已经不会思考了。他怎么也没想到是撤离的命令。身边的老刘碰碰唐尧，低声说道："执行吧！"唐尧从迷茫中清醒过来，他默默点点头，向几人挥挥手，然后快速向车的方向走去。到了车旁，唐尧指挥四人拉去车身上伪装的树枝和茅草，上车离开。他们穿过林间小路，再转过一个小山包才回到乡间路上。车迎着西边天际的一抹红霞静静地向江城方向驶去。

兀格村一处极为隐蔽的平房里几个人正在商量什么。

"大哥，我看没什么问题，一切都挺正常的。"说话的人很有把握的样子。

沈志鹏摇头说："不可大意，再等等。明天安排人先去探探。"

戎戈也点头说："是得试试，我也担心这条道儿不准称。"

"公安是不是发现了江上的通道还不好说。上次为了帮洪哥查内鬼，咱们用了一次通道，公安有啥反应到现在还看不出来。这回又启动一次，再看看，咱们得知道这边到底出没出问题。"

"所以大哥又这么安排一次？"

"对，哈巴这两天催得紧，但咱们可不能跟着他们急，小心驶得万年船，大意不得。这两天公安忽然停止行动，谁知道他们是不是欲擒故纵？"沈志鹏说道。

"那这批货我们取不取呢？王五四已经催了。"小弟问。

"当然去取！而且要快，就明天，不过我不能去，让小马去吧。"

"这个……小马……这么多年了，忠心耿耿的，他要是出事……"

"嗨，瞎担心什么！"沈志鹏笑道，"他只是去探探，这批就是鱼，没带货！"

第二天，王五四早早起来，开着三轮车来到江边，他把三轮车后厢用塑料布铺好，拿起抄网把网箱中的鱼一条条抄出来倒进车厢，之后兴冲冲地开车直奔镇上。王五四的鱼都是又大又纯的江鱼，很快就销售一空。他已经忘了唐尧这个留下电话要买鱼的货主。不到中午他就开着空车，拉着熟食好酒回到家。午饭，他美美地喝了一顿，又醉醺醺地睡了一下午。

天蒙蒙黑时，王五四被叫醒。他睡眼蒙眬看着叫醒他的人，好半天才想起这是沈老板的司机小马。他连忙下炕,嘴里一片声儿地道歉:"哎呀,真对不住,对不住,咱这一顿小酒,整高了,现在才醒!沈老板来啦?咋不到屋?"

小马阴着脸说:"大哥今天有事没来。鱼呢?"

王五四猫着腰往外走,一边说:"在、在!在仓房。这次又不少,十多条呢!"

小马跟出来,看着王五四把两袋子鱼从仓房拽出来,他像沈老板一样仔细检查完货,就用王五四的地秤称了重量,按照说好的价格数了钱交给王五四。五四这方面最敞亮,他从不点钱,当然沈老板这边也从未差过。

看着沈老板的车消失在夜色中,王五四才返回屋里,他期待的沈老板的邀请并未出现,小马师傅一直虎着脸瞧都不瞧他。王五四脸上挂着谄媚的笑,心里却打翻了五味瓶,兴奋、欢喜、期待、焦急、烦躁,还有一丝愤怒。然而,回到屋中端起酒杯不到一分钟,王五四的心情就全变了,这时他心里只有一个字:美!美极了,什么也没有酒好,钱当然好,但钱的好,只是好在能给他换来美酒。没多久王五四又醉倒了,可以放松一下了,他料定一个月二十天沈老板不会再有电话,到时候就封江了。然而,这次他错了,几天后的晚上,王五四正端着酒杯喝酒,沈老板的电话又来了,他告诉王五四,明天一早要去村头再挂红旗,9点前要准时赶到交界,他又有生意了。

从坳村撤离,唐尧回到市局,到警队后他直接去了霍兵办公室。彭雪松局长、龙东山副局长都等在那里。见唐尧一脸不快地进来,霍兵问道:"怎么啦?拉着脸。"唐尧也不客气,说:"有事儿弄不明白,为什么就撤了?"

彭雪松绷着脸说:"条件不成熟。再监视也没什么意义,你们也需要休息。"

唐尧心里不服,说道:"就是条件不成熟,先不抓王五四,那总该秘密搜查一下吧?我们看准了,王五四的确拉回了鱼,而且确实把一些鱼拿到仓房里,没扔进网箱。这些鱼肯定有问题。我们应该秘密检查一下才对。"

彭雪松阴着脸斥道:"怎么秘密检查?你就有把握检查后不被发现?告诉你撤下来,你就执行,哪儿那么多废话!你回去吧,这几天除了睡觉,你什么也不用干,好好反省一下。"唐尧耷拉着脑袋走了,但他心里还是不服气,他不明白彭雪松今天怎么这么大脾气。

唐尧一走,彭雪松三人互相看了看都笑起来。

"这小子最近太顺,有点儿自负,得给他点儿教训。"彭雪松说。

龙东山笑道:"用老霍的话说,不给他个腿绊儿,他不知道人生坎坷!"

霍兵也说道:"是该刺激他一下。这个案子,他前期判断准确,后期就有些想当然,现在更是忽视了很多细节,有点儿翘尾巴。"

彭雪松暗暗点头,他的心里想得更多更深,对唐尧的培养他还有更高的要求。

## 第二十六章　爱中反思

唐尧果然听话，之后两天，他基本是食堂和宿舍两点一线，睡得多，吃得多，工作的事儿一概不管。工作上不顺心，再想想前几天与迟晓丹的事还没个结果，真是公私两难，唐尧心情坏到家了。

休息的第二天，唐尧实在按捺不住自己，他悄悄去了技术组，想偷偷看看迟晓丹是不是回来了，她现在是什么状况。到技术组不见迟晓丹，一问才知道她周一请假回省城后一直未归。唐尧暗自担心，不知她何时才能过了心里这道坎儿。女人失真后的表现他还是有些了解的，他和初恋的第一次，是他们各自的第一次，那时女友也是悲喜交加，心态微妙。而这次他和迟晓丹的情况更不同，他们并不是相爱后的水到渠成，迟晓丹一定清楚他并不爱她。因此，这种酒后乱性的失身，以小师姐高傲的本性，只怕很难原谅他，也很难原谅她自己。

不见迟晓丹，这边的麻烦只能暂时放放。那边蓝黛这两天也是电话、信息不断，他都以信息回复。蓝黛这里没什么变化，一如既往的温柔，知情达理，越是这样唐尧越是愧疚。其实他自己很清楚，和迟晓丹的事不是主观背叛，他的爱还在蓝黛这里，对迟晓丹的感觉只是欣赏，至多是喜欢，这能导致他在迷离中发生性行为，但绝不会在他清醒时爱上她。他迟早要面对蓝黛，那就必须摆脱心里这个阴影，努力调整好心态。再三考虑之后，他决定还是早些去见蓝黛。

第三天，唐尧打起精神去了蓝黛的公司，他想给蓝黛一个意外惊喜。上午9点多，蓝黛正忙得不亦乐乎，汇总前一天刚刚收集的各方信息。这时桌上的电话响了，蓝黛连忙接起，很客气地说："你好，这里是天河集团运营部。"

电话里传来一个怪怪的话音："请问是杨黛小姐吗？"

蓝黛一愣，电话里是广东腔，但声音似曾相识，她回答："我是杨黛，您是哪位？有什么事吗？"

对方的声音更怪了，他拉长音说道："好久不见杨小姐啦，十分想念啦！能不能邀请杨小姐共进午餐呀？"

蓝黛忍住气，说道："先生如果有什么业务，可以跟我们业务部联系。我很忙，对不起。"说着就挂了电话。蓝黛暗想，这什么人啊，真是无聊！刚想到这里，电话又响起来，还是那个号，蓝黛压压火又耐着性子接起来。对方开口就说："杨小姐态度很不好的啦，不给面子嘛！"

蓝黛一下火了，厉声说道："你有什么面子？！你这人怎么这么无聊呢！"说完啪地挂了。没一分钟电话又响起来，蓝黛看也不看，她可不想跟这样的人多费口舌。然而电话不停地响，蓝黛不耐烦地指指电话跟对桌子的小于说："这人烦死了，你帮我接一下，就说我不在。"

小于是个温和健谈的姑娘，她笑着说："好，我来对付他，保准让他先烦！"说着接起来甜甜地说："先生您好，你找哪位呀？哎呀，不巧呀，杨小姐刚刚出去了，您有什么事我可以转告她……什么？您姓唐？哦，知道知道，就是很甜的糖……"听了小于的对话，蓝黛一下子明白了，她赶紧夺过电话说："喂喂，是我。"接着就笑起来，斥道："好小子！你敢消遣本姑娘，有你好果子吃！"说着就放下电话下楼去了。小于莫名其妙。

来到一楼，唐尧似笑非笑地站在大厅里，蓝黛跑过去就是一拳，笑道："你这家伙居然变着声儿糊弄我！"

唐尧故意拿着广东腔说："杨小姐，中午可不可以赏光共进午餐啦？"蓝黛笑个不停，她拉着唐尧走出公司大楼，说："不愧是警察呀，能找到我办公室电话。怎么？工作不忙了？还知道来看看我呀！"她口气虽有埋怨，但眼光满是喜悦。

听蓝黛这么说，唐尧暗自惭愧，心中的愧疚感蓦然升起，他笑容立减，讪讪地说："忙不到正地方。上周五本想找你吃饭的，结果……"他努力振作一下自己，故作油滑地说："今天正好没事，来看看我宝贝儿！"

"没正经！"蓝黛觉出唐尧情绪不同，说道，"还有一小时下班，下午我串休，中午到我家吃饭吧？我让王姨做好吃的，好好犒劳你一下。"唐尧高高兴兴地答应下来。蓝黛让唐尧先回去下班再联系，唐尧却要等在楼下，蓝黛同意了。

中午，唐尧美美地吃了王姨一顿好饭，吃完，他放下碗筷拍着肚子说："肚子啊，好多天没这样的美味消受啦！"说得王姨呵呵直笑。饭后，王姨简单收拾一下就回房间午睡去了。唐尧和蓝黛坐在沙发上聊天。蓝黛叽叽咯咯地说着她公司里有趣的事，唐尧笑着听着，看得出蓝黛虽然很忙，但充实快乐，她很满意自己的工作。她告诉唐尧，公司经理还不知道她的真实身份，给她加薪了，每月多了200块钱，说起这个她语气中满是骄傲。唐尧暗自好笑，她以前甚至每天都会花掉上百块，现在一个月才增加200块就这样开心。见唐尧笑得别有含义，蓝黛撇嘴说："你笑什么！这可是我的劳动成果，加薪那是对我工作表现的认可，说明本姑娘在不断进步！"

唐尧微笑着握住蓝黛的手说："你说得对，我是为你高兴。"

蓝黛晃晃头美滋滋地说："你呀，现在你满意了吧？还有，我自考过两科了，两年之内我一定可以拿到本科学历！"

"好样的！"唐尧心中暗自惭愧，他曾认为蓝黛问题多多，是个娇小姐，曾经很瞧不起她，如今她完全变了，她这样深爱着自己，为了他做出这么大改变，付出这么多努力，而自己却在一次糊里糊涂的酒醉之后，做出那么对不起她的事。看着明艳绝伦的蓝黛，唐尧带着愧意轻轻搂过她，蓝黛顺从地靠过来，目光柔和地看着唐尧。

唐尧托起蓝黛的脸温柔地吻住她的唇。蓝黛身子一颤，她的激动和紧张倏地传来，唐尧陶醉在少女青春的气息里。两人忘情地激吻着，这一刻他们忘记了时间与空间的存在，蓝黛仿佛飘浮在真空里。

吻了一小会儿，蓝黛脱开唐尧的拥抱，她红着脸，羞涩地避开唐尧的目光，用低低的声音说道："这……这是我的初吻，你知道吗？"

唐尧握着蓝黛的手，沉声说道："我知道了，我会用一辈子珍惜的！"他当然感觉到了不同，这一点他自然比蓝黛有经验。

第二十六章 爱中反思

蓝黛仍是满面红潮，但她还是抬起头直视着唐尧说："你……你比我会吻，你以前……"

唐尧不知道该怎么回答她，这是回避不了的问题。蓝黛看出唐尧的尴尬，她低头轻声说道："我没别的意思，你别多想……"

唐尧搂一搂蓝黛说："我曾经有过一次刻骨铭心的恋爱，是我的初恋，但后来因为我上的是警校，毕业后又选择回家乡当警察，她就离开了我。那一刻我的心死了，很长一段时间，我甚至不相信有真正的爱情，拒绝接受任何人。"

蓝黛握紧唐尧的手说："我理解你的心情，我也曾经很不相信爱情。这个不是因为我自己，而是因为我的家庭。受我父母影响，我想过独身一辈子，直到遇见你。我都快25岁了，但我没恋爱过，也没喜欢过任何男孩子。"

"嗯，我知道的。"唐尧嘿嘿笑笑说，"一开始我对你的感觉其实挺不好的。"蓝黛推了唐尧一下，把头埋在他胸前，娇声说道："人家不是改了嘛！"唐尧低头吻了吻蓝黛额头，说："不只是你有一些坏毛病的原因，你还有一种拒人千里之外的气质。这种气质在我们刚接触时，让我误解成有钱人、富二代的骄傲，自然感觉就不好了。"

蓝黛呵呵一笑，说道："看不出啊，你这家伙还挺清高呢！"

"第一次钓鱼吃饭的时候，我虽然对你挺客气，其实心里挺不舒服的。"唐尧捏了一下蓝黛鼻子，说，"你那天怼了我几次？"蓝黛笑起来，说："还怪我说你呀！瞧你笨的，钓鱼水平差远了。"唐尧哈哈大笑，他也承认当时自己水平的确太凹。蓝黛接着说："但还真就是那次，让我记住了你。尽管你对人家爱理不理的。"

唐尧狡狯地问："你那时候就喜欢我啦？"

"美得你！"蓝黛斥道，"也不过就是印象不错而已，那次你帮我打跑了几个小混混，我才感觉你挺好的。"她忽然一拉脸，说："别跑题儿，你的历史问题还没交代清楚呢！"

唐尧收起坏笑，说："其实也没什么了，她去了上海，非让我也去，我坚决不同意，我不能离开我妈……"

"你妈妈可以跟着你一起去呀？"蓝黛插话说。

唐尧叹息一声，道："这是不可能的！尽管我妈没说过。有一次你跟我说我妈可以调到市里工作，就到我身边了，至少到退休时会来我这里的。当时我没跟你解释什么。其实我知道我妈绝不会离开三丰，因为我爸就埋在那里，所以，她这辈子都不会离开三丰，那样她会觉得离我爸远了。"

"你妈真了不起！她坚守着爱情，当今社会这样的女人太少了，这样的男人就更少！哼！"

要是几天前唐尧一定会说，自己就是一个，但有了迟晓丹的事，他没这个底气说出这样的话。他没反驳蓝黛，继续说："我当时的女朋友就不理解这个，我说了我妈不离开三丰的原因，她反倒以为我是在讽刺她不够坚贞，不能为了我留下。其实如果只是因为她一定要去上海，我不会怪她，人往高处走嘛，可以理解。可是让我没想到的是，她到了上海后两个多月就结婚了，新郎就是她上大学时的学长，我在警校三年对她的苦恋完全是浪费时间，是一头热。我很不理解，那么多鸿雁传书，那么多海誓山盟，怎么就经不起一点点考验呢？"

蓝黛狠狠地瞪了唐尧一眼，唐尧知道她的意思，他也不想解释，继续说道："可就这样，一旦分开，才不过七十几天，她就能完全抛开我，抛开了三年多的感情，投进别人的怀抱，这算什么？也许是我太投入了，也可能是我太脆弱，很长时间我都难以自拔，对男女之间的感情也很抵触。"唐尧讪讪地笑笑说："真对不起，这么长时间了，我还是第一次吻你。不是我装清高，也不是故意冷淡你，而是我需要一个心理转变的过程，它得慢慢暖起来。"说完这些，唐尧很想抽自己一个耳光，是暖了，可以接受情爱了，却因为一顿酒干了那么荒唐的事。他暗骂自己也是个用下半身思考的动物。

"老古董！这回心暖了？"蓝黛笑起来，"告诉你吧，要是你没几天就猴急着亲我，我还不接受呢！我知道你是喜欢我的美貌，还是喜欢我这个人？你呀，歪打正着！"

唐尧突然一把抱住蓝黛，坏笑着说："我就是喜欢你的美貌，看你往哪里跑！"接着又重重地吻过去，蓝黛本能地一躲，接着就软软地躺在唐

第二十六章 爱中反思 · 287

尧怀里，任他热吻，这一刻她的激情开始燃烧，心中的坚冰完全消融，她完全沉浸在甜蜜的爱河里。

这时，厨房右侧的门悄悄打开，王姨探头出来，一眼看见亲吻的两人，她伸伸舌头又悄无声息地回到屋中。

吻了一会儿，唐尧渐渐迷离，脑海中那天晚上的画面幻灯片一样忽然闪过，一个个暴露放荡的镜头，让他不能自抑，他的手不自然地放肆起来。蓝黛感到了他的不同，一种气息笼罩着她，让她感觉自己在灼热地升腾。一丝微微的疼痛从胸前传来，蓝黛一下清醒了，她蓦地扭头脱离唐尧的吻，同时按住唐尧的手。唐尧也清醒了，不知何时，他的手已伸进她的胸衣里，指尖正捏住她小小的乳头。唐尧赶紧抽手，脸腾地红了。蓝黛斜睨着他，看着他慌乱的反应不觉吃吃笑起来。见唐尧红脸尴尬的样子，蓝黛主动搂过他轻声说道："再给我点儿时间。"唐尧会心地笑了。

两人分开，各自无言地靠在沙发上，回味着刚刚的美妙时刻。客厅的时钟答答地走着，提醒着他们时间在划过。

唐尧体会着温情，却也为自己刚刚的色欲懊恼，吻着这个，为什么脑中会出现那个？难道自己真的很接受那样的性爱吗？一丝疑虑升起，迟晓丹怎么那么会吻？她难道是在骗我？唐尧走神了。

蓝黛先从静默中反应过来，她看看表，已是下午2点多了，她轻声问道："警队要是没什么事，晚上还在家里吃饭吧？我让王姨准备。"

听了蓝黛的话，唐尧不觉升起一丝愤意，说："单位有事我也不管了，领导让休息。"他还在赌气，心情不免又沉下来，对领导的怒斥还是不能释怀。

蓝黛看出唐尧的情绪变化，她柔声问道："这几天工作不顺？"

唐尧笑了笑，反问："你觉得我工作上有不顺心的事？"蓝黛很肯定地点点头。唐尧隐去生活上的烦恼，把工作上的不如意说给蓝黛听。他叹口气说："是有点儿事。前几天有个行动，正在节骨眼儿上，领导忽然命令终止行动，我很不理解。回来本想问问原因，没想到刚一开口，就被局长训了一顿，根本不容我说话，还强令我休息，简直就是变相停职。这三天了都没人理我，真当我是空气了！"

"哪个局长？他不是对你有成见吧？"蓝黛试探着问。

"是彭雪松局长，我们公安局的一把手。"

"咦？不对呀？"蓝黛迷惑，"我记得你说过的，这个彭局长对你很照顾的，你提副队长很有点儿破格提拔的意味，他不是挺赏识你的吗？这次这么武断批评你，为什么呀？"

"我也奇怪呀！"唐尧有些苦恼，"不知道是不是有人说了什么坏话。"

蓝黛对官场的事完全不明白，她凭感觉分析道："不会吧？领导对你印象一直不错，不能有人说几句坏话，他就改变看法的。我听你说过这个彭局长人很正的。"

一句话提醒了唐尧，他皱眉思索起来。如果彭局长不是对自己个人有什么看法，那就是自己的办案思路惹恼了他。难道自己的思路有问题？这几天唐尧始终被一种情绪笼罩着，他一直认为是自己对领导的决策提出了质疑，彭雪松才呵斥他。他固执地认为自己的办案思路就是对的，这一年来成功的办案经历，总是证明他是对的，而这个案件从一开始他的思路就是正确的，现在马上要收尾了，线索、证据再明白不过地摆在那里，为什么就不能按自己的思路继续下去呢？唐尧不否认领导的思路也可能是对的，条条大路通罗马嘛，但既然一直都是按自己的办案思路进行的，为什么到关键时刻给改了？他认为领导武断，不讲理。现在蓝黛的话提醒了他，彭雪松始终对自己关爱有加，他不会因为一点小事就改变对自己的看法，而且以彭雪松的胸怀，即使是自己的办案思路有问题，他也会细心指教的。看来没那么简单，他是得好好稳下心来思考一下了。

"给你！"不知过了多长时间，唐尧耳边响起蓝黛柔和的声音，他从沉思中缓过来，看见蓝黛正用牙签插着一块苹果递到眼前。唐尧接过去没吃又陷入沉思中。蓝黛微笑着摇摇头，她不再打扰唐尧，起身到王姨房间，她要和王姨商量晚饭的事，晚上不仅唐尧要在这里吃饭，爸爸也会回来。

唐尧的思绪还在案子上，他把"10·30"案件从发生到目前的每个环节细细想了一遍，自己在办案思路上应该没有大的问题，那问题只能出在下一步工作的设想和安排上。他想，是不是因为自己的计划有问题，又没有自我反省、自我认识就贸然到领导那里说三道四，彭雪松才呵斥了他呢？

第二十六章 爱中反思 · 289

想到这里，他把撤离前后自己的办案思路又想了一遍。

忽然，唐尧脑子里闪现出一个词：监视。他们的行动是监视王五四，那么会不会有人也在监视着他们？想到这里，唐尧惊出一身冷汗。对呀，我们能监视罪犯，难道罪犯就不能反过来也监视我们吗？如果在王五四离开家去市镇卖鱼时，我们贸然搜查王五四的家，就可能被反监视的犯罪分子发现，那一切都会前功尽弃。想到这里，他又想到一种可能，就是戎戈在坳村和兀格村附近必定有个据点。王五四每次从江上运毒回来，在他一人在家和他离家去镇上卖鱼时，藏在他家的毒品不可能没人保护，也许那时暗中都有人在保护着毒品，监视着王五四，而这个窝点现在还没查清。进而，唐尧又想到了更深层次的问题。近一段时间，公安机关大规模缉捕毒贩、清查窝点，难道犯罪分子就没有防范吗？如果王五四这次交易是一次试探，船上的鱼中没有夹带毒品，那么贸然行动搜查、跟踪，或者抓捕了，得不到有力证据怎么办？到那时苦心经营的线索和前期准备都将付诸东流，缉毒战役必然是一次惨败！唐尧越想越怕，自己怎么就把问题想得这么简单呢？这些细节问题不该忽视呀。看来自己实在该好好反省一下了，这种想当然的思维方式必须改掉，不然一旦出现问题后果不堪设想。

"明白了，明白了。难怪局长发脾气呀！"唐尧低声自语。

"说什么呢？嘀嘀咕咕的。"蓝黛的话打断唐尧的思绪，他抬头看着弯身打量自己的蓝黛，惭愧地一笑，说："我是不是太自大了点儿？"蓝黛抿着嘴笑，黝黑如锦缎般垂下的头发，把她雪白的脸显得更加白嫩，唐尧痴痴地看着，他脱口而出："你太美了！简直无与伦比！"说着便伸头去吻蓝黛，蓝黛快速直起身，唐尧没吻到，动作一下子定格在那里，就像鸭一样伸着脖子固定了。蓝黛大笑起来，唐尧故意舔舔嘴唇做出贪婪的样子，然后跳起来说："看我放过你！"蓝黛转身就跑，唐尧嬉笑着追过去。

正闹着，门铃声响起，蓝黛赶忙向门跑过去，说："一定是爸爸回来了。"唐尧收敛心神，也跟着蓝黛迎过去。

# 第二十七章　难过情关

第六天一早，唐尧来到办公室，他仍没接到复职的命令，但他待不住，还是来到单位。刚擦完桌子，宋磊推门进来。唐尧看他兴冲冲的样子就知道一定有好事，他笑问："是不是调查沈志鹏有收获了？"他知道宋磊这几天一直在查这条线索。

"嗯嗯！"宋磊用力点头说，"弄不好挖到根儿了！"唐尧暗想，这才几天时间，能挖出什么关键问题？他停下手里的活儿，示意宋磊坐下来说。宋磊把手中的几张纸放在唐尧面前，指着图给唐尧介绍情况。唐尧看着手写的记录和一张简易草图，不甚明了。宋磊介绍说："你说的天河集团的两家公司与洪哥集团的远东国际经贸公司都有联系。最近两年，那家润秋有限公司对远东国际有过 12 次出口业务，都是出口蔬菜和大米。我们已经查过，有 5 次涉及退关的事，其中前 4 次都很快解决了问题，之后顺利出口；最后一次退关，天河集团认为对方是无理取闹，通过外交部门提出交涉，几天后也顺利出关。另一家嘉木有限公司只承办进口业务，不涉及出口。天河集团这两年从 S 国进口的木材业务，都是由这家公司承办。从资金结算上看，出口蔬菜、大米的资金的入账是 2000 多万元，进口木材的资金是 4500 多万元，感觉数目都不是很大，单独看都没什么问题。但我们的技侦人员在财务结算上发现了疑点，这个财务的事具体我说不明白，一句话就是，这边流出的现金似乎多出 1700 多万元，原因不明。能发现这个疑点也是咱们提出这两家公司可能有问题，不然的话，只怕这个问题财务上也不容易发现。"

唐尧静静听着，他记得展鹏海提到过，沈志鹏曾经五次要求他给退关货物打招呼，而润秋有限公司出口的蔬菜大米业务，退关正好五次。他问道："展鹏海交代的沈志鹏那五次退关是这个润秋公司吗？"宋磊点头确认。唐尧暗想，看来这家公司疑点极大，也许他就是沈志鹏的幕后主使，会是蓝邵仝吗？想到蓝黛说的她家跟展鹏海家的亲密关系，不能不让唐尧多想。

两人正说着，刘开河匆匆进来，他带来了让唐尧震惊的消息：蓝邵仝被收审了。听到这个消息唐尧有点蒙。

从展鹏海交代沈志鹏与润秋有限公司有关联，到宋磊汇报说局里已对天河集团进行财务调查，到现在收审蓝邵仝，只不过一周时间，如此之快的决定令人不可思议。关键是，蓝邵仝是江城市最大民营企业的老总，是市人大代表，没有确实证据怎可随便收审？唐尧的担忧更深一层。他想，也许真如迟晓丹提醒他的那样，省厅真的早有安排，早就做了相关调查，只是他这个层面不知道而已。如果真是这样，那问题就严重了。

唐尧立刻想到蓝黛，想到她从小在离异家庭成长的经历，如果蓝邵仝出事，那对蓝黛势必造成更大影响，这样的变故她如何承受？唐尧不觉心里一疼。

正这么想着，唐尧手机响起，看看是蓝黛，他马上接起来。电话里传来蓝黛带着一丝颤抖的声音："你……在哪里？我想现在就见到你！"声音低沉却很坚定，唐尧心里莫名地升起一丝隐忧，这似乎与父亲突遭变故后，一个女儿应有的反应不大符合。

唐尧应道："我在单位，蓝子你别着急，等我了解……"

"见面再说！"蓝黛语气断然而冰冷，"我在家，你来吧。"说完直接挂了电话。唐尧深深叹了口气，暗想你爸爸被抓也不能怪我呀！这就是警察职业的悲哀吧。他不多想，跟老刘、宋磊打个招呼就离开了办公室。

十五分钟后，唐尧来到蓝黛家门前，他按按门铃，半响门才开，开门的是王姨并不是蓝黛。王姨没说话，只是伸手示意唐尧进去。进了门，唐尧看到蓝黛背对着门坐在沙发上，她并没起身打招呼。一种别样的氛围立刻包围了唐尧。

唐尧走到沙发前想坐在蓝黛身边，蓝黛微微一躲，同时指了下对面的沙发说："你坐那边。"然后，她侧头看看王姨，低声说："王姨，我们说几句话，你……"王姨会意，她深深地看了一眼唐尧才转身走向楼梯。唐尧目送王姨上了二楼，他能感觉出蓝黛一直盯着他。唐尧收回目光转向蓝黛，见她原本明艳的容光已被苍白的阴郁取代，她似乎正被某种情绪笼罩着。唐尧心里更加不安，讷讷地说道："蓝子，蓝叔叔的事你不要……"

话没说完，蓝黛伸手制止了唐尧，她语气冰冷地说道："我爸爸的事自会有人调查，要是他真有什么事，谁也没办法。我相信我爸爸不会犯法！"蓝黛努力控制着悲伤，同时也在努力压抑着怒火。她盯着唐尧，沉声说道："难道除了我爸的事，你就没别的事要跟我说吗？"

听了这话唐尧心里咯噔一下，这说明让蓝黛难过的另有其事，而且与自己有关。他历来坦荡，自知只有一事无法对蓝黛言明，也只有这事会让蓝黛如此悲伤决绝。唐尧心乱如麻，这让他怎么说呀！他坐在那里脸一阵红一阵白，平时的口才变成了口吃。

蓝黛见唐尧始终不开口，她冷笑一声，说："不想跟我说说你的小师姐吗？你们是什么关系？"

唐尧吃了一惊，他下意识地说道："你怎么知道她？谁跟你说的？"他的话等于承认了迟晓丹的存在，这紧张的态度也清楚地表明了他们关系非同一般。

这一刻蓝黛似乎反倒振作了，说话声音也恢复了平静，她说道："看来梅双清没撒谎，一切都是真的。唐警官，我真佩服你，你真会演戏！今天才跟小师姐春宵一度，几天后就又到我这里来……"

"不是那样！不是的……蓝子，你听我解释……"

"够了！没什么好说的。算我瞎眼看错了人！"蓝黛颤抖着声音说道，"你……走吧，我们到此为止！"唐尧心中有愧，他不知该说什么是好。见他仍站着不动，蓝黛指着门，厉声喊道："出去！滚！"声音在屋中回响，唐尧的脑子也在嗡嗡作响，他看到王姨快速从楼上冲下来，跑到沙发前一把搂住摇摇欲坠的蓝黛。王姨没有惊慌，也没对蓝黛说什么，她扶着蓝黛坐下，同时很温和地对唐尧说："小唐，你先走吧，有什么话以后再说。"唐尧无言地看看两人，颓然转身向楼门走去。这一刻，他心里满是绝望。

出了门，唐尧上了自己开来的车，把头趴在方向盘上，他感到羞愧、自责、懊恼，谁让自己做出了那么龌龊的事呢？他悔恨无助，满心委屈和愤怒，却无处发泄。

"梅双清"，一个名字闪出，"谁是梅双清？"唐尧略一思考立刻猜到是那个老板娘，双姐。看来这些事都是她告诉蓝黛的，而她是迟晓丹的好朋友。他猛地抬起头，似乎明白了一切，自己是被欺骗、被设计了。是的，一定是这样的，这些都是迟晓丹设计好的。他回想那天晚上的情形，现在看来好些事情分明都是早有预谋的，美味佳肴，美酒美色，就是为了诱惑自己入彀。看来迟晓丹提供的关于沈志鹏和天河集团存在联系的线索也是刻意为之，她的意图明显是指向蓝邵全，明显是为了颠覆蓝黛在他心中的形象。

"恶毒！真是太恶毒了！"唐尧越想越气，不觉怒火中烧。他拿出手机打给迟晓丹，他要找到她大骂她一顿，他要告诉她，就是自己这辈子打光棍也不会娶她！

唐尧连着播了两次迟晓丹的电话，手机都是处于关机状态。"躲着我！我看你能躲到何时！"唐尧愤怒地想着，满肚子怨愤无处发泄。他忽然想到了梅双清，对！先去找她算账。唐尧来不及细想启动车就直奔双姐的小会所。

二十分钟后，唐尧到了平房区，他本以为这个时间会所一定有人吃饭，不想到了一看，房门紧闭，不见一人。唐尧有些纳闷，挺火的生意怎么忽然关门了？他没有梅双清的联系方式，一时无措，只好按下心中的怒火驱车驶离。

一连两天，唐尧都精神恍惚，他想用工作冲淡烦恼，却仍不见领导恢复他工作的指示。二组的人在宋磊带领下忙忙碌碌，他只能向宋磊了解案件的进展情况。总体看案子进展不大，沈志鹏不知去向，蓝邵全仍在接受调查，他的亲信于秋生已向市委提出抗议。江城现在满城风雨，各种小道消息满天飞，也许是人们仇富情结作祟，各种谣传都对蓝邵全不利。唐尧询问坳村王五四的动向，宋磊说队里并没布控监视，也不见有进一步调查的迹象，似乎所有警力都集中在对天河集团的调查上。另外，海关受展鹏海影响，有数名中层干部被纪委调查，其中两人涉嫌走私已被刑事拘留。

通过前几天的反思，唐尧已明白局长的意图。他心结已解，思考问题更加通透，他坚信自己的办案思路正确。局里当前这样的安排，让他觉得偏离了正轨，根本没抓住关键。有了这样的判断，却不能参与案子，让他焦躁不已，他干脆不问队里的事，私下里按自己的意图干。他给罗宏志去电话，上次委托老罗寻找戎戈在兀格、坳村附近几个小村可能的窝点，如今已过去一周时间，不知老罗那里是否已有进展。联系上罗宏志，罗宏志告诉唐尧重点排查的四个村子已排查完三个，没发现异常。现在正排查的兀格村，是四个村中最大的一个。这个村里外出打工人员多，空闲房屋出租、变卖的多，调查起来相对麻烦一些，预计还要两三天时间才能有结果。

工作一筹莫展，感情上更是一塌糊涂，唐尧这几天情绪糟透了。工作上有彭局、龙局和霍支队这样的好领导在，困难和波折早晚会过去，但感情的冰峰只怕难以逾越，蓝黛是他的真爱，然而失去她似乎已是无可挽回的事实。迟晓丹爱他至真，却不是他的选择，对她的不择手段更是不能原谅，他可以不恨她，但决不会接纳她。

这天上午，唐尧独自在宿舍闷坐，感觉百无聊赖，这时手机忽然响起，他慢镜头似的接起懒懒地"喂"了一声，对方是女声，她只说了一个名字，唐尧就全身绷紧面露怒气，是梅双清，双姐。几句话后，唐尧说："好！你等着，我现在就去见你！"说完，他带着怒气出门打车直奔双姐的小会所。这次院门敞开，唐尧长驱直入。

进了正屋，梅双清在客厅的大茶台后面端坐着，唐尧冰冷的目光刀子一样注视着她。梅双清看上去并无惧意，她依然衣着整齐，妆容严整，除了一丝疲倦外与前几天并无二致。见唐尧怒容满面站在那里，她凄然一笑，说："坐吧。"之后，拿起分茶器满茶。唐尧走到茶台前坐下，目光直视双姐。双姐也目光灼灼地看着他。

"为什么？告诉我你为什么那么做？！"唐尧忍住怒火沉声问道，他的双拳握得咯咯响。

"一方面是为了报答，另一方面是为了报复！"梅双清悠悠地说道。唐尧心头一震，梅双清眼中看不到慌乱或愧惧，而是满眼的凄楚和忧伤。

"报答谁？报复谁？这跟我有什么关系？"

"我要报答迟晓丹，她曾有恩于我。"梅双清答道，"那是好多年前的事了，那时晓丹还是个学生，在省城上学，我去省城办事遇到麻烦，取借无门，走投无路，恰好遇见了晓丹。如果不是她动用家里的关系帮了我，我不知道会是什么样子。这些年来，我始终记得这份情，一直和丹妹妹保持联系。"

梅双清示意唐尧喝茶，继续说："前年她忽然来到江城挂职，我很纳闷，以她的家庭背景，如果想要提拔，何必走这样的弯路，况且据我看晓丹虽然事业心强，却不是官迷，她的内心并不像她外表那么强势，她其实很柔情。我判断一定另有原因，于是我用心观察她的言行。大家都是女人，尤其像我这样经历过感情波折的人，要了解一个小女孩的心思太容易了，很快我就知道她来到江城是为了一个男孩，一个她暗恋多年的男孩，就是你！"看着有一丝尴尬的唐尧，梅双清叹息一声道："我真是不明白，以晓丹的条件为什么不直接表白，却只是苦苦地暗恋。女人啊！面对爱情多数都会失去自我，失去勇气。那段时间，晓丹经常来我这里，在那间小屋里独自一人喝闷酒，有时开心，有时失落，有时难过。有一次在我追问下，她说了实情，我想不到她爱得那么深，爱得那么苦！我当时埋怨她为什么不向你表白，她说是想给你时间走出以前的感情阴影。其实我知道，她是没勇气开口。对自己的身材、美貌这些自身条件晓丹很自信；对她的家庭出身、工作环境这些外在条件更不必说。她不自信、不敢开口的原因，是她不能确定你对她是怎样的感情和感觉，她怕说出口遭到拒绝后无法面对。所以，她可以在言行上表现出对你的喜爱，在生活上给你关心关注，可她就是不敢说出口。为这，我甚至骂她懦弱。"唐尧静静地听着，他的情绪渐渐平复，生活中与迟晓丹接触的点点滴滴浮现在眼前，对这次的酒后乱性，他似乎也不再感到气愤。

"不久前的一天，晓丹又来我这里独饮，我发现她非常痛苦，她在偷偷流泪，我无意中看到她居然用尖利的牙签刺自己的胳膊，弄得流血不止。我大吃一惊连忙制止她，问她原因，原来是她看到你已经和另一个女孩约会,说那个女孩很美很温柔,她觉得自己可能要失去你了。以晓丹那么自信的姑娘,居然认为她可能竞争不过别人,我很纳闷是个什么样的女孩能这么出色。于是,我一再追问她是谁,她告诉我是蓝黛,江城首富蓝邵全的独生爱女!"说到这里,梅双清苦笑了几声,眼中闪过一丝凌厉的光,那里明显含着恨意。

"知道是蓝黛,我就更下定决心要帮帮晓丹,我要让她得到你,让蓝黛死心!"梅双清冷笑着说,"终于,机会来了。那天晓丹拿来驼峰让我帮她加工,在我的劝说下,她邀请你来一起品尝。那个周五你们如约而至……"听到这里,唐尧一下子明白了,他气得忽地站起来,指着梅双清说道:"我现在总算明白了,原来我和她酒后乱性,不是因为喝醉了,而是你在饭菜里做了手脚!是不是?"

"不是饭菜里,是酒里。"梅双清很平静地说道,"晓丹会是酒后乱性的人吗?你是酒后乱性的人吗?我看得出你们都不是,尤其是晓丹,她骄傲、自尊,像个公主似的,她就是喝了再多酒也能控制自己的情欲,怎么会酒后乱性?所以,我不但在你们喝的酒里加了量很大的春药,而且还放了一些迷药。"

唐尧气得要说不出话了,他指着梅双清道:"你……你……你这是帮的什么忙啊,帮倒忙!"

梅双清长长地叹息一声,说道:"唉,晓丹也这么说,也许真是帮了倒忙。那事之后隔了两天时间,一直没有晓丹的音讯,而以你和晓丹的智商,一定能猜到我会知道你们那晚发生了什么,我肯定知情。我猜想晓丹是不好意思见我,于是我主动到你们单位去见她。那天是周一,她没去上班,我就直接去了她宿舍,她刚刚能起床活动,我怕药效不到,药量大了些,就忘了考虑晓丹还是处女身,想不到对她伤害这么大。到了她那里,我还开她的玩笑,说值得,过两三天就没事了,晓丹开始也以为是自己酒后乱性,感觉没脸见我,很羞愧。我对她说不要怀疑自己的本性,也不要怀疑你,你们的品性没问题,是我做了手脚。她当时大吃一惊,哭着埋怨我说:'姐呀,你这是帮倒忙!他本就对我有顾忌,认为我强势霸道,现在又出了这样的事,他早晚会明白的,到那时他还不得认为是我故意设计他呀!那样我就真的失去他了。'唉，当时我也意识到可能帮错忙了。晓丹那天哭得很伤心，她当晚就请假回了省城。"梅双清颓然低下头，一副丧气的样子。

"这几天我一直打电话联系晓丹，她都不接，我给她发信息道歉，她只给我回复了这条信息。"梅双清拿出手机调出一条信息给唐尧看，那信息道：双姐，你是好心，我不怪你，我只是回家调整一下自己，你别担心。大不了我独身一辈子，跟你做伴！

唐尧看了短信有些糊涂，怎么说独身一辈子？双姐看出唐尧的心思，她说道："晓丹跟我说过，她这一生只会爱你一个人，嫁给你一个人；如果不能如愿，她就终身不嫁。以她追求完美的性格和她的个性，她一定说到做到。"这话让唐尧震惊不已，他真是没想到，迟晓丹爱他会如此之深，他的心里像是打翻了五味瓶。

此刻，唐尧完全冷静下来，他忽然想到一个问题，既然迟晓丹在上周一就跟梅双清说过帮了倒忙，那她为什么还要把这件事告诉蓝黛呢？他和蓝黛周四见面时，蓝黛分明还不知道迟晓丹的事。唐尧怒气又上来了，他说道："既然迟晓丹已经说了你是在帮倒忙，那你干吗还是把这事告诉了蓝黛？"

梅双清冷笑道："我刚才跟你说过，我这么做一为报答，二是为了报复。之所以告诉了蓝黛，就是我要报复！这是为了我自己，也是最后努力一下，断了你和蓝黛那丫头的念想儿。"唐尧又气得不行，但他似乎也明白了，梅双清和蓝黛家之间一定有什么隐情。

梅双清低下头像是在回忆，她的脸上显出隐痛，好半天她才抬起头说话："十六年前，我25岁，也像晓丹一样骄傲，视天下男人如无物，可是命运弄人，我却偏偏爱上了一个有家有室的男人，他就是蓝邵仝。当时他31岁，事业有成，成熟又有魅力，我第一次见他就被他深深吸引。当我知道他虽有家，婚姻却并不幸福时，我就有意追求他，他也很快就爱上了我。之后一年，他就离婚了，他是真想跟我结婚的。可他的前妻离婚了却不放手，经常胡闹，还找到我撒泼。这些我并不在意，只要蓝邵仝爱我，跟我结婚，这些事情早晚都会过去，她早晚会死心的。"唐尧大吃一惊，梅双清接着说："我真是考虑得太简单了，我当时完全忽视了她的女儿，那个才七八岁的小女孩，就是蓝黛。当她知道父母离婚后，她的反应非常大。她跟蓝邵全说，他要是娶后妈，她就去死。我当时以为这就是小女孩的胡话，不用当回事，我会想办法慢慢感化她。但蓝邵全却很在意，他说，不管女儿会不会真做出那样的事，他也要等她真接受了，我们再结婚。这样我又等了四年，可是他仍下不了决心。那时我都30岁了，我要等到什么时候？我逼着他跟蓝黛挑明，他也确实那么做了，结果……唉！"梅双清喟然长叹："结果蓝黛反应极其强烈，你想不到一个十二三岁的孩子会有那么大的震撼力。她大闹一场，见蓝邵全仍坚持，她直接跑出去要跳河自杀。蓝邵全开始还不在意，等他消消气反应过来，赶紧追出去，蓝黛已不见踪影。蓝邵全慌乱地到处找，找到离他家挺远的一个大壕沟附近，一个老农说看见一个小女孩哭着跑大壕那边去了，蓝邵全急了，马上奔过去。那时是4月初，壕沟里满是水，上面还结着手指厚的冰，他看到冰面上有个直径一米的冰窟窿，以为蓝黛跳下去了，他连想都没想直接就跳进壕里，在冰冷刺骨的水中摸了半个多小时，冰碴儿把他的手、脸、脖子都划破了，不管我怎么叫，他就是不上岸。直到他的朋友于秋生跑来告诉他蓝黛没跳壕沟，遇见他被他抱回去了，蓝邵全才从水里出来,高兴得泪流满面。那一刻，我明白了，他爱他的女儿超我百倍！那才是他的命！我心灰意冷……"说到这里，唐尧看到梅双清满眼泪水，他不免心生同情，心中暗道这也是个为情所困的可怜女人。

梅双清调整一下自己的情绪，接着说："那事之后，蓝邵全再不提结婚的事，我知道如果他女儿不同意，他绝不会娶我，我越想越气，最终和他闹翻。也许是我太过执拗了，既然不能爱，我就选择了恨！这些年我一直恨他、恨蓝黛，我做过很多报复他的事。那年我到省城去见一个开发商，就是为了搅黄蓝邵全一桩大生意，我的目的达到了，可是，我却被那个南方富商缠住几乎失身。我好不容易才脱离虎口，不想又被坏人盯上。在我走投无路的时候，恰好遇见了迟晓丹，我当时身无分文向她求助，她不但帮了我，听说我被流氓恐吓，她领着我去见她当警察的舅舅报案，他舅舅听说我被一些流氓纠缠，当时就出警去抓人。后来听说，那伙人都被收拾了，有两个还被判了刑，他们背后的那个商人也被拘留罚款。"

"那之后，我多了个好朋友晓丹妹妹，却更恨蓝邵全了。可他却顺风顺水，生意越做越大。他也会时不时地找我，好像还对我有情，可是他越是这样我越恨。这次知道了你和晓丹的事，我想这一方面能帮晓丹，一方面又能报复蓝黛，何乐而不为？前天当我听说蓝邵全被公安抓了，我特意抓住这个时机把你的事告诉蓝黛，我就是要在她伤口上再撒一把盐，我就是要让她伤心，让她也得不到她爱的人！"

"唉，何苦啊！"唐尧仰头长长地叹息一声道，"双姐呀，冤冤相报何时了，你这样做很可能毁了我们三个人。难道这样做了你就能开心？你就解恨了？"这是唐尧第一次称呼梅双清为双姐，他感觉梅双清其行可恨，但其情可悯。

梅双清摇头苦笑道："两天了，蓝邵全被抓，蓝黛受苦，按说我该开心才对，可这两天我没感到丝毫快乐，先是后悔自责，现在又开始……开始担心他、惦念他。想想这些年，我做的事哪一件不是伤害他的？可他却从未有过怨言，也没做过不利于我的事，还暗中帮我。唉，恨至深，又何尝不是爱至深呢？"说到这里，梅双清泪如雨下。

听完梅双清叙述，唐尧暗自伤神，尽管她做了伤害自己、伤害迟晓丹和蓝黛的事，他却恨不起来。今天，她能这样向自己坦白，也解开了自己的心结，这一刻唐尧对自己、对迟晓丹的误解都解开了。至于蓝黛，唐尧心中又升起一丝希望，这个希望源自他对自己品性的重新认识，他重拾面对蓝黛的信心，他要再努力一次。

唐尧默默起身准备离开，他不想再面对梅双清。见唐尧要走，梅双清站起身急切地说道："小唐，对不起！"背对着她的唐尧伸手制止了她，但梅双清还是急切地说："你……你是警察，是刑警，你帮帮他吧……我觉得他不会做犯法的事！也许……也许有些事他不知道……"

唐尧说道："他的事我们一定会依法办理，只要他是清白的，就不会有事。"说完唐尧拔腿离开。

外面，天完全黑了，初冬的夜晚寒意正浓。

这个夜晚，唐尧迈过了自己心头自薄的那道坎，却没办法越过现实的那座关。

他该怎么面对那两个女孩呢？

# 第二十八章　收网行动

　　第七天早上，唐尧接到霍兵的电话，让他立刻复职，8点准时参加局里的紧急会议。到会才知道，市局再次布置缉毒扫毒行动，这次行动主要针对江城市区的各类服务场所，下面各县并未统一行动。会上还对本市天河集团润秋有限公司涉嫌运毒情况进行了通报，公安局已联合有关部门进驻该公司进行调查，会上虽未提及天河集团董事长蓝邵仝，但与会人员都有一种预感，蓝邵仝问题不小。

　　晚8时行动开始，治安、缉毒部门和刑警支队一、三中队全部参加行动，唯独重案中队坐镇家中未参与行动。也就是这时唐尧接到罗宏志电话，他们在兀格村发现了一户可疑住宅，经暗访初步判断很可能是戎戈的落脚点。

　　一夜行动与唐尧的重案队无关，让二组的队员都憋了口气。第二天一早，唐尧接到命令，让他立刻带二组赶往坳村的秘密监视点，王五四又有行动了。唐尧一阵兴奋，同时也很惭愧，王五四的行动表明，他上次交易就是试探，彭雪松局长的判断是正确的。

　　唐尧带着宋磊等四人以最快速度赶到坳村，秘密潜伏在那个监视点，这次他们把车停在两里以外的山坡下，用茅草覆盖起来。潜伏好没半小时，唐尧透过望远镜看到王五四全副武装扛着渔网悠然朝江边走去。他像几天前一样上船启动，然后直接向下游驶去。不到半小时，龙东山打电话来，他在我方边防瞭望塔上已经看到了王五四的小船。唐尧这才知道，龙副局长早已就位。

王五四用了三个小时顺利把鱼拉回家，这次渔获让他惊喜，分鱼时，他发现这次狗鱼不但多而且都很大，他整整拣出了20条。王五四暗自高兴，S国人这次真不赖，沈老板一定满意，他开始想象沈老板把一张张百元大钞递给他的情形。分完鱼，王五四回屋简单做了口饭，酒也没敢多喝就睡去了。这次很意外，没等他主动打电话，下午天刚擦黑时，他还在小屋炕上做美梦，沈老板忽然来了。

"五四，生意好吧？"沈老板的声音从门口传来，王五四先是一愣，接着弹簧一样跳下炕迎出去，"哎呀！沈老板，你这咋来了？你看看……咱这……"

"今天饭店缺鱼，急用，知道你这里差不多有鱼了，我赶紧过来了。怎么样有鱼吧？"

"哎呀妈呀！"王五四拍着大腿说，"有！这回可老鼻子多了！有20条，那可是真不赖呀！不光这狗鱼大，别个草鱼、鲤鱼也都十来斤的！"他在暗自高兴，明天拉到镇里的鱼也能卖个好价。

沈老板笑着示意他赶紧拿鱼，王五四屁颠屁颠地跑进里屋，拽出五个尿素袋子，里面装满了鱼。跟在沈老板身后的司机和另一个伙计一袋袋一条条仔细检查着，这次王五四留意了，他发现两人把每条鱼的嘴都掰开看看，也不知道看什么，看过就一声不响地把鱼装进自带的大塑料袋子。王五四知道，那是能充氧运活鱼的专用塑料袋，他不明白这些鱼明明死了，干吗还用这种袋子装。正这么想着，沈老板说话了："五四，今年一共跑了几趟啊？"

"六趟呗，每趟都没空手。嘿嘿！"

"钱儿也没少挣，马上封冻了，我看今年就这样吧。"沈老板说，"这么地，明天你到市里玩段时间，咱们兄弟合作不错，我也不能亏待你。"他凑近王五四，放低声音说，"你个老跑腿子也不能总憋着，明天弟弟给你安排个娘们儿，让你乐呵乐呵！"王五四乐得嘴都咧到耳根子了，但只一刹他就赶忙摇手，沈老板似乎很明白王五四心理，他郑重地说："这次你放心，保准不会让警察知道的。不过，你明天可别大张旗鼓的，悄悄去，别让邻居知道。明白吧？"

"明白，明白……只是网箱里还不少鱼呢！"王五四有点儿不舍，说，"我明天卖了鱼再去，行不？"

沈老板略一思考，说道："也行，不过你可得快点儿，明天我事儿还挺多，你要是去晚了我没时间接待你，让别人安排吧，你也不放心啊！"

"那是那是！咱就信你。"王五四连忙说，"你放心！咱一会儿就把鱼从网箱捞出来，分好了装袋子，天不亮我就到镇上。明天正好赶大集，天放亮集上就能有人，咱早去占个好地方，用不上一头午鱼就能卖完，三轮车我存贾胖子家，晌午咱准到市里。"王五四这回可不想错过那温柔乡。

沈老板笑着一竖大拇指，说了句"一言为定"就走了。在王五四这里他待了不到十分钟，留给王五四的不只是8000块钱，还留给了他满满的急切的期待。

唐尧通过红外线望远镜看见沈志鹏的车悄然进村，在王五四家稍作停留，装了几袋子鱼，又悄然离去。初冬的夜幕掩盖了他本就谨慎的身形，小小的渔村里没人注意到村边那所独立的小屋前，曾经停过一辆黑色的越野车。

当车驶离坳村进入林间路时，唐尧通过对讲机向霍兵通报情况，在霍兵的指示下，唐尧一组悄然跟上，他们不敢打开车灯摸黑前行。一路向北，前面暗红的车尾灯时隐时现指示着前进的路线。沈志鹏去的是兀格村方向，唐尧判断，他们一定是穿过村子继续向北然后转东，就到了八岔乡通往去江城的路。

前面的车一直没脱离视线，唐尧隔几分钟就向霍兵汇报一次情况。到了通八岔乡的路口，情况突然发生变化，沈志鹏的车没转向东去八岔，而是越过路口继续沿沙石路向北，向进山的方向开进。唐尧暗自惊讶，这与判断完全不同，他一阵恼火，不知该不该跟上去。他赶紧向霍兵报告，霍兵看来也没思想准备，在通往山区的方向并未布控。霍兵在电话里爆了句粗口，说："够狡猾的！进山区明显是死路，我们都忽视了进山区这条路，让他们钻了我们部署的漏洞。"他略一思索说："这样！我向局长报告，让龙局跟上去，他从哨卡那边下来，可以就近等候，如果沈志鹏的车进山，他就跟上去；如果沈志鹏不进山，你就跟上去。但一定不要靠近，只要不

第二十八章 收网行动 · 303

出视线，让他们没机会把毒品转移就行，一定不能暴露。随时联络！"

唐尧的车停在主路上，这段进山的路一马平川，两边既无树木也无建筑遮挡，一两公里外也能看到前面的车。几分钟后，当沈志鹏的车影已模糊不清时，唐尧接到了龙东山电话，沈志鹏果然开进了山区。龙东山已在前面抄近路跟上去了，唐尧只能停在山外。

车上，唐尧闷头苦思，沈志鹏怎么就进山了呢？这不合常理，毒贩运毒怎么便捷快速、怎么方便安全出手是第一选择，沈志鹏现在走的路线，是进山区走弓背路，绕大弯到浓河、转三丰，然后从三丰再转省道经三河才能到市区，这比从八岔直接转三河到江城远了不止两倍的路程。进山绕道浓河这是条单线，没有岔路转道，也没半路接应隐蔽车的地方，两头一堵，除了徒步进山在荒野里穿行，别无他路。最重要的是，这样走最后还是要转到三河再开往江城，进山这段路完全是多余的。他们为什么选择这样的路线呢？这其中有什么阴谋吗？除此之外，就只有一个可能了，就是他们最终的目的地不是去江城，而是通过浓河再退回境外，难道他们想把毒品退回去不成？绝不可能！唐尧百思不解。

见唐尧不说话，宋磊忍不住问道："唐队，他们进山这是绕大圈，最后只能是去浓河呀？"

唐尧沉吟道："我也想不明白，从坳村出来只有到八岔才能转到三河，然后去市区方向，另一个方向是进山绕大圈，翻山转到浓河县，这是死胡同啊？他们好不容易从境外运来的毒品，不可能再通过浓河这边退回境外吧？"

几人在车里分析不出个结果，下一步去哪里需要向领导请示。唐尧考虑再三，决定直接给彭雪松打电话。彭雪松却给了一个出乎唐尧意料的指示，他让唐尧就守在兀格村转八岔乡的路口，而且要隐藏埋伏不露行迹。唐尧虽不明白领导意图，但还是立刻执行。他们本就在这个路口上，距离领导要求设伏的地点不过百米。唐尧几人在路口东侧转向八岔乡的方向找到一处树林，他们好不容易才把车开进树林隐蔽起来。

沈老板走后不久，王五四开着三轮车到了江边，这次他把整个车后厢用塑料布包裹做了防漏，车厢里注满江水，然后把网箱里的鱼捞出来，分类处理，活鲤鱼21条都扔进车厢；草鱼不抗折腾，都死了，有30条，分装了5个胶丝袋子。他把后厢装上木板，这样等于把车厢安了个盖子，下面装活鱼，厢板上放装草鱼的袋了。明天一早一车就拉到了镇上，都能卖个好价。看着网箱里还有30多条大鲫鱼，王五四笑得合不拢嘴，鲤鱼草鱼都是十来斤的大家伙，鲫鱼差不多也都够斤数了，大鼻子那边的鱼就是大呀！他心里盘算这一把至少能卖两万块，搭上沈老板这样的雇主真是幸运，这一年下来，他有足够的钱娶个媳妇儿了。半小时后，王五四把鱼分好，都装上三轮车，他把车开回家停在院里，打算明天凌晨2点就出发去镇上。

王五四并没注意到，在他到江边装鱼又返回时，一个人始终注视着他的一举一动，那人极小心地隐藏着自己的身形，他不想被王五四看到，也不想被其他任何人看到。从沈志鹏离开算起有一小时了，他没看到任何不正常的动向，初冬的坳村在清冷中保持着一贯的封闭和宁静，人们都守在温暖的家中，各自忙着自己的事。

那人隐在林间再次观察了王五四的家和周边环境，他没发现任何危险的迹象，一切都那么安静自然，他的心终于放了下来。

王五四进屋简单洗洗手，又上炕盘腿坐在炕桌旁，酒壶还在，炖的茄子虽说有点儿凉了，但王五四并不在意，他又有滋有味地喝起来。几杯酒下肚，他开始憧憬明天与沈老板的见面，渐渐地沈志鹏那张方正威严的脸变成了一张娇艳的胖嘟嘟的圆脸，那是上次陪他的那个丰臀大胸的女人，那个让他美美享受了一晚上至今都忘不了的女人。

"嘿嘿，明天晌午咱就能抱着你啦！"王五四心里那个美呀！他挪动一下身体又端起酒杯想喝一口，这时他才发现自己的下半身已急不可耐地挺了起来，他感觉口干舌燥，心里也开始烦躁。干吗要等到明早呢？咱现在就去不行啊？王五四也是个有决断的人，他立刻把酒杯放在桌上，穿鞋下炕。

站在地中间，王五四忽然想起，时间不到似乎去也没用，赶集的人不上来，鱼一样卖不出去，他又犹豫起来，看看表才晚上6点多，这时候出发至多8点就能到镇上，到那里一样还得等。他颓然坐下打算放弃自己的想法，然而像是抗议似的，下半身挺得更加坚定，坐着很不得劲儿，他只能又站起来。王五四心中暗自埋怨沈老板,干吗就不能今天呢?刚才拉咱一起去不就行了。他叹了口气想到车上那么多鱼,暗想还是先把美事放放吧,眼下最主要的还是先把鱼卖掉,以眼下江鱼的价格,手里的鱼可以卖个"万元户"出来,这可不是小事。赶紧找买家卖出钱来才是正事,有了钱娘们儿啥时候都有。想到买鱼人,王五四忽然想起一个人来,这个念头一经升起,他再也忍不住了,他忘了沈老板不能在坳村卖鱼的约定,他要拨打那个留下的手机号码,让他来村里买鱼,而且必须是现在就来……

唐尧带着宋磊四人隐蔽在"丁"字路口不远处的林间,这个点向北可以进山,向东就是八岔乡。其间他跟龙东山三次通话,沈志鹏的三菱越野车沿着山路一直驶向浓河,一路没什么变故。唐尧算着时间,不出意外的话,再有半小时或者四十分钟,沈志鹏的车就会到达浓河县城。唐尧无事可做,又不明白领导这样安排的意图,不觉有些郁闷。他叮嘱几人检查枪械,他们五人五支手枪、三把微型冲锋枪,这火力唐尧还是很自信的,不管遇到什么战事,他们也不会吃亏。

正焦急等待着,唐尧的手机忽然响起,他以为一定是龙东山或者是霍兵的电话,接起来还没等说话,手机里对方带着野性的大嗓门传来一句莫名其妙的问话:"在哪儿呢?还要鱼不?"

唐尧一愣,说:"什么'幺鱼',还红中呢!你打错了吧?"

"咱是坳村的王五四!"对方答道,"啥幺鱼、红中的,看牌哪!"唐尧一下想起来,前次暗访时他留了手机号码给王五四,想不到这人还真讲诚信,有鱼了第一个想到他。唐尧飞快地盘算着是不是立刻拒绝,转念一想不妨听听他说什么,于是用急切的口吻说道:"哎呀,是王老大呀,有鱼啦?我要!当然要!王老大真讲究,还记得咱。说吧,你有多少我全包了!"

电话里传来王五四得意的笑声,他说:"鱼可是老鼻子多了!又大又新鲜,就怕你吃不下去,你要是吃得下,那就立马来村里,咱在家等你!"

唐尧拿出傲慢的口气答道:"多少鱼呀,还我吃不下!告诉你,就是十万八万的我也吃得下!"同时,他想起一个问题,于是问:"王老大,你不是说从来不在村里卖鱼吗?怎么这回让我到你家去买?这天都黑了,咱们明天消停儿地去镇上买多好啊？"

"那可不行，咱有急事儿！"王五四在电话里急切地说道，"咱就是要赶时间，要不哪能坏了规矩。"

是什么急事让王五四私自改变沈志鹏的规矩呢？唐尧心中疑惑，不过看来他急于出手，这正好是个讨价还价的借口，于是他说道："行啊！你说吧，多少鱼？大约多少钱？"王五四在电话里说有50多条大鲤鱼、草鱼，都是十来斤的大家伙；另外还有差不多30条大鲫鱼，总共有500多斤，他要价两万元，而且必须是现金。唐尧略一计算，对纯江鱼而言这价格真是很便宜，但他还是说："不行不行，这价贵了！要是开江鱼这个价可以，这都啥时候了，贵了！再说这么晚了谁能一下子拿出那么多现金呀？王老大你要是急着卖，那就再便宜点儿吧？"

王五四那边有点儿急眼，只听他喊道："啥？！你识不识货呀，这价儿你上哪儿弄这么好的鱼去，还嫌贵！得啦，我看你也不是真心买，算了算了，咱明早还是拉镇上去，一哄抢的事儿！"说完就挂了电话。

放下手机，唐尧笑着对宋磊几人说了王五四的电话内容，最后他笑道："这家伙真把我当鱼贩子了，还告诉我都是十来斤的大草鱼、鲤鱼。我估计他一会儿还得打电话来。"

宋磊开着玩笑说道："我看他不会再来电话，好女不愁嫁，这么好的鱼他还愁卖呀？"

唐尧也不在意，两人有一搭没一搭地聊着。一旁老刘听了两人的对话，带着一丝疑惑问："那次咱俩去他家，他说过不在家卖鱼呀？说是规矩，怎么这回急着让你去他家买鱼呢？他不会是感觉到什么危险了吧？"听了老刘的话，唐尧心里一沉，忽然觉得有什么不对似的，但还没来得及思考，就被手机的铃音打断了，他赶紧接起。

这次是龙副局长的电话，他通报说，沈志鹏的车到浓河直接进了县城，没再向三丰方向开。霍兵支队长接替一直跟在后面的龙东山，继续跟进，于良宇的重案一组也已赶往浓河。

"怪不得他绕道进山去浓河，原来是想在那里交易。"宋磊恍然道，"这才明白，早知这样咱们就直接赶去浓河设伏多好！白白分散警力。"

听了宋磊的话，唐尧心念一动，若有所思地说："咱们现在警力倒是不分散，都集中到浓河去了，那从三河到江城这段就成空白了。我怎么觉得哪儿不对呢？"他拿着手机思索起来，那种朦朦胧胧的感觉再次出现，而且很强烈。这种感觉唐尧非常重视，他已经几次受益于此。

浓河县城。

霍兵他们期待的绿色三菱车终于出现了，按照预定方针，于良宇一组小心地尾随其后，跟了两公里进入浓河市区，在第一个转弯处，于良宇撤离，霍兵组接替。于良宇进县里第一时间更换车辆，这时对讲机传来龙东山组跟进的呼叫。于良宇抓紧时间，在浓河中央大街十字路口接替龙东山继续跟踪，之后不久霍兵组更换。三组车悄无声息地轮流跟进，目标车辆始终没有停下的迹象。

沈志鹏的三菱车不紧不慢地行驶着，看不出他们要去哪里，想要做什么。当霍兵再次被接替后，他也感觉不对了，沈志鹏已在浓河转了半小时，毫无目的可言，他想干什么？

三菱越野车上，沈志鹏面无表情地坐在副驾驶位置上，开车的小弟紧紧地握着方向盘，他非常紧张，再这样转下去，他怕自己会失控。很明显，从进山开始就有车跟踪，进入浓河后一直跟在后面的那台车不见了，但后面却一直有不同的车出现。一个小县城哪来那么多机动车，又恰巧都出现在自己车的后面？分明就是跟踪的车嘛，不是疑心生暗鬼，自己车上拉的是什么，他就是用脚后跟儿想也知道，那是随时要人命的炸弹！可他不敢问更不敢表露自己的紧张。又要到中心广场的转盘道了，他正要问怎么走，鹏哥的手机响起来，他余光瞄见鹏哥慢慢拿起手机接听，鹏哥说了两句话就放下电话说："向西，出城。"新的变化总比这样转下去让小弟心安，他直接向城西驶去。距出城路口只有百多米了，前面路的两侧忽然亮起警灯，两辆警车鸣叫着横在路中间，同时，后面跟上来的车也同时警灯闪烁截住退路。

"怎么办？大哥！是警察。"小弟的声音都变调了。

"靠路边儿停！"沈志鹏很平静地说，"该来的总是要来的。你俩都别乱动,看我的。"两个小弟暗自苦笑,什么准备都没有,怎么动?拿拳头跟警察斗啊?!

这时高音喇叭响起:"对面三菱车上的人听着!请你们下车接受检查!"接着就看见身着特警服装的四名警察端着微型冲锋枪以战斗队形缓缓向车靠近。第二次警告又一次响起,沈志鹏带头打开车门举起双手下车,两个小弟跟着照做。

警察呈扇形快速靠近后,命令三人都趴在车上。沈志鹏高声问道:"警察同志,什么情况?"

霍兵从后面走上前,命令一个警察打开三菱车的后备厢,里面有五个胶丝袋子,一股鱼腥味扑面而来。一个警察上前打开其中一个袋子,里面装着四条狗鱼。一名警察推着沈志鹏到霍兵跟前,霍兵问道:"这是什么?哪儿来的?"

沈志鹏阴着脸一声不吭,霍兵一挥手说:"都带走!"警察上前给三人戴上手铐,迅速带离。

唐尧将二组的人分成两班,轮流盯着"丁"字路口的动向,但两个多小时过去了,路上连只鸟能没飞过。唐尧暗自气馁,他看看表,已是晚上8点多了。

就在这时,蹲守在树林里的唐尧看到兀格村方向远远的车灯闪烁,一辆车从南面开来。从车灯亮度上看绝不是摩托车、三轮车之类的车辆,看速度也排除农用车的可能。唐尧一阵兴奋,暗想有内容!也许这就是领导让他钉在这里的原因。

唐尧脑中那丝灵感忽地变成一个判断:沈志鹏一路是疑兵,是调虎离山计!上次对方的试探已证明毒贩的狡猾,那么,他们这次就不能再用疑兵之计吗?也许真正的货并不在沈志鹏车上,而是仍在王五四这里。当所有人的注意力都被引到沈志鹏那边时,他们在确定警方已经放弃对坳村的监视后,再来王五四这里取货。

"是的,一定是这样的!"唐尧想到了老罗告诉他的戎戈在兀格村的窝点,这个点是做什么用的?如果只是每次王五四运回毒品,再由沈志鹏

第二十八章 收网行动 · 309

取走，那么在王五四独守巨额毒品的时候，谁来保证毒品安全？毒品丢失、被抢，或者被王五四发现怎么办？唐尧完全明白了，螳螂捕蝉，黄雀在后，王五四运回毒品，戎戈一伙儿始终在暗中盯着王五四，既是监视，也是保护，如果货源出现意外，他们立刻出手。想到这里，唐尧更明白上次彭局长让他们撤离的良苦用心了，假如那次他们对王五四有所行动，暗中监视的人一定会发现，他们的意图就暴露了，那就不会再有今天的行动。

想到王五四，唐尧暗想不妙，如果像他判断的这样，毒品仍在王五四手中，那他急于找人进村卖鱼就坏了规矩，就可能暴露毒品。或者他私自动了藏着毒品的其他鱼，比如草鱼，并且发现了毒品，那王五四就危险了。而这是完全可能的，因为他们只要求王五四不得动狗鱼、黑鱼，对其他鱼并没要求。

唐尧坚信自己的判断不会错，那么，眼前出现的车辆就十分可疑了。他拿起电话直接打给彭雪松局长，把自己的发现和判断向他做了报告。电话里彭雪松笑道："你总算想明白了，还不算笨。"唐尧不好意思笑起来，彭雪松指示说："你看好来车是什么车型、选择哪条路线，然后跟上去，尽量避免被发现。随时通报情况！"放下电话，唐尧立刻把局长的指令转告身边的宋磊和翟新江，没用吩咐翟新江就悄悄返回车里把命令告诉老刘和刘延超，他们立刻兴奋起来，也许他们这组才是最核心的部分。

不一会儿，来车上了公路，唐尧判断他们会转向东到八岔乡，然后再赶往三丰，转国道去江城市区。然而，这次唐尧又判断错了。通过夜视望远镜，他看到来车是一辆2020S北京吉普车，那车并未向东转向八岔方向，而是像沈志鹏一样越过公路上了通往山区的沙石路，难道他们也要进山再转到浓河县？唐尧感到不可思议。

伏在唐尧身边的宋磊说道："唐队，不对呀！难道他们还要走进山再去浓河这条道儿？"唐尧也是云里雾里，他分析说："我觉得不会吧？进山再去浓河绝不是明智选择，那样只会增大风险，这些毒贩子有多狡猾咱们是领教过了，我想他们绝不会这么干。可是，我又想不明白，他们这样走，不进山又没别的路，这是死胡同啊？"

老刘等人这时也来到两人身边，听了唐尧的话，老刘说："不是死胡同，上冻后还有一条路。"唐尧一时没反应过来，宋磊、翟新江两个对江城地理更熟悉的老刑警立刻明白了，他们同声说道："你是说过河？"

唐尧也恍然大悟，对！一定是过河，从饶佳河穿过去，然后进保护区，再从保护区转到三丰上省道进市区。这条路夏天走不了，冬天枯水期也要上冻才能过去。这么走不但没人知道，而且是从这里上省道最近、最安全的路线！想明白这些，唐尧直接把电话打给彭雪松，把自己的发现和想法汇报给他。唐尧知道这时候全局统一调度是最重要的，不能打乱仗。彭雪松听完唐尧汇报似乎并不惊讶，他说："你们的分析很对，我同意你的追击路线，这个季节饶佳河进入干枯期，人能过车也可行，毒贩一定是通过那里转到市区方向。你从现在的地点向保护区通三丰的路口追，如果发现可疑人员和车辆及时汇报。以跟踪为主，不到万不得已，不要采取抓捕措施。"说完彭雪松就挂了电话。

通完话唐尧把彭雪松的指令转告宋磊，他们决定立刻出发跟上前面的车辆。宋磊有点着急，他连连催促说："赶快！车都不见影儿了，别丢了！"

唐尧自信地说道："你放心，他这么走无论是进山还是过河，都丢不了！再说，咱们也不好跟得太近，彭局的意思还是跟踪为主，抓捕的时机还不到。"的确，那个背后的巨枭还没出现，他不相信这个"主角"会是蓝邵全。

唐尧几人把车从隐蔽点开出来，宋磊驾车，唐尧四人合力在后面推才开上公路，他们直接向山区方向追击。向前追了两三里上了一个高岗，那里能清晰地看见进山的路，数里之内没有车灯的光亮，刚刚过去的2020S吉普车果然没进山。继续向前到了转向保护区路口，唐尧几人下车仔细检查路面，两条刚刚轧过的车辙印记清晰可见。唐尧一挥手，他们上车毅然转西向保护区方向追去。

车向保护区驶去，没走上十分钟，路开始变得越来越窄，崎岖不平，车速与唐尧急切的心情成反比。唐尧计算着时间，他真担心毒贩已经出了保护区，如果他们上了去江城的公路，想要追踪到毒贩无异于大海捞针。

这样在两条清晰的车辙印指引下，半小时后到了路尽头，前面一条浅浅的河流横在面前，宋磊小心驾驶着车向前开，唐尧透过车窗看到前面车辙印一直伸向饶佳河畔。到了河边，唐尧示意停车，他们都下了车。老刘打开强光手电照向车辙，唐尧简单量了一下车辙印记的宽度，又仔细查看了轮胎花纹，宋磊首先说道："应该是北京吉普2020S。这车越野性能不错，走这条路最适合。这种车在江城最常见，要是混入车流谁也不会注意。"唐尧暗自点头，看来追击方向没错，他示意大家上车。如果对方的北京吉普可以过饶佳河，那他们的三菱越野也一定能过去。

上车继续前行，唐尧再一次给彭雪松打电话汇报情况，并请求指示。听完唐尧汇报，彭雪松命令唐尧继续追踪，争取找到并咬住毒贩；如果出保护区到省道仍不见毒贩踪迹，他们要越过省道继续向南追踪。最后彭雪松说："不要擅自实施抓捕，等候命令。记住，如果有尾号8181的手机打给你，按他的命令执行。"

饶佳河不过30多米宽，宋磊一脚油门没费力就轻松开过。前面是一片原始湿地，在一簇簇塔头墩子之间，那条车辙印记一直伸向前面的防洪大堤。宋磊熟练地操控着车，在这样的"路"上开车，让他心疼不已，不是这种特殊情况，他那么爱惜车的人绝不会这样糟蹋车。路难行，天公也不作美，天空阴沉了一晚上，这时纷纷扬扬地飘起雪来。宋磊爆了句粗口，把雨刷器开到最大，他渐渐加大油门，车更快了，再有十分钟就能到堤坝，那里是保护区通向省道的路。

这时，唐尧的手机响起，是那个尾号"8181"的手机，唐尧立刻接起……

戎戈虽有些沮丧，但他并不急。今晚的行动进行得很顺利，如果不是王五四这浑蛋节外生枝，他可能要等到夜深人静再动手。没想到王五四要提前出手卖鱼，他不但坏了规矩联系人到村子买鱼，还想私自留下一条草鱼，他想着明天要去市里赴沈志鹏的约，怕时间长了鱼坏掉，就想把鱼收拾干净然后用盐腌了晒在外面。戎戈暗骂王五四，明明可以留一两条活鲤鱼养在网箱里，回来吃活鱼，可他却因为活鱼能卖高价舍不得，宁愿自己留死了的草鱼。转念一想，他又冷笑起来，王五四就是不发现鱼肚里的毒品，他也见不到明天的太阳。这条运毒通道已用了两年多，不可能再继续用下去，王五四的使命结束了，那他还有活着的必要吗？

戎戈靠着座背感觉很舒服，车虽颠簸却不影响他的心情，他细想老板的设计，真可谓天衣无缝！他们的计划分三步：第一步是改狗鱼藏毒为草鱼藏毒，然后由沈志鹏出面拉走狗鱼。如果公安已掌握这条通道，知道了王五四这个点，公安一定会抓住不放。那么，沈志鹏这一路就给公安造成了假象，吸引警力跟踪，把警力全部调往远离江城市区的浓河和三丰地区，调虎离山。事实证明，公安真的掌握了这条线索，他们的警力全都跟着沈志鹏去了浓河。

第二步是在沈志鹏拉走狗鱼后由戎戈暗中监视王五四，也是监视公安的动向，既要保证货源安全，也要保证再次取货时行动安全。这一步安排在沈志鹏把警力调往浓河，坳村这边确保安全之后，由戎戈带人取走真货，瞒天过海。

第三步是从过饶佳河经保护区这条不是路的"路"转到省道，回江城大本营，那时这条线将是警方警力的空白点，"货物"运输绝对安全，他们可以暗度陈仓。

现在计划就要实现了，除了王五四弄出的"小问题"耽误点儿时间，其他都正常。

当时，监视王五四的小马向戎戈报告说，王五四发现了草鱼肚中的毒品，戎戈赶快从兀格村的窝点开车赶往坳村。王五四不知是察觉到了危险，还是浑人本性，他居然冲过小马的拦截开着三轮车出了村子，弄得戎戈措手不及。他们从坳村追了五六里路才赶上王五四。盛怒之下戎戈直接撞翻王五四的车，轧着车厢碾过去，这个冲动带来一个后果，倒不是对王五四的伤害，而是这一撞恰巧撞弯了前转向拉杆，影响车的操控，车速受影响；吉普车右前轮的前驱加力盖也被撞碎，前加力挂不上，四驱变成了两驱。

这个"小问题"造成直接的结果，就是他们爬不上保护区的防洪堤坝。大雪纷飞，本就很陡的堤坝又增加了湿滑，这也是为什么他们几次尝试无果的原因。

又一次冲坡失败后，戎戈无奈地骂了一句，他拿出电话打给老板，让他把等在国道上的丰田越野派过来，并带上拉车绳拽车。他原本就想开着丰田车去兀格埋伏，但老板担心在偏僻的小山村出现一台丰田车太扎眼，于是选择了普通的吉普 2020S。

戎戈踩着雪爬上大堤，向保护区瞭望塔方向望去，十几分钟后，戎戈期待的车终于出现了，车灯闪烁，映衬出洁白的飞雪漫天而下，雪似乎更大了。丰田车很快到了面前，一个人从驾驶位下来，手中抱着拉车绳跑向他。到了面前，戎戈不觉一愣，说道："怎么是你？我们老板呢？"

对方怒声说道："少他妈废话！看你们办的什么事儿，至少耽误了一小时。赶紧拽车！"说着把手中绳索的一头儿递给戎戈，他跑回车掉头，戎戈赶紧下坡和小马一起在前拉力钩上系绳索。拴好拉车绳，两人站起身正准备上车，小马忽然说道："戎哥，快看，后面有车灯！"戎戈心里一沉，他回头向保护区深处望去，百米外车灯起伏，一辆车正颠簸着快速行进。戎戈有一种不好的预感，他还没来得及做出反应，堤坝上一个声音大声问道："准备好了吗？快上车！听到喇叭声往上冲！"戎戈不及细想赶紧和小马上车，这次他亲自操作。他能感到拉绳在一点点收紧，一声笛响，戎戈踩油门向坡上冲去。两车非常同步，吉普车没费多大劲儿就冲上了坡面。

然而，前车并未停下，继续大力牵拉，戎戈的车头朝向偏西南，而牵引的方向却偏东南。冲上堤坝后戎戈第一时间刹车，不然就会冲到另一边沟里，这时他已来不及打方向盘，赶紧按喇叭提醒前车，但已经晚了。不愧是丰田越野，身大力猛直接把戎戈的小吉普车拽翻在地，驾驶位正好在下面，副驾驶位置的小马一下砸在戎戈身上。

戎戈心中一寒，他意识到这可能不是意外……

## 第二十九章　风停雪止

一个月后。

唐尧把最后一份卷宗移交出去，"10·30"案件算是画上了圆满的句号。江城贩毒网络和运毒通道被彻底铲除。以天河集团的"大管家"、嘉木有限公司实际控制人于秋生为首，沈志鹏、戎戈等为骨干的贩毒、走私团伙被彻底打掉。在国际刑警组织和S国警方共同努力下，境外洪哥集团也彻底覆灭。

案子圆满结束，但唐尧心中还有几个疑惑没有解开，那个他一直惦记的萧一扬仍下落不明。在最后抓捕的关键时刻出现的那位尾号8181机主，也就是拉翻戎戈车，让唐尧五人轻松抓住戎戈和小马的那个人，他到底是谁？

唐尧隐隐约约有一个猜测……

那天，唐尧五人的三菱车冲上大堤，第一眼就看到侧翻的车和车旁倒在地上的小马，很明显他是刚刚爬出车就被人击晕的。等他们五人围住车，戎戈刚好从车里爬出来，他不知小马已被打晕，嘴里还在咒骂小马为什么不赶紧来拉他一把。戎戈磕破了头，反应明显有些迟钝，在被宋磊铐上手铐拽出车时才想起摸腰间的枪，但枪早就掉在车里了。

唐尧看到了远去的丰田越野车，他知道那车里就是刚刚联络过的尾号8181机主。正如所料，在戎戈车的后备厢里唐尧找到5个尿素袋子，里面装着31条草鱼，后来在鱼腹中取出34斤约17000多克冰毒。一次案件收获这么大战果，在全省扫毒史上是首例。

唐尧一组抓获了戎戈，霍兵组在浓河抓住沈志鹏，而于秋生如何落网，唐尧至今不知细节，只听说当晚是在等待接货时被抓的。

这段时间一直忙着案子收尾的提审工作，唐尧常常通宵达旦，其实有些事可以缓一缓，但他坚持这么做，除了敬业，还有一个很重要的原因，他要用工作冲淡心中的苦闷。

自从梅双清告诉唐尧所有事实后，唐尧不再记恨迟晓丹，也不再鄙视自己，但对蓝黛的歉疚却一丝未减。那个疯狂之夜后，唐尧也再没见过迟晓丹，他听说迟晓丹请假一周后才回到单位上班，他没敢去见她。这段时间一直忙案子，几乎天天蹲在看守所，更没时间见面。唐尧有时很想跟迟晓丹说点儿什么，安慰她一下，或者解释一句，但都忍住了。他知道，尽管事情是在无意识状态下发生的，可初次体验性爱的刻骨铭心和事后心理、身体上的伤痛，岂是几句话就能释怀的？

至于蓝黛，他几次发信息她都没回应，打电话也不接。蓝邵全已恢复自由，他的问题不像是被怀疑，倒像是因办案故意设计的。这个影响过去了，那点儿波澜对蓝黛不会有什么伤害。唐尧明白，蓝黛最大的痛不在其父的被查，而来自他的感情伤害。唐尧扪心自问是不是还爱着蓝黛，是不是还有脸去爱她，答案当然是肯定的。唐尧虽有愧疚，但心结已解，他不会因为自己无意间犯下的错就失去爱的勇气，他也有决心不再犯这样的错误。问题是他如何能得到蓝黛的原谅，怎么去平复蓝黛的心。

唐尧向训练场走去，他受霍兵之邀去锻炼一下。到了刑警队办公楼，一个干警等在门口，他对唐尧说："唐队，霍支队和局长让你到训练场去，他们等你呢。"唐尧有点纳闷，暗想怎么都来了？他笑着跟干警打个招呼就直接去了训练场。

一进门，唐尧看见霍兵和彭雪松正在对练，龙东山在一旁观战。唐尧暗想，这仨领导倒有闲心，看情形是让我来当陪练的。见唐尧进来，龙东山招呼唐尧换衣服，彭雪松两人也停下来。唐尧赶紧打开属于自己的衣柜换上训练服，然后围着场地一边慢跑一边说道："三位领导，一会儿谁先来？"

彭雪松呵呵笑着说："好小子，挑战啊！你先好好热热身，今天有你苦头吃。"唐尧笑而不答，自信满满。他慢跑了两圈，之后甩手、扭腰、压腿，直到身体微微发热才走进场地，说："来吧！"话中充满挑衅的意味。彭雪松三人只是笑，谁也不下场，唐尧正想再挑战，忽见场地远端的门一开，一个高大劲健的人戴着护具走进来，一声不吭直接进了场地，向唐尧抱抱拳之后就拉开架势。唐尧笑道："怪不得，原来还约了帮手！"唐尧戴上护头，也抱抱拳，之后拉开架式斗起来。

开始几个回合，那人只是遮挡躲闪，场面上唐尧占优，但唐尧知道自己的有效进攻不多，他暗想这人看来是个高手，防守滴水不漏。他加快出拳速度，同时开始用脚进攻，那人仍旧不紧不慢。见唐尧拳法中时而掺杂一两式洪拳的招数，他还有闲暇喝几声彩。又过了几个照面，那人开始反击，唐尧立刻感到压力，他心里一急出拳更猛，几次的虚实进攻后，他一拳击向那人头部，这是虚招，见那人向后一躲，唐尧随即出脚。眼看要得手了，只见那人右手挡开踢来的一脚，接着低身一个左转身右后扫堂腿，快速绝伦地扫向唐尧的支撑腿，唐尧应声摔倒。

躺在垫子上的唐尧惊讶地看着那人，头套上只露出一对晶亮的眸子，这眼光、这身手让他立刻想起一个人，他脱口而出："是你？！"

那人慢慢摘下头套，露出一张精干的国字形脸，眉毛黝黑，面带微笑，晶亮的目光正满含深意地看着唐尧。

唐尧有点儿发蒙，脑中无数个念头快速闪过，渐渐地他明白了……

三年前，江城警方发现有一条通过本市边境和口岸延伸至省城的走私贩毒通道，境内外犯罪分子利用通道进行犯罪活动。江城将此情况秘密通报省厅，省厅也已得到同样的线索。于是在省厅的统一部署下，省城、佳市和江城三地警方通力配合，一个针对该走私贩毒通道和集团的侦破行动秘密展开。省厅通过国际刑警组织秘派侦查员打入S国哈巴市华人黑恶势力组织，暗中调查走私贩毒网络和通道。通过三年的艰苦经营，在省厅、国际刑警组织和S国警方的共同努力下基本摸清境内外走私贩毒网络，最后，在今年一举打掉这一走私贩毒集团。

具体到江城，这一年来发生的武士刀案、博物馆文物案和"10·30"

案，三起案件都与这盘大棋相关。如今案子一个个侦破办结，最后的谜底一一揭开，唐尧心中不明的几个问题也都有了答案。对那位神秘的卧底，唐尧除了敬佩找不到第二个合适的词来表达自己的感受。如果没有他的暗中相助，案件不会这么快侦破，通道不会这么容易打掉，大毒枭于秋生也不会轻易落网。

元旦已过，艰难的2001年已被甩在身后，该好好休息一下了。唐尧走出办公楼，外面是一个银色的世界，早上开始风雪交加，到中午风虽停了，但漫天大雪仍密匝匝地簌簌飘落，地上积雪已有十几厘米厚。唐尧漫步雪中，感受着雪的洁白和恬静，这样的环境让他感到一丝安宁，心中的浮躁和不安稍减。

早上，一个小女警转给他一封信，那是迟晓丹写给她的，迟晓丹提前结束挂职锻炼，已于昨日返回省厅。那次事情之后，她始终没见唐尧。

唐尧把迟晓丹的信反复看了十几遍，他感到五味杂陈，说不清心里的感受。想到迟晓丹，信的内容再次浮现在他的眼前。

唐尧，你好：

当你看到这封信时，我已经离开江城回省城了。这段时间我一直没有勇气面对你，那是一种怎样的心情，我找不到词形容。我想你也是无法面对我，也是相同的感受吧。

我要代双姐向你道歉，她不该把事情告诉蓝黛，使你们之间出现裂痕。

当我知道你们的事后，明知你已心有所属，却不愿放弃，仍在做最后的努力。我想你应该理解我这样做的原因，我也要看到自己的情感所向，我也有追求爱情的权利。因此我并不责怪双姐，怪也只能怪我自己，是我的坚持才促使她做出那样的事。她认为对我而言，她那样做是好意，但恰恰是她的"好意"，让我不得不放弃努力，选择离开。否则，那一切都会让人感觉是个骗局。这是我不能接受的。

我们都是重感情、追求完美的人，我知道我的感情所属，并且会把它放在那个我最想放的位置上，绝不会因为那里放不下或者不接受，就退而求其次。我想，你当然也一样。

　　你是个勇敢的人，一定不会放弃你的感情。祝你成功！

　　至于我，当然也不会放弃我的感情，我会充满希望等下去。有回忆就不会寂寞，有希望就不是妄想。

　　假如真就没有梦想成真的那一天，我也会一直守护着那份美好，把它永远珍藏在记忆里！

迟晓丹　即日

　　唐尧明白迟晓丹信中的含义，也许真像梅双清说的那样，迟晓丹不会接受除了他以外的感情，哪怕独身也不会选择他人。但她在信中却鼓励他应该勇敢面对蓝黛，不要放弃。可是，如果他和蓝黛真能走到一起，那迟晓丹的爱情真的只能放在希望里，她真是要选择独身了。想到这儿，唐尧不觉叹息，这也是一个值得他去爱的女人。但他仍不能选择迟晓丹，他清楚自己的感情所向，他爱的是蓝黛。正如迟晓丹所说，他们都是追求完美的人，都会选择自己的最爱，如果不能得到也不会退而求其次。

　　唐尧静静地伫立雪中任凭寒气包裹，大雪堆砌，他需要真切地体味一次严寒带给他的清冷，感受一下北国隆冬时节漫天大雪下独有的苍茫寂寥，他相信这样的境况定会清除他心中的焦躁，让他的心重归宁静。

　　不知过了多久，唐尧的手机响起，一条短信传来，他缓缓地点开，看到那是迟晓丹发来的一句话："双姐和她的爱人要结婚了。"

　　看罢，唐尧心中蓦地升起一丝喜悦和希望……

　　雪，终于停了。

2022 年 2 月 18 日 15 时终稿

第二十九章　风停雪止

## 迟来的宁静（代后记）

我在出版《火拼》的跋文中第一句就说，"这是一本因死亡的追逐而催生的书"。想不到我的第二本书同样有这个意味。

《火拼》成书于2009年，是在2006年我被诊断为淋巴癌之后写成的。这部书成文于2021年，又是2019年我在食道癌大手术后完成的。以此而论两部书的产生真是有相同的背景，似乎没有死亡的压力就没有写文章的动力似的。

其实不然，《枭道缉凶》这本书，我在2013年即完成了一稿。2015年时，我所在的建三江作家协会组织10名作家共同出版一套丛书（每本书都是单书号的），记得当时是7本散文集、2本诗集，另一本就是我的这部小说。经过半年多运作，10本书的出版工作基本就绪，我的书稿也通过出版社审核，再协商一些有关封面设计和印刷等细节问题，就可以付梓印发了。就在这时一位领导对我说，你还是有时间啊！言外之意我这样的公务人员如果把全部精力都用在工作上，怎会有时间写小说？写书倒显得不务正业了。领导只是一句玩笑话，我却思量再三，最后还是撤下来没有发表。

真是领导的无心之语让我打消了出书的想法吗？

并非如此，真正让我放弃的原因有两个，一是我感到迷茫，不知出书的意义何在。一位很有名气的作家曾这样评论当下长篇小说的出版形势，他说："长篇小说每年数万部，谁在看？养活了出版社而已……没有足够的生活积累，没有良好的综合知识储备，能写出什么作品来？文学圈内对自费出版的长篇小说，一个字也不会去认真看。所有貌似畅销，貌似读者成片,都还不在文学界的桌面上……"这话虽显尖锐,却也是事实。既然没多少人看,也不在文学界的桌面上,又要搭钱,那出书做什么?为此我在很长时间里对长篇小说的写作和出版失去兴趣。二是我感觉作品尚不完美,我不能带着遗憾发表。对待小说的创作,我是非常认真的,如果作品过不了自己这一关,我绝对不会拿出来献世。当时我对作品还不够满意,尤其是最后一个案件和全篇的结尾,在设计上还有瑕疵,如果不做调整完善,就那样出版了,我会后悔的。

有了这两方面原因,这本书搁置了。

2020年初,疫情突如其来,我如牢狱般幽闭家中,大手术后精神和病痛的双重折磨,使我苦不堪言,几乎抑郁。那段时间,我感觉不到生活的乐趣,没了活下去的目标和动力。我只是靠理智和忍耐咬牙坚持,每天努力打起精神,躺在床上看读书消磨时间,消减病痛。

这时,瑞典的文友丽慈问我为何不再次提笔写作,并向我建议也写写网络小说,她认为我的作品还是很有可读性的。我自己也觉得我的小说虽文学价值有限,却也不至于让人看了犯困。于是我接受她的建议有意浏览网络连载小说,看看它们的特点,了解网络文学需要什么,为可能施行的网络小说创作补补课。

两个月间,我浏览了十几部网络小说,看后真是吓了一跳,最火的类型恰是我最不擅长的。我能写的都是常人、俗事,即便塑造一个能力突出的人,拥有的本领也是人们通过努力能够企及的。而网络上那类炙手可热的小说,写的都是神人、异人、超人,故事情节更是高不可及。比如,豪门巨富的弃子意外获得异能,或者奇人高士输入神功,或是一块异灵的玉佩、手镯破裂有仙气植入,或者其他什么奇遇,总之,他成了大侠、成了神医、成了武功盖世的首领……于是凭借异能开始复仇、开始拯救某个危难的家族、绝世美女,灭掉仇家、灭掉一个个豪门、大派、集团,手段狠辣暴力,杀人无数,血流成河,最终都会达成目的。此外,除了自身本领,还总会有背景通天的人物、凌驾于法律之上的权势或组织佑护,因此绝无牢狱之灾。

我惊讶于这样作品的数量之多、点击量之高、媒介推介之强。我又一

迟来的宁静(代后记)

次迷茫了，这样的作品在反映什么？读了会得到什么启发？自身能力不是靠积累和勤修苦练获得，而是靠异能、靠奇遇、靠奇人的帮助得来。不需奋斗，取巧即可；无需努力，有捷径可循。至于达成目的的方式，可以不择手段，可以无视道德，可以漠视法律，靠暴力和强权解决一切。穷小子时处处遭冷遇鄙视，无人问津；失去美貌的女儿，被家族、父母兄弟姐妹抛弃，生如地狱。每个人都在追求名利财富，趋炎附势；整个社会处处充满冰冷险诈，自私自利。而穷小子一旦获得异能并展现实力，立刻家门归附，金钱如雨，美女如云，豪宅、名车更是唾手可得。而一旦失去美貌的女儿恢复了容颜，立刻身价倍增，成为家族、父母的获利筹码。

我感觉阴冷、浮躁和市侩。我写不出这样的作品，也达不到那个境界，我宁愿做我的俗人、常人。

这个"学习"的历程使我对创作有了重新的认识，让我找到了新的目标，也重拾生活的乐趣。如果能在文学的海洋中畅游，又能在其中添一分淡雅和宁静，又何尝不是一件美事？出纸质书的确很难带来金钱的收益，更难摆上文学界的桌面，但精神上收获了快乐，即便是自娱自乐，那也是金钱无法衡量的。于是，我又拿出了封闭多年的书稿，拿起笔再次追求文字给我带来的宁静。

人总要有所追求，有点成果。某一天当我也回首往事时，即使没有其他成就可言，起码我会有几本书。

我会坚持写下去的，就像我给一位老前辈的生日贺诗写的那样：卌年耕耘无间辍，不墨龙江笔不休。

这也该是我今后的追求。

感谢北大荒作家协会赵国春主席对我的鼓励和开导，感谢建三江作家协会李一泰主席和作家郭亚楠先生对我的帮助，没有你们的支持，就没有这本书的问世。

2022 年 8 月 16 日 22 时